KB271514

한국 현대 소설 탐구

김외곤

1965년 경남 하동에서 태어났으며, 서울대학교 국어국문학과를 졸업하고 동대학원에서 현대문학 전공으로 문학박사 학위를 받았다. 현재 서원대학교 미디어창작과 교수로 재직하면서 문학평론가로 활동하고 있다.

저서로 『한국 근대 리얼리즘 문학 비판』이 있고, 편저로 『임화 전집』(전6권), 『해방공간의 비평문학』(전3권), 『한설야 단편 선집』(전3권) 등이 있다.

한국 현대 소설 탐구

인 쇄 2002년 09월 16일
발 행 2002년 09월 25일
저 자 김 외 곤
펴낸이 이 대 현   영 업 안현진
편 집 이은희 · 조유미
펴낸곳 도서출판 **역락** / 서울 성동구 성수2가 3동 277-17
　　　　성수아카데미타워 422호(우133-123)
Tel 대표 · 영업 3409-2058 편집부 3409-2060 FAX 3409-2059
E-mail yk3888@kornet.net / youkrack@hanmail.net
등 록 1999년 4월 19일 제2-2803호

정가 14.000
ISBN 89-5556-173-3-93810
*잘못된 책은 교환해 드립니다.

한국 현대 소설 탐구

김외곤 著

도서출판 역락

머리말

개화기 이래 우리 소설은 근대적 인쇄 문화의 발달 등에 힘입어 그 어느 때 보다도 좋은 시절을 누려 왔다. 소설은 백여 년 동안 어떤 예술 장르와 비교해도 전혀 뒤떨어지지 않을 정도로 독자들로부터 열렬한 사랑을 받아 왔던 것이다. 물론 그 동안에도 연극과 영화 등의 종합 예술로 인하여 언제나 위기 의식을 느끼고 있었지만, 요즘처럼 심각하게 이들 장르로부터 존립의 근거까지 위협받지는 않았다. 하지만 이제 상황은 많이 달라졌다. 영화의 위력과 인터넷의 확장 등으로 인해 인간의 감각 가운데 거의 시각에만 의존하는 소설은 위기에 처하게 된 것이다. 정확히 말하자면 문학 전체가 위기에 처했다고 할 수 있다.

많은 사람들이 문학의 위기를 말하면서 문학판으로부터 떠나고자 하는 마당에 소설에 대한 연구에 계속 매달린다는 것은 참으로 시대 착오적이고 어리석은 일인지도 모른다. 그럼에도 불구하고 몇몇 뜻있는 사람들은 여전히 뭔가 새로운 시도를 통해 이 위기를 돌파하려고 노력하고 있다. 그들이 소설을 버리지 못하는 까닭은 여전히 소설이 우리의 상상력을 자극하고 또 그것을 풀어내는 데 제법 소용이 되는 물건이라고 믿기 때문일 것이다. 모자라는 생각일지 모르나, 개인적으로는 눈으로 활자만 읽어야 되는 제한성이 소설의 위기를 가져왔지만 바로 그 점에서 소설의 활로도 모색될 수 있을 것으로 믿고 있다. 두 말할 필요도 없이 오늘날의 소설은 한편으로 상상력의 증진에 힘써야 하겠지만, 다른 한편으로 살아남기 위해 새로운 모색을 계속해야만 한다. 소설과 영화, 소설과 사이버 매체 등의 관계를 진지하게 고민하는 것은 이런 맥락에서 이해될 수 있고, 또한 앞으로도 계속되어야 할 것이다.

이 책은 크게 세 부분으로 이루어져 있다. 제1부의 글들은 소설이란 무엇인가를 되짚어 보고 앞으로 소설이 어떤 방향으로 나아가야 할 것인가를 나름대로 고민해 본 것들이다. 제법 오래 전에 쓴 글이 있어 지금의 생각과는 다른 면이 눈에 띄기도 하지만 그 동안의 연구 과정을 보여 준다는 의미에서 함께 실었다. 한편 제2부에서는 개별적인 작가나 작품에 관한 논문들을 모았고, 제3부에서는 특정한 주제에 관해서 쓴 글들을 모았다. 그러다 보니 다소 완결된 모습을 갖추지 못한 면이 있다. 최근에 진행 중인 근대 소설 작품들에 대한 연구가 완료되면 나름대로의 일관성을 갖게 될 것이라는 말로 모자람을 변명해 본다.

변변찮은 연구를 하는 동안에 많은 분들의 신세를 졌다. 특히 정년 퇴임 이후에도 변함 없이 우리 문학 연구에 관심을 가지고 미욱한 제자를 지켜 봐 주시는 김윤식 선생님을 비롯하여, 문학 연구 분야의 동반자인 여러 선후배와 동학들, 학술 연구비를 지원해 준 학술진흥재단과 서원대학교에 감사한다. 끝으로 항상 한국 문학 연구의 발전을 위해 많은 도움을 주시는 역락 출판사의 이대현 사장님과 편집부의 이은희 씨께도 고마움을 전하고 싶다.

2002년 8월
김외곤

contents

contents

제 3 부

제1부

시대를 따라 변신하는 이야기 세계
— 소설 장르의 본질

1. 기원과 비교를 통한 소설의 본질 탐구

우리는 '소설'이라는 말을 듣게 되면 재미있게 읽었던 작품을 연상하게 된다. 그만큼 소설은 읽는 사람에게 즐거움을 선사하는 문학 장르이다. 그럼에도 불구하고 '소설이란 무엇인가?'라는 물음에 직면하게 되면 누구나 쉽게 대답을 하지 못하고 혼란에 빠지게 된다. 우리가 알고 있고 또 쉽게 접할 수 있는 소설만 하더라도 그 종류가 너무 많아서 그들의 공통된 특질을 파악하기가 몹시 힘이 들기 때문일 것이다. 널리 알려진 바와 같이, 소설은 '허구적 이야기'이다. 그러나 이렇게 소설을 느슨하게 규정하고 보면 하나 마나라는 느낌이 강하게 든다. 아무래도 소설의 본질을 밝혀 내기 위해서는 이보다 좀더 엄밀하게 정의할 필요가 있다.

소설의 본질을 밝히기 위한 하나의 방편으로 소설이 어떻게 발생하였는가를 살펴 보고, 또 다른 장르와 어떻게 다른가를 비교해 보는 방법이 있을 수 있다. 소설의 기원 문제는 서양에서도 논란이 되고 있는 문제 중의 하나인데, 이 문제는 소설보다 앞서 발생한 장르와의 관계를 중심으로 탐구되어 왔다. 지금까지 많은 이론가들이 소설의 기원에 대하여 여러 가지 견해를 제시하였지만, 서구의 경우에만 국한한다면 중세 말기에 성행했던 로망스와의 관계를 중시하면서 중세에서 근대로의 이행기에 발생했다고 보는 견해와 훨씬 더 시기를 올려 잡아 고대에도 이미 소설이 존재했다고 보는 견해가 있다.

두 견해 가운데 일반적으로 널리 받아들여지고 있는 견해는 전자이다. 이를 확립한 이론가들은 대체로 '신화 — 서사시 — 로맨스 — 소설'이라는 서사 문학의 발전 단계를 상정하였다. 그리고 로맨스 이후의 단계에서는 신이나 영웅 대신에 인간의 이야기가 소설의 내용으로 자리잡고 있다는 점과 로맨스의 세력이 약화되면서 소설이 점차적으로 세력을 얻게 되었다는 점 등을 밝혀내었다. 다시 말해 로맨스의 다음 단계에 소설이 위치하는 것으로 생각한 이론가들은 로맨스의 몰락 내지 로맨스에 대한 거부로부터 소설이 생겨났다고 보았던 것이다. 이런 관점에 설 때 문제가 되는 것은 두 가지이다. 그 하나는 로맨스가 몰락 내지 거부당한 근본적 이유를 밝혀내는 일이고, 나머지 하나는 똑같이 인간을 다루고 있는 로맨스와 소설의 차이점을 규명하는 일이다.

먼저, 로맨스의 세력이 약화된 것에 대해서는 사회적, 개인적 변화 때문이라는 의견이 지배적이다. 구체적으로 여기서 말하는 사회적 변화란 봉건 사회의 붕괴와 시민 계급의 성립을 말하며, 개인적 변화는 자아의 각성을 말한다. 그리고 이처럼 사회와 개인의 영역에 걸쳐 일어난 변화의 뒷면에는 경험주의나 자연 과학의 발전이 자리잡고 있다는 견해도 존재한다. 결국 이와 같은 분석에 따르면, 소설은 봉건 해체기의 사회적 변화를 토대로 하여 본격적으로 확립된 문학 장르라고 할 것이다.

한편 사회적, 개인적 변화로 인해 더 이상 로맨스를 선호하지 않게 된 새로운 시대의 새로운 계층들은 자신들에게 적합한 예술로서 소설을 주목하였거니와, 그렇다면 소설은 로맨스와 비교하여 어떤 다른 점을 지녔기에 시민 계급이 쉽게 수용할 수 있었던가? 이 물음에 대한 대답은 로맨스와 소설의 차이점을 밝히는 방향으로 전개되어 왔다. 그 이유는 로맨스와 소설은 공통적으로 인간의 이야기를 다루고 있음에도 불구하고 똑같은 부류의 인간을 다룬 것은 아니었기 때문이다.

여러 이론가 가운데 특히 로맨스에 주목하면서 두 장르 사이의 차이점을 밝히려 한 사람은 프라이(N. Frye)이다. 그는 로맨스의 특징을 다음과 같이 설명하면서 소설과의 차이점을 부각시켰다. 우선, 로맨스는 "모든 문학의 형식 중에서 욕구 충족의 꿈에 가장 가까운 것"[1]이다. 그렇기 때문에 로맨스에는 지배 계급에 속한 사람들의 이상이 투영됨으로써 덕(virtue) 있는 주인공들과 아름다운 주인공들이 그들의 이상을 표상하고 악인들이 그 세력을 방해한다. 다음으로 로망스의 플롯에서 본질적인 요소는 편력(quest)이기 때문에 자연히 로망스는 연속적이고 과정적인 형식을 가진다. 또한 이 편력은 성공적으로 끝마치게 되는 형식으로 되어 있다. 끝으로, 등장 인물의 성격이 너무 복잡하면 좋지 않기 때문에 로망스의 성격 묘사는 일반적으로 변증법적인 구조를 취하고 있다.[2]

　이러한 특징의 로망스가 소설과 비교하여 가장 극명한 차이를 보이는 것은 성격 묘사의 구상에서이다. 로망스 작가가 살아서 움직이는 인간보다는 오히려 인간 심리의 원형에 가까운 인물을 창조하는 데 비해 소설가는 사회 속에서 살아 움직이는 인물을 창조한다. 다시 말해 로망스 작가는 진공(vacuo) 속에 존재하는 등장 인물의 개성을 취급하기 때문에 이상화된 인물을 창조할 수밖에 없고, 소설가는 사회적인 가면(persona)을 쓴 등장 인물들의 인격을 다루고 있다는 것이다. 이러한 차이점에 주목하여 아우얼바흐(E. Auerbach)나 불튼(M. Boulton) 등은 로망스와 소설이 리얼리즘 정신에 있어 커다란 차이를 보인다고 생각하였다. 특히 아우얼바흐는 그의 주저(主著)인 『미메시스(Mimesis)』에서 소설의 가장 두드러진 특징이 작품 대상으로서의 현실의 사실적 표현 방법에 있다고 보았다. 요컨대 로망스의 뒤를 이어 소설이 등장하였다고 보는 이론들을 종합해 보면, 근대 사회로의 이행과 더불어 로망스적인 이상과 원형이 더 이상 통용될 수 없게 되면서 보다 합리적이고 실제적인 시민의 요구에 부응하는 소설이 등장하였던 것으로 볼 수 있다.

　로망스 대신 서사시의 몰락이 소설의 발생을 촉진한 것으로 보기는 했지만, 헤겔이나 루카치의 견해도 근대 사회가 소설 발생의 토대가 되었다고 보았다는 점에서는 위의 견해와 일맥 상통한다. 서사시가 개인과 공동체가 조화를 이루었던 고대 그리스 사회의 산물이었다면, 소설은 그러한 조화가 이미 사라져버린 시민 사회의 "산문적으로 질서가 잡힌 세계를 전제한다"[3]는 것이 헤겔의 견해이다. 루카치의 견해 역시 '조화' 대신 '총체성'이라는 개념을 사용하고 있을 뿐

---

1) N. 프라이, 임철규 역, 『비평의 해부』, 한길사, 1982, p.260.
2) 위의 책, pp.260~272.
3) G.W.F.Hegel, tr. by T.M.Knox, *Aesthetics*, oxford univ. press, 1975, p.1092.

헤겔의 견해와 크게 다르지 않다. 그는 소설을 "사멸해 가는 봉건주의에 대한 부르주아지의 사상적 투쟁의 투쟁의 산물"[4]로 보았기 때문에 중세기의 세계관에 대한 예리한 비판과 저항을 담고 있는 세르반테스의 『돈 키호테』를 최초의 소설로 꼽게 된다.

로망스의 뒤를 이어 소설이 발생했다는 주장과는 대조적으로, 소설의 기원을 찾기 위해 중세 이전으로 거슬러 올라가야 한다고 주장하는 이론가들은 서사시와 소설의 차이점에 주목한다. 그 대표적인 이론가로는 바흐친과 힐레브란트 등이 있는데, 이 가운데 바흐친의 이론은 루카치의 견해에 대한 비판적인 입장에서 탈구조주의적 문학 이론으로 받아들여져 우리의 현대 문학 이론에 커다란 영향을 미친 바 있다. 그는 소설 장르가 다른 장르와 결코 양립될 수 없는 특징을 지닌다고 하면서 그 발생의 전제 조건을 다음과 같이 제시하였다. 첫째, 평민들에 의하여 표준어에 반대되는 방언이 등장하면서 시작되는 언어의 분화와 문화 생산 주체로서의 평민 계층의 부상. 그에 따르면, 평민들이 사용하는 다양한 방언은 다원언어적이고 대화적인 언어로서 공식어의 권위를 해체시키는 성질을 갖고 있다. 이 방언들을 통해 낭만주의에 근거하고 있는 서사시를 약화시키고, 대신 리얼리즘의 세계관에 입각하여 그 형식을 정립해 온 장르가 바로 소설이다. 다음으로는 폐쇄적이고 단일한 세계관에서 개방적이고 복합적인 세계관으로의 변이. 이러한 변이는 문화의 중심 이동과 밀접히 관련되며, 그 중심이 이동할 때마다 소설적 형태로 간주할 수 있는 새로운 장르들도 출현한 것으로 설명될 수 있다.[5] 여러 번의 변이 가운데서도 특히 고전적 고대와 헬레니즘의 경계선상, 중세 말기와 르네상스 기간 동안에 소설은 결정적인 장르적 표현을 얻게 된다.[6]

바흐친은 이러한 조건을 바탕으로 소설이 고대로부터 존재해 온 장르라고 주장한다. 그의 이론에 의하면, 고대에는 '시련의 모험 소설', '일상 생활의 모험

---

4) 소련 콤 아카데미 문학부 편, 신승엽 역, 『소설의 본질과 역사』, 예문, 1988, pp.83~84.
5) 권오룡은 이 조건을 세분하여 다음 네 가지로 압축하여 제시하였다. 첫째 언어 의식의 분화, 둘째 로망티즘에서 리얼리즘으로의 세계관의 전이, 셋째, 문화의 생산적 주체로서의 평민 계층의 대두, 넷째 문화권의 확산 및 중심 이동이 그것이다. 권오룡, 「Bakhtine 문학이론 연구」, 서울대학교 석사학위논문, 1985, p.101.
6) M. 바흐친, 전승희 외 역, 『장편 소설과 민중 언어』, 창작과 비평사, 1988, p.59.

소설', '전기적 소설'이라는 세 가지 기본 유형의 소설이 발생하였다. 이들은 저급 문학으로 자리매김되면서 고급 문학인 서사시와 경쟁적 관계를 유지하였다. 공식적인 고급 언어를 사용하며 완결된 형식을 가진 서사시에 대항하여 저급 문학으로서의 소설이 공존할 수 있었던 가장 커다란 이유로는 언어 사용과 형식의 개방성이다. 그리고 서사시적 거리의 와해도 소설의 발달에 중요한 역할을 담당하였다. "시초부터 소설은 거리가 먼 절대적 과거의 형상 속에서가 아니라 미완결의 현재적 현실과의 직접적인 접촉 영역 속에서 축조"[7)되었던 것이다.

힐레브란트도 바흐친과 마찬가지로 소설의 기원을 고대로 소급한 이론가이다. 그는 대략 후기 헬레니즘에 해당하는 시점에서 우리가 오늘날 소설이라 부르는 장르가 발생하였다고 보았다. 소설은 출발부터가 징후적 성향을 띠고 있었기 때문에, "순수 형식적으로 자유분방한 환상의 풍부함, 넘쳐흐르는 힘, 삶과 그것의 다양성, 삶의 놀라움과 밀착된 성격"[8)을 지니고 있었다. 그렇기 때문에 소설은 역사상의 어떤 장르보다도 자유롭고 무구속적이어서 형식의 법칙에는 구속을 받지 않는 장르로 인식된다. 이처럼 소설을 본질적으로 열려 있는 형식으로 규정하면서 그 완성된 텍스트가 나타난 시기를 기원후 1세기경으로 잡는 힐레브란트의 견해는 바흐친과 매우 유사한 것으로 볼 수 있다.

이상에서 살펴본 바처럼, 서양의 이론가들은 소설과 다른 장르의 관계에 기초하여 소설의 기원을 중세에서 근대로의 이행기, 혹은 고대로 각각 다르게 주장하고 있다. 사정이 이렇게 된 것은 소설의 본질을 규정하는 입장의 차이 때문이다. 그러나 이러한 차이에도 불구하고 여러 이론가의 주장을 통해서 소설이 서사 문학이라는 점, 사회의 변화와 밀접한 관련을 맺고 있다는 점, 매우 개방적인 장르라는 점 등 소설의 기본적인 요소들에 대한 공통된 인식을 파악할 수 있다. 다음에서는 이를 중심으로 소설의 본질을 탐구해 보고자 한다.

---

7) 위의 책, p.60.
8) B. 힐레브란트, 박병화·원당희 역, 『소설의 이론』, 예하, 1993, p.20.

2. 이야기와 상상력 — 서사성과 허구성

나이가 지긋한 사람들이 아직도 소설책이라면 이야기책으로 치부할 만큼, 소설에서 이야기가 차지하는 비중은 매우 크다. 이야기 속에서는 현실 생활에서 부딪히는 여러 가지 한계들을 극복할 수도 있고, 또 머리 속에서 꿈틀대는 욕망을 마음껏 펼칠 수도 있다. 말하자면 인간은 이야기를 통하여 여러 가지 현실적 제약과 규율을 넘어서려고 함으로써 삶의 영역을 확장시키고 있는 것이다. 그러나 이러한 이야기를 내용으로 하고 있는 것이 어디 소설뿐인가? 일반적으로 신화, 전설, 민담, 서사시 등 넓은 의미의 서사 문학에 속하는 모든 장르뿐만 아니라 심지어 연극까지도 이야기를 담고 있다. 물론 연극은 서술하는 대신 행동을 통해 직접적으로 보여주고, 서사시는 운율을 가졌기 때문에 여타의 소설과 근본적으로 다르다. 또한 신화 등의 설화 문학도 이야기의 내용과 전달하는 형식에서 커다란 차이를 보인다.9)

서사(敍事)는 '사건을 서술한다'는 한자의 뜻풀이대로 줄거리를 지닌 사건과 그것을 전달하는 서술자(narrator)가 있어야만 성립하는 장르류(類) 개념이다. 소설은 서사 문학에 속하는 하위 장르종(種)의 하나인 만큼 당연히 이 두 가지 요소를 모두 갖추고 있다. 즉, 소설 속의 이야기는 대체로 자연적 순서에 따라 사건이 전개되는 스토리(story)10)를 서술자가 나름대로 변형시켜 전달하는 형식으로 되어 있는 것이다.

예를 들어 널리 알려진 주요섭의 「사랑 손님과 어머니」의 경우만 하더라도, 어디에나 있을 법한 남녀 간의 사랑이라는 스토리를 옥희라는 여섯 살 난 어린 아이가 전달하고 있다. 두 말할 필요도 없이 남녀 간의 사랑을 다루고 있는 스토리는 너무나 뻔하고 통속적이기 때문에 그것을 시간적 순서에 맞춰 그대로 전달했다면 독자들은 틀림없이 거들떠보지도 않았을 것이다. 그런데 소설가는 스토리를 전달하는 서술자로 어린 아이를 선택함으로써 독자들의 관심을 끌어모으는 데 성공하고 있다. 즉, 어린 아이의 눈으로 그 스토리를 자연적 시간이

---

9) 이에 관해서는 조동일, 『한국 문학의 갈래 이론』, 집문당, 1992 참조
10) 러시아 형식주의에서 파불라(fabula)라고 부르는 것으로, 보석으로 따지면 가공하기 이전의 원석(原石)과 유사한 개념이다.

아닌 인위적 시간으로 재구성하여 보여 주기 때문에 독자들은 흥미를 가지고 작품을 읽게 되는 것이다.

이와 같이 너무나 익숙하고 새로울 것이 전혀 없는 사건을 새롭게 전달하는 방식에 주목하여, 소설을 "서술자가 자신의 메시지를 독자에게 전달하기 위한 수사(修辭)"[11)]의 측면에서 보려는 이론이 널리 발전하였다. 이른바 '낯설게 하기(defamiliarization)'를 통하여 낯익은 사건을 처음 보는 듯한 사건으로 독자에게 제시할 것을 주장한 러시아 형식주의가 이 이론의 출발점에 자리잡고 있다. 그들은 소설의 스토리와 그것을 담은 논리적 형식인 플롯(plot)을 구분하고, 소설의 시간까지도 스토리 타임과 플롯 타임으로 구분하였다. 이후 슈탄젤, 토도로프 등이 계승한 이 계열은 최근의 포스트모더니즘 문학론에 이르기까지 소설 이론에서 하나의 커다란 줄기를 형성하고 있다.[12)]

한편 그 전달 방식이 어떠하든, 소설이 전달하는 이야기 자체는 현실에서 실제로 일어난 사건은 아니다. 소설이 사실을 기록한 역사책, 자서전, 기사문, 체험기, 보고서 등과 구별되는 것은 바로 이 지점에서이다. 많은 사람들이 소설의 내용을 두고 실제로 일어난 일에 바탕을 두고 있다고 말하고 있지만, 그런 경우에도 소설가는 실제의 사건을 있는 그대로 옮겨 놓지는 않는다. 어떤 경우에도 분명한 것은 소설가가 우리에게 전달하는 이야기가 '확인이 불가능한' 사건을 다루고 있다는 점이다. 소설가는 다만 독자가 작품을 읽음으로써 어떤 내면적인 작용을 일으키도록 스토리를 사실과 가장 비슷한 형태로 구성할 뿐이다. 물론 소설가들이 자기의 이야기를 전혀 꾸며 내지 않은 것처럼 능란하게 둘러대기 때문에 가끔씩 독자들이 속임수에 넘어가기도 한다. 몇 년 전에 소설가 이인화가 『영원한 제국』이라는 추리 소설적 성격의 작품을 발표하였는데, 그 서두를 다음과 같이 장식한 바 있다.

> 1992년 6월의 일이었다.
> 나는 동경의 동양문고에서 우연히 『취성록(聚星錄)』이란 이상한 책을 발견했다.
> 『취성록』은 조선조 헌종 1년, 그러니까 1835년경에 씌어진 책으로, 정조 시대에 규

---

11) 권택영, 『소설을 어떻게 볼 것인가』, 문예출판사, 1995, p.7.
12) 자세한 것은 위의 책, 서론과 결론 참조

장각 대교(정7품) 벼슬을 한 이인몽(李人夢)이란 사람이 쓴 한문 필사본이었다. 서가에 산더미처럼 쌓여 있는 고서적 중에 유독『취성록』이 눈에 띈 것은 일종의 경이감 때문이었다고 하겠다. 「세상에, 이렇게 지저분한 책도 있나?」하는 놀라움 말이다.

그것은 너무 낡고 촌스러운 책이었다.

종이부터가 심하게 부패되어 악취를 풍기고 있었고 그나마도 뒤책의 상당 부분은 떨어져나간 파본이었다. 표지는 쓰다 남은 한지 예닐곱 장을 풀로 붙인 뒤 물에 불리고 빨래방망이로 두드려 만든 것이었는데, 세월이 지나자 풀이 덜 간 곳은 떨어지고 방망이질을 심하게 한 곳은 갈라져 온통 너덜거리고 있었다. 한평생의 글들이 시(詩), 소(疏), 차(箚), 서(序), 발(跋) 갖가지 종류별로 간추려져 8권씩, 혹은 10권씩 산뜻하게 장정하게 있는 개인 문집류 사이에 이렇게 말도 안 되는 책이 달랑 한 권 꽂혀 있었으니 그 정경이 얼마나 쓸쓸했던가.

누가 쓴 책인지 이 사람은 자손도 없었나 보다. 자손이 있다면 활자본을 찍어내진 못할 망정 깨끗한 종이에 베껴서 제대로 된 필사본이라도 남겼을 텐데…… 취성(聚星)이란 건 또 뭐야? 별들이 만난다, 견우가 직녀가 1년에 한 번씩 만난다는 뜻이니 제목부터 좀 이상하군…… 그런저런 연민과 약간의 호기심으로 몇 장 넘겨보던 나는 깜짝 놀랐다. 그도 그럴 것이 그 몇 장 훑어보는 중에도 정약용, 이옥, 이학규, 이충익 등의 이름과 정조의 문체반정(文體反正)과 관련된 듯한 내용이 속속 눈에 들어왔는데, 그것은 바로 내 석사논문의 주제였던 것이다.13)

이 작품이 베스트 셀러가 된 이후에 한 가지 웃지 못할 일이 벌어지게 되었다. 의외로 많은 독자들이 국문학 전공자들에게『취성록』이라는 책을 직접 보고 싶다는 문의를 해오기 시작하였던 것이다. 사실 이인화는 고전 문학이 아니라 현대 문학으로 석사 학위를 취득한 소설가이고, 이 소설을 쓸 때까지 동경에 다녀온 적이 없는지도 모른다. 생각하기에 따라서는 정말 어처구니 없는 일이기도 하지만, 이와 같은 일이 벌어지게 된 것은 독자들이 소설가의 그럴싸한 말을 진실되게 받아들였기 때문이다. 우리는 이러한 현상을 보면서 소설의 허구성이 현실과 전혀 동떨어진 것이 아니며, 또 동떨어져서도 안된다는 아주 중요한 사실을 알 수 있다.14) 그럼에도 불구하고 근대 이전에는 동서양을 막론하고 소설의

---

13) 이인화,『영원한 제국』, 세계사, 1993, p.11~12.

14) R. 부르뇌프와 R. 월레는 이와 같은 소설의 성격에 주목하여, "소설이란 끊임없이 현실성과 허구의 애매한 경계선에서 연출되는 것"이라고 말한 바 있다. R. 부르뇌프 · R. 월레, 김화영 편역,『현대소설론』, 현대문학, 1996, p.42.

허구성에 대한 올바른 이해가 이루어지지 못하였다. 저 악명 높은 플라톤의 '시인 추방설'[15]을 언급하지 않더라도 많은 사람들이 도덕적 수양을 방해한다는 이유 아래 소설의 허구성을 공격하였고, 그 결과 소설은 저급한 수준으로 치부되었던 것이다. 완고한 유교 이념이 오랜 동안 맹위를 떨쳤던 우리의 경우 그 정도가 더욱 심했음은 두 말할 나위도 없을 것이다.[16]

이러한 상황을 감안할 때, 소설의 허구성이 인생에 대한 소설가의 진실한 시각을 전달해 주는 주요 장치임을 인식하게 된 것은 커다란 진보가 아닐 수 없다. 사실 따져 보면, 소설가뿐만 아니라 때로는 독자들 스스로가 은근히 허구를 바라기도 한다. 소설가에게 속음으로써 소설 속에 들어 있는 진실에 감동을 받을 수도 있고 쾌락을 느낄 수도 있기 때문이다. 하지만 소설가와 독자 사이의 암묵적 동의를 넘어서는 수준에서 허구가 이루어지면 독자들은 즉각적으로 불만을 표시한다. 즉, 소설가가 지나치게 공상적인 이야기를 했을 경우, 독자들은 작품을 읽고도 아무런 감동을 받지 못한 채 작품이 거짓말 투성이라고 말하게 된다. 소설가가 언제나 현실과 적당한 거리를 유지하고 진실을 전달할 수 있는 범위에서만 상상력을 발휘해야 하는 것은 이러한 이유에서이다. 그런 점에서 소설의 허구를, "작가가 작품을 통해 제시하는 최종적 진실에 빠르고도 용이하게 도달하도록 고안된 문학상의 '길'이라고"[17] 보는 관점은 매우 강한 설득력을 지닌다. 요컨대 허구성이란 문학적 진실의 전달과 불가분의 관계를 맺고 있는 중요한 요소라고 할 것이다.

3. 객관적 현실의 모방 — 반영성

소설은 '객관적 현실의 반영'이라고 한다. 이러한 규정의 기원을 찾아 역사를

---

15) 플라톤은 『국가론』에서 시란 가상에 불과하므로 진리에 도달할 수 없고 교육적 기능이 없을 뿐만 아니라, 독자의 감정을 흥분시켜 진리를 차단하기 때문에 마땅히 그 작자인 시인은 추방되어야 한다고 주장하였다. 이 문제에 대한 보다 깊이 있는 논의는 김윤식, 『한국 근대문학의 이해』, 일지사, 1973, pp.76~82 참조

16) 아이러니컬하게도 비교적 열린 세계관을 지녔던 실학자들이 더욱 과격하게 소설 부정론을 내세웠다.

17) 이재인 외 편저, 『현대 소설의 이해』, 문학사상사, 1996, p.49.

거슬러 올라가다 보면 고대 그리스 시대에 이르게 된다. 당시의 사람들은 현실을 모방하는 행위를 미메시스(mimesis)라는 이름으로 불렀다. 그러나 이후 종교가 사회의 중심에 놓이게 되면서 중세 시대가 끝날 때까지 미메시스 이론은 논의 대상에서 거의 제외되어 왔다. 종교에서는 신과 관련된 초월적 세계관을 모든 논의의 중심에 놓았기 때문이다. 이 시대에는 실제 현실과는 다소 거리를 가진 신비적이고 추상적인 세계만이 모방의 대상이 될 수 있었을 따름이다. 신이나 영웅처럼 이상적이고 관념적인 인간을 다룬 로망스가 지배적인 장르로 군림했던 것도 같은 맥락에서 이해할 수 있다.

신성함이 사라지고 모든 것이 세속화되는 근대가 시작되면서 미메시스 이론은 리얼리즘 이론으로 발전하여 다시 활발하게 논의된다. 이 시기에 이르면 과학 혁명의 영향으로 종교는 더 이상 절대적인 권위를 누릴 수 없게 되고, 귀족 계급 대신 시민 계급이 역사의 주역으로 떠오르게 된다. 신을 믿지 않는 타락한 인간으로서의 시민 계급은 합리적 세계관을 지니고 있었기 때문에 현실과 동떨어진 문학 예술을 선호하지 않게 되었는데, 이에 따라 문학 예술도 객관적 현실을 충실하게 다루는 쪽으로 방향을 전환하지 않으면 안되었다. 소설 장르 역시 여러 가지 측면에서 많은 변화를 겪게 된다. 우선 인물의 성격 면에서 커다란 전환이 있었는데, 유형적인 인물 대신 개성적인 인물이 주인공으로 등장하였다. 다음으로 시간적, 공간적 배경도 추상화적이지 않고 실제로 인간들이 살아가고 있는, 구체적이고도 일상적인 나날과 생활 공간으로 바뀌었다. 이 밖에 운문적인 요소가 쓰이지 않고 산문성이 강조되었으며, 우연적 요소보다 인과 관계가 중시되는 등의 변화가 있었다.

한편 소설가가 객관적 현실을 반영한다는 것은 현실을 있는 그대로 그린다는 의미는 결코 아니다. 설사 세밀화를 그리는 화가처럼 소설가가 아주 정밀한 묘사력을 지니고 있다 하더라도 현실을 그대로 복사할 수는 없는 노릇이다. 그런데도 19세기의 자연주의 소설가들은 한창 발전을 구가하던 과학의 힘을 과신한 나머지, 충실한 세부 묘사를 통하여 현실을 그대로 그려낼 수 있다고 믿었다. 그들은 외과 의사가 시체를 해부하듯 현실의 우울한 면을 그대로 그려내기 위해 노력하였지만, 결과는 참담한 것이었다. 현실의 본질적인 면은 그려내지 못한 채 겉모습만 비교적 사실적으로 재현하는 데 그치고 말았기 때문이다. 이러한 자연주의의 실패는 현실의 반영이 현상적인 면의 면밀한 묘사를 뜻하지 않는다는 것을 분명하게 보여 주는 좋은 예라고 할 수 있다.

자연주의의 한계를 극복하기 위해 현실의 본질적인 면까지 반영하는 방법을 모색하는 과정에서 등장한 것이 소위 '전형 이론'이다. 소설이라는 장르를 포기하지 않는 한, 소설가는 현실을 반영할 때 인물(주인공)의 운명을 통해 그려낼 수밖에 없다. 그런데 관건은 어떻게 인물을 그려낼 것인가에 놓여 있다. 앞서 살펴보았듯이, 인물의 행동을 자세하게 그려내는 것만으로 현실이 제대로 반영되는 것은 아니다. 그래서 소설가는 부득이하게 나름의 관점에 따라 현실의 본질적인 측면을 담지할 수 있는 '살아있는 인물'을 그려내게 된다. 우리는 그 인물을 가리켜 전형적 인물이라고 부른다. 다음의 인용문에 등장하는 인물들을 유심히 살펴보자.

경희넨 집도 컸고 정원도 넓었지만 난 별로 눈부셔하지 않았다. 내 집보다 규모가 크고 좀더 휘번드르르한데도 어딘지 내 집과 비슷했다. 편리한 양옥 구조가 다 그렇듯이 그저 그렇고 그랬다. 세간도 그랬다. 하긴 경희네 안방 자개 문갑과 내 집 자개 문갑이 같은 값일 리 없고, 그 문갑 위에 놓인 청자가 우리 집 것과 같은 육백 원짜리 가짜일 리는 만무하다 하겠다. 그러나 경희나 나나 이런 가장집기들에게 약간의 용도와 금전적 가치와 전시 효과 외엔 특별한 심미안이나 애정을 두지 않긴 마찬가지일 테니, 그것들이 무의미하기도 마찬가지일 게 아닌가. 나는 조금도 위축되거나 비실비실하지 않았다. 경희는 품위도 우정도 잃지 않을 한도 내에서 절도 있게 나를 반가워했다. 그리고 나서 남편은 뭐 하는 사람이냐고 물었다. 영미가 약간 입을 비죽대며 "뭐 일본과 기술 제휴한 전자회사 사장이라나 봐." 했다. 곧이어 희숙이 "글세 그 사람이 애 세 번째 남편이래지 뭐니" 하고 덧붙였다.

경희는 정숙한 여자가 못 들을 망측한 소리를 들었다는 듯이 얼굴을 곱게 붉히더니 "계집애두." 하며 손을 입에 대고 웃었다. 덧니가 부끄러워 비롯된, 손으로 입 가리고 웃는 버릇은 이제 덧니의 매력까지를 계산하고 있어 세련된 포즈일 뿐이다. 뱀어처럼 가늘고 거의 골격을 느낄 수 없이 유연한 손가락에 커트가 정교한 에메랄드의 침착하고 심오한 녹색이 그녀의 귀부인다운 품위를 한층 더해 주고 있다. 아름다운 포즈였다. 그러나 부끄러움은 아니었다. 노련한 연기자처럼 미적 효과를 미리 충분히 계산한 아름다운 포즈일 뿐이었다. 부끄러움의 알맹이는 퇴화하고 겉껍질만이 포즈로 잔존하고 있을 뿐이었다.[18)]

이 작품에 등장하는 인물들은 1970년대 우리 사회의 단면을 잘 보여 주는 전형적인 인물들로 평가받고 있다. 소설가는 단지 서너 명의 인물을 그려 놓았을 뿐인데도, 독자들은 이 작품을 읽으면서 당시의 우리 사회가 어떤 사회였는지를 파악하는 것이 가능하다. 물론 소설가가 인물들의 외양이나 행동을 자세하게 묘사한 것은 아니다. 그는 다만 '전형적 상황에서의 전형적인 성격들의 충실한 묘사'[19]를 했을 뿐이다. 즉, 갑자기 이루어진 근대화의 결과 막대한 물질적 풍요를 누리게 된 상황에서 도덕적 가치를 상실하고 인간 관계의 파탄을 맞게 된 중산층의 행태를 그려내고 있는 것이다. 그렇다고 그들이 사회학에서 분석하는 인간처럼 생동하는 호흡을 느낄 수 없는 추상적인 인간인 것은 아니다. 그들은 우리 사회의 문제점을 잘 보여주면서도, '나'와 경희가 그렇듯이 다른 사람과 구별되는 개성적인 측면까지도 지니고 있다. 이를 통해서 보면, 전형적인 인물은 보편적인 성격뿐만 아니라 개별적인 성격을 동시에 지니고 있으며, 자기가 속한 계층의 본질적인 성격까지를 체현하는 인물이라고 할 것이다.

그렇다면 이와 같이 전형적 상황과 전형적 인물을 통해 현실을 반영하는 과정에서 소설가의 주관(主觀)은 어떤 역할을 하는가? 소설에서 표현되는 모든 것은 소설가의 인식을 통해 '가공'되는 과정을 거친다. 다시 말해 소설가는 객관적 현실이 자기와 어떤 관계를 맺고 있으며, 어떤 가치를 지니고 있는가를 평가한다. 소설을 두고, 인생에 대한 작가의 새로운 해석이나 새로운 의미 창조라고 부르는 것도 바로 이 때문이다. 이처럼 작가의 주관이 객관적 현실을 반영하는 데 방해가 되지 않고 오히려 능동적인 역할을 한다는 점에서, 주관을 배제한 채 객관적 진리만을 추구하는 학문 일반과 뚜렷이 구별되는 소설만의 특징을 찾아볼 수 있다.

다른 한편으로 소설가가 객관적 현실 속의 진리가 자기와 어떤 관계를 맺고 있는가를 판단할 때, 즉 객관적 진리의 가치를 평가할 때 기준이 되는 것은 그의 이상(Ideal)이다. 여기서 말하는 이상은 작가가 순수하게 '주관적으로' 생각하는 공상 따위와는 질적으로 구별된다. 그것은 "현존하지는 않으나 소망하는 혹은 필요로 하는 어떤 것을 창조하기 위해 현존하는 것을 정신적으로 변형시키

---

18) 박완서, 「부끄러움을 가르칩니다」, 『한국소설문학대계』 69, 동아출판사, 1995, pp.113~114.
19) M. 클림 편, 조만영·정재경 역, 『맑스·엥겔스 문학예술론』 1, 돌베개, 1990, p.163.

는 것"[20]을 의미한다. 그러니까 이상이란 소설가가 꿈꾸는 완전한 세계를 만들기 위하여 그가 세운 계획의 일부라고도 할 수 있는 것이다. 정리하면, 소설가는 자신이 소망하는 바람직한 세계의 형상으로서의 이상을 통하여 객관적 현실을 지각하고 평가하며, 작품 속에 형상화한다고 할 수 있다.

위에서는 소설가가 현실을 반영할 뿐만 아니라 그 속에서 이상적 가치를 추구한다는 것을 알 수 있었다. 이를 구체적으로 작품 창작에 적용시킨다면, 현실과 이상의 두 요소 가운데 상대적으로 어느 것을 강조하느냐에 따라 소설은 "당대 현실의 풍속이나 사회적 변화에 대한 충실한 스케치"[21]가 되거나 현실을 훨씬 뛰어넘는 이상주의적 세계의 설계도가 될 것이다. 우리는 각각의 경향에 속한 작품의 예를 얼마든지 가지고 있다. 흔히 세태 소설이나 풍속 소설 등으로 불리는 발자크·졸라·염상섭·박태원 등의 소설은 전자에 속할 것이고, 조이스·프루스트·이상(李箱)·장용학 등이 창작한 모더니즘적 작품 내지 초현실주의적 작품은 대체로 후자에 속할 것이다. 그러나 이러한 차이에도 불구하고 모든 소설이 궁극적으로는 인간이 살고 있는 객관적 현실을 반영하며, 보다 나은 미래를 향한 의지를 포함하고 있다는 것은 변함없는 사실이다.

4. 변화무쌍한 적응력 ─ 개방성

소설의 발생 시기를 고대 그리스 시대로 소급하면, 소설의 역사는 자그만치 2천 년이 넘는다. 같은 시대에 성행했던 영웅 서사시 등의 장르가 이미 오래 전에 쇠퇴한 데 비하여 소설이 이토록 오랜 세월 동안 맹위를 떨치고 있는 이유는 무엇일까? 그것은 아마도 소설이 매우 가변적이고 혼합적인 장르이기 때문일 것이다. 소설은 대단한 잡식성이어서 "다른 모든 문학 장르, 나아가서는 다른 예술까지도 다 흡수해 버리는 경향"[22]을 가지고 있다. 그래서 소설에는 위기라는 것이 있을 수가 없다. 존재를 위협하는 어떤 어려운 시련에 부딪쳐도 그 적

---

20) M.S. 까간, 진중권 역, 『미학강의』 I, 벼리, 1989, p.120.
21) 구인환, 『소설론』, 삼지원, 1996, p.116.
22) R. 부르뇌프·R. 월레, 김화영 역, 앞의 책, p.36.

응력으로 돌파해 내고야 마는 것이다.

우리의 문학을 예로 들면, 초기의 현대 소설이 자주 차용한 것은 신화, 전설, 민담 등의 설화나 민요, 한시, 시조, 찬송가 등의 시가였다.[23] 그 시기에는 아직 현대 소설에 대한 인식이 확고하게 확립되지 못했을 뿐만 아니라 작가의 인식 수준도 낮은 단계에 머물러 있었다. 그럼에도 불구하고 소설 장르가 존재하는 한, 그 지향하는 바로서의 삶과 세계에 대한 폭넓은 반영은 포기될 수 없었기에 불가피하게 다른 장르의 도움을 받을 수밖에 없었던 것이다. 특히 여러 장르 가운데 자체 완결적 형식을 가진 시가는 그 특성상 시인이 가진 개성적인 세계 인식을 함축적으로 드러내기 때문에 다른 장르에 비해 훨씬 자주 인용되었다. 아래의 인용문은 그 대표적인 예라고 할 수 있다.

“서로 붙잡고 많이 우셨겠지요.”

“눈물도 안 나오드마. 일본 우동집에 들어가서 둘이서 정종만 열 병 따라 뉘고 헤어졌구마.”

하고 가슴을 찢는 듯이 괴로운 한숨만 쉬더니만 그는 지낸 슬픔을 새록새록이 자아내어 마음을 새기기에 지쳤음이더라.

“이야기를 다 하면 무얼 하는기오.”

하고 쓸쓸하게 입을 다문다. 내 또한 너무도 참혹한 사람살이를 듣기에 쓴물이 났다.

“자, 우리 술이나 마저 먹읍시다.”

하고 우리는 서로 주거니 받거니 한 되 병을 다 말리고 말았다. 그는 취흥에 겨워서 우리가 어릴 때 멋모르고 부르던 노래를 읊조렸다.

볏섬이나 나는 전토는
신작로가 되고요—
말마디나 하는 친구는
감옥소로 가고요—
담뱃대나 떠는 노인은

---

23) 이 점은 역사적 기록이나 영웅담 등에 의존했던 개화기의 역사 전기 소설이나 판소리의 줄거리를 원용했던 이인직과 이해조의 신소설 등을 통해 증명된다. 한편 최초의 근대 소설로 평가받는 이광수의 「무정」도 인물담과 민요를 그 내용 속에 도입하고 있다.

공동묘지 가고요—
인물이나 좋은 계집은
유곽으로 가고요.24)

위에 인용한 노래는 원래 일본 제국주의의 침략 앞에 놓인 우리 민족의 처지를 「아리랑」의 곡조에 담아 부르던 것이다. 여기서 작가는 고향에서 쫓겨나 떠돌이 신세가 되거나 유곽으로 팔려가야 했던 식민지 민중의 암담한 현실을 그들이 즐겨 부르던 민요를 통해 간명하고 여실하게 그려내는 데 성공하고 있다. 만약 민요를 인용하지 않고 직접 묘사를 하거나 설명을 했다면 인용문에서 보는 바와 같이 깔끔하게 끝맺지는 못했을 것이다. 이처럼 시가는 현실 상황을 압축적으로 보여주는 효과를 가지고 있었기 때문에 현재까지도 자주 소설에서 원용하고 있다. 한편 설화는 강경애의 『인간 문제』에 나오는 '장자못 전설', 황순원의 『카인의 후예』에 나오는 '큰아기바윗골 전설', 김동리의 「황토기」에 등장하는 '상룡설(傷龍說)' 등과 같이 소설의 중요 내용을 보여주는 모티프로 인용되는 경우가 많다.25)

현대 소설이 발전함에 따라 설화나 시가 이외의 새로운 영역이 소설에 영입되었다. 이상(李箱), 허준, 최명익 등은 심리주의 소설을 쓰면서 프로이트의 정신분석학을 도입하였으며, 박태원 등은 세태 소설을 쓰는 과정에서 몽타주나 파노라마 기법 등 당시에 유행하던 영화의 기술을 도입하였다. 또한 몇 년 전에 베스트 셀러붐을 일으켰던 『소설 동의보감』의 저자 이은봉은 방송 작가 시절에 익혔던 장면 전환 등의 드라마적 수법을 받아들이기도 하였다. 이 밖에도 최근의 공상 소설 작가들은 유전자 공학이나 원자핵 공학, 컴퓨터 공학 등의 기술을 빌려다 쓰고 있으며, 1990년대에 등장한 신세대 작가들은 로큰롤, 재즈 등의 음악적 요소까지 응용하고 있는 실정이다.

그러면 이제부터는 어떻게 해서 소설이 이처럼 다루지 못하는 것이 없을 정도

---

24) 현진건, 「고향」, 『한국소설문학대계』 7, 동아출판사, 1995, p.514.
25) 각 설화와 작품의 관계에 대한 자세한 논의는 다음의 책을 참조할 수 있다.
　　이상경, 『강경애』, 건국대학교 출판부, 1997.
　　김만수, 『문학의 존재 영역』, 세계사, 1994.
　　김윤식, 『김동리와 그의 시대』 1, 민음사, 1995.

로 넓은 영역을 차지하게 되었는가를 알아 보도록 하자. 먼저 언어의 측면에서 그 원인을 설명하려는 견해가 존재한다. 이 견해를 대표하는 이론가는 담론의 분석을 통해 소설의 내적 특성을 규명한 바흐친이다. 그에 의하면, 시의 언어가 시인 개성의 단일성을 기본적으로 상정하는 데 비해 소설의 언어는 작가, 독자, 주인공 또는 작중 화자 간의 관계에 바탕을 둔 다원 언어주의(pluralinguism)적 언어이다.26) 그렇기 때문에 소설의 언어는 대화 지향적이고 사회성을 지니고 있다. 또한 그 언어는 개인과 개인의 상호 이해로 이루어지며, 폐쇄적인 공간이 아니라 다양한 화자들의 언어 의식이 합치하는 열려 있는 공간을 지향하게 된다. 물론 이와 같이 소설의 언어가 다원 언어적일 수 있는 이유는 소설의 담론을 구성하는 작가, 독자, 주인공 등이 소유한 언어 의식의 차이에 따른 언어의 분화 때문이다.

이러저러한 이유로 인해 분화된 언어들은 모두가 독특한 관점을 형성하여 궁극적으로는 세계관을 표현해 낸다. 소설의 언어는 일원 언어주의(monolinguism) 대신 다원 언어주의에 입각하고 있기 때문에 하나의 권위를 지향하는 공식적 세계관이 아니라 해체와 분산을 지향하는 평민적 세계관 내지 축제적 세계관을 드러낸다. 그리고 공식적인 언어에 대항하고 방언을 지향하기도 한다. 서사시와 같은 고상한 장르를 비판하고 해체함으로써 자신을 정립해 온 소설이 공식적인 언어 대신 방언을 통해 성립되었다는 것은 당연한 이치라 할 것이다. 한편 소설은 웃음이나 해학 등의 풍자적인 요소들을 도입하고 '완결되지 않은' 현재가 갖는 자연 발생성과 접촉한다.27) 그래서 소설가는 진행중인 일이라면 실제로 벌어지고 있는 자신의 일까지도 서술할 수도 있게 된다. 이렇듯이, 소설은 다양성과 통합성을 특징으로 하는 언어와 세계관에 기초를 두었기 때문에 생겨날 때부터 개방적인 성격을 지닐 수밖에 없었던 것이다.

소설 담론을 분석함으로써 그 열린 성격을 규명하려는 시각과 더불어, 소설이 다루고 있는 현실 자체의 방대함과 현재성으로부터 개방성의 이유를 찾는 견해도 있다. 인간의 삶이나 역사는 그 범위가 너무나 광범위할 뿐만 아니라 멈추지 않고 계속 전전하므로 언제나 진행형이다. 그러므로 그것을 형상화하는 소

---

26) 권오룡, 앞의 논문, p.71.
27) M. 바흐친, 전승희 외 역, 앞의 책, p.46.

설이 완성된 내용을 가질 수 없다는 것은 이미 정해진 운명이라 할 것이다. 이렇게 본다면, 소설이 어떤 하나의 형식에 얽매이는 것 자체가 소설이기를 포기하는 것과 다름 없음을 알 수 있다.

마지막으로, 위의 견해와 유사하게 소설이 더 이상 개인과 공동체의 조화를 지탱할 수 없게 된 사회에 뿌리를 내리고 있기 때문에 불완전한 형식을 가지게 되었다고 보는 시각이 있다. 소설의 형식을 '선험적 고향 상실성의 표현'[28]으로 보았던 루카치의 견해도 여기에 속하는 것이다. 굳이 헤겔의 주장을 떠올리지 않더라도, 소설이 부르주아 사회의 산물이라는 것은 많은 사람들이 공통적으로 인식하는 바이다. 그런데 자본주의 경제 체제를 토대로 하여 성립된 부르주아 사회는 고립된 개인을 기본 단위로 한다. 이 사회에서 개인은 오로지 자신의 이익만을 위하여 노동할 뿐이고, 그들의 의식 속에서 공동체 정신 따위가 사라진 것은 이미 오래 전의 일이다. 그 결과 개인과 공동체의 삶이 지향하는 바가 일치하기를 바라는 것은 관념 속에서나 가능한 일이 되어 버렸다. 비록 소설이 총체성을 지향한다 하더라도, 부르주아적 인간상을 그리는 한에 있어서 그 시도는 필연적으로 실패할 수밖에 없는 것이다. 이러한 때에 소설의 형식이 완결되지 못하고 불완전하며, 열려 있는 것은 오히려 당연한 일이 아닐 수 없다.

지금까지는 소설의 본질 중의 하나인 개방성을 그 내용과 원인면에서 간략하게나마 살펴 보았다. 끝으로 다시 한 번 강조하건대, 소설은 어떤 요소라도 자신의 내용으로 삼을 수가 있다. 그래서 오늘날까지도 거의 틀이 완성되지 않은 장르이며 여전히 발전하고 있는 장르이다. 바로 이러한 특징이야말로 소설이 다른 문학 장르에 비해 쉽게 소멸되지 않고 오래도록 생명을 유지할 것이라고 믿는 가장 커다란 이유라고 할 것이다.

---

28) G. 루카치, 반성완 역, 『소설의 이론』, 심설당, 1985, p.47.

새로운 소설론의 모색을 위하여

1. 지금까지의 소설론[1]에 대한 반성

소설을 탐구하는 연구자들에게 소설 장르에 관한 이론은 실제 작품을 분석하는 일만큼이나 관심을 끄는 분야이다. 그래서 지금까지 동서양에 걸쳐 숱한 소설론이 등장한 바 있다. 우리의 경우에도 소설 장르에 대한 이론이 적지 않게 등장했거니와, 대체로 고전 문학을 전공하는 연구자의 경우 서구의 이론보다는 자생적인 장르 이론을 개척하려는 경향이 지배적인 데 비해 현대 문학을 전공하는 연구자의 경우는 서구의 소설론을 우리의 문학 현실에 수용하려는 경향이 더욱 강하였다. 이렇게 된 배경에는 고전 소설과 현대 소설간의 여러 가지 차이가 개재되어 있지만, 어쨌든 최근에 고전 문학 전공자들을 중심으로 하여 벌어지고 있는 서구의 소설론에 대한 반성과 독자적인 소설론의 수립을 위한 노력은 많은 연구자들의 주목을 끌고 있다.

---

1) 힐레브란트는 소설의 이론을 작가가 실제의 경험으로부터 끌어낸 일종의 개관을 이론화하는 경우, 즉 생산 주체와 깊은 관련을 맺은 이론과 객체인 소설 작품의 법칙을 탐구하고 구조를 밝혀내는 이론으로 구분하였다. 한편 후자는 다시 역사 지향적 장르론과 비역사적 경향의 구조주의적 방법론으로 나누어진다. B. 힐레브란트, 박병화·원당희 역, 『소설의 이론』, 현대소설사, 1993, p.11. 이 글에서 다루는 소설의 이론은 후자의 관점에서 바라본 이론에 국한된다. 그리고 여기서 말하는 소설이란 장편 소설을 지칭하는 것이다.

특히 조동일이 「자아와 세계의 소설적 대결에 관한 시론」에서 펼친 견해는 신화·전설·민담을 염두에 두고 소설 장르의 특성을 파악하려 했기 때문에 그들 장르와 밀접한 관련하에 발전한 전통적인 고전 소설의 발전 과정을 설명하는 데에는 매우 유효한 것으로 보인다. 그는 자아와 세계를 문학 작품에서의 음양으로 보고, 어느 작품이든지 자아와 세계의 대립으로 그 구조가 성립된다고 보았다. 이 전제를 바탕으로 신화·전설·민담·소설은 모두가 작품 외적 자아의 개입으로 이루어지는 자아와 세계의 대결을 보이면서도, 신화는 자아와 세계가 상호 보완적이거나 동질적인 관계를 갖도록 대결하여 자아와 세계를 포괄하는 질서를 구현하며, 전설은 세계의 우위에 입각하여 자아와 세계가 대결하면서 자아가 극복할 수 없는 전설적 경이를 보여준다고 설명한다. 또한 민담은 자아의 우위에 입각하여 자아와 세계가 대결하면서 세계에 구속되지 않는 자아의 가능성을 보여주고, 소설은 자아와 세계가 상호 우위에 입각하여 대결하면서 자아와 세계 양쪽에 통용될 수 있는 소설적 진실성을 추구하는 것으로 규정한다.[2]

이처럼 전통적인 이기(理氣) 철학에 의거하여, 소설을 서로 용납할 수 없는 관계에 놓인 자아와 세계가 상호 우위성에 바탕하여 양자에 두루 적용될 수 있는 소설적 진실성을 추구하는 장르라고 규정한 그의 설명은 자생적인 장르 개념의 설정을 위한 노력이라는 점에서 높이 평가되어야 마땅할 것이다. 하지만 한편으로 그의 이론은 헤겔적 전통 아래 놓인 루카치의 소설론에서 크게 벗어나지 못한 것으로 생각된다. 즉, 그의 이론은 루카치가 주장한 '신이 떠나간 세계에서 주관과 객관의 분열을 넘어선 삶의 총체성을 다시 찾아가는 모험'이라는 소설의 개념을 우리의 철학을 원용하여 다시 설명한 것에 불과하다는 혐의를 짙게 가지고 있다는 것이다.[3]

조동일로 대표되는 고전 문학 전공자들 사이에서 헤겔적 전통을 이어받은 루카치의 소설론이 차지하는 압도적 비중은 현대 문학 전공자들 사이에서도 동일한 형태로 나타난다. 특히 프롤레타리아 문학을 중심으로 하여 식민지 시대부터

---

2) 조동일, 『한국 문학의 갈래 이론』, 집문당, 1992, p.245.
3) 김준오는 조동일의 작업이 최초로 자생적인 장르 이론을 정립하고자 한 노력이기에 높이 평가되어야 한다고 하였다. 하지만 그 장르 체계가 서구의 장르 이론들을 종합해서 이루어진 것이며, 무엇보다도 이기 철학을 도입하지 않더라도 성립된다는 점을 지적한 바 있다. 김준오, 『한국 현대 장르 비평론』, 문학과 지성사, 1990, pp.75~76.

현대에 이르기까지 폭넓게 전개된 리얼리즘 소설에 관심을 둔 연구자들의 경우 거의 예외없이 루카치의 이론적 영향을 강하게 받은 것이 사실이다. 다시 말해 우리가 흔히 접할 수 있는 문제적 인물, 전망, 전형, 반영, 긍정적 영웅, 매개 등의 용어를 사용하여 작품을 분석한 글들은 알게 모르게 루카치의 이론을 승인한 자리에서 이루어진 것들이다.

그러나 이제는 루카치의 이론을 비롯한 헤겔적 전통을 잇고 있는 소설론 전반에 대하여 본격적인 회의를 가져볼 때가 아닌가 한다. 오늘날은 근대 이래로 추진되어 온 계몽의 기획이 의심받으면서 합리성에 대한 공격이 가해지고 이성적 주체의 죽음이 논의되고 있는 시대이다. 뿐만 아니라 몇몇 포스트 모더니즘 론자에 의하여 실제 현실이란 존재하지 않으며 존재하는 것은 오직 기호와 이미지의 체계뿐이라는 극단적 주장마저 제출되고 있다. 물론 이런 시대적 흐름 때문에 반드시 과거의 이론이 폐기되어야 한다고 주장하는 것은 아니다. 하지만 새로운 이론과 비교하여 지금까지의 소설론이 결과적으로 소설 분석의 획일화 내지 단순화를 가져온 것은 아닌지 의심할 필요가 있으며, 또 헤겔적 전통의 소설론이 더 이상 얼마만큼 생산적인 결과를 가져올 수 있을까는 물을 필요가 있다고 생각한다. 이런 문제 의식을 바탕으로 이 글에서는 먼저 헤겔적 전통 아래 놓여 있는 헤겔, 루카치의 이론이 지닌 한계를 구명한 뒤, 보다 생산적인 새로운 소설론의 모색을 위하여 필자 나름대로의 제언을 시도해 보고자 한다.

2. 헤겔과 루카치 소설론의 이론 구조

지금까지 제출된 소설론 가운데 우리의 문학계에 비교적 뚜렷한 영향을 미친 것으로는 소설 장르의 역사철학적 성격을 문제삼은 헤겔, 루카치의 이론을 비롯하여 지라르, 골드만, 바흐친 등의 이론을 들 수 있다.[4] 널리 알려진 바와 같이

---

[4] 엄밀히 말해 이들이 모두 독립적이고 체계적인 소설 이론을 수립한 것은 아니다. 특히 마르크스주의자의 경우 독립적인 학문은 존재하지 않으며, 오직 총체성으로서의 사회의 발전에 관한 유일하고 통일적인 과학만이 존재하는 것으로 생각하기 때문에 더욱 그러하다. 그렇기 때문에 이 글에 말하는 소설론이 때로 예술론 일반으로 확대되는 경우가 많다는 점은 솔직히 인정하지 않을 수 없다.

헤겔은 독자적인 소설 장르의 이론을 수립하려고 시도하지 않았다. 하지만 그의 미학 체계의 일부분을 구성하는 서사시를 설명하는 자리에서 소설을 '부르주아 시대의 서사시'[5]로 규정하면서, 소설 장르의 역사적 문제를 제기하였다. 그는 서사시가 인류 발전의 원시적 단계인 영웅들의 시대에 전형적으로 부합되는 장르라고 하였는데, 그에 의하면 이 시대의 영웅은 그 개인이 소속되어 있는 도덕적 전체로부터 유리된 존재가 아니라 전체와의 본질적인 일치에 의해서만 자기를 의식하는 존재이다. 그러나 이러한 영웅은 부르주아 시대로 접어들면서 소멸하고 만다. 물론 그 원인은 사회의 변화에 있다. 부르주아 시대의 사회에서 개인과 전체는 유리되어 있으며, 개인은 오직 자기자신만을 위하여 모든 행동을 할 뿐이다. 그럼에도 그는 자신을 둘러싼 범속한 상황들과 충돌하면서 원래의 서사시에 나오는 근원적인 시적 세계상을 회복하기 위해 노력하게 된다. 그러나 그가 속해 있는 사회의 속성으로 인하여 그의 노력은 항상 성공을 거두지 못한 채 수포로 돌아가고 만다. 결국 이러한 헤겔의 논리에 따르면 인류의 역사적 발전이 부르주아 단계에 접어들면서 개인과 사회의 분열을 가져옴으로써 필연적으로 서사시 대신 소설을 발생시켰으며, 소설의 주인공은 과거에 서사시의 주인공이 가졌던 총체적인 세계관의 획득을 위해 실패로 귀결될 것이 뻔한 모험을 한다는 결론이 도출된다.[6]

이러한 헤겔의 소설론을 이해하기 위해서는 먼저 그의 철학적 사고의 출발점인 주체와 객체의 변증법과 인식론의 구조를 파악하지 않으면 안된다. 그렇다 하더라도 이 자리에서 그의 방대한 철학 체계 전체를 개관할 수는 없는 노릇이다. 그래서 가장 기본적인 골격만을 간추려 보면 다음과 같이 정리할 수 있을 것이다. 누구나 아는 바와 같이 헤겔은 주체뿐만 아니라 객체까지도 모두 모순 관계에 놓여 있다는 모순의 보편성을 내세우면서, 그 모순은 정 — 반 — 합의 논리적 과정을 통해 지양된다고 주장하였다. 또 그는 칸트처럼 주체와 객체를 결코 화해할 수 없는 대립적 위치에 놓인 것으로 파악하지 않고, 반대로 주체의

---

5) 헤겔, 두행숙 역, 『헤겔 미학』 III, 나남출판, p.569.
6) 이와 같은 헤겔의 견해에 대하여 루카치는 장편 소설이 그 자체로는 결코 도달할 수 없는 서사시적 세계를 이상으로 삼고 있다는 점을 명확히 했다는 점과 고대 서사시와 소설 사이의 역사적 상이함을 인정하고 나아가 새로운 예술 장르로서 장편 소설을 인정하고 있다는 점에서 커다란 진보를 이룩하였다고 평가하였다. 소련 콤 아카데미 문학부 편, 신승엽 역, 『소설의 본질과 역사』, 예문, 1988, p.69.

"의식은 자기 자신에 대하여 총체적으로, 즉 자기의 지와 함께 또한 자기의 대상에 대해서도 변증법적 운동을 지향해 나간다"[7]고 보았다. 그리하여 궁극적으로 주체와 객체, 의식과 존재의 대립은 절대적 이념에서 최고조에 도달하는 인식을 통해서 극복되는 것으로 설명하였다. 이러한 인식론에 따르면 예술은 종교나 철학과 마찬가지로 절대자로서의 진리라는 동일한 내용을 갖지만, 객체를 의식에 관계시키는 방식에 있어 '예술 자체를 통해 산출된, 개념과 현상의 통일체로서의 미의 본질을 감각적인 형상 방식으로 의식하는' 분야로 정의된다.[8] 그러니까 예술이 최고의 완성을 이룰 때 그것은 진리의 내용에 일치하며 본질적인 표현 방식을 내포한다는 것이 헤겔의 생각인 것이다.

절대적 이념 속에서 이루어지는 주관과 객관의 통일을 기본적인 전제로 설정하고 현실의 총체적 인식을 겨냥하는 헤겔의 예술론은 이미 마르크스 등이 지적한 것처럼 '동일자의 사유'라는 근본적인 한계를 안고 있다. 또한 주관과 객관의 통일이 절대 이념이라는 관념 체계 속에서 이루어지고 있다는 점에서 관념적 한계를 지닌 것이다. 한편으로 이와 같은 헤겔의 이론이 지닌 관념성을 비판하면서 다른 한편으로 헤겔의 이론에서 주체와 객체의 통일, 총체성 등의 개념을 수용한 루카치 역시 소설을 '타락한 세계에서 타락한 방법으로 진정한 가치를 추구하는 이야기'로 정의한다. 즉, 그도 잃어버린 서사시적 총체성의 회복을 소설의 지향점으로 간주했던 것이다. 그러나 루카치에 의하면, 부르주아 시대의 소설에서는 사회의 모순을 총체적으로 인식할 수 있는 적극적 주인공을 발견하고 묘사하는 것도 불가능해지고 '전형적인 상황에서의 전형적인 성격'을 그리는 것도 불가능해진다.[9]

그렇다면 이처럼 자본주의 사회의 작가와 소설 작품이 결코 사회적 모순의 총체적 형상화에 도달할 수 없는 이유는 무엇인가. 그것은 소설이 자리잡고 있는 토대로서의 자본주의 사회가 지닌 물신성 때문이다. 루카치는 『역사와 계급의식』에서 자본주의 사회가 '인간의 기능이 상품으로 될 것'을 요구하는 생산방식에 기초하고 있다고 주장한 바 있다. 이 사회에서는 생산자의 노동력이 단

---

7) 헤겔, 임석진 역, 『정신현상학』 1, 지식산업사, 1988, p.154.
8) 헤겔, 두행숙 역, 『헤겔 미학』 I, 앞의 책, p.158.
9) 소련 콤 아카데미 편, 신승엽 역, 『소설의 본질과 역사』, 앞의 책, pp.70~79.

지 시장에서 판매되는 상품으로 변화하며, 생산자인 노동자의 개성으로부터 분리되는 '사물화'가 광범위하게 진행된다. 그리고 사물화에 근거한 상품 관계의 사물화 현상으로 인하여 "인간의 특성과 능력은 더 이상 개인의 유기적 통일성으로 결합하는 것이 아니라 외적 세계의 다양한 대상들처럼 인간이 '소유하고' '양도하는' '사물'로 나타나게 된다."10) 결국 이러한 이유 때문에 자본주의 사회의 주역인 부르주아는 총체성의 획득에 실패하고, 그 가능성은 노동자의 몫으로 남는다.

루카치는 부르주아와 달리 노동자의 경우 "상품으로서 자신을 객관화하는 인간 안에서 주체와 객체의 분열이 일어나기 때문에 동시에 이 상황이 의식화될 수 있게"11) 되는 것으로 보았다. 다시 말해 노동자는 자신을 상품으로서 의식하면서 제 자신 및 자신과 자본과의 관계를 인식하게 된다는 것이다. 그리하여 루카치는 "노동자의 사물화 과정, 상품화 과정이 노동자를—그가 여기에 대해 의식적으로 저항하지 않는 한—비록 무로 돌리고 그의 '영혼'을 위축시키고 불구화시키지만, 노동자의 인간적·영혼적 본질을 상품으로 바꿔 놓지는 않"12)기 때문에 노동자는 사물화 과정에 저항하면서 자신의 현존재를 완전하게 객관화할 수 있다고 보았다. 또 이와 같은 노동자 자신의 개인적 존재를 지키기 위한 저항과 투쟁은 자본주의를 와해시키기 위한 전 노동자 계급의 혁명적 조직화를 위한 투쟁으로 변화하지 않을 수 없는 것으로 생각하였다. 그는 이 과정에서 노동자의 개성은 필연적으로 적극적 주인공으로 되고13) 보편적인 것과 개별적인 것의 통일 가능성이 확보되기 때문에 마침내 현실의 총체적 반영은 노동자 계급 의식에 투철한 주체에 의해서만 가능하다는 결론을 내리게 된다.14)

한편 루카치의 미학 체계에서 보편적인 것과 개별적인 것의 통일은 특수성의

---

10) 하버마스, 서규환 외 공역, 『소통 행위 이론』 I, 의암출판문화사, 1995, p.402.
11) 루카치, 박정호·조만영 공역, 『역사와 계급의식』, 거름, 1995, p.261.
12) 위의 책, p.266.
13) 소련 콤 아카데미 편, 신승엽 역, 『소설의 본질과 역사』, 앞의 책, p.114.
14) 주지하는 바와 같이 루카치의 이론에서는 현실의 총체적 반영이라는 측면을 강조하기 때문에 문학적 주체의 당파성을 소홀히 하였고, 그 결과 과학적 객관성과 공산주의적 당파성을 분리시켰다는 이유로 인식론주의라고 평가받는다. 그리고 루카치가 말하는 반영론은 글자 그대로 '모방'의 의미를 지니고 있어서 그는 현실이라는 개념을 아주 단순하게 파악하였다는 비판도 받고 있다. 문학 예술 연구소 편, 『현실주의 연구』 I, 제3문학사, 1990, p.25.

범주를 통해 이루어진다. 그에 의하면 미적 반영은 인식적인 반영과 마찬가지로 내용적으로나 형식적으로 발전된 풍부한 현실의 총체성을 파악하고 발견하며 자체의 특유한 수단으로 그것을 재생산하는데, 이 과정에서 보편성과 개별성이라는 양 극단은 특수성으로 지양된다. 이를 구체적으로 말하자면, 우선 내용적인 면에서 개별자는 일시적이고 단순히 피상적이며 우연적인 성격을 잃고 보편자는 개개인의 내면에서 그들의 행동을 규정하는 개인적 세계관으로 표현됨으로써 특수성으로 지양된다는 것이다. 그리고 형식적인 면에서도 감각적 개별자와 사념적 보편자가 유기적으로 통일되어 '생생한 상징에 의한 보편화'로서의 특수성을 지향하게 된다는 것이다.[15]

이와 같은 성격의 특수성은 전형과 관련하여서도 중요한 의미를 지닌다. 루카치에게서 전형은 단 하나의 전형으로 집약되지는 않으며, 서로 대등한 가치를 지닐 수 있는 다소 많은 수의 전형들이 설정된다. 그리하여 "진정한 예술 작품 속에서는 언제나 서로를 보완하며 역동적 상호 작용을 통해 구성의 기반을 이루는 전형들의 위계 체계가 생겨난다."[16] 물론 이러한 '전형들의 다원론'이 설정되는 이유는 인류의 발전 과정이 무엇과도 비교할 수 없을 정도로 '교활하기' 때문이다. 한편 이 다양한 전형들은 나란히 정리되거나 위 아래로 정리되고 서로 영향을 주고 받을 때 하나의 총체성으로 고양되기에 이른다. 이처럼 다양한 전형들이 통일성을 부여받을 때 다시 한 번 중요성을 띠는 것은 바로 특수성이다. 왜냐하면 특수성은 "보편자와 개별자의 활동 공간 혹은 양자의 힘이 충돌하는 영역"[17]이며, 양자의 모순에 찬 역동적 상호 관계를 유기적으로 조직화하는 중심으로서의 역할을 담당하기 때문이다. 한편 이러한 특수성의 의미가 형식의 환기적 영향력을 위한 이념적 기반이 될 때 비로소 개별적 전형들의 위계체계, 총체성으로의 종합 등은 형식 부여를 통해 실제적인 영향력을 행사하게 된다.

---

15) 루카치, 홍승용 역, 『미학 서설』, 실천문학사, 1987, pp.248~249.
16) 위의 책, p.257.
17) 위의 책, p.273.

3. 주객 동일성에 근거한 소설론 비판

이제까지 살펴본 헤겔과 루카치의 소설론은 주객 동일성에 근거하여 주체와 객체의 총체적 반영을 궁극적 목표로 삼고 있다는 점에서 공통점을 지닌다. 그렇기 때문에 두 이론은 주체의 역할에 관한 인식도 공유하고 있다. 즉, 헤겔과 루카치는 주체를 자본주의 사회의 모순 구조를 파악하고 그것을 넘어서는 존재로 자리매김하고 있는 것이다. 그렇기 때문에 주체는 객관적 진리를 인식함으로써 자기 감각의 우연성, 모호성, 혼돈성을 극복하고 현실의 모순 관계를 파악할 수 있게 된다.[18] 하지만 주체에 대한 이러한 사고는 그 이론적 토대의 측면에서 상당히 문제적이다. 왜냐하면 헤겔의 자기 동일성 개념이 관념성에 깊이 침윤되어 있음은 이미 앞에서 지적한 바 있거니와, 루카치의 개념 역시 관념적 성격을 일정 정도 지니고 있기 때문이다. 다시 말해 비록 헤겔의 관념론적 한계를 벗어나기 위해 자본주의 사회의 노동자 계급을 주객 동일성을 이룰 수 있는 주체로 상정하였을지라도, 노동자의 인간적 본질이 사물화에 빠져들지 않고 노동자가 자신의 현존재를 완전하게 객관화한다고 보았던 루카치의 생각은 관념적 성격을 다분히 띠고 있는 것이다. 이 점은 호르크하이머와 아도르노에 의해 명확하게 증명된 바 있다. 비판 이론의 창시자인 두 사람이 밝힌 바에 따르면, 실제 현실의 노동자는 자본주의에 대하여 체제 전복적인 계급이 아니다. 그와는 반대로 노동자 대중의 주관적 본성은, 히틀러 시대에 뚜렷하게 드러난 것처럼, 아무런 저항 없이 사물화의 현상태인 사회적 합리화의 과정 속으로 빨려들어 갔으며, 노동자의 의식은 그 과정에 저항하기보다는 오히려 그 과정을 가속화시킨 측면까지 있었다.[19] 이런 이유 때문에 두 사람은 사회적 합리화에 의한 사물화 현상

---

18) 이와 같은 주체 개념은 소설 내의 인물 형상화에서 '문제적 개인' 또는 '완결된 인물' 개념을 설명하는 데에도 영향을 미치고 있다. 즉, 루카치에 따르면 교환 가치가 주도적인 위치를 차지하면서 광범위한 사물화가 전개된 자본주의 사회에서는 '스스로 의식적으로 행동하는 주인공'으로서 완결된 인물이 결코 주인공으로 등장할 수 없다. 만약 등장한다면 그것은 거의 예외없이 저열성의 표현에 지나지 않는 것으로 평가된다. 루카치, 조정환 역, 『변혁기 러시아의 리얼리즘 문학』, 동녘, 1986, p.305.

19) 호르크하이머·아도르노, 김유동 외 공역, 『계몽의 변증법』, 문예출판사, 1995 중의 「문화 산업」 참조

을 자본주의 사회에서만 일어나는 현상으로 보지 않고 사회 일반에 내재한 고유한 본성으로 인정하면서, 그 원인을 도구적 이성이라는 개념을 통해 설명하게 되었던 것이다. 또한 하버마스가 주체 철학을 벗어나[20] 소통 이론을 내세우는 것도 같은 맥락에서 나온 발상으로 이해할 수 있다. 결국 이들 프랑크푸르트 학파와의 비교를 통해서 보면, 노동자가 자본주의 사물화를 극복할 수 있다고 믿었던 루카치의 견해가 주관적 관념론의 소산이라는 사실은 더욱 뚜렷해진다.

이처럼 노동자를 통해 관념적으로 설정된 자기 동일성의 가능성이 예술 내지 문학으로 영역을 옮겨올 때 문제는 더욱 심각해진다. 그에 의하면 예술적 주체는 자신의 내부와 객체인 현실의 내부에 도사린 모순을 극복하여 주객 동일성으로 지양하는 존재이다. 그렇기 때문에 현실이 아무리 다양하고 이질적이며 복합적인 양태를 띠고 있더라도 주체인 예술가는 자신과 객체, 보편과 개별의 통일을 이루어내게 된다. 물론 예술에서는 다음에서 보는 것처럼 미학의 중심 범주인 특수성을 통해 이 작업이 수행된다.

> 미학의 영역 범주로서의 특수성은, 이미 살펴본 바와 같이, 부정적으로 말해서 현실의 외연적 총체성에 대한 모사의 포기이며, 긍정적으로 말해서 현실의 한 '단편'에 대한 형상화로서, 현실의 내포적 총체성과 운동 방향을 재생산하여 특정하고도 본질적인 한 측면에서 현실을 드러내 보이는 것이다.[21]

그런데 이처럼 주체에 의하여 수행되는 현실의 총체성과 본질의 반영을 강조하면 할수록 주체의 동요나 분열 양상은 소홀히 다루어질 수밖에 없다는 점에 문제의 심각성이 놓여 있다.[22] 말하자면 주체가 지닌 바, 끊임없이 타자에 의해 간섭받거나 방해받으면서 동요하는 측면 대신 자기 동일성의 측면만이 강조될 위험성이 높아지게 되며, 자기 동일성에 포섭되지 않는 타자는 무시되기가 쉽다는 것이다. 이런 점을 염두에 둔다면, 주체의 분열과 동요를 깊이있게 천착하지

---

20) 하버마스, 서규환 외 공역, 『소통 행위 이론』 I, 앞의 책, p.447.
21) 루카치, 홍승용 역, 『미학 서설』, 앞의 책, p.260.
22) 약간 다른 시각이긴 하지만, 개별성과 보편성의 통일을 뜻하는 헤겔식의 전형성 범주로는 보편성이라는 추상적 범주를 애초에 배제하는 독특한 개별성을 포괄할 수 없다고 본 정남영의 글도 주객 동일성에 기반한 관념적 총체성 개념에 대한 강한 회의를 담고 있다. 정남영, 「단절의 경험과 창조적 개인」, 『작가』, 1996년 9・10월호, p.14.

못한 루카치가 사회적 역사적 필연성으로 고양되지 않는 우연적인 현상과 우연적인 개별성을 폄하한 것은 당연한 논리적 귀결이라고 볼 수 있을 것이다. 물론 이와 같은 그의 태도가 예술적 시각의 폭을 제한하는 결과를 초래했음은 두 말할 필요도 없을 것이다.

비록 전형들의 다원론을 주장하고 있을지라도, 루카치의 전형 개념 역시 상당한 문제점을 지니고 있다. 루카치가 모범으로 삼고 있는 전형 개념은 '전형적 상황에서의 전형적 성격의 창조'[23]로 요약되는 엥겔스의 그것이다. 이 규정에 의거하여 루카치는 미적 현실 반영에서는 삶의 교활성을 효과적으로 드러내기 위하여 인간들, 감정, 사상들, 대상들, 제도들, 상황들 등의 다양한 전형이 고안되어야 한다고 보았다. 그리고 이 다양한 전형이 하나의 전형으로 집약되느냐 안되느냐에 따라 과학적 반영과 예술적 반영이 구별된다고 생각하였다. 이처럼 그가 예술에서의 전형이 단 하나의 전형으로 집약될 수 없다고 본 것은 일단 옳은 시각이라고 할 수 있다. 하지만 그의 오류는 이 다양한 전형의 영역이 "최고 단계의 현실적 모순 상태 속에서 집약"[24]되어야 한다고 본 점에 있다. 다시 말해 루카치의 이론에서 그처럼 다양하게 설정된 전형들은 예측할 수 없을 정도로 풍부하고 다양한 현실의 발전 과정의 교활성을 나타내는 데 동원될 뿐이며, 이 전형들의 위계 체계를 인류 발전의 한 단계에 대한 전형적 모사로 이끄는 일이 더욱 중요한 것으로 인식되고 있는 것이다. 이렇게 되면 그의 전형론도 결국 '진정한 예술 작품은 결국 현실의 필연적 발전 과정을 가장 본질적인 이념 내용으로 삼아야 한다'는 주장을 충족시킬 보조 도구에 지나지 않게 된다.[25]

마지막으로, 헤겔과 루카치의 소설론은 작품 해석의 질서라는 측면에서도 심각한 결과를 초래할 수 있다. 왜냐하면 주객 동일성에 기초한 현실의 총체적 반영을 목표로 하는 헤겔적 전통의 소설론에서는 독자의 입장을 거의 고려하지 않기 때문이다. 말하자면 그들이 말하는 위대한 작품은 '감각적 개별자와 사념

---

23) 만프레트 클림 편, 조만영·정재경 공역, 『맑스·엥겔스 문학예술론』 1, 돌베개, 1990, p.163.

24) 루카치, 홍승용 역, 『미학 서설』, 앞의 책, p.256.

25) 이와 함께 루카치가 긍정적인 전형이라는 이상에 철저하게 붙들려 독자들에게 그 전형을 모범적인 것으로 받아들이도록 요구하고 있으며, 작가에게 무엇보다도 먼저 보편성이나 현실의 본질적인 모습을 주의깊게 분석할 것을 강조하고 있다는 움베르토 에코의 지적도 주목할 만한 것이다. 움베르토 에코, 조형준 역, 『대중의 영웅』, 새물결, 1994, pp.28~29.

적 보편자의 유기적 통일성으로서의 미적 특수성'을 획득한 작품이고, 독자들은 이 특수성을 통해 현실의 발전 과정을 읽어내야만 하는 것으로 규정되고 있다. 이러한 태도가 극단화되면 독자를 단지 수동적인 존재로 취급함으로써 독자를 억압하고 독자에게 작품이 지닌 단일한 의미만을 강요하는 위험에 빠질 수도 있음은 물론이다. 또한 대상 작품이 독자들에 의해 다양한 방식으로 해석되고 수용되는 '열린 작품'으로 될 가능성은 줄어들고 대신 폭이 좁고 완결된 작품으로 귀착될 가능성만 높아지게 된다. 굳이 예술 작품을 기표 속에 담겨진 다수의 시니피에로 보는 입장26)을 참고하지 않더라도 작품 해석의 질서의 측면에서 헤겔과 루카치의 이론이 지닌 일방적 태도는 이로써 뚜렷해졌다고 할 것이다.

4. 소설론의 전환을 위한 제언

지금까지 살펴본 헤겔과 루카치의 소설론이 지닌 약점은 두 사람의 전통을 이어받은 지라르나 골드만 등의 소설론에서도 발견된다. 『낭만적 거짓과 소설적 진실』로 대표되는 르네 지라르의 소설론에서는 다른 사람이 되고자 하는 모방의 욕망을 지닌 주체, 그가 욕망하는 대상, 그의 욕망을 지시해 주는 매개자의 사이에 욕망의 삼각형이 설정된다. 여기서 주체는 신성한 것에 대한 단 하나의 형이상학적 욕망뿐만 아니라 그 욕망을 예증하는 무한히 다양한 수의 특수한 욕망을 지니고 있는 존재인데,27) 주체가 지닌 이 형이상학적 욕망은 그를 끝없이 타락, 훼손시키는 요소이다. 그리고 이러한 타락은 자본주의 사회로 접어들면서 더욱 결렬한 형태로 진행되며, 그리하여 '내면적 중개에서 외면적 중개로, 주인적 경우에서 노예적 경우로, 자기 긍정에서 자기 부정으로, 자기 신격화에서 자기 파멸'로 나아가게 된다. 이처럼 지라르는 소설이 훼손된 세계를 다루고 있는 장르임을 분명히 하면서도 한편으로 작가에게 특별한 지위를 부여하고 있어 주목을 끈다. 골드만의 주장대로 그는 "작가가 작품을 쓰는 순간에 수직적 초월성인 진정함을 재발견하고 훼손된 세계를 떠난다"28)고 보았기 때문에 위대

---

26) 움베르토 에코, 조형준 역, 『열린 예술 작품』, 새물결, 1995, p.24.
27) 르네 지라르, 김윤식 역, 『소설의 이론』, 삼영사, 1977, p.97.

한 소설은 수직적 초월성으로 전환하는 것으로 끝맺는다고 보았던 것이다. 이와 같이 소설 결말의 전환 자체를 훼손된 세계로부터의 떠남이라고 보는 지라르의 생각은 소설 결말마저도 구체적 현실로는 체험되지 않는 훼손된 성격의 것이라고 주장하는 루카치와 대립을 이루고 있다. 그럼에도 불구하고 자본주의 사회의 물신성으로 인하여 소설이 타락한 형식을 지닐 수밖에 없다고 보고 있으며, 작가가 사회의 모순을 통찰할 수 있다고 보는 점에서 두 사람은 일치하고 있다.[29] 말하자면 루카치가 주객 동일성을 달성할 주체로서의 작가에게 부여하고 있는 지위를 지라르는 자본주의 사회의 소설가에게 부여하고 있는 것이다.

주지하다시피, 소설가가 사회의 모순 구조를 통찰할 수 있다고 보는 이러한 태도는 골드만에게서도 발견된다. 비록 그가 "문학적 아방가르드를 무제한적으로 받아들인다"[30] 할지라도, 그 역시 작가에게 '조화로운 총체성'을 형상화하는 능력을 부여하기 때문이다. 작가 개인의 역할을 약화시키기는 했지만, 그는 물적 토대로서의 자본주의 체제를 반영한 자기 집단의 의식을 다시 소설을 통해 반영하는 예외적인 존재가 작가라고 보았던 것이다. 그리하여 그에게 있어 소설은 자본주의 체제의 인간 관계, 상품과 엄격한 상동 관계를 형성하는 것으로 규정된다.

이제까지의 설명에서 드러나듯, 지라르의 경우처럼 수직적 추월을 이룩하는 작가를 내세우든 골드만의 경우처럼 집단적 의식을 수렴하는 예외적 개인으로서의 작가를 내세우든 두 이론가가 모두 주객 동일성을 바탕으로 현실의 모순 구조를 형상화하는 문학적 주체 개념을 설정하고 있음은 숨길 수 없는 사실이다. 이러한 주체 개념의 문제점은 이미 앞에서 설명한 바 있으므로 여기서 새삼스럽게 재론할 필요성은 없을 것이다.

한편 이와 같은 헤겔적 전통의 이론을 넘어서기 위하여 1950년대의 소련에서 제창된 가치론과 구조주의적 마르크스주의자 알튀세와 이론적 영향 관계를 맺고 있는 문학 생산 이론도 선행 이론의 근본적인 한계는 벗어나지 못한 것으로 보인다. 다시 말해, 예술 작품을 '반영과 변형, 인식과 가치 평가를 포괄하는 현

---

28) 위의 책, p.249.
29) 다만 지라르는 수직적 초월을, 루카치는 총체적 반영을 주장하고 있는 점에서 구별된다.
30) 페터 지마, 허창운 역, 『문예 미학』, 을유문화사, 1993, p.107.

실의 특수한 전유 방식'[31])으로 보는 가치론이나 '문학은 반영 대상을 팽창시키고 분열시켜 다양한 이미지를 생산하는 거울'[32])이라고 보는 문학 생산 이론은 반영 주체인 작가의 능동적이고 적극적인 역할을 강조함으로써 인식론주의의 단점은 어느 정도 극복하였지만, 주체의 자기 동일성이라는 한계는 넘어서지 못하고 있다. 그래서 이들 이론은 다양한 이미지를 생산하는 주체의 역할을 강조하면서도, 정작 주체 내의 분열과 대립은 문제삼지 않고 있는 것이다. 그리고 우리가 다원성과 개방성, 미완결성이라는 특징에 사로잡혀 루카치의 이론에 대한 대안으로 받아들여 왔던 바흐친의 이론 역시, 주객 동일성을 반대하였을 따름이지, '작가와 최종적인 의미 심급'의 존재는 인정하고 있다는 사실을 말해 두고자 한다. 즉, 바흐친에게도 주체 중심 사고의 편린이 어느 정도는 남아 있는 것이다. 이 문제는 글을 달리하여 다시 자세하게 논의해야 하겠지만, 결론적으로 그와 같은 이유 때문에 바흐친의 이론이 루카치의 이론에 대한 대안으로서는 부족한 점이 많은 것으로 생각된다.

이럴 때 우리가 주목해야 할 것은 이른바 해체주의자들의 이론이 아닌가 한다. 물론 여기서 말하는 이론이 소설론을 의미하는 것은 아니다. 그들의 관심은 소설이 아니라 글쓰기 전체를 향해 있을 따름이다. 또 언어의 의미가 언어 밖의 사회나 실재에 의해 결정되지 않는다고 간주한다. 그래서 그들은 주객 동일성과 총체성이라는 개념으로부터 멀리 벗어나 있는데,[33]) 바로 이 점이 새로운 소설론의 모색을 위해 참고할 수 있는 것이다. 물론 이처럼 총체성을 거부하는 해체주의자들의 이론도 주창자에 따라 다양한 스펙트럼을 보여주는 것이 사실이다. 하지만, 그럼에도 그들은 공통적으로 차이에 따라서 가치의 서열을 매기는 근대적 인식의 틀을 거부하는 태도를 취한다. 왜냐하면 가치의 서열이 존재하는 한 높은 가치를 지닌 이상적 모델에 근접하면 할수록 높이 평가되고 그렇지 않으면 그 가치가 폄하될 것이기 때문이다. 이런 점을 고려하면, 차이 속에는 푸코의 생각처럼 일종의 권력 관계가 숨겨져 있을지도 모를 일이다.

의심할 것도 없이 주체의 자기 동일성을 강조하는 이론 역시 이와 같이 차이

---

31) M.S. 까간, 진중권 역, 『미학 강의』 I, 벼리, 1989, p.5.
32) 피에르 마슈레, 배영달 역, 『문학생산이론을 위하여』, 백의, 1994, pp.158~159.
33) 그렇다고 해서 극단적으로 실재를 부정한 채 언어의 체계가 실재를 대신한다는 주장까지를 받아들일지 말 것인지는 이 글에서 주장하는 바와 전혀 별개의 문제이다.

를 상정하는 근대적 인식의 틀로부터 나온 것이다. 사회의 발전 과정을 반영하는 문학적 주체의 의식이 중심을 차지한 채, 이 곳으로부터 벗어난 타자의 의식을 철저하게 배제하고 있음이 그 증거이다. 결국 문제는 이처럼 차이를 인정하는 주객 동일성의 사고를 벗어나는 데 있다. 이를 위해서는 변증법이라는 일종의 '강제적' 과정을 통해 타자를 동일자에 귀속시키는 주객 동일성의 사고 대신 이상에서 고찰한 바처럼 동일자로 환원될 수 없는 '타자의 이타성'[34]을 강조하는 해체주의적 사고가 효과적이지 않을까 생각된다. 이 과정에서 중요한 것은 이성에 의해 억압받던 비이성 = 광기를 고양시켜 우리가 진리나 도덕이라는 이름으로 당연시하고 있는 것들의 실체를 벗겨내는 푸코의 계보학을 원용할 것인가, 아니면 텍스트를 균열시키고 조각 조각내어 텍스트 속에 담겨 있는 다양한 의미들을 산포하는 데리다의 해체론을 원용할 것인가 등의 선택의 문제가 아니다. 오히려 텍스트의 의미를 한쪽으로 수렴하려는 움직임에 철저하게 반대하는, 의식적으로 체계화되기를 거부하는 해체주의 일반의 근본적인 문제 의식이 더 중요하다. 이와 같은 문제 의식을 받아들일 때 우리는 기왕에 행해 왔던 소설 읽기를 반성하고 새롭게 소설을 읽을 수 있을 것이다. 마지막으로, 지금 우리에게 시급하게 요구되는 것은 소설을 읽으면서 직선적으로 어떤 결론에 도달하고자 했던 과거와 같은 노력이 아니라 여러 가지 각도에서 작품을 읽기 위한 새로운 노력이라는 점을 강조해 두고 싶다.

---

34) 데리다, 박성창 역, 『입장들』, 솔, 1995, p.19.

소설과 자본주의, 두 닮은꼴의 새로운 관계

1. 변화에 따른 새로운 인식틀의 필요성

고전적 관념 철학의 완성자로 불리는 독일의 관념 철학자 헤겔이 소설(Roman)을 '부르주아 시대의 서사시'로 명명한 이후 많은 사람들이 소설을 자본주의와 밀접한 관련을 가진 문학 형식으로 인식하여 왔다. 물론 고대나 중세에도 소설과 같은 서사 형식이 없었던 것은 아니지만, 특히 자본주의 시대에 들어서 소설이 폭발적인 성장을 거듭했다는 외형적 사실은 사람들로 하여금 그와 같은 인식을 갖게 하기에 충분한 근거를 제공했던 것이다. 그러나 외형적인 현상만으로는 소설과 자본주의의 관계를 제대로 설명했다고 할 수 없었기 때문에 문학 이론가들은 그 이면에 가려져 있는 본질적 측면에 대한 탐구를 거듭하여 왔다. 그리하여 자본주의 시대 초기부터 19세기까지의 부르주아 문학 이론가나 마르크스주의 문학 이론가들을 비롯, 20세기 이후에도 『소설의 이론』을 썼던 루카치의 뒤를 이어 르네 지라르, 뤼시엥 골드만 등이 깊이 있는 탐구를 시도하였던 것이다. 그 결과 높은 수준에서 소설과 자본주의의 관계에 대한 규명이 이루어지게 된다.

하지만 소설이 발전해온 것과 마찬가지로 자본주의도 발전을 계속하여 이제는 초기의 상업 자본주의나 산업 자본주의, 또는 20세기의 독점 자본주의를 설명하던 방식으로는 흔히 후기 산업자본주의, 테크놀로지 사회, 정보 사회 등으로 규정되는 현대의 자본주의를 도저히 설명할 수 없게 되었다. 이러한 언급 속에는 자본주의와 밀접한 관련을 가진 것으로 파악되어 온 소설 역시 자본주의 못지않게 변화를 거듭하였으므로 더 이상 과거의 이론으로는 지금의 소설을 설명할 수 없다는 의미가 포함되어 있다. 현대 자본주의의 총아인 정보 통신의 광범위한 보급은 소설이 생산되는 사회적, 물적 토대를 급격하게 변화시켜 버렸다. 그리하여 더 이상 소설은 소설가의 단독적인 작업의 소산이 아니라 그 때 그 때 독자들이 함께 참여하는, 이른바 수많은 타자들이 공동으로 생산하는 품목으로 그 성격이 바뀌게 되었다. 이제 한 회의 연재가 끝나자마자 인터넷 등의 수단을 통해 들어오는 수많은 비판과 질타를 작가가 무시하고 작품을 계속 써나간다는 것은 상상도 할 수 없는 일이다. 바야흐로 작가는 수많은 타자들에 둘러싸여 그들로부터 끊임없이 간섭을 받으면서 작품을 써야만 하는 시대가 도래한 것이다. 이러한 현상을 가리켜 어떤 이론가는 주체의 해체와 관련지으면서 '저자의 죽음'이라고 부르기도 했지만, 어쨌든 이런 현상들은 모두 과거의 소설 이론이 더 이상 유효한 설명 수단이 되지 못한다는 사실을 단적으로 증명해 주는 것들이다. 정말 새로운 소설 이론의 전개가 시급히 요구되는 시점인 것이다.

위에서 말한 것처럼 자본주의가 변화하고 소설도 변화하였다면, 그에 따라 둘의 관계 역시 변화하지 않을 수 없을 것이다. 마르크스주의자이든 아니든, 또는 소설 내지 문학의 자율성을 인정하든 안하든 간에 지금까지 대부분의 이론가들은 자본주의와 소설의 관계를 토대와 상부 구조라는 고전적 관점에서 바라보고 있는 것으로 볼 수 있다. 그러니까 자본주의라는 경제 제도의 변화에 따라 상부 구조의 한 하위 영역으로서 소설이 발생하고 변화한 것으로 설명해 왔던 것이다. 이러한 설명 방식은 다분히 소설보다 자본주의라는 현실을 우위에 두는 방식이라고 볼 수 있을 터인데, 필자의 생각으로는 이 역시 더 이상 유효한 설명 방식이 아닌 것으로 보인다. 왜냐하면 현대의 후기 산업 사회에 있어서 소설가의 역할이란 단순히 현실을 반영하는 데 국한되는 것이 아니라 보다 적극적이고 공격적인 방식으로 현실을 변형시키는 데까지 미치고 있는 것으로 생각되기 때문이다. 당연하게도 소설을 포함한 문학의 현실 변혁적 힘은 오래 전부터 논의되어 온 주제이다. 그러나 현대만큼 소설의 현실 변혁적 성격이 강하게 부각된 시대는 없었던 것으로 생각될 만큼 소설은 미증유의 강력한 힘을 발휘하고 있다. 소설에서 언급된 사실이 다소 상상을 초월하는 것이라 할지라도 얼마 지나지 않아 모두 현실화되기 때문이다. 말하자면 소설이 현실의 나아갈 방향을 미리 제시해 주는 기능을 발휘하고 있는 것이다. 이런 현상은 먼저 자본주의적 현실이 있고 그것을 반영하는 소설이 존재한다는 사고 방식으로는 도저히 설명되지 않는 것인데, 이 글에서는 바로 이러한 문제 의식에 기초하여 소설과 자본주의의 관계에 대한 새로운 인식을 도모해 보고자 한다. 이를 위해서는 우선 둘의 관계에 대한 고전적 설명 방식이 갖는 한계를 뚜렷하게 인식하는 것이 요구된다. 새로운 인식은 과거의 설명 방식이 지닌 한계를 돌파하는 작업과 다름없는 것이기 때문이다.

2. 소설과 자본주의의 관계에 대한 고전적 설명 방식

앞에서 자본주의와 소설의 관계에 대한 고전적 설명 방식은 둘의 관계를 토대와 상부 구조라는 고전적 관점에서 바라보는 것이라고 말한 바 있다. 그것은 자본주의라는 경제 제도의 변화가 소설이라는 상부 구조의 한 영역의 변화를 추동한다는 의미의 설명 방식인데, 이를 가장 전형적으로 보여주는 이론가가 바로 G.W.F. 헤겔이다. 그는 소설을 '부르주아 서사시'로 명명함으로써 미학적이고 역사적인 고찰을 시도하였다. 그의 고찰은 소설을 한편으로는 그리이스 시대 호머의 「일리아드」와 「오디세이」로부터 시작되는 대서사 양식(groß Epik)의 한 역사적 단계를 이루면서 그 양식의 일반적이고 미학적인 특징들을 갖추고 있는 장르로, 다른 한편으로는 부르주아 시대의 산문성에 주목하면서 그 시대적 특수성을 수용한 장르로 파악한 것이다. 그에 따르면, 고대 서사시에서 영웅적 개인은 그가 소속하고 있는 도덕적 전체와 본질적으로 일치하는 한에서만 자기를 의식하는 데 반해 부르주아 시대의 개인은 각자의 임무와 관계를 가지며 전체의 임무와는 유리되어 있다. 그래서 각 개인은 모든 것을 자기 개인의 힘으로 자신만을 위해서 할 뿐 그가 소속된 본질적 전체의 행동에 책임을 지지 않는다고 한다. 물론 이런 점이 고대에 비해 진보임에는 틀림없지만, 인간은 이전에 지녔던 자동성을 상실하며 외부의 질서에 종속되기에 이른다. 또한 시가 번영할 객관적 기초가 파괴되어 시는 산문에 의해 축출당하게 된다. 그러나 인간은 이러한 상태에 무조건 따르지 않고 공동체적 삶이 아직 사회 세력에 지배받지 않음으로써 인간이 독립적이고 자립적일 수 있었던 영웅들의 시대인 과거의 서사시적 전통을 회복하려 노력하게 되는데, 바로 소설이 이런 역할을 수행한다. 이상에서 살펴본 헤겔의 이론은 결국 그 때까지 거의 무시되어 왔던 소설의 미학적, 역사적 근거와 의의를 밝혔다는 점에 그 의의가 있다. 뿐만 아니라 그의 이론은 자본주의의 물신성에 대하여 처음으로 인식함으로써 이후 소설과 자본주의의 관계에 대한 탐구의 길을 열었다는 점에서도 커다란 의의를 지닌다.

이러한 의의를 지니는 헤겔의 이론을 계승하여 보다 발전적으로 이론을 전개시킨 사람은 루카치이다. 자본주의와 소설의 관계에 대하여 가장 깊이 있게 탐구한 이론가로 내세워도 모자람이 없을 정도로 루카치는 소설 장르의 사회적, 철학적 토대에 대한 높은 수준의 이론을 전개한 바 있다. 그는 소설 장르에 대한 역사철학적 해석을 시도한『소설의 이론』(1915)을 저술한 바 있으며, 소련 콤 아카데미 철학연구소 문학부에서 1930년대에 편찬한 문예백과전서의 장편 소설 항목을 집필하기도 했다. 이 때 씌어진 논문이 바로 그 유명한「부르주아 서사시로서의 장편소설」이다. 헤겔의 영향을 강하게 받은 앞의 저서에서 루카치는 소설을 '타락한 세계에서 타락한 방법으로 진정한 가치를 추구하는 이야기'로 정의하면서 내적 형식(inner form)을 중심으로 서구의 소설을 세 가지의 유형으로 구분하였다. 첫번째 유형은 추상적 이상주의 소설로 M. 세르반테스의『돈 키호테』가 대표적인 작품이다. 주인공은 행동적이지만 세계의 복잡성에 비추어 그의 의식이 과도하게 협소한 것이 특징이다. I. 곤차로프의『오블로모프』와 G. 플로베르의『감정 교육』으로 대표되는 두번째 유형은 내면을 다루는 환멸의 낭만주의 소설이다. 주인공은 수동적이며, 그의 의식영역은 너무 광대하여 세계가 제공하는 것만으로는 만족할 수 없는 특징을 지닌다. 세번째 유형은 앞에 든 두 유형 사이의 중용적 길을 택하는 교양 소설이다. 이 유형은 주인공이 생의 형성이나 성취에 도달하기까지의 과정을 그리지만, 이 경우 주인공은 세계를 수용하지도 거부하지도 않는다. J.W. 괴테의『빌헬름 마이스터의 수업 시대』와 G. 켈러의『녹색의 하인리히』가 대표작이다. 위의 세 유형 외에 루카치가 주목한 것은 L. 톨스토이와 F. 도스토예프스키의 작품들이다. 그는 전자를 자연에 대한 본질적인 체험과 구체적인 세계의 체험을 표현함으로써 우리 삶의 총체성을 다룬 작품으로, 후자는 이미 새로운 세계를 그리고 있는 작품으로 파악했다.

마르크스주의로 전향한 이후인 1930년대에 집필한 문예백과전서의 장편소설 항목은 앞의 저서에서 보인 문제의식을 보다 높은 수준으로 과학화한 것이다. 이 논문에서 그는 헤겔의 소설 개념을 유물론적 기초와 결부시켰다. 여기에서는 자본주의의 해결되지 않는 모순을 사회적 토대로 하는 부르주아 시대의 소설은 점차 '적극적 주인공'을 발견하는 것은 물론 '전형적인 상황에서의 전형적인 성격'을 그리는 것도 불가능하게 되었다고 보았다. 이에 비해 자본주의적 모순에 반대하는 프롤레타리아의 투쟁을 바탕으로 하고 있는 사회주의 사회의 소설, 즉 사회주의 리얼리즘은 자본주의에 대한 투쟁이라는 성격 때문에 개별적인 것과 전형적인 것의 변증법적 통일을 이룩할 수 있는 가능성을 가지게 되었다고 설명한다. 결국 루카치는 자본주의 사회의 소설은 그 토대의 물신성으로 인해 주인공의 진정한 가치 추구는 필연적으로 실패할 수밖에 없다고 보고 있는 것이다. 그리고 그 추구의 성공은 자본주의 사회 이외의 사회—그의 주장에 따르면 사회주의 사회에서나 가능하다고 생각하고 있는 것이다.

『낭만적 거짓과 소설적 진실』이라는 소설론을 펴낸 르네 지라르의 이론도 루카치의 그것과 많은 유사점을 지니고 있다. 왜냐하면 그 역시 타락한 자본주의 사회에서 소설 주인공을 행동케 하는 욕망은 주인공 자신의 인간적 자율성에 의한 것이 아니라 내부적, 외부적으로 매개화된 거짓 욕망에 불과하다고 결론지었기 때문이다. 말하자면 지라르와 루카치는 공통적으로 자본주의 사회의 타락성(물신성)으로 인해 소설 역시 타락한 형식을 지닐 수밖에 없다고 보고 있는 것이다. 그러나 두 사람은 이러한 공통점에도 불구하고 상당한 차이점도 동시에 가지고 있는데, 그것은 루카치와 지라르의 이론을 수용하여 발생론적 구조주의라는 방법을 모색한 L. 골드만에 의해 다음처럼 요약된 바 있다. 즉 골드만에 따르면, 루카치는 소설 주인공이 아무리 진정한 가치를 추구하더라도 결국 그의 노력은 훼손된 것일 수밖에 없다고 생각하였다. 그런데 지라르는 자본주의 사회에 사는 인간들이 모두 교환가치에 의해 중개됨으로써 타락을 거듭하게 되지만, 문제적 개인으로서 소설의 작가는 예외적일 수 있다고 보았다. 그리하여 소설 작가는 바로 소설을 쓰는 순간 자본주의 사회의 타락상을 감지하고 나아가 진정한 가치인 '수직적 초월성'을 재발견하면서 훼손된 세계를 떠나게 된다고 보았던 것이다. 정리하면, 루카치는 작가 역시 자본주의 사회에서 훼손된 가치에 물들어 있으므로 진정한 가치를 추구할 수 없다고 본 반면에 지라르는 작가와 같은 몇몇 문제적 개인이 진정한 가치를 추구할 수 있다는 점을 예외적으로 인정하고 있는 것이다.

이와 같이 공통점과 차이점을 모두 공유한 루카치와 지라르의 이론을 바탕으로, 골드만은 소설 작품이란 집단의식을 이루는 가장 중요한 구성요소들의 반영물 중의 하나라고 전제하면서 그의 발생론적 구조주의 이론을 개진하였다. 그 결과 그는 소설 형식과 자본주의 체제의 인간, 상품, 인간 관계 등의 사이에는 엄격한 상동 관계(Homologie)가 존재한다고 보았다. 이 때문에 그의 이론에서도 교환가치에 의해 규정되는 자본주의 시대의 소설은 역시 타락한 사회에서 타락한 형태로 진정한 가치인 사용 가치를 추구하는 양식으로 규정된다.

이제까지 살펴본 바 헤겔로부터 시작하여 루카치, 지라르, 골드만에 이르는, 이른바 자본주의 경제제도와 소설의 관련성을 규명하려 한 소설 이론의 공통점은 무엇보다도 모두가 자본주의 경제 제도의 우위를 인정하고 있다는 점에서 공통적이다. 자본주의 사회의 근본적인 성격으로 인하여 소설의 성격이 결정된다고 보고 있기 때문이다. 이런 관점에 입각할 때 소설은 현실을 설명하고 반영하는 '과거의 문학'이 될 뿐이다. 그래서 이들에게서는 소설의 반영적 측면을 강조하는 리얼리즘의 이론이나 전형의 이론은 발전할 수 있었을지언정, 소설이 가지고 있는 현실을 변형시킬 수 있는 힘에 관한 이론은 무관심한 영역에 머무를 수밖에 없었던 것이다. 극단적으로 말하면, 이들의 이론에서 소설은 자본주의 현실을 그대로 옮겨놓은 복제품적 성격이 강하면 강한 것일수록 훌륭한 작품으로 평가되었다고 할 수 있다. 비록 마르크스와 엥겔스가 소설이 가진 현실 반영의 풍부함을 언급하면서 그 이데올로기적 기능을 옹호하였을지라도, 그들 역시 이들과 먼 곳에 위치한 것은 아니다.

다음으로 이들은 자본주의 사회의 가치를 사용 가치와 교환 가치로 양분하고 나서 사용 가치를 바람직한 것으로 여기는 점에서도 공통적이다. 그래서 자본주의 사회의 교환 가치는 타락하고 부정적인 것으로만 비쳐지게 되고, 반대로 사용 가치는 절대적인 위치로까지 격상된다. 그러나 지라르의 생각처럼 작가만이 사용가치를 인식하고 추구할 수 있는 것이 아니라, 푸코가 말한 것같이 애초부터 자본주의 사회에는 사용 가치란 것이 존재하지 않았는지도 모를 일이다. 사용가치를 추구해야 할 목표로 설정하고 다른 가치를 배제한다는 점에서 이들의 이론은 가치론적인 면마저 띠게 되면서 소설이 가진 여러 측면을 놓친 것으로 볼 수 있다. 오히려 최근의 이론적 경향에서 볼 수 있듯이, 그들이 폄하해 마지 않은 교환 가치의 세계도 많은 긍정적인 의의를 지닌 것일지도 모르기 때문이다.

소설의 반영적 성격을 강조하는 이러한 이론의 한계를 돌파하려는 시도는 1950년대 이후의 소련에서 '가치론'이라는 이름의 이론으로 정립되었다. 이 이론에서는 예술 작품을 예술적 주체와 객체간의 상호 관계 속에서 바라보는데, 이 때 예술 작품은 그 대상인 '현실'이 예술적 주체가 지닌 '이상(Ideal)'과의 관계 내에 놓일 때 성립하는 것으로 설명된다. 그래서 예술은 단순히 인식의 특수한 형식이 아니라 반영과 변형, 인식과 가치평가를 포괄하는 현실의 특수한 전유 방식으로 정의된다. 말하자면 예술적 인식은 그 자체로서 객관적으로 존재하는 대상의 본질 파악과 함께 오히려 그 대상이 사회적 주체에게 어떠한 의미를 지니며 어떠한 가치를 지니는가를 문제삼는다는 것이다. 한편 이와 같은 가치평가는 객체에 대한 주체의 관계를 가리키는데, 이것은 대상을 작가가 지닌 이상과의 관계 속에 놓을 때 성립한다. 이 때 이상은 현존하지는 않으나, 소망하는 혹은 필요로 하는 어떤 것을 창조하기 위해 현존하는 것을 정신적으로 변형하는 것이며, '더욱 완전한 세계의 질서를 위해서는 존재해야만 할 어떤 것을 향한 추구 내지 계획'의 한 계기를 자체 내에 포함한 것이다.(Moissej Kagan, 진중권 역, 『미학강의』, 벼리, 제1부 참조)

플라톤 이래로 계속되어 온 작가의 주관적 요소를 강조하는 이 이론에 의해 소설을 위시한 예술의 현실 변형적 성격이 훨씬 부각된 것은 사실이다. 그렇지만 그들의 이론에서도 먼저 자본주의 사회가 존재하고 뒤이어 그것을 반영하고 변형하는 소설의 존재를 설정하고 있음을 볼 수 있다. 여전히 자본주의 사회의 선차성은 튼튼하게 자신의 위치를 유지하고 있는 것이다. 다만 이전의 이론가들에 비할 때 이들은 현실의 복제품적 성격에다가 조금의 변형적 성격을 덧붙였을 뿐인 것이다. 그래서 이들의 이론에서도 역시 자본주의 사회가 먼저 전제되지 않으면 소설이라는 장르는 존립의 근거를 잃어버리게 된다.

3. 최근 자본주의의 발전에 따른 소설의 위상 변화

흔히 1968년에 있었던 프랑스의 혁명을 분기점으로 해서 자본주의 사회는 새로운 단계로 접어든 것으로 평가된다. 테크놀로지의 눈부신 발전과 정보 통신의 혁명으로 특징지워지는 이 시기 자본주의의 발전은 자본가와 노동자를 두 축으로 하는 자본주의 사회 구성 자체를 뒤흔들 만큼 격심한 것이었다. 그래서 데카르트 이래로 계속 유지되어 온 근대적 이성 개념으로는 설명할 수 없는 많은 일들이 일어나곤 하였다. 이런 상황 속에서 등장한 이론이 소위 포스트 모더니즘 이론이다. 그리하여 데리다, 푸코 등이 대표하는 프랑스의 이론가들은 인간의 이성에 대한 무한한 신뢰에 바탕을 두고 있던 근대적 합리성을 보다 공격적이고 격렬한 방법으로 비판하였고, 하버마스는 이들에 비해 훨신 온건한 방법으로 근대적 이성을 비판하면서도 새로운 지배적 담론을 구축하려 하였다. 두 이론적 그룹 사이에는 논쟁이 일기도 하였지만, 그들이 공통적으로 전제하고 있는 것은 더 이상 과거의 이론으로는 변화한 현실을 정합적으로 설명할 수 없다는 인식이었다. 변화한 자본주의 사회를 설명할 새로운 이론의 정립이 요구되었던 것이다.

급격한 변화를 겪은 자본주의 사회를 정합성 있게 설명해 낼 수 있는 이론이 부재하다는 것은 곧바로 자본주의와 밀접한 관련을 맺으면서 발전해 온 소설을 제대로 설명할 수 있는 이론의 부재를 암시하는 것이기도 하다. 소설에서도 이제 억제할 수 없는 소비 욕망을 불러일으키는 자본주의 사회의 변화에 발맞추어 새로운 경향들이 나타났기 때문이다. 그런데 특기할 것은 과거의 소설들이 먼저 자본주의 사회를 전제한 뒤에 이루어진 문학적 행위의 결과인 데 비해 새로이 등장한 소설들은 현실의 자본주의 사회를 전제하지 않고서도 이루어질 수 있는 것이라는 사실이다. 이 새로운 유형의 소설을 설명하기 위한 가장 급진적인 방법론의 단초를 우리는 쟝 보들리야르에게서 발견할 수 있다.

우선 보들리야르는 정보 사회, 또는 테크놀로지 사회 등으로 명명되고 있는 현대 사회를 '소비 사회'로 규정한다. 그의 이론에 기대면, 이 사회에서 모든 사물은 객관적으로 존재하는 물리적 실체로서보다는 기호로서의 의미를 지닌다. 이 기호는 측정이 가능하다는 특징을 지니고 있다. 여기서 측정이 가능하다는 것은 눈에 보이는 기준들에 비추어 보는 것을 의미한다. 다시 말해 사물이 지닌 진정한 가치와는 상관 없이 그저 우리들의 눈에 표현될 수 있는 기호만이 소비 사회에서는 행복의 바탕이 될 수 있다는 것이다. 그러므로 소비 사회 역시 진정한 가치가 사라져버린 채 훼손된 교환 가치가 주도적 위치를 차지하고 있는 사회라는 점에서는 과거의 사회와 동일하다고 할 수 있다.

한편 현대의 바로 앞 시기인 공업 사회의 상징물이 기계였다면, 이제 진정한 가치 대신 눈에 보이는 기호로서의 사물이 중심이 된 소비 사회의 상징물은 '가제트'이다. 여기서 가제트란 아이디어 상품과 같이 객관적 기능보다도 기능적으로 무용성(無用性)을 지닌 상품을 말한다. 달리 말해 '형태는 아름답지만 쓸모없는 사물'을 말하는 개념인 것이다. 당연하게도 이 가제트는 실용적이거나 상징적인 성격과는 전혀 무관하게 거의 유희적인 사용 방식에 의해 규정된다. 이와 같은 성격의 가제트가 주도적인 지위를 차지한 시대에 살고 있는 사람들은 그래서 경제적이지도 않고 진지한 정신이 담겨져 있지도 않은 방식으로 다만 사물을 기술적으로 변화시켜 보면서 가지고 놀기만 한다. 즉, "게임의 규칙을 새로 만들면서 노는 것"(쟝 보들리야르, 이상률 역, 『소비의 사회』, 문예출판사, 제3부)에 몰두하는 것이다. 이러한 기호 놀이에 대한 몰입은 정열과 비슷해 보이지만 사실은 전혀 다른 성질을 지닌다. 인간과 사물의 사이에 진정한 관계는 존재하지 않으면서 단지 기호들의 관계만이 존재하기 때문이다.

가제트와 더불어 보드리야르가 소비 사회를 설명하면서 중요하게 언급하는 또 하나의 개념은 '키취'이다. 이 개념은 보드리야르의 미학적 사고를 결정짓는 중요 개념으로서 시뮬레이션(simulation), 내파(implosion), 하이퍼리얼(hyperréel) 등과 밀접한 관계를 맺고 있다. 흔히 문화 이론에서 이야기하는 바와 같이 키취는 저속하고 시시한 싸구려 물건들을 의미한다. 이 키취는 가제트와 똑같이 어떤 실체를 가진 물건이 아니라 어디에나 존재할 수 있는 의사 사물(pseudo-object)일 뿐이다. 대체로 소비 사회의 인간들은 눈으로 표현될 수 있는 기호만을 중시하기 때문에 어떤 사회 계층들은 자신들을 두드러지게 하고 그 지위를 명확하게 하기 위한 기호를 만들어내게 되는데, 그것이 소위 차이표시 용구로서의 진짜 고급품이다. 이처럼 특권 계급임을 알려주는 차이 표시 용구가 산업적 생산의 과정을 겪으면서 다양화되고 또 통속화와 대중화를 거치는 과정에서 생긴 것이 키취인 것이다. 그러니까 키취는 진짜 고급품과 더불어 소비의 세계를 조직하는 양대 요소라고 할 수 있다.

그런데 문제는 키취가 담당하는 바 미적(美的) 또는 반미적(反美的) 기능과 관련되어 있다. 진짜 고급품이 대표하는 아름다움과 독창성의 미학에 대항하여 키취는 가상 현실, 즉 시뮬레이션의 미학을 만들어내기 때문이다. 흔히 전자 오락에서 사용하는 개념과 마찬가지로 키취가 만들어내는 시뮬레이션이란 여러가지 의미를 포함하고 있다. 먼저 크기에서 실물보다 크거나 작은 복제품을 만드는 것이 포함된다. 다음으로는 실제 물건에 쓰인 재료가 아닌 다른 조잡하고 값싼 재료로 모조하는 것도 포함된다. 뿐만 아니라 키취는 어떤 형태를 일부러 유머스럽게 표현하거나 전혀 조화되지 않게 만드는 것까지를 의미한다. 하지만 이런 여러 가지 의미보다도 키취가 가지는 더욱 중요한 의미는 그것이 '실제로 체험한 적도 없는 것을 반복'하는 데 있다. 실제적인 쓰임새는 없고 실제적 기능을 흉내내기만 하는 키취이지만, 바로 이와 같이 현실에 존재하지 않는 것을 만들어내는 시뮬레이션 기능으로 인하여 지금까지의 예술이 지닌 미학 전체를 뒤엎을 수 있는 무시무시한 계기를 자체 내에 포함하고 있기 때문이다. 물론 이것은 소설이란 현실에 존재하는 것을 반영하고 변형한다는 고전적인 이론을 가지고서는 도저히 설명할 길이 없고 전혀 새로운 이론으로 설명될 수 밖에 없다. 그래서 보들리야르는 키취가 만들어내는 시뮬레이션을 포함하여 현실에 존재하지 않는 가상의 현실을 만들어내는 것을 문자 그대로 초현실이라는 뜻의 하이퍼리얼이라는 용어로 설명하기도 하였다.

위에서 설명한 가제트나 키취는 이제 소비 사회라는 현실의 중요한 일부분으로 자리잡았고, 사회의 변화를 작품에 담을 수밖에 없는 서사 양식으로서 소설은 이러한 가제트, 키취, 혹은 하이퍼리얼을 드디어 작품의 내용적 요소로서 수용하기에 이르렀다. 특히 그것들의 기본적 특징의 하나인 가상 현실적 특징은 작품의 중심을 이루게 된다. 그리하여 전자 오락에서나 가능하던, 현실에 존재하지 않는 여러 가지 환상과 같은 상황들이 소설 속에 자리잡게 된다. 가령 미국의 여러 작가들이나 무라카미 류와 같은 몇몇 일본 작가들이 실험하고 있는 소설들에 등장하는 바 현실에서 도저히 일어날 가능성이 없는 공상에 가까운 사건들이 그것이다. 그래서 독자들은 처음 그러한 작품을 대할 때 마치 전자 오락이나 가상 현실을 다룬 영화를 보는 느낌을 받게 된다. 거기에서는 실제로는 불가능할 것 같은 아주 잔인한 살인 장면이나 기묘한 생김새의 등장 인물들이 펼치는 행동들이 끊임없이 나열되곤 한다.

이와 같은 공상 소설 내지 가상 소설들이 현대 이전의 시대에 전무했던 것은 물론 아니다. 주지하는 바와 같이 조지 오웰의 소설이라든가 줄 베르느의 소설 등이 그것이다. 그러나 이런 소설들에 나오는 상황을 하이퍼리얼이라고 부르기에는 좀 곤란한 점이 있다. 왜냐하면 거기에 등장하는 상황은 작품이 씌어질 당시로서는 그야말로 실현될 가능성이 전무한 공상이었기 때문이다. 그런데 이와는 달리 현대의 소설들에 등장하는 하이퍼리얼은 조만간에 현실로서 등장한다는 점에 그 심각성이 있다. 소설에 씌어진 가상 현실은 씌어질 당시에는 시뮬레이션 게임에서나 볼 수 있는 것으로 생각되지만, 얼마 지나지 않아 곧 현실에서 실제로 그러한 일이 벌어지게 되는 것이다. 가령 무라카미 류의 소설 「버려진 아이들의 반란」에 등장하는 바와 같이 살인 충동을 일으키는 ‘다튜라’라는 끔찍한 풀을 가져와서 대량 파괴를 시도하는 내용이 얼마 가지 않아 실제로 일본 도쿄의 지하철에서 사린 독가스 살포 사건으로 비슷하게 일어난다든지, 미국의 영화 소설들에 보이는 첨단의 전자 기술이나 유전 공학의 기술이 곧 현실에 실용화되는 따위가 그 점을 증명한다. 이렇게 하여 현실의 진정한 가치와는 전혀 관련이 없는 키취의 문화가 소설에 영향을 주고, 소설에 그려진 키취적인 시뮬레이션이 다시 현실에서 실제로 재현되는 고리가 형성되는 것이다. 이제 소설은 더 이상 현실의 반영물이 아니라 현실에서 일어날 일들을 미리 보여 주는 그런 기능을 수행하기에 이른 것이다. 사정이 이렇게 되면 우리는 고전적인 소설의 이론에서 말하는 것과는 반대의 현상이 벌어졌다는 것을 알아차릴 수 있다. 소설의 토대로서, 또 소설의 성공 여부를 판단하는 근거로서 작용하던 현실은 아무런 의미를 지니지 못하고, 실제의 현실과는 전혀 상관 없는 소설 속의 가상 현실이 역으로 실제 현실의 방향을 지시해 주는 기준의 역할을 담당하기 때문이다. 결국 과거에는 자본주의적 현실이 소설의 내용을 규정하는 빛의 역할을 담당하고 소설은 그것을 되빛추는 거울의 역할을 하는 데 머물렀다면, 이제는 거꾸로 소설이 빛의 역할을 담당하고 정보 사회적 특징을 가진 현대 자본주의 사회가 거울의 역할을 하기에 이른 것이다.

4. 결론을 대신하여

소설의 역사와 자본주의의 역사에 관한 이상의 논의를 통해 둘이 어떤 방식에 입각하든 서로 닮은꼴이라는 것을 확인할 수 있었다. 또 자세하게 논의하지는 않았지만, 자본주의가 수공업에서 점차 대량생산을 거치면서 물신화의 강화라는 방향으로 전개된 것과 나란히 소설 역시 점차 컴퓨터 등을 이용하는 등 생산 체제의 변화를 겪으면서 점차 상품화되어 생산자인 작가로부터 물신화되었다는 점도 지적될 수 있을 것이다.

그러나 여기서 꼭 밝혀두어야 할 것은 소설과 자본주의의 관계가 근본적으로 변화하고 있다는 점이다. 과거에는 소설이 현실의 변화를 반영하고 변형하였기 때문에, 자본주의 사회가 모델이고 소설은 그것의 모방이라는 점에서 둘은 닮은꼴이었다. 이 경우에 소설의 성공과 실패를 가늠하는 가장 중심적인 기준은 얼마만큼 현실을 제대로 형상화하였느냐였다. 그리하여 현실의 형상화 방법에 있어 디테일의 정확성을 중시하는 자연주의가 등장하였고, 현실의 현상적 측면뿐만 아니라 본질적 측면까지도 반영할 것을 강조하는 리얼리즘의 방법론도 등장하게 되었던 것이다. 또 전형이라는 개념이 중요한 개념으로 자리잡기도 하였다. 결국 이와 같은 수준에서 소설과 자본주의의 관계를 설명하고자 한 것이 고전적 설명 방식으로서의 헤겔, 루카치, 지라르, 골드만, 까간 등의 이론이었다고 할 수 있다.

그런데 정보 통신과 대량 소비가 지배적인 위치를 차지하게 되는 등 자본주의 사회가 토대로부터 근본적으로 변화하면서 소설과 자본주의의 관계도 서서히 변화하게 되었음은 앞서 살펴본 바와 같다. 주로 보들리야르의 이론을 원용하여 설명하였듯이, 현대 자본주의 사회는 진짜에 못지 않게 가짜도 중요한 지위를 차지한 사회라는 점을 특징으로 한다. 이러한 급격한 변화와 함께 인식론적 단절도 불가피하게 야기되었는데, 이전과 같은 방식으로는 변화된 현실을 설명할 수 없다는 사실이 이를 증명한다. 그래서 소설이 수동적으로 자본주의 현실을 반영하고 변형하는 문학 장르라고 인식하는 것만으로는 더 이상 소설과 자본주의의 관계를 설명할 수 없는 상황이 도래하였다. 이러한 한계를 돌파하는 방법으로 고안된 것이 바로 소설과 자본주의의 관계를 거꾸로 생각하는 것이었다. 그 결과 이번에는 소설이 모델이 되고 자본주의 사회가 소설을 모방함으로써 둘이 닮은꼴이 되는 기묘한 현상이 벌어졌던 것이다. 역시 닮은꼴임에는 틀림없지만 과거의 관계에 비해 둘의 위치가 전도된 닮은꼴이었다.

그럼에도 불구하고 이처럼 과거와는 정반대가 되어버린 역전적 관계가 현재의 한국 문단에서도 지배적이냐고 묻는다면, 그렇다고 자신있게 대답할 수 없음은 물론이다. 다만 이 글에서는 이러한 경향이 새로운 경향으로서 나타났다는 사실에 주목하고, 그 사실을 설명하는 방식의 하나를 제시해 보려고 했을 따름이다. 그러므로 결국 이제까지의 논의는 소설과 자본주의 사이에 나타난 새로운 관계를 부각시키고 그 관계를 설명하기 위한 새로운 이론을 제시한 다음, 그 새로운 이론이 얼마만큼 정합성을 가진 것인가를 점검해 보려는 한 시도인 것이다.

사이버 소설의 문학적 의미와 기능

1. 문학적 위기의 진원지, 사이버 매체

우리가 살고 있는 정보화 시대를 이끌어 가는 것은 인터넷(internet)이라는 사이버(cyber) 매체이다. 많은 사람들이 이 매체 때문에 문학이 위기를 맞게 되었다고 말하고 있다. 하지만 문학의 위기라는 말이 우리 주위에서 떠돌기 시작한 것은 어제 오늘의 일이 아니다. 이미 오래 전에 영상 문화의 총아인 텔레비전이 발명되었을 때부터 문학의 위기는 공공연히 이야기되곤 했던 것이다. 그러나 사람들의 염려와는 다르게 텔레비전도 오락을 위한 기구에 불과했고, 반성적 기능을 갖추지 못했기 때문에 영상 문화의 선배인 사진술이나 영화와 마찬가지로 문학을 한 번이라도 완전히 제압한 적은 없었다. 물론 문학도 영상 매체에서 여러 가지를 차용하기는 했지만, 오히려 특정 시기에는 영상 매체가 문학을 차용하는 경우가 빈번하게 나타나기도 했던 것이다.

하지만 국내의 인터넷 인구가 천만 명을 훌쩍 넘어서 버린 현재의 시점에서는 사정이 판이하게 달라졌음을 실감하지 않을 수 없다. 네트워크(network)를 삶의 중요한 요소로 삼음으로써 N세대라고 불리는 오늘날의 신세대들은 우리가 말하는 본격 소설을 더 이상 과거처럼 열심히 읽지 않는다. 그 대신에 그들은 영화와 비디오를 통해 자신들의 지적, 정서적 기갈을 해결하며, 스타크래프트 내지 포트리스 같은 온라인(on line) 게임에 탐닉함으로써 여가를 즐긴다. 이처럼 시청각을 중심으로 하는 최근의 문화는 같은 영상이라 하더라도 과거와는 달리 얼마든지 조작과 변형이 가능한 정보로 바꿀 수 있고, 또한 그러한 정보를 PC통신이나 인터넷과 같은 온라인 매체를 통해 신속하게 교류할 수 있다는 점을 커다란 특징으로 한다. 다시 말해 디지털(digital)화[1]되고 네크워크화된 문화가 이 시대의 문화인 것이다. 이제 인류는 이러한 문화를 통해 현실 세계를 생생하게 재현할 수 있을 뿐만 아니라 현실 이외의 모든 것을 창조하면서 동시에 신속하게 그것들을 이동시킬 수 있게 되었다. 이처럼 현실에 존재하지 않고 또 멀리 떨어져 있으면서도 현실 세계처럼 정보를 교환할 수 있는 논리적 가상 공간이 바로 사이버 세계[2]이며, 그것을 가능하게 해주는 인터넷 등의 매체가 사이버 매체이다.

디지털화된 사이버 매체에 의해 구축된 사이버 세계는 인류에게 무한한 가능성을 제공하였지만, 소설의 입장에서 보자면 결과적으로 커다란 재앙을 가져다주었다. 무엇보다도 이제까지 문자를 통해 현실을 모방하고 더 나아가 현실을 넘어서기도 했던 소설 장르의 특권을 박탈하였던 것이다. 이 점을 좀더 구체적으로 살펴 보면 다음과 같다. 군이 루카치에 기대지 않더라도 소설은 발생 초기부터 현실 세계의 총체적 반영을 목표로 하는 문학 장르였다. 그런데 사이버 매체의 비선조성(非線條性), 비인과성(非因果性), 양방향성(interactivity)은 서사 장르의 연대기적 연속성과 인과성을 정면으로 뒤엎는 방향으로 전개됨으로써 소설 본래의 현실 반영이라는 특징을 극도로 위축시켰던 것이다. 이와 함께 발생 초기부터 오랜 동안 종사해 오던 꿈의 생산에 있어서도 소설은 그 능력상 현실에 존재하지 않는 세계를 창조해 내는 사이버 매체에 비교될 수 없을 만큼 열등하다. 그만큼 사이버 매체는 현실을 뛰어넘는 데 있어서도 소설보다 훨씬 탁월한 면

---

1) 네그로폰테가 아톰(atom)에서 비트(bit)로의 전환으로 규정한 디지털화는 실체값을 가지지 않는 0과 1을 조합함으로써 의미 지향적인 추상화 대신 중성화를 통해 무의미를 지향했지만, 그 합성의 무제한적 가능성으로 인해 생생한 감각물들을 자유롭게 변조하고 생산할 수 있는 결과를 초래하였다. 정과리, 「문학 언어의 미래, 문자와 비트 사이」, 성민엽 외, 『21세기 문학이란 무엇인가』, 민음사, 1999, p.608.

2) 사이버 세계는 네트워크로 연결되어 있는 컴퓨터와 네트워크를 통해 전달되는 정보, 네트워크를 이용하는 사람들로 구성된다. 백욱인, 『디지털이 세상을 바꾼다』, 문학과 지성사, 1998, p.127.

모를 보여 주었던 것이다. 바로 이처럼 막강한 능력을 갖춘 사이버 매체의 등장으로 인해 세계의 총체적 재현과 불가능한 것의 재현이라는 양 측면 모두에서 저급한 면을 드러낼 수밖에 없는 것이 오늘날 소설이 처한 위기의 진상이다.

2. 사이버 매체에 대한 소설의 응전력

거의 불가능한 것이 없는 하이퍼미디어(hypermedia)로서의 사이버 매체가 등장함으로써 소설이 사상 최대의 위기에 처한 것은 사실이지만, 또한 바흐친의 말대로 문학의 역사상 거의 유일하게 발전하고 있는 장르로서 소설은 나름대로 사이버 매체가 주도하는 새로운 시대에 대처하는 변화의 능력을 보여 준 바 있다. 물론 이와 같은 소설의 변화에는 불가피한 면도 있고 자발적인 면도 있다. 변화의 양상을 고찰하기에 앞서 먼저 변화를 추동했던 배경 내지 조건을 살펴보면, 우선 앞서 말한 사이버 매체의 등장으로 인해 수세에 몰리게 된 소설의 상황을 지적할 수 있다. 말하자면 현실에 대한 상상력이 상대적으로 빈곤해짐으로써 소설은 새로운 돌파구를 찾지 않을 수 없었던 것이다. 다음으로 누구나 워드 프로세서3)와 양방향성이라는 사이버 매체의 특징을 이용하여 쉽게 글을 쓸 수 있기 때문에 전문 작가의 존재 의의가 희박해져서 저자의 죽음이 현실화되었고 새로운 의사 소통에 대한 인식이 싹텄으며, 그 결과 글쓰기의 대중화가 진행된 것도 소설의 변화를 강제하였다고 할 수 있다. 또한 글쓰는 사람의 디지털적 사고는 매우 단편적일 뿐만 아니라 시간의 선후성을 무시하는 특징을 지니기 때문에 전통적인 소설 문법의 파괴를 가져왔고, 인과 관계를 중시하는 구성 대신 이야기를 쓰고(말하고) 읽는(듣는) 재미를 회복시켜 줌으로써 소설의 변화를 가져왔던 것이다.4) 말할 것도 없이 이와 같은 변화의 배경 내지 조건은 모두 사

---

3) 김재국은 워드 프로세서를 이용한 글쓰기의 장점으로 작품 창작의 기회를 쉽게 제공함으로써 작품의 다산을 가능하게 한다는 점, 보관이 용이하다는 점, 다양한 서체의 제공으로 필체에 대한 자부심을 제공한다는 점 등을 들었다. 또한 단점으로는 필체의 개성이 무화되고 글쓰기의 일관성이 훼손된다는 점을 지적하였다. 김재국, 「사이버 환경의 등장과 소설의 변화」, 『다매체 환경과 소설의 위상』, 한국현대소설학회 제13회 연구발표대회 논문집, 1999, p.29.

4) 이야기의 전통의 복원을 자생적 근대 소설의 복원과 연결시키려는 의도는 동아시아 문화론으로 나타

이버 매체로부터 파생된 것인데, 그런 점에서 사이버 매체의 등장은 소설, 나아가 문학의 패러다임을 전환시킨 결정적 계기라고 할 수 있다.

이제 본격적으로 사이버 매체에 대한 소설의 대응 양상을 고찰해 보면, 소설 자체의 변화 여부에 따라 크게 두 가지 방향으로 논의를 전개할 수 있다. 다시 말해 소설 본래의 장르적 성격과 형식은 근본적으로 변화시키지 않은 채 사이버 매체를 소설 속으로 수용하는가, 아니면 소설의 본래적 성격과 형식마저 사이버 매체에 맞게 변화시키는가에 따라 논의의 내용이 크게 달라지게 된다. 먼저 전자의 경우부터 자세히 고찰해 보기로 하자. 소설이 이질적인 요소를 자신 속에 수용하는 것은 오래 전부터 있어 왔기 때문에 별로 새로울 것이 없다고 말할 수 있을지 모른다. 이렇게 판단하는 것은 주지하는 바처럼 소설이 오래 전부터 시나 설화 등 다른 문학 장르를 쉽게 수용하는 잡식성을 보여 왔던 탓이다. 그리고 근대 이후에는 소설이 영화, 연극, 음악, 미술 등 매체를 달리하는 예술 장르까지 폭넓게 수용해 왔기 때문이다. 하지만 사이버 매체의 수용은 이와 같은 예전의 경우와는 근본적인 차이를 보이고 있어서 주목된다. 무엇보다도 그것이 예전처럼 소재나 표형 중 어느 한 면에만 국한된 것이 아니라 내용과 표현 모두에서 커다란 변화를 가져왔기 때문이다.

첫째, 내용면에서 가장 두드러진 것은 역시 사이버 매체를 통해 새로운 리얼리티의 구축과 재현이 가능해졌다는 점이다. 사이버 매체는 그야말로 무한대에 가까운 정보를 갖고 있고 누구나 쉽게 그 정보에 접근할 수 있게 해준다. 그렇기 때문에 소설가들은 그 매체를 통해 영화, 비디오, 음악, 미술, 서적 등 자기가 원하는 문화에 관한 정보를 거의 제한 없이 제공받을 뿐만 아니라 자신이 원하는 어떤 세계라도 체험할 수 있는 기회를 가진다. 그리하여 이제 작가들은 디지털화된 사이버 세계를 통해 현실 체험의 제한성을 자유로이 극복할 수 있게 되어 전통적인 의미의 반영이라는 것을 염두에 두지 않게 된다. 물론 이 경우에도 사이버 매체는 시청각적 재현을 중심으로 하기 때문에 작가는 사이버 세계에서 체험한 시청각 이미지를 바탕에 깔고서 작품 창작에 임하게 된다. 아래의 예에서 볼 수 있는 것처럼, 최근의 우리 소설에서 등장 인물들이 자주 영화 속의 영상 이미지나 온라인 게임 속의 시청각 이미지에 근거하여 현실을 인식하고 이

난다. 이에 대해서는 이인화, 「이야기 문학의 힘과 갈등 구조의 탐구」, 『상상』, 1998년 봄호 참조

해하는 것도 이러한 현상의 일종이라고 할 수 있다.

　　그가 여기까지 생각했을 때, 다시 전화벨이 울렸다. 그는 한참을 생각하다 전화를 받았다.
　　—내가 너 거기 있을 줄 알았다. 너 이 빌어먹을 놈의 자식아. 회사가 밥을 공짜로 처먹여주는지 알아? 삐삐를 치면 응답을 해야 할 거 아냐? 너, 삐삐는 네 돈으로 샀냐? 회사에서 차 팔라고 달아준 삐삐 차고 어디서 자빠져 있는 거야? 너 당장 이리 못 와.
　　지점장이었다. 그는 온몸에서 힘이 쭉 빠져나가는 느낌이었다. 그러면서 생각했다. 내가 이 인간에게 무에 그리 큰 잘못을 했단 말인가. 그러나 그는 그의 악다구니에 아무 대응도 하지 못하는 스스로에게 더 화가 났다.
　　—상담하러 나왔다가 밥 먹으러 잠시 들렀습니다. 곧 들어가겠습니다.
　　—밥이고 죽이고 간에 당장 들어와. 안 그러면 삼시 세끼 다 집에서 밥 먹게 해줄 테니까.
　　전화가 툭 끊겼다. 그는 담배 한 대를 깊이 피워 물며 그의 반지하 셋방 속으로 주먹만한 햇빛을 들여 보내주는 창문을 올려다보았다. 담배 한 대를 다 피우고 나서 그는 다시 자판을 두들기기 시작했다.
　　그는 맹장들을 모두 한 주에 모으기 시작했다. 합리적 대안? 웃기고 있네. 조자룡, 장비, 제갈량, 그리고 충성도 낮은 여포. 그리고 유비 자신을 직접 출정시켰다. 한 번의 싸움에 다섯 명의 장수밖에는 출진시킬 수 없는 게임의 룰을 잠시 원망하고 나서 그는 산동성으로 진격했다. 이제 산동성의 영주는 관우로 바뀌어 있었다. 산동성으로 다가가는 도중에 가장 먼저 맞닥뜨린 장수는 위연. 그는 조자룡과 여포로 하여금 단번에 총공격으로 위연을 공격토록 하였다. 이 개새끼. 배신자. 반골. 삐리리릭. 격렬한 비프음이 컴퓨터에서 울려나오고 있었지만 그는 그 소리를 듣지 못했다. 위연. 뒤통수가 갈라진 채 튀어나온 자. 힘만 세고 머리는 없는 놈. 차 못 파는 게 어째서 내 죄냐? 차만 좋아봐라. 길 가는 거지에게도 할부로 팔 수 있어. 내가 너에게 전생에 무슨 그리 큰 죄를 지었길래 날 그리 못살게 구는 거야? 이놈의 막장 인생이 나도 지긋지긋해. 이 사디스트 자식아.[5]

　　이 인용문에서 자동차 회사 영업 사원인 주인공은 삼국지 게임에 흠뻑 빠져 있는 인물이다. 그는 지점장에게 늘상 영업 실적이 부진하다는 이유 때문에 꾸지람을 듣는 처지인데, 우연한 기회에 지점장이 삼국지에 등장하는 위연처럼 뒤

---

[5] 김영하, 「삼국지라는 이름의 천국」, 『호출』, 문학동네, 1997, pp.170~171.

통수가 툭 튀어나온 채 갈라져 있는 것을 발견하게 된다. 그런데 이 작품에서 중요한 것은 그가 그러한 현실 속의 상황에서 지점장에게 당한 데 대한 분풀이를 게임 속의 비현실에서 수행하고 있다는 점이다. 다시 말해 그는 현실 속에서 지점장에게 잔소리를 들은 뒤, 곧바로 게임을 계속하여 그 세계 속에서 지점장처럼 뒤통수가 갈라져 있는 위연부터 총공격함으로써 마음 속의 스트레스를 풀고 있는 것이다. 하지만 자세히 살펴보면 주인공이 이처럼 스트레스 해소라는 차원에만 머물러 있는 것이 아니라는 점을 알게 된다. 왜냐하면 결국 주인공은 현실과 비현실의 구분이 모호해지는 단계에까지 도달하고 있음이 밝혀지기 때문이다. 이와 같이 최근의 소설들은 사이버 세계의 이미지를 수용하여 현실과 비현실의 경계를 무너뜨리는 경지에까지 나아가고 있는데, 이제 이런 현상은 전혀 낯설지 않을 뿐만 아니라 예외적인 것으로 받아들여지지도 않는다. 그만큼 사이버 세계를 통한 새로운 리얼리티의 구축이 소설 창작의 일반적인 현상으로 자리잡았다고 할 수 있다.

한편 이와 같이 소설 속에 수용된 사이버 세계는 그 본래적 성격상 제한된 시간과 공간을 뛰어넘은 세계이기 때문에 거기에서는 지금까지 인간을 규율해 왔던 인과 관계와 질서가 소멸되고 무차별적이고 우연적인 정보가 주역으로 활동하게 된다. 위의 인용에서처럼 현실적 세계라면 마땅히 합리적 대안을 선택해야 할 대목에서 전혀 그렇지 않은 상황이 벌어지게 되는 것이다. 즉, 이성적으로 판단할 때 분명히 비합리적이고 죽음으로 이끄는 파멸의 길임을 알면서도 단지 사이버 세계라는 이유 때문에 그 길을 선택하는 경우가 너무나 손쉽게 이루어진다. 그래서 그 세계는 우리에게 더욱 무질서하고 혼돈스러운 세계로 받아들여질 수밖에 없다. 이런 점에서 사이버 매체를 수용하는 것은 기존의 이성 중심적 사유 구조를 전복시킴으로써 커다란 사고의 전환을 야기했던 포스트모더니즘의 담론 구조를 수용하는 것과 거의 동일한 결과를 초래하게 된다고 할 수 있다. 사이버 세계에서 "주/객 이분법적 근대적 주체 개념이 해체되고 상상적인 것과 실재적인 것 사이의 구분이 허물어진다는 것은 새로운 탈중심화된 주체가 구성된다는 것과 연관된다"[6]는 주장이 제출되는 것도 이런 측면과 관련하여 이해할

---

6) 이상훈, 「사이버 스페이스의 철학적 패러다임」, 『인문과학』 6집, 서울시립대학교 인문과학연구소, 1999, p.25.

수 있을 것이다.

과학적 상상력과 미래 지향적 공상이 폭발적으로 증가하고 있는 것도 사이버 매체 시대의 소설이 갖는 내용적 특징 중의 하나이다. 원래 사이버 매체 자체가 컴퓨터에 의한 네트워크에 기반을 두고 있으며 정보를 가공하는 특징을 지니고 있기 때문에 사이버 매체를 소설 속에 수용하게 되면 자연스럽게 과학적 상상력이 주된 내용으로 자리잡게 된다. 컴퓨터에 익숙한 세대가 성장하게 되면 이러한 과학 소설은 더욱 증가할 것으로 보인다. 물론 그 결과는 본격 소설과 대중 소설이라는 소설 장르의 전통적인 구분을 무너뜨리는 것으로 나타나게 될 것이다. 한편 사이버 매체에 발표되는 과학 소설은 과학적 지식을 토대로 하여 미래 세계에 관한 공상을 펼쳐 보이는 것이 많은데, 그 까닭은 미래 세계의 모습을 그리는 작업이야말로 무한한 자유를 누리고 꿈을 실현하는 가상 체험의 일종이기 때문이라고 할 수 있다. 그러나 여기서 한 가지 짚고 넘어가야 할 것은 이러한 특징이 유독 문학에만 긍정적으로 작용하지는 않는다는 점이다. 오히려 이것은 이미 현실에서 목격할 수 있는 것처럼 영화를 포함한 다른 문화 영역에서 더 극대화된 효과를 발휘하여 왔다. 말하자면 문학이 그런 영역과 경쟁을 할 경우 반드시 자신의 존재를 확대하고 지속시킬 수 있으리라는 보장이 있는 것은 아닌 것이다.

둘째, 사이버 매체는 소설의 표현면에서도 많은 변화를 야기하였다. 그 결과 소설은 영화, 애니메이션, 게임 등에 사용된 캐릭터 및 표현 기법을 차용한다든가 패러디와 혼성 모방을 주요한 창작 기법으로 사용하는 등의 변모를 꾀하게 된다. 이와 같은 실험적 서술 방법은 한편으로는 기존의 대서사 양식에 대한 비판적 기능을 수행할 수 있을지 몰라도, 다른 한편으로는 자본주의 지배 체제의 논리에서 벗어나지 못하는 한계를 지닐 수 있다. 삶의 진실을 담보하지 못한 테크닉의 발전은 보들리야르가 말한 시뮬라크르가 범람하는 소비의 사회가 지닌 한 특징에 불과하기 때문이다.

표현면과 관련하여 작가와 독자 사이의 양방향성이라는 활성화된 창작 과정을 통해 새로운 창작 기법이 등장하고 채팅 과정 등에서 발생하는 새로운 문자와 조어법의 등장도 지적할 수 있다. 양방향성이라는 사이버 매체의 특징을 이용하여 자유로이 독자의 반응을 작품에 수용하고 곧바로 작품의 내용을 수정하는 일은 이미 많은 작가들에 의해 행해졌고 또 지금도 행해지고 있다.[7] 이러한 일은 다음에 이야기하게 될 문학 생산 및 유통 방식의 변화와도 일정하게 관련되어 있는 것이기도 하다. 키보드에 바탕을 둔 새로운 문자와 조어법, 예컨대 '어솨요, 안냐세여, ^.^, *^ ^*' 등의 표기 형태에 대하여도 많은 사람들이 언어 사용의 혼란 등을 우려하지만, 실제로 그것은 회화적 측면과 경제성을 갖추고 있기 때문에 사이버 매체에 적합한 표현 양식으로서 자리를 잡아갈 수밖에 없을 것이다. 그리고 현실 세계와 사이버 세계의 독립성을 인정한다면 그로 인해 현실 세계의 언어가 오염될 것이라는 우려 역시 어느 정도 떨쳐낼 수 있을 것으로 생각된다.

지금까지는 소설 장르의 근본적 성격과 형식은 변화시키지 않고 사이버 매체를 소설에 수용함으로써 나타난 소설의 양상을 살펴 보았다. 그러면 이제부터는 소설 장르의 성격과 형식을 변화시키는 차원, 즉 소설을 사이버 매체 속으로 확장하는 차원에서 소설의 변모 양상을 구명해 보기로 하자. 먼저 소설을 사이버 매체로 확장하는 경우 그것을 계속 소설이라고 불러야 할지 아니면 다른 이름으로 부를 것인지 그 정체성이 문제될 수밖에 없다. 어쨌든 이 경우에는 기존의 책의 형태를 취하지 않고 파일의 형태로 디스켓(diskette) 또는 시디롬(CD-ROM)에 담기거나 사이버 매체상에 로드(load)되어 있는 것이 일반적이다. 그러니까 이것은 지금까지 종이책에 담긴 문학과는 전혀 다르게 단지 사이버 문학이라는 이름을 달고 사이버 매체에 올라 있는 것이다. 이것은 앞서 말한 것처럼 사이버 매체를 통하므로 언제든지 수정하고 편집할 수 있으며, 글을 쓰는 사람과 읽는 사람의 구분이 뚜렷하지 않고 양방향의 글쓰기가 가능하다. 아마도 이러한 차원의 글쓰기는 머지않아 기존의 '작가 ─ 독자'의 관계와 문학 생산 및 유통 구조를 획기적으로 변화시킬 것으로 예상된다. 왜냐 하면 이런 글쓰기에 참여하는 사람들은 각 신문사의 신춘문예나 각종 잡지의 신인상 또는 추천을 통하지 않고도 스스로 작가라고 자처하면서 글을 올리고 독자와 그 글을 직접적이고 수평적인 관계에서 주고 받기 때문이다. 또한 독자들도 종래의 '작가 ＝ 능동성 /

---

7) 사이버 소설 가운데 책으로 인쇄되어 가장 많이 팔린 『퇴마록』의 작가 이우혁도 창작 당시에 등장 인물의 이름을 독자로 하여금 제공하게 하는 등의 방법을 통하여 독자를 능동적으로 작품 창작에 참여시킨 바 있다.

독자 = 수동성'이라는 도식에서 벗어나 언제든지 글쓰기에 능동적으로 참여하기 때문이다. 이런 상황에서 '창작 → 출판 → 구입'이라는 유통 구조는 작가와 독자에게 아무런 영향력을 행사하지 못하게 됨은 두 말할 필요도 없다.[8]

하지만 아직까지 이러한 글쓰기는 기존의 장르를 크게 파괴시키지 않는 범위에서 행해지고 있다. 이에 비할 때 하이퍼텍스트(hypertext) 형태로 소설을 변화시키는 것은 보다 심각하게 정체성의 문제를 제기한다. 바로 위의 글쓰기가 문자 중심인 데 비하여 하이퍼텍스트의 경우에는 문자뿐만 아니라 동영상, 음성 등이 비선조적으로 연결되고 본격적으로 사이버 세계가 구현된다. 바로 여기에서 이것을 과연 소설이라고 믿으면서 계속 우겨야 할 것인가, 또는 이것의 제작자를 계속 소설가라 불러야 할 것인가, 아니면 프로그래머나 웹 디자이너라 불러야 할 것인가 하는 문제가 제출되는 것이다. 다음은 이와 관련한 고민을 전형적으로 보여주는 대목이라고 할 것이다.

> 문자와 동화상과 음향이 한데로 겹쳐지는 하이퍼텍스트를 계속 문학이라고 부를 수 있을지는 의문이다. 다시 그러나, 가령 소설과 동화상과 음악이 동일 평면에, 혹은 다층면에 겹쳐져 있는 하이퍼텍스트가 문학이 아니라면 그것은 또 무엇인가. 만약 하이퍼텍스트를 문학이라고 한다면 문학은 종래의 그것보다 훨씬 더 넓은 개념의 것이 되면서 새로운 정체성을 갖게 될 터이고, 그것을 문학이 아니라고 한다면 그것을 지칭하는 새로운 개념이 만들어져야 할 것이다. 확고한 것으로 여겨왔던 문학의 정체성이 심각하게 동요되는 장면이다. 또한 그 문학의 정체성 위에 세워졌던 작가의 정체성도 함께 동요된다. 전망은 불투명하기 짝이 없다.[9]

결국 하이퍼텍스트로 전이한다는 것은 소설이 더욱 더 열린 장르를 지향한다는 의미인 바, 문자로 된 소설보다 훨씬 감각적이기 때문에 그것을 이해하는 일도 보다 쉬워질 것이다. 하지만 문제는 이러한 매체의 수용이 단지 기법의 수용이 아니라 새로운 세계를 보는 관점의 수용과 관련되어 있다는 점이다. 이에 대해서는 바로 다음 장에서 다시 자세하게 논의하기로 하고, 다만 한 가지 분명한

---

8) 사이버 매체 시대에 있어 문학의 생산과 소비, 유통, 제도의 변모에 대해서는 우찬제, 「디지털 복제 시대의 문학」, 『타자의 목소리』, 문학동네, 1996 참조
9) 성민엽, 「21세기 작가란 무엇인가」, 성민엽 외, 『21세기 문학이란 무엇인가』, 앞의 책, p.24.

것은 하이퍼텍스트의 수용이 문자의 표현력과 영상적 표현력 사이의 경쟁이 야기될 것이라는 점이다. 그럴 때 문자의 표현력이 영상적 표현력에 비해 결코 강력하지 않다는 것은 의심의 여지가 없다. 이것은 궁극적으로 하이퍼텍스트로의 전이가 문자에 의한 표현의 위축을 가져오게 된다는 것을 의미한다. 여기에 그동안 문자를 주요 표현 수단으로 사용해 왔던 소설의 딜레마가 있다.

3. 사이버 소설은 무엇을 할 수 있는가

사이버 매체를 수용하여 소설의 근본적 성격을 변화시키든, 그렇지 않든 간에 이미 그 매체를 받아들였다는 사실 자체는 소설이 개방적 성격을 강화한 것으로 보아야 한다. 그런데 문제의 핵심은 앞서 말한 것처럼 그 매체를 받아들이는 것이 단지 새로운 기법의 수용에 머물지 않는다는 점에 놓여 있다. 이 문제에 대하여 진지하게 고민하고 해결하려는 노력을 보이지 않고서는 사이버 소설이 어떤 기능을 담당할 수 있는가 하는 문제도 제대로 논의할 수 없을 것이다.

물론 겉으로 드러난 사이버 소설의 문학적 순기능에 대해서는 지금까지 학계에서 논의된 바를 바탕으로 하여 다음과 같이 정리할 있을 것이다. 첫째, 사이버 공간이라는 새로운 리얼리티를 창조하여 문학의 영토를 확장한 점. 둘째, 불확정적이고 모호한 성격을 활성화함으로써 해체주의 내지 포스트모더니즘적인 효과를 높인 점. 셋째, 작품 소재의 새로움을 가져옴으로써 소설의 다양성에 기여한 점. 넷째, 실험적이고 모험적인 창작 및 비평 기법을 도입한 점. 다섯째, 양방향적인 사이버 매체에 적응하는 독자를 대량으로 길러낸 점. 여섯째, 전통적인 유통 과정의 변화 초래한 점. 그리고 이 밖에도 작가와 독자와 작품의 층위에서 이루어진 여러 가지 변화를 지적할 수 있을 것이다. 한편 사이버 소설은 몇 가지 한계도 지니는 바, 무엇보다도 인터넷을 통해 유포되기 때문에 컴퓨터 네트워크를 소유하지 않은 사람을 소외시켰고 그 과정에서 새로운 권위를 탄생시켰다는 점을 지적할 수 있다. 뿐만 아니라 지나치게 비선조성을 강조함으로써 작품의 통일성을 해쳤으며, 작가의 정체성을 해체하였다는 점도 들 수 있다. 이 밖에도 과도하게 가벼운 주제에 탐닉함으로써 독자에게 영합하는 측면을 보였으며, 그 결과 편협성·경박성·즉흥성·절연성을 증대시킨 점, 작품의 복제성과 외설성의 범람으로 인해 소설의 저급화 현상을 초래한 점 따위의 단점을 언급할 수 있을 것이다. 하지만 거듭 말하지만 이러한 것은 어디까지나 표피적이고 현상적인 지적일 뿐이다. 보다 본질적인 것은 사이버 매체의 수용으로 인한 사이버 세계의 창조, 사이버 인간의 창조와 직접적으로 관련되어 있다.

일반적으로 사이버 매체에 의한 문화의 형식적 측면은 양방향성·하이퍼텍스트·멀티미디어로 규정되며, 자유롭고 다중적이며 동시적인 상호 의사 소통을 중요한 장점으로 갖는다고 한다. 전자 민주주의에 관한 논의가 이러한 장점에 기반하고 있음은 두 말할 필요도 없을 것이다. 한편 사이버 매체를 통해 표현되는 문화의 가장 근본적인 한계로 지적되는 것은 몰역사적이고 무준거적이며 반초월적인 면이다. 다시 말해 사이버 문화가 어떤 의미론적 방향을 제시하지 못할 뿐더러 존재론적인 초월론의 정립에도 도달하지 못한다는 것이다. 또한 그 문화의 장점을 가능하게 해주는 조건의 생산 지대에는 사용자들이 거의 접근하지 못할 뿐만 아니라 언제나 그 문화에는 '끝없이 배후'가 있으며[10], 사이버 세계는 "진리 없는 홀림의 세계"[11]라는 지적도 있다. 이러한 한계를 한 마디로 요약하면 사이버 문화가 반성적 성찰의 기능을 담당하지 못하고 빅 브라더에 의해 장악될 가능성이 있는 문화로 정리할 수 있을 것이다. 물론 이런 주장 가운데 사이버 매체 자체가 몰역사적이고 무준거적이며 반초월적이라는 데는 동의하지만, 사이버 문화의 조건을 생산하는 과정에 사용자들이 거의 접근하지 못할 뿐만 아니라 그 세계가 진리 없는 홀림의 세계라는 데에는 이론의 여지가 있는 것으로 생각된다. 왜냐 하면 HTML을 구현하는 기술의 발전으로 인해 그 문법 체계를 알지 못하고서도 그 문서를 손쉽게 만들 수 있는 기회, 즉 문화의 조건을 생산하는 데 가담할 기회가 점차 증가하고 있으며, 사이버 세계에도 나름대로 책임과 권리가 따를 수 있다고 생각되기 때문이다.

한편, 흔히 사이버 공간 속의 채팅에서 음란하고 저속한 행동을 하거나 사회의 질서나 규범에 저항하는 목소리를 내는 것을 가리켜 현실적으로 억압해 놓

---

10) 정과리, 「문학 언어의 미래, 문자와 비트 사이」, 위의 책, p.613.
11) 정명교, 「디지털 혁명과 문학의 역할」, 『인문과학연구』 4집, 가톨릭대학교 인문과학연구소, 1999, p.39.

왔던 자신의 모습을 아이디(ID)로 익명성이 보장되는 세계 속에 풀어 놓는 것이라고 말한다. 즉, 사이버 세계에서 사람들은 자신의 정체성에 대한 적지 않은 혼란을 겪으면서 현실에서 볼 수 있는 모습과 전혀 다른 모습을 보인다는 것이다. 사정이 정말 그러한지 알아보기 위해 하나의 보기를 들어 살펴보기로 하자.

그녀도 게임에 끼여들기 시작했다. 우리는 격투사가 되어 서로 싸우기도 했고 비행기 조종사가 되어 함께 폭격에 나서기도 했다. 가끔 그녀는 늘씬한 미녀로 변신하여 나를 흠씬 두들겨 패고는 즐거워했다. 나는 일부러 그녀에게 맞아 나가떨어지는 일을 즐기기 시작했다. 화면 속에선 피가 낭자해도 화면 밖에선 아무 일도 일어나지 않았다. 그저 게임만이 반복됐다.

왜 이렇게 살아요? 어느 날 그녀가 물어왔다. 예상치 못한 질문이어서 나는 조금 당황하여 그녀를 보았다. 그녀의 눈은 화면 속에 고정돼 있었고 손은 열심히 키보드 위에서 놀고 있었다. 이렇게 사는 게 어떤 건데요? 나 역시 같은 자세로 되물었다. 화면 속의 내가 그녀의 턱을 갈겼다. 그녀의 에너지가 줄어들었다. 그녀는 두 걸음쯤 물러나 앞차기와 돌려차기로 반격을 가해 왔다. 나는 재주를 넘으며 뒤로 피했다. 내가 사장님이라면 이렇게 안 살 것 같아서요. 그녀가 다가와 업어치기로 나를 메치고는 다시 발길질을 해댔다. 화면 속의 나는 피를 흘리고 있었다. 그럼 진영씨는 어떻게 살 건데요? 저요? 저라면 이 컴퓨터 같은 거 다 팔아서 여행을 갈 거예요. 사무실 보증금도 빼구요. 그 때 화면 속의 나는 주먹으로 그녀의 얼굴을 난타하고 있었다. 진영씨는 어딜 가고 싶은데요? 내 주먹질 때문에 그녀의 에너지가 빠르게 줄어들고 있었다. 곧 결판이 날 것 같았다. 에너지 바는 빨간색을 가리키고 있었다. 그건 얼마 남지 않았다는 뜻이었다. 저요? 저라면 세계 일주를 하겠어요.(중략 : 인용자) 나는 오른발로 그녀의 가슴을 지른 후에 그녀를 업어서 멀리 던졌다. 그녀는 비명을 지르며 쓰러져서는 일어나지 못했다. 게임은 끝났다. 우리는 다시 서로의 일에 열중했다.

그 날 이후로 나는 종종 그녀와 함께 배낭을 메고 비행기에 오르는 상상을 하기 시작했다. 이상하게도 혼자 떠나는 모습은 그려지질 않았다.12)

이 글에서 그녀가 "왜 이렇게 살아요?"라고 물었을 때 현실 속의 주인공 '나'는 잠깐 당황했지만 곧 침착함을 되찾고는 그녀에게 '이렇게 사는 것'이 어떤 것인가를 되묻게 되는데, 화면 속의 사이버 세계에서도 이와 유사하게 그녀의

---

12) 김영하, 「바람이 분다」, 『엘리베이터에 낀 그 남자는 어떻게 되었나』, 문학과 지성사, 1999, pp.81~83.

턱을 갈기고 난 뒤에 그녀의 앞차기와 돌려차기 공격에 대해 재주를 넘으며 뒤로 피한다. 한편 내가 대답을 하지 않고 되묻자 그녀는 "내가 사장님이라면 이렇게 안 살 것 같아서요"라고 하면서, 동시에 사이버 세계에서도 내게 다가와 업어치기로 나를 메치고는 다시 발길질을 해댄다. 이렇게 보면 사이버 세계의 모습은 현실 세계에서 못다 이룬 자신의 의도를 보다 거칠게 표현한 것이라고 볼 수도 있을 것이다. 물론 발길질로 상대편을 걷어차는 것과 같은 거친 사이버 세계에서의 행동은 현실에서는 결코 실행할 수 없는 행동이다. 그러나 이러한 사이버 세계에서의 행동을 단순히 현실에서 벗어나고자 하는 일탈적 행동으로 보거나 현실에서 정체성이 혼란해짐으로써 빚어지는 행동으로 보아서는 곤란하다. 또한 이에 못지 않게 현실에서의 자아가 아직 성숙하지 않았다는 것을 직접 반영하는 행동으로 보는 일도 지양되어야 한다. 왜냐하면 사이버 세계는 현실 공간 속에서 이루지 못한 자기 정체성을 보다 확장시키는 세계이기 때문이다. 이 점은 위의 소설에 표현된 사이버 세계가 각각의 인물들이 현실에서 못다 표현한 것을 보충하고 확대하는 기능을 담당하고 있음을 통해서도 증명된다.

하지만 이런 때에도 사이버 세계에서 보인 자기 정체성과 현실 속의 정체성이 통합되어 한 개인의 온전한 정체성이 되는 것은 아니다. 사이버 공간 속에서 펼쳐 보이는 자기 정체성이란 현실의 자기 자신이 사이버 세계에서 만들어낸 이미지, 예컨대 위의 인용문의 게임 속에서 격투기에 능한 파이터(fighter)로 등장하는 '나'와 타인이 만든 사이버 이미지, 즉 실존 인물 진영이 만들어낸 '그녀'라는 두 명의 사이버 인간끼리 서로 교류하면서 형성하는 것이기 때문이다.[13] 특히 그 세계에서 각 개인은 가능한 타인의 통제를 받지 않으려는 속성을 보이는데, 그 까닭은 자기가 실제로 살고 있는 현실의 한계를 넘어서려고 하기 때문이다. 그러니까 사이버 세계에서 각 개인은 새로운 정체성을 가진 한 명의 사이버 인간을 창조하고 그 존재(매개물)를 나름대로 통제하는 행동을 통하여 자신의 우월감을 가지는 환상적 경험을 하며, 그 과정에서 다른 사이버 인간과의 교섭을 통해 자신의 정체성을 되돌아보는 경험을 하는 것이다. 게임 중독이라는 말이 나올 정도로 사이버 공간에서 이루어지는 스타크래프트 등의 온라인 게임에 푹 빠져서 사이버 인간 창조 활동과 그 인간의 운명을 통제하고 다른 사이버 인

---

13) 황상민, 「디지털 시대의 사이버 인간: 창조와 영성의 체험」, 『인문과학연구』 4집, 앞의 책, p.56.

간과 대결하는 데 몰두하는 것도 이와 무관하지 않은 것으로 생각된다.[14)]

이상의 논의를 통해 사이버 소설이 어떤 기능을 담당할 수 있을 것인가 하는 문제가 어느 정도 정리되지 않았는가 한다. 사이버 소설에서 다루는 사이버 세계와 사이버 인간은 소설 속의 허구적 세계와 인간에 비해 현실과 깊은 관련을 맺고 있지 않다. 그렇다고 해서 현실과 완전히 단절된 것도 아니다. 다만 인간은 사이버 세계를 통해 "자신을 대체할 수 있고 또 더 자신을 잘 나타낼 수 있는 다양한 자신의 매개물을 창조하는 경험"[15)]을 하고 자신의 정체성에 대해 돌아보는 것이다. 말할 것도 없이 장차 이러한 경험이 확대되면 될수록 현실 세계와 사이버 세계의 간격은 점차 좁아지게 될 것이다.[16)] 이런 마당에 문학이 여전히 신성한 공간으로서의 원초적 자연과 상상적 자연으로서의 인공 자연의 중요성을 지속해서 노래해야 한다는 주장은 그 필요성이 인정되긴 하지만 얼마나 사이버 시대에 설득력을 얻을 수 있을지는 의문이다. 또한 사이버 소설이 소설의 영역을 한없이 확대해 줄 것이라는 믿음도 확실한 논리적 근거를 갖지 못한다. 왜냐 하면 사이버 소설이 가진 중요한 특성으로서의 환상적 요소라면 사이버 소설 이전에도 얼마든지 존재해 왔기 때문이다.

그렇다면 결국 문학은 여전히 그 본성, 즉 자신과 세상에 대하여 동시적으로 수행하는 반성적 활동을 계속할 수밖에 없는 것인가? 정과리는 삶의 뜻에 결코 확정된 대답을 주지 않는 방식으로 반성은 계속되어야 한다고 주장한다.[17)] 물론 여기서 이러한 주장 자체를 반박하자는 것은 아니다. 하지만 그 방법의 하나로 그가 제시하는 것의 설득력이 매우 약하다. 그는 시각적인 요소와 청각적인 요소가 넘쳐나는 사이버 매체에 순전히 언어만으로 된 하이퍼텍스트를 제작하여 올리자고 주장한다. 즉 그는 그러한 하이퍼텍스트를 사이버 매체에 올려 문학 언어와 하이퍼텍스트 사이의 관계를 성찰케 하자는 것이다. 그러나 만약 인터넷을 항해하는 사람이 이런 하이퍼텍스트를 만나면 과연 그의 뜻대로 문학 언어

---

14) 한때 유행했던 다마고치나 프린세스 메이킹 등의 프로그램이 유행한 것도 이와 관련을 맺고 있다.
15) 황상민, 위의 책, p.59.
16) 이미 사이버 학교는 물론이고 사이버 교회나 사이버 납골당이 생겨났는가 하면, 사이버 세계와 현실 세계의 구분이 사라진 채 메트릭스라는 공간 안에 사는 인간을 그려낸 「메트릭스」라는 영화까지 나왔음을 상기할 필요가 있다.
17) 정명교, 「디지털 혁명과 문학의 역할」, 『인문과학연구』 4집, 앞의 책, p.45.

와 하이퍼텍스트 사이의 관계를 반성하게 될까? 이에 대한 대답은 지극히 부정적이다. 순전히 언어로 된 하이퍼텍스트를 만나는 순간 대부분의 네티즌들은 구체적인 내용을 읽어보기도 전에 그 많은 글을 읽을 엄두가 나지 않아 당장 다른 사이트로 이동할 것이기 때문이다.

이와 관련하여 떠오르는 생각은 이제 문자는 인간의 삶을 재현하는 기능면에서 시청각 이미지에 완전히 자신의 자리를 물려 주어야만 하는 것은 아닐까 하는 점이다. 만약 사실이 그러하다면 결국 소설은 사이버 매체를 통해 등장하는 인간의 문제에 관심을 기울일 수밖에 없지 않은가 한다. 다시 말해 사이버 매체를 통해 시청각적인 이미지를 감각적으로 인식한 이후의 보다 초월적인 삶의 의미를 되묻는 역할, 즉 인간으로 하여금 '나는 누구인가, 왜 사는가, 나의 삶의 의미는 무엇인가'를 끊임없이 반추하도록 하는 일을 사이버 소설이 담당해야 할 것으로 생각된다. 그리고 이와 함께 사이버 세계에 존재하는 사이버 인간의 삶의 조건에 대해서도 진지하게 고민해야 할 것이다.

4. 사이버 시대 소설의 운명, 문학의 운명

기술 복제 시대의 카메라가 화가를 내쫓지는 못했다는 발터 벤야민의 말과 같은 양상으로 사이버 매체가 소설을 축출하지 못할 것인지, 아니면 소설을 영원히 예술의 변두리로 축출할 것인지는 지금 현재로서는 누구도 장담할 수 없다. 물을 것도 없이 여전히 문학에 희망을 거는 사람은 문학과 사이버 매체의 공존을 은근히 기대하겠지만, 그러나 분명한 것은 시간이 흐를수록 사이버 세계가 확장될 것이라는 사실이다. 과거에는 데스크 탑이나 노트북 컴퓨터를 통해서 연결되던 사이버 세계가 텔레비전이나 이동 전화 등의 다양한 매체를 통해서도 연결이 가능하게 됨으로써 벌써부터 그러한 사실이 현실화되고 있다. 장차 이 추세가 가속화되면 그에 따라 사이버 세계도 확장될 것이고, 그럴 경우 제 아무리 소설이 하이퍼텍스트로 변신한다 해도 점차 그 입지는 좁아지게 될 것이다. 그리고 사이버 매체를 이용하는 사람이 늘어나면 날수록 인간은 한층 더 사이버 세계 속의 체험을 통해 자신의 정체성을 확립해 나가게 될 것이라는 점도 부인할 수 없을 것이다. 이와 같은 흐름이 문학에 어떤 영향을 끼칠 것인가에 대한 대답은 비교적 선명하다. 무엇보다도 문학의 현실 재현 기능이 대폭적으로 축소될 것이고, 그 동안 언어라는 매체를 통해 수행해 온 반성적 기능 역시 엄청나게 약화될 것이다.

바로 이러한 시대에 소설이 나름대로 대응 방법을 모색하기 위해서는 무엇보다도 디지털화된 사이버 매체가 단지 기술의 측면만을 지닌 것이 아니라 이제까지의 문자 중심적인 의사 소통 수단을 변화시키고 나아가 인간의 존재에 대한 인식을 변화시키고 있다는 것을 분명하게 인식해야 할 것이다. 물론 이 주장이 사이버 매체의 위력 앞에 지레 굴복하는 듯한 과장된 태도로 보일 수도 있지만, 사이버 매체가 근대성의 결과이면서 동시에 근대성을 넘어서려는 인식적 태도를 자체 내에 포함하고 있는 것도 틀림없는 사실이다. 그렇기 때문에 이 시대에 있어서 소설은 근대적이면서 탈근대적인 사이버 매체가 인간을 인식하는 과정에서 저지를 수 있는 위험을 경고하고 고발하는 방향으로 나아가야 할 것이다. 다시 말해 사이버 매체의 등장이 단순히 매체의 변화 정도가 아니라 인간의 정체성을 새로운 인식을 요구하는 바, 그 과정에서 여러 가지 문제가 발생할 수 있다는 것을 확인하고 나아가 과연 사이버 세계에서 인간이란 어떤 존재이어야 하는가에 대한 모색까지를 소설이 담당해야만 한다는 것이다.

만약 그렇지 않고 소설이 사이버 매체와 경쟁을 해야 한다면 결국에 가서는 소설 또한 정보의 전달이라는 측면에 주력해야 할 것이고, 이 측면에서는 지금까지 인간이 개발한 매체 가운데 가장 첨단이라고 할 수 있는 사이버 매체를 따라가지 못하게 될 것이 뻔하다. 그렇기 때문에 결국 소설은 비록 사이버 시대의 도래로 인하여 대폭 약화되긴 했지만, 여전히 소설이 가장 잘 수행할 수 있는 기능인 사유와 반성이라는 기능을 통해서 자신의 존재 의의를 찾아나갈 수밖에 없다. 그 길이 결코 순탄한 길이 아니라는 점에 소설의 어려움이 있지만, 그럼에도 불구하고 소설은 그런 역할을 기꺼이 떠맡음으로써 궁극적으로는 사이버 세계를 장악하려는 자본주의적 논리를 경계하고 인간적인 사이버 시대를 만드는 데 일조하여야 할 것으로 생각된다. 그리고 이 길은 소설만이 걸어야 할 길이라기보다는 차라리 사이버 시대에 모든 문학이 걸어가야 할 길이라고 할 수 있을 것이다.

제2부

프롤레타리아 문학과 그 주변

―김기진·박영희·엄흥섭·박노갑·지하련

1. 신경향파의 주관주의적 갈래 ― 김기진·박영희

본격적인 프롤레타리아 문학 단체로서 카프(KAPF)가 성립된 것은 1925년이었고, 카프가 조직을 정비하고 목적의식적 문학 활동을 전개한 것은 제1차 방향전환기인 1927년부터였다. 물론 이와 같은 카프의 방향전환 이전에도 프로문학의 맹아는 이미 싹트고 있었는데, 소위 신경향파 문학이 그것이다. 프로문학의 중심적 인물이자 대표적 비평가인 임화가 일찍이 언급했듯이, 신경향파는 소위 두 갈래의 흐름으로 나누어져 있었다. 그 중 한 갈래는 자연주의의 강한 영향 아래 '주관의 표현보다 대상의 묘사'를 작품의 주된 모티프로 삼는 흐름이다. 다른 하나의 갈래는 주관 의식이 강렬하여 새로운 계급 의식을 작품의 전면에 내세우지만 현실의 묘사를 결여하고 있는 경향이다. 전자에 속한 작가로는 최서해, 이기영 등이 있어서 이 갈래를 '최서해적 경향'이라 부르고, 후자에 속하는 작가는 박영희, 김기진, 송영, 김영팔 등이기 때문에 이 갈래를 '박영희적 경향'이라고 부르기도 한다. 작품에 드러나는 전망과 관련하여 설명하자면, 최서해적 경향은 개별적인 주인공의 빈궁 문제가 전체성과 관련하여 형상화되지 못하고 현상의 직접성만을 보여주는 데 머무른다. 그러므로 미래에 대한 전망은 결여되어 있는 것이다. 이에 비해 박영희적 경향은 일본에서 수입된 외래의 이데올로기로서 마르크스주의를 적극적으로 내세우지만 객관적 현실에 대한 구체적 탐구와 묘사가 약화되어 있다. 따라서 최서해적 경향과 반대로 이 경향에 속한 작품에서는 '전망의 과장'만이 두드러져 보이게 된다. 이후 이와 같은 신경향파의 두 가지 경향은 소위 제2기 작품으로서 조명희의 「낙동강」을 거치면서 서로 통일되는 경향으로 발전하게 된다. 즉, 신경향파의 두 경향이 지닌 편향성이 극복되면서 본격적인 프로문학의 시대가 열리게 되었던 것이다. 하지만 이 글에서는 신경향파의 전체적인 발전 과정을 고찰한다기보다는 박영희적 경향의 대표적 작가로서 김기진과 박영희가 신경향파 시기에 쓴 대표적 작품들의 특징을 살펴봄으로써 신경향파의 성과와 한계를 점검해 보고자 한다.

우선 김기진의 경우 1923년에 『백조』의 마지막 동인으로 가담하였지만, 일본의 프로문학자들로부터 영향 받은 마르크스주의 이데올로기를 동인들에게 퍼뜨림으로써 결과적으로 『백조』를 붕괴시키게 된다. 이 때 『백조』의 동인 가운데서 가장 급진적으로 마르크스주의 쪽으로 방향 전환을 감행한 사람이 바로 박영희이다. 두 사람은 배제 고보의 동기 동창으로서 같은 시기에 일본으로 유학을 갔지만, 박영희는 일찍 귀국하여 퇴폐적 낭만주의 경향의 시를 발표하면서 『장미촌』과 『백조』의 중심 인물로 활동하였다. 이에 비해 김기진은 관동 대지진이 일어날 때까지 일본에 머물면서 주로 『씨 뿌리는 사람(種蒔の人)』동인들의 글과 앙리 바르뷔스의 클라르테 운동에 관한 글들을 접하면서 프로문학의 이념에 물들게 되었다. 이후 김기진의 적극적 중재하에 박영희 역시 동일한 이념을 수용하게 되어 두 사람은 프로문학의 독자성을 옹호하기에 이른다. 이런 과정을 고려하면, 결국 환멸의 낭만주의에서 마르크스주의로 급진적인 사상 전환을 감행한 두 사람은 처음부터 프로문학을 관념적으로 받아들였던 것으로 볼 수 있다. 두 사람 모두 중산층의 자식이었고 유학을 다녀올 정도로 인텔리였던 점 역시 그러한 경향을 부추겼다. 이 점에서 두 사람은 학교도 제대로 다니지 못한 채 간도를 유랑하면서 몸소 빈궁한 생활을 체험한 최서해와는 지극히 대조적이었다.

김기진의 글 가운데서 프로문학의 이념을 효과적으로 드러낸 장르는 수필이었다. 「떨어지는 조각조각」(『백조』 3호), 「Promeneade Sentimental」(『개벽』, 1923.7) 등으로부터 시작되는 그의 수필은 소설보다도 이념을 전파하는 데 훨씬 효과적이었다. 처음에는 감상문의 성격이 짙은 이러한 수필이 점차 논리적인 성격을 띠기 시작한 것은 클라르테 운동을 소개하면서부터이다. 이후 그는 시는 거의 쓰지 않고 논리적 문장으로 된 평론을 주로 쓰면서 소설 창작도 겸하게 된다. 한편 박영희는 김기진과는 달리 처음부터 수필과 소설을 병행하였다. 그는 이미 『백조』 시절에 「생의 비가」, 「감상의 폐허」 등의 수필을 시도한 바 있었고, 이후 「지나가는 비너스」, 「숙명과 현실」, 「번뇌하는 감상어」 등의 수필을 쓰게 된다. 이 수필들은 평론으로 넘어가는 과도기적 성격을 보여주고 있는 점이 특징적이다. 수필을 쓰기 시작한 시기의 차이는 있지만, 1924년 이후부터 두 사람은 수필보다 평론과 소설에 보다 많은 관심을 두면서 두 장르를 동시에 창작하기 시작한다. 그런데 수필이나 평론과 마찬가지로 소설 역시 프로문학의 이념을 전달하는 도구로서의 성격을 강하게 띠었던 점이 두 사람의 소설 창작에서 공통적으로 발견되는 특성이다.

팔봉산인이라는 호로 발표된 김기진의 처녀작 「붉은 쥐」는 도시 빈민가의 박형준이라는 지식인이 현실의 모순 때문에 절망과 우울에 빠져서 살아가다가 감정의 폭발로 인해 강도 짓을 마구 일삼지만 끝내 죽고 만다는 내용으로 되어 있다. 이어 발표된 「젊은 이상주의자의 사(死)」 역시 빈궁한 현실에서 겪는 여러 가지 고난 때문에 괴로워하던 한 젊은이가 양잿물을 먹고 자살하면서 남긴 일기가 작품의 내용이다. 이 두 편의 작품 이후에도 김기진은 「몰락」, 「본능의 복수」 등의 작품을 썼는데, 이 작품들은 대체로 추악한 현실에 대해 항거하는 젊은이의 심정을 집중적으로 파헤치고 있다. 그런데 문제는 오랜 동안의 고민 끝에 취하게 되는 주인공의 행동, 예컨대 강도짓이라든가 자살 따위가 설득력을 가지지 못한다는 데 있다. 말하자면 주인공들은 현실을 구체적으로 분석하지 않은 채 관념에서 비롯된 성급한 행동만을 일삼고 있는 것이다. 이러한 점은 현실을 대하는 작가의 태도가 다분히 관념적인 데서 기인한 것으로 볼 수 있다. 결국 김기진의 소설들은 현실로부터 도피하고 절망하기만 하던 인물을 그린 바로 앞의 소설들에 비해 모순된 현실에 적극적으로 반항하는 새로운 인물 유형을 창조하기는 했지만, 이 인물들의 반항이 현실을 떠난 관념 속에서의 반항에 머무르고 말았던 점이 그 한계라고 할 수 있을 것이다.

한편 박영희 역시 여러 편의 신경향파 소설을 창작하였는데, 대표적인 작품으로는 「사냥개」, 「전투」, 「철야」, 「지옥 순례」 등을 들 수 있다. 이 가운데 「사냥개」는 신경향파의 여러 작품 가운데서 가장 많이 논란의 대상이 된 작품이고,

「철야」와 「지옥 순례」는 김기진과의 사이에 벌어진 '내용과 형식' 논쟁의 계기가 된 작품이다. 먼저, 「사냥개」는 도적을 지키기 위해 거금을 투자하여 사냥개를 사들였던 노랭이가 오히려 사냥개에게 물려 죽고 만다는 내용으로 되어 있다. 이 작품을 두고, 김기진이 노랭이의 금전에 대한 인색함을 드러내고 사냥개가 대표하는 무산 계급의 해방을 그린 작품이라고 평가하였음에 비해 민족주의 진영의 작가들은 계급 투쟁을 목표로 한 것이기는 하지만 구성 등에 어색함이 많다고 주장한 바 있다. 이 작품의 특징은 무산 계급의 자본가에 대한 계급 투쟁을 강조하기 위해 사냥개라는 동물을 동원한 점에서 찾을 수 있다. 그런데 우화란 원래 현실과는 다소 거리가 있는 것이다. 그러므로 이 작품에는 작가의 체험적 현실은 전혀 등장하지 않고 대신에 작가의 관념만이 동물을 통해 형상화되고 있을 뿐이다. 이처럼 작가의 관념만을 강조하는 것은 다른 작품들에서도 공통적으로 발견되는 박영희 소설의 한 특징이다. 가령, 「전투」의 경우처럼 몰락한 집안의 어린이를 등장시켜 부자에 대한 강한 적개심을 드러낸다든지 「지옥 순례」에서처럼 굶주림을 견디지 못한 빈민이 어린 만주 장사를 죽이고 만주를 훔쳐 먹게 함으로써 극에 달한 빈민의 굶주림과 빈궁을 보여주는 것 따위가 그렇다.

　김기진은 「문예시평」(『조선지광』, 1926.12)이라는 글에서 이와 같이 관념만을 강조하는 박영희의 작품, 특히 「철야」와 「지옥 순례」를 가리켜 기둥은 없고 '붉은 지붕'만 입혀놓은 것처럼 추상적인 설명으로 일관하고 있다고 비판하였다. 김기진의 소설 건축설에 따르면 소설은 한 개의 건축이므로 기둥도 있고 지붕도 있어야 할 터인데, 박영희의 소설에는 지붕에 해당하는 주제만 전면에 나타나 있고 기둥에 해당하는 현실의 묘사 또는 현실에 대한 천착이 결여되어 있다는 것이다. 이에 대해 박영희는 '문학 예술은 프롤레타리아의 대의라는 커다란 기계의 한 톱니바퀴에 불과하다'는 레닌의 언급을 인용하여 문학도 프롤레타리아 문화의 한 톱니바퀴에 불과하다고 하면서 소설에서 중요한 것은 형식보다 내용이라고 주장하였다. 그럼으로써 두 사람은 소위 내용과 형식 논쟁을 전개하게 되는데, 이 논쟁에서 주고 받은 두 사람의 주장은 다음과 같이 정리할 수 있다. 곧 문학이 지붕과 함께 기둥도 갖추어야 한다고 말한 김기진의 주장은 프로문학 역시 문학인 이상 내용에 맞는 형식적 요건을 동시에 갖추어야 한다는 것인 데 비해, 박영희의 주장은 내용의 우월성이 형식적 결함까지도 극복할 수 있다는 것으로 요약된다. 이로 보면 박영희는 소설에서 관념을 전면에 내세운 것과 마찬가지로 이론에서도 관념 일변도임을 알 수 있다. 그리하여 박영희는 이후 목적의식론에 이르기까지 더욱 극좌적 견해를 보이게 된다. 이에 비해 김기진은 비록 프로문학 진영의 분열을 우려한 자신의 형 김복진의 중재로 주장을 철회하긴 했지만, 이후에도 문학에서의 형식적 측면에 많은 관심을 기울여 대중화론을 주창하기에 이른다.

이제까지 살펴본 신경향파의 한 갈래로서 김기진과 박영희의 작품들은 작가의 주관적 관념을 표출하는 데 초점을 맞추었기 때문에 소설이 갖추어야 할 전제조건의 하나인 현실의 형상화를 제대로 이루어내지 못한 것으로 평가할 수 있다. 다시 말해 그들은 소위 살이 없고 뼈만 앙상한 소설을 생산해 내었던 것이다. 그럼에도 불구하고 김기진과 박영희의 관념 우위의 소설들은 그 때까지 문단의 주류를 형성하던 패배적 분위기의 작품 경향을 일소하고 새로운 경향으로서 프롤레타리아 계급의 저항을 전면에 내세웠다는 점에서 높이 평가되어야 할 것이다. 왜냐하면 두 작가가 보여준 이른바 박영희적 경향은 최서해적 경향과 함께 이후 보다 높은 단계로 지양됨으로써 본격적인 프로문학의 전개를 위한 밑거름이 되었기 때문이다.

2. 카프 후기의 동반자 문학 — 엄흥섭

카프의 제2차 방향전환을 주도한 임화, 권환, 안막 등의 소장파들은 카프를 장악한 이후, 볼세비키화론에 입각하여 경직된 창작방법론을 제시한 바 있다. 그러나 이와 거의 같은 시기인 1931년 2월에 시작된 카프 제1차 검거 사건으로 인하여 작가들은 점차 조직에서 이탈하려는 움직임을 보이게 된다. 이러한 무렵에 문단을 떠들썩하게 했던 사건이 하나 발생하였는데, 이른바 『군기(群旗)』 사건이 그것이다. 사건의 전말을 소개하면 다음과 같다. 당시 『시와 음악』이라는 잡지를 펴낸 양창준이 그 잡지의 제목을 고쳐 카프의 기관지로 하겠다는 제의를 하자 카프에서는 잡지의 이름을 『군기』로 개칭하여 1931년 7월에 책을 출간하였다. 그런데 양창준은 이 기회를 이용하여 자신의 공명심을 채우기 위해 카프 개성 지부 소속의 민병휘, 이적효, 엄흥섭 등과 결탁, 카프 조직의 파괴와 전 조선 무산자 예술단체 협의회의 결성을 기도하였다. 그러자 이 사실을 알게 된 카프 본부에서는 그들을 카프에서 제명하고 개성 지부에 대해 정권 처분을 내리기에 이르게 된다.

이 『군기』 사건으로 제명당한 작가들 중의 한 사람인 엄흥섭은 김기진이 동반자 작가로 분류한 이후 대체로 유진오, 이효석 등과 함께 동반자 작가로 알려져 왔다. 그의 처녀작이자 출세작으로서, 카프에 가입하기 이전인 1929년 진주에서 탈고한 「흘러간 마을」은 홍수 피해를 당한 농촌 마을을 배경으로 하고 있다. 이 마을에는 부자인 최병식과 다수의 소작인들이 살고 있는데, 최병식은 기생을 위해 별장을 짓고 호수를 쌓을 만큼 향락적인 인물이다. 그러던 어느날 폭우가 쏟아지면서 호수의 방축이 터지자 온 마을이 모두 떠내려가고 마는 사태가 벌어진다. 그럼에도 불구하고 다시 최병식이 방축을 쌓으려 하자 고서방이 적극적으로 방축 쌓는 일을 반대하고 급기야는 최병식의 별장에 불을 지르는 데까지 이른다. 한편 「안개 속의 춘삼이」는 「흘러간 마을」의 후편이라고 할 수 있는 작품이다. 소작권을 문제로 지주의 별장에 불을 지른 혐의로 15년 동안 감옥 생활을 하고 나온 춘삼이는 「흘러간 마을」의 고서방이라고 볼 수 있다. 그러나 오랜 세월 감옥살이를 하고 나온 그는 지주 김참봉의 위세가 더욱 확장된 현실 속에서 자신의 행동을 미친 짓이었다고 말하는 사람들만을 만나게 될 뿐이다. 그리하여 자신의 투쟁이 아무런 이로움을 가져오지 못했음을 깨달은 춘삼이는 과거 자신이 저질렀던 방화를 잘못한 짓이었다고 반성하게 된다.

위의 두 연작에서 무엇보다도 주목되는 특징은 지주와 소작인의 대립 구조의 중간에 매개 인물이 개재되어 있다는 점이다. 「흘러간 마을」의 고서방, 「안개 속의 춘삼이」의 춘삼이가 그들이다. 이들 매개 인물의 설정은 엄흥섭의 작품이 앞서 살핀 김기진이나 박영희의 작품에 비해 한 단계 나아갔다는 증거로 볼 수 있다. 왜냐하면 외지에서 들어온 그들은 마을의 모순 구조를 파악할 수 있는 존재들이고, 또 마을 사람들에게 그 모순 구조를 깨우쳐 줄 수 있는 존재들이기 때문이다. 이들로 인해 이 작품들은 박영희적 경향처럼 현실에 대한 천착 없이 자신의 관념을 주관적으로 표백하거나, 최서해적 경향처럼 현실에 대한 아무런 인식도 없이 파괴적 행동으로 나아가는 따위의 편향으로부터 다소 벗어날 수 있게 되었던 것이다. 그렇지만 고서방이 불을 지르는 행동에서 볼 수 있듯, 엄홍섭의 작품에는 여전히 신경향파적 충동의 흔적이 남아 있었다.

이러한 신경향파적 직접성은 엄홍섭이 카프에서 제명된 후 어느 정도 동반자 작가로 자리를 굳혀갈 무렵에 전면적으로 표출된 바 있는데, 「숭어」가 그 대표적인 경우라 할 수 있다. 당시 임화(「사실주의의 재인식」)와 한효(「금년도 창작계 개관」)로부터 혹평을 받은 바 있는 이 작품은, 썩은 고등어 대가리를 먹고 죽어가는 아들을 구하려던 어머니가 아들이 죽자 발광하고 만다는 내용을 지닌 최서해의 「박돌의 죽음」을 연상시키는 작품이다. 「숭어」의 주인공 춘보는 밤새워 잡은 고기를 지주에게 가져갔지만 거절당하고, 할 수 없이 고기를 팔러 갔으나 그것도 여의치 않게 되자 부패 고기를 들고 집으로 가지고 돌아온다. 다음날 굶주려 있던 딸 옥순이가 상한 숭어를 먹고 발병을 하자 춘보는 노생원과 박주부 두 의원을 찾아가지만 거절만 당하게 된다. 그러다가 결국 딸은 죽게 되고, 이에 격분한 춘보는 지주 김참봉의 집으로 뛰어들었지만 기둥에 묶이는 신세가 되고 만다. 이와 같은 내용을 지닌 이 작품을 신경향파의 한계에서 벗어나지 못한 작품으로 평가할 수 있는 근거는 지주와 소작인의 관계가 단지 빈부의 격차로만 서술되어 있을 뿐 전형성을 확보하지 못하고 있기 때문이다. 비록 주인공 춘보가 지주에게 숭어를 갖다 바치는 이유가 소작권을 떼일까 두려워 한 데 있다고 언급되어 있기는 하지만, 결말 부분에서 드러나는 그의 행동은 분명 현실성을 결여한 단말마적 발악에 불과한 것이다.

한편 1935년 카프가 해산된 이후 많은 작가들은 이전에 자신이 지향하던 방향으로 작품활동을 지속해 나갈 수 없는 전혀 새로운 상황에 부딪히게 된다. 그리하여 작가들은 때로는 과거의 활동을 되새김질하기도 하고, 때로는 새로운 길을 모색하고, 때로는 침묵도 하고, 때로는 이전과 똑같은 활동을 되풀이하고자 시도하기도 하였다. 엄홍섭 역시 예외는 아니어서 동반자 작가 시절과 똑같은 작품 활동을 시도하기도 하고, 때로는 후일담을 쓰는 등 여러 가지 모색을 하게 된다. 카프 해산 이후에 발표된 그의 여러 작품 가운데서 앞의 경향인 동반자적 성격의 작품으로는 「번견 탈출기」, 「새벽 바다」, 「과세」, 「힘」 등을 들 수 있고, 뒤의 경향인 후일담에 속하는 작품으로는 「길」, 「아버지의 소식」 등을 들 수 있다.

먼저 동반자적 성격을 지닌 작품의 특징은 「번견 탈출기」를 통해서 전형적으로 파악할 수 있다. 이 작품에서는 작중 화자가 개로 설정되어 있는 점이 주목된다. 작가는 개의 눈을 통해, 당대의 모순 구조 하에서 삶의 터전을 잃고 유랑하다 급기야는 도적질까지 하게 되는 농촌 사람들의 삶을 형상화하고 있다. 그런데 이렇듯 관찰자로서 역할을 다하던 개 역시 결국 자신의 사슬을 끊고 자유로운 세상으로 나아가게 되는데, 이 때 개는 무산자를 상징한다고 할 수 있다. 이 점을 고려하면 소작인들의 비참한 삶을 목격한 개가 탈출하는 것은 곧 무산 계급의 해방을 의미하는 것으로 이해할 수도 있을 것이다. 이 작품은 카프 해산 후에도 여전히 이전과 동일한 작품활동을 계속하려 했던 작가의 노력을 보여 준다는 데서 그 의의를 찾을 수 있을 것이다.

다음으로 후일담에 속하는 작품들은 다른 작가들의 작품과 마찬가지로 옥살이를 하고 나온 지식인 출신의 사회 운동가를 가장으로 하고 있는 가족의 이야기이다. 이 계열의 대표작 「길」 역시 남편이 5년 간의 감옥 생활을 하고 나온 뒤 감옥에서 얻은 병으로 죽게 되자 유복자를 낳은 아내가 새로운 각오를 가지고 세상을 살아갈 것을 다짐하는 내용으로 되어 있다. 이런 내용은 지식인의 좌절과 생활 세계에 적응하려는 주변 인물들의 노력을 보여 주고 있다는 점에서 한설야나 김남천 등의 작품과 공통적인 성격을 지닌 것이라고 할 수 있다. 그러나 시간이 흐르면서 엄흥섭은 더 이상 이와 같은 후일담 문학마저 계속하지 못한 채, 변화된 현실을 형상화하기 위한 노력을 포기하고 만다. 통속 소설 『인생 사막』을 창작한 것이 그 뚜렷한 증거이다. 이후 다시 그가 동반자 작가 시절의 작품 경향을 되찾게 된 것은 해방이라는 새로운 현실이 전개된 이후였다.

3. 프로문학 이후 신인층의 현실주의 — 박노갑·지하련

카프의 해산은 무엇보다도 문단의 주도적인 흐름의 상실을 의미하였으므로, 작가들은 각기 새로운 창작의 방향을 모색하지 않을 수 없었다. 그리하여 기성 세대의 작가들도 새로운 방향을 정립하지 못해 여러 가지 시도를 거듭하였는데, 그 결과 주로 모더니즘 계열의 작가들에 의해 세태 소설과 내성 소설이라는 형식의 작품들이 창작되기에 이른다. 이러한 기성 세대들과는 달리 이 시기에 등장한 많은 신인 작가들은 처음부터 나름대로 독자적인 경향의 작품을 창작했던 것으로 볼 수 있다. 김동리가 기성 세대들을 비판하면서 순수 문학의 기치를 높이 세운 것이 그 대표적인 예이다. 그리고 김동리와 비슷한 경향의 작가로는 정비석을 들 수 있다. 그런데 신인 작가 중에도 김동리 등과 달리 여전히 현실 사회에 많은 관심을 가진 작가들도 다수 존재하였다. 김정한, 박영준, 박노갑, 김소엽, 현덕 등이 그들이다. 이들의 대부분이 그러했지만, 박노갑 역시 본격적인 프로문학 계열이 아니면서도 농민과 도시 소시민의 일상적 삶을 주된 소재로 삼아 사실주의적 필치로 묘사해 나간 작가이다. 식민지 시대에 씌어진 그의 작품들은 대개 농촌을 배경으로 한 전기의 것과 도시적 배경의 후기의 것으로 구분할 수 있다. 「홍수」, 「마을의 이동」, 「춘보의 득실」, 「미완설」 등이 전자의 경향에 속하는 작품이고 「삼인행」, 「춘난」, 「묘지」 등이 후자의 경향에 속하는 작품이다. 이 작품들은 그 배경이 농촌이든 도시이든 대부분 이념 지향적인 성격보다는 빈궁한 처지에 놓인 주인공들의 무기력한 삶을 사실적으로 묘사하고 있다는 점에서 공통적이라고 할 수 있다. 이러한 식민지 시대의 작품 경향을 보다 발전시킨 것이 작가의 대표적 작품인 장편『사십 년』이다.

해방 직후 남로당 계열의 조선문학가동맹에 가담하여 작품 활동을 전개하였던 박노갑은 앞서 살펴본 바 있는, 식민지 시대에 지녔던 작품의 경향을 한층 첨예화시켰다. 이러한 노력은 식민지 시대의 체험을 소설 속에 끌여들여 그 비극성을 부각시키고 있는『사십 년』으로 결실을 보게 된다. 이 작품은 굶주린 아이들의 성화에 못이긴 소작인의 아낙네가 남의 집 찬밥을 훔치다 들키게 되자 부끄러움을 이기지 못하고 우물에 빠져 죽고 마는 사건이 일어날 정도로 궁핍이 극에 달한 마을을 배경으로 하고 있다. 이 마을에서 태어난 황찬이라는 인물이 주인공인데, 이 작품은 그가 겪게 되는 삶의 역정을 중심적으로 다루고 있다. 황찬은 어려서 서당에서 한문을 배우고 자라서는 감옥에 갇히기도 하는 등 우여곡절을 겪은 끝에 해방을 맞고 이후 남북한 통일 정부의 수립를 위해 노력하는 인물이다. 이 과정에서 작가는 식민지 치하에서 황폐화된 주인공의 삶과 함께 일제의 지배로 인해 야기된 비참한 현실 상황을 동시에 제시하고 있다. 그러나 이 작품에서 보다 중요한 것은 그와 같이 어렵고 고통스러운 삶 속에서도 서서히 성장하고 있는 민중들의 의식이 형상화되어 있다는 사실이다. 한편 이 작품이 민중들의 성장을 작품의 중심에 놓고 있는 것은 당시 조선문학가동맹의 문학론으로서, '인민성'을 이념으로 내세운 민족문학론에 충실하려 했기 때문으로 보인다. 하지만 역사의 진보를 드러내야 한다는 작가의 관념적 의도가 강하게 작용하여 주인공의 삶이 시대 상황에 일방적으로 이끌려가고 있는 점은 이 작품의 한계로 보아야 할 것이다. 다시 말해 작가가 해방 후에 지니게 된 이념과 몸소 체험한 식민지 시대의 체험이 조화롭게 융화되지 못하고 있다는 것이다. 그러나 이러한 한계에도 불구하고 박노갑의 「사십년」은, 직접 카프에 가담하지는 않았지만 동반자 작가에 가까운 작품을 주로 썼던 작가가 해방 후에 진보적 문학 진영에 가담하면서 어떻게 변모해 나가는지를 보여 주는 좋은 예라고 할 수 있다.

박노갑처럼 식민지 시대 말기에 등단하였고 해방 이후 조선문학가동맹에 가담하여 활동한 작가의 한 사람으로 지하련을 꼽을 수 있다. 그녀는 프롤레타리아 문학 진영의 중심 단체였던 카프의 서기장이었고 조선문학가동맹의 핵심적 인물이었던 임화의 두번째 부인이다. 지하련이 문단에 등단한 것은 『문장』지를 통해서였는데, 이 때 추천한 사람은 임화와 아주 절친한 사이였던 백철이었다. 백철은 추천작 「결별」이 여성다운 치밀한 관찰과 섬세한 감각미를 보여주는 작품이라고 했거니와, 이 작품은 현실적 윤리 감각을 잃어버린 남편과 더불어 살아가면서 아내가 느끼는 고독감을 다루고 있다. 이 작품의 뛰어난 점은 무엇보다도 남편과 아내 사이의 갈등을 다루면서도 쉽게 화해로 이끌지 않고 팽팽한 긴장을 계속 유지하고 있는 데서 찾을 수 있을 것이다. 뿐만 아니라 아내 쪽에서 남편으로 인하여 느끼게 되는 고독감을 여실하게 다루고 있다는 점에서도 이 작품의 뛰어난 점은 발견된다.

이 작품에서 보여준, 주인공의 내면을 섬세하게 다루는 지하련의 솜씨는 사소설적 성격의 「가을」에서도 그대로 발견된다. 「가을」은 아내를 여읜 석재라는 사내가 죽은 아내의 친구인 정례라는 여인과 사귀면서 겪게 되는 내면의 고통을 그린 작품이다. 이 작품은 지하련이 직접 체험한 내용을 적은 것인데, 백철의 회고에 따르면 그 체험은 다음과 같다. 김남천의 작품집 출판 기념회 때 지하련이 자신의 친구 B를 백철에게 소개하였는데, 당시 B는 남편과 의가 맞지 않아

친정에 와서 지내는 처지였다. 그래서 백철과 B는 한동안 사귀게 되었는데, 어느날 지하련이 백철을 찾아와 그를 힐책하였다. 그녀의 힐책은 B가 정작으로 좋아하는 사람은 임화인데 어떻게 그것도 모르느냐는 것이었다. 보통 사람이라면 질투를 하거나 배척할 것이 뻔한 이치인데도 그렇게 하지 않고, 오히려 남편 임화를 좋아하는 자기 친구의 내면을 작품 속에서 잔잔하게 그려낸 이 일화를 통해 우리는 작가 지하련의 능력을 엿볼 수 있다. 이 점에서 「가을」은 지하련의 작가다운 면모를 한껏 보여 주는 작품이라고 할 것이다.

그러나 지하련의 대표작은 뭐니뭐니 해도 조선문학가동맹에서 제정한 제1회 조선문학상 후보작으로 추천되어 이태준의 「해방 전후」와 경합을 벌였던 「도정」이라 할 수 있다. 이 작품은 작가의 시선이 개인의 내면에서 사회적 관계로 확대되어 있는 것이 특징이다. 6년의 감옥살이를 끝내고 당에 돌아온 주인공 석재의 앞에 식민지 시대의 기회주의자 기철이 당의 핵심 간부로서 자리잡고 있다. 그리하여 고민에 빠진 석재에게 기철은 다가와 몹시 기뻐하며 함께 일하자고 제의한다. 그를 보면서 혐오감을 느끼지만 당의 중심 인물인 기철을 비판할 수도 없는 석재는 결국 고민에 빠지지만, 어쨌든 입당 수속은 밟기로 한다. 그리하여 입당 원서의 계급란에 소부르주아라고 쓴 석재는 자신의 방식대로 소시민과 싸울 것을 다짐하면서 현장인 영등포로 향하게 된다. 대략 이러한 내용으로 되어 있는 이 작품은 어떤 내용 때문에 높이 평가되었고, 어떤 결점으로 인해 수상작에서 탈락되었던가? 당시 문학가동맹의 심사평에 따르면, 이 작품은 해방 직후의 민주주의 운동에 있어서의 양심의 문제를 취급한 거의 유일한 작품이자 사람들의 마음 속에 있는 소시민적 음영을 감지하는 예민한 감각을 보여준 작품이다. 그러나 그 음영을 지나치게 과장함으로써 소시민성에 대한 일종의 편애를 보여주고 말았는데, 그리하여 주인공의 현실성이 없어지고 작품 전체의 사실성과 예술적 박력이 부족한 결과를 가져왔다는 것이다. 그러나 이런 비판에도 불구하고 이 작품은 조선문학가동맹이 주장한 문학 이념을 잘 보여주고 있다는 점에서 높이 평가되어야 할 것이다. 왜냐하면 이 작품은 문학자의 엄중한 자기비판과 광범한 인민층의 지지를 바탕으로 하는 인민적 민주주의 민족문학론의 핵심을 보여주고 있기 때문이다. 더구나 이러한 문제를 개인의 양심과 결부시켜 섬세하게 보여주고 있다는 점은 주목할 만한 가치가 있을 것이다.

『대하』와 「동맥」에 나타난 개화 사상과 개화 풍경

1. 소설의 위기와 가족사 연대기 소설의 등장

프롤레타리아 문학 단체였던 카프(KAPF) 의 해산은 현실을 자신의 문학적 토대로 삼고 있던 식민지 시대의 현실주의 작가들에게 큰 충격이 아닐 수 없었다. 그들은 카프 제2차 검거 사건(전주 사건)으로 인하여 감옥 안에서 전향을 강요당하였고 출옥한 뒤에도 자신이 지녔던 사상에 대한 포기를 요구받았기 때문이다.[1] 그리하여 일상적 삶에 대한 적응 내지 생활 방편의 마련이라는 과제가 그들의 목전에 놓여졌던 것이다. 강렬한 변혁 의지를 내세운 마르크스주의라는 사상을 가지는 것이 불가능했을 때 작가들은 이전과 같이 현실을 파악하고 형상화할 수 없었다. 그 결과 그들이 할 수 있는 일이란 일상 생활의 단면을 그려내거나 자신의 내부로 빠져 들어가는 것뿐이었다. 이런 문단적 상황을 전형적으로 반영하는 것이 이른바 '사실주의 논쟁'으로 불리는 『천변풍경』과 「날개」를 둘러싼 논쟁이다. 최재서의 평론으로 촉발된 이 논쟁은 전형기에 처한 조선 소설계의 방향에 대한 논쟁으로도 볼 수 있는 바, 이는 곧 소설 개조론으로 이어지게 된

---

[1] 김윤식, 「1930년대 후반기 카프 문인들의 전향 유형 분석」, 『한국 현대 현실주의 소설 연구』, 문학과 지성사, 1990 참조

다. 당시 소설계가 처한 상황을 타개하고자 노력한 비평가 임화는 세태 소설에서 보이는 외향(外向)과 심리 소설에서 보이는 내성(內省)이 동시에 발생한 것을 두고, "작가의 내부에 있어서 말하려는 것과 그리려는 것과의 분열"[2]에서 말미암은 위기라고 진단한 바 있다.

> 현실을 있는 대로 그리면 작품 가운데 선 작가가 인생에 대하여 품고 있는 희망이란게 살지 못할 뿐만 아니라, 오히려 암담한 절망을 얻게 되는 것이다. 그러므로 자연 작가의 생각을 살리려면 작품의 사실성을 죽이고 작품의 사실성을 살리려면 작자의 생각을 버리지 아니할 수 없는 『띠렘마』에 빠지는 것이다.[3]

그렇다면 이러한 위기의 근본적인 원인은 무엇이었으며, 그 타개책으로는 어떤 것이 제출될 수 있었던가? 이에 관해서는 역시 임화의 견해가 그 중 뚜렷한 것으로 보인다. 그는 위기의 원인을 시대의 이상과 현실이 너무나 큰 거리로 떨어져 있는 것에서 찾아냄으로써 소설의 위기는 곧 '현실 자체의 분열상의 반영'이라고 간주한다. 다시 말해 임화는 일본 군국주의라는 현실적인 폭압에 그 원인을 두고 있었던 것이다. 결국 그는 고민 끝에 이런 소설계의 상황을 극복해 나갈 진로를 제시하게 되는데, 그것은 다름 아닌 본격적 고전 소설로 돌아가는 것이었다.[4] 한편 백철도 소설의 위기를 감지하고 그 타개책을 강구하다 종합 문학론에 도달하게 된다.[5] 그러나 이런 타개책들은 작가들에게 새로운 전망을 가져다 주지 못했는데, 그만큼 작가들이 그들을 둘러싼 생활 현실에 의해 강하게 압박받고 있었기 때문이다.

임화나 백철 못지 않게 소설 개조의 방향을 모색하고 고민한 또 한 사람의 문학자로 김남천을 꼽을 수 있다. 자기 고발 이후 끊임없이 창작 방법론을 모색하여 왔던 그인지라 소설의 위기에 대해서도 깊은 관심을 보이게 된다. 그는 비평가로서 뿐만 아니라 창작을 꾸준히 해온 소설가였기에 누구보다도 민감하게 소설의 위기를 감지할 수 있었고, 또한 이에 대해 심각하게 고민하지 않을 수 없었

---

2) 임화, 「세태 소설론」, 『문학의 논리』, 학예사, 1940, p.346.
3) 위의 책, p.347.
4) 민경희, 「임화의 소설론 연구」, 서울대학교 석사학위 논문, 1990 참조
5) 이에 대한 자세한 연구는 권영민, 『한국 민족 문학론 연구』, 민음사, 1988, pp.321~322.

다. 바로 여기에서 우리는 임화나 백철 등의 비평가들과는 달리 그만이 갖고 있던 고민이 무엇인가를 알 수 있다. 즉 그에게 있어서는 다른 비평가들처럼 소설이 나아가야 할 방향을 제시하는 것으로 임무가 완수되는 것이 아니었다. 여러 평론에서 누차 밝힌 바대로 작품과 주장(비평)의 관련을 필수적인 것으로 생각해 왔던 만큼 그는 창작을 통해 몸소 실천해야 한다는 과제를 안고 있었던 것이다. 우선 그가 내세운 주장 가운데 대표적인 글로는 「현대 조선 소설의 이념」[6]을 들 수 있다. 이 글에서 김남천은 당대 소설의 위기에 관한 임화의 분석에 대체로 동의하면서, 그 위기를 '소설성의 상실'이라고 표현한다. 이 때 소설성이란 "과학적 합리적 정신에 의한 개(個)와 사회의 모순의 문학적 표상"[7]이다. 그러나 김남천은 소설성의 상실로 말해지는 이 위기를 타개하기 위한 방법의 면에 있어서는 임화 등의 의견에 찬성하지 않는다. 왜냐 하면 그의 판단으로는 임화나 백철이 제안한 방법은 구체적 논책을 결여하고 있어서 "좀처럼 작가들의 이해를 얻기가 곤란하지 않은가 우려"[8]되었기 때문이다. 이처럼 그가 비평가들의 논리를 반박할 수 있었던 근거는 그 자신이 작가의 자리에 서 있었기 때문인데, 1930년대 말의 작가들이 처한 상황이란 김남천의 다음 고백에서 잘 드러난다.

> 사회와 개인이 극도로 분열되고 육체와 두뇌가 승려의 시체처럼 분리된 현대 사회에 사는 우리들 작가는 시민 사회의 상향기나 산업 자본주의의 상승기의 작가에 비하여 확실히 불행한 것임에 틀림없다. 전체주의를 경계하면서 생기 발랄한 통일된 적극적 성격을 창조하는 우리들로서 지극히 힘든 일이 아닐 수 없기 때문이다.[9]

이 글에서 보듯, 사회와 개인이 분열된 현대 사회에서 섣불리 소설성을 회복하려는 의도가 자칫하면 전체주의에로 빠져 들 수 있다는 것을 김남천은 극도로 경계하고 있다. 이로 미루어 볼 때 그는 이미 '성격과 환경의 조화'로 요약되는, 소설계의 위기 타개를 위한 임화의 논리나 종합 문학론을 주장한 백철의 논리가 가지는 한계를 인식하고 있었던 것으로 보인다. 그렇다면 전체주의에 빠지

---

6) 김남천, 「현대 조선 소설의 이념」, 『조선일보』, 1938. 9. 10~18.
7) 위의 글, 1938. 9. 17.
8) 위의 글, 1938. 9. 13.
9) 위의 글, 1938. 9. 13.

지 않으면서 소설성을 회복할 수 있는 로만 개조의 방향은 어떠한 것인가? 김남천에 의해 해결책으로 제시된 것이 바로 '풍속 개념의 재인식과 가족사와 연대기에의 길'이다. 이 방법은 풍속 개념을 문학적 관념으로 정착시켜 가족사 속에 받아들이면서 연대기를 현현시키는 것으로 설명된다. 이 방법이 어떤 결과를 가져다 주는가에 대해서, 그는 도덕에 속하면서 사상적 본질을 갖는 풍속을 가족사 속에 받아들이면 우리 작가는 넓은 전형적 정황을 묘사할 수 있다고 답한다. 또한 연대기로서 파악하면 정황의 묘사에 합리성과 과학적 정신이 보장되며, 이것은 곧 작가의 지적 관심 내지 야심을 높여 현대인에 대한 새로운 발견까지도 가능케 해줄 것이라고 말한다. 이와 같이 소설의 위기 타개를 위해 제시된 가족사 연대기 소설은 전체주의에 의한 피해를 입지 않으면서 개인과 사회의 관계를 제대로 그려 낼 수 있다는 점, 다시 말해 전향이 강요되는 상황에서도 소설성을 회복할 수 있다는 점에 그 핵심이 놓여져 있었던 것이다.

이제까지 우리는 1930년대 후반의 소설이 맞이한 위기와, 그 위기에서 소설을 구해 내기 위한 여러 주장 가운데 특히 김남천의 것으로서 가족사 연대기 소설의 대두 과정을 살펴보았다. 그 이론은 한편으로는 전향의 강요라는 폭압에 대항한 프로 문학 출신 비평가의 활로 모색이었으며, 다른 한편으로는 전체주의를 경계하면서 현실의 총체적 형상화를 추구한 현실주의 작가의 힘겨운 노력으로 볼 수 있을 것이다. 이제 그 주장을 구체화한 작품을 살펴 볼 차례가 되었는데, 그 작품이 다름 아닌 『대하』와 그 2부인 「동맥」임은 두말 할 필요도 없다고 하겠다. 그렇다면 이러한 가족사 연대기 소설의 핵심은 어디에 놓여 있는 것일까? 혹자는 1930년대 후반에 씌어진 일련의 가족사 연대기 소설을 '가족 내적 교양 소설'로 규정하면서 '풍속'의 의미를 적극적으로 평가한다.[10] 그러나 여기서 말하는 교양 소설의 개념을 자세히 살펴본다면 이런 주장이 조금의 문제점을 가졌음을 알 수 있게 된다. 교양 소설이란 "한 인간의 내적 외적 형성 과정을 처음부터 어느 정도 개성이 성숙할 때까지 심리학적 일관성을 가지고 추적하며, 폭넓은 문화 영역 내에서 환경적 영향과 지속적으로 대결하는 가운데 현재의 소질이 형성되는 과정을 묘사하는 소설 유형"[11]으로 규정된다. 이처럼 교

---

10) 김동환, 「1930년대 후기 장편 소설에 나타나는 '풍속'의 의미」, 『관악 어문 연구』 제15집, 1990, pp.92~94.

양 소설의 핵심이 현실과 대결하면서 이루어지는 한 인간의 성숙 과정을 보여 주는 것임을 염두에 둔다면, 어린 주인공의 성장 과정을 중점적으로 다루고 있는 『봄』이나 『탑』 등과는 달리 『대하』와 「동맥」의 경우는 주인공 박형걸의 내적 외적 성숙이 작품의 일관된 주제로 자리잡지 못하기 때문에 교양 소설로 규정하는 것은 다소 무리가 있는 것이다. 더구나 제1부의 말미에 여러 가지 복합적 상황으로 인해 가출을 감행한 박형걸이 미완인 제2부 「동맥」에 가면 거의 중심부에서 사라지게 되는 것도 이 점을 증명한다고 하겠다. 가족사 연대기 소설의 핵심은 오히려 다음의 인용에서 추출할 수 있을 것으로 생각된다.

> 우리가 가족사 소설이라고 부르는 제작품은 가족 제도를 옹호 한다는가 배격한다든가 하는 사회학적 관심에서 씨워진 것이 아니라 한 크로니클(연대기)로서 어떤 한 가족의 역사를 삼세대 사세대에 긍(亘)하여 취급하려는 것이다. 엄밀하자면 그들을 「가족사 연대기 소설」이라 불러야 할 것이다.(중략 : 인용자)
> 그 사회의 대표적인 자본가 가족을 취급하면서 사회 정세와 더부러 융성 절정 몰락의 과정을 밟는 한 가족 자체의 운명을 그리려 하였다.12)

위의 인용에서는 가족사 연대기 소설이 어떤 한 가족의 역사를 그린다는 점과 그 가족의 역사가 사회의 변화와 밀접한 관련을 가진다는 점이 뚜렷하게 드러난다. 결국 가족사 연대기 소설이란 풍속을 수용하여 이루어진 전형적 상황의 묘사 위에서 한 가족의 운명의 형상화를 통해 사회 전체의 모순 관계를 보여주는 데 그 핵심이 놓여 있다고 하겠다.13) 이로 본다면 가족사 연대기 소설은 개인 대신 가족이 등장할 뿐, 사회의 모순 관계를 개인의 운명이라는 형식을 빌려서 보여 주는 장편 소설의 개념14)에서 크게 벗어나는 것이 아니라고 할 수 있다. 『대하』와 「동맥」의 배경이 개화기로 설정된 것 역시 그 시대가 격렬한 사회

---

11) W.Beutin und Andere, 허창운 외 공역, 『독일 문학사』, 삼영사, 1988, pp.247~248.
12) 최재서, 「현대 소설 연구(二), 토마스·만, 『붓덴부로-크 일가』」, 『인문평론』, 1940. 2, pp.113~115.
13) 토마스 만의 『부덴부르크 일가』의 경우 한자 동맹에 속한 독일의 어느 도시에서 벌어지는 한 가족의 흥망 성쇠를 그리고 있는데, 실상 그것은 신흥 경제 세력의 등장으로 인한 구 경제 세력의 몰락의 역사와 다름 없는 것이다. 이병준, 「Thomas Mann의 『Buddenbrooks』연구」, 서울대학교 석사학위 논문, 1984, p.3, p.47.
14) 루카치, 「부르주아 서사시로서의 장편 소설」, 『소설의 본질과 역사』, 예문, 1988, p.76.

변동의 시기였던 만큼 가족사 연대기 소설의 한 특징으로서 사회의 모순 관계를 뚜렷이 드러낼 수 있었기 때문으로 생각된다. 가족사 연대기 소설의 핵심적 성격이 이러할진대 작품의 평가는 한 가족의 역사가 얼마나 사회 전체의 모순을 잘 드러내고 있는가에 초점을 맞출 수밖에 없는 것이다. 이는 앞에서 말한 소설성의 회복과 거의 같은 의미를 지니는 것이라고 하겠는데, 이 때 사회의 모순 관계에 대한 형상화는 일반적으로 현실주의 소설이 지향하는 현실의 올바른 형상화와 별개의 것이 아니라고 할 수 있다. 그러므로 작품에서 소설성의 회복을 점검하는 작업은 곧 작품이 이룩한 현실 형상화의 수준을 살펴보는 것이라고 하겠다. 한편 이와 관련하여 김남천이 지니고 있던 작가 의식을 비판하는 것 또한 이 글의 목적의 하나이다.

2. 과도기로서의 개화기와 그 풍경

『대하』는 인문사에서 기획한 전작 장편 소설의 제1권으로서 1939년 1월에 출판되었고, 1947년 백양당에서, 재간된 바 있다. 그렇지만 이것은 제1부일 뿐 완결된 작품은 아니다.『대하』에 뒤이어 작가는 잡지『조광』에 '전재(全載) 중편 창작'임을 명시하고 「개화 풍경」이라는 작품을 발표한다. 이 작품에서 주목되는 점은 끝에 "작가 왈(曰), 이것은 『대하』 제2부 「동맥」 중의 일절이다."15)라고 부기해 놓은 점이다. 이로 미루어 볼 때 작가는 『대하』라는 제목으로 나온 부분이 많은 문제점을 가지고 있음을 인식하고 「동맥」으로 제목을 고쳐서 제2부를 집필하였음을 알 수 있다. 그러나 제1부에 뒤이어 씌어졌을 제2부 「동맥」이 정작 첫 부분부터 연재된 것은 해방 공간에 이르러서인데, 잡지『신문예』 2호(1946.7)와 3호(1946.10)에 실린 것이 그것이다. 이 잡지는 4호부터『신조선』이라는 이름으로 개제를 하지만 제2부는 계속 연재되어 1947년 6월 개제 5호로 잡지 발간이 중단될 때까지 6회분이 발표된다.16)

---

15) 『조광』, 1941. 5, p.382

16) 『신조선』 개제 3호(1947. 4.)를 제외한 모든 호에 실렸으며, 특히 개제 1호(1947. 2.)에 적혀 있는 "문단뿐 아니라 사회 전반의 절찬을 받은 김남천씨의 전작 장편『대하』의 제2부는 수천만 독자가 고대

먼저 나온 「개화 풍경」은 자료 조사 결과 「동맥」의 4회와 5회에 해당되는 것이었다. 하지만 여러 잡지를 옮겨가며 발표된 제2부 역시 미완으로 끝나고 마는데, 이로 인해 전모를 파악할 수 없는 이 작품에 대한 연구는 처음부터 일정한 한계를 지닐 수밖에 없다고 하겠다. 그러나 비록 연재 도중 잡지의 운명과 함께 중단되었을지라도 제2부는 상당히 중요한 의미를 지닌다. 왜냐하면 거기에는 제1부에서 부분적으로밖에 다루어지지 못했던 개화 사상의 실체가 어느 정도 구체적인 모습으로 드러나기 때문이다. 여기서 개화 사상의 실체라 함은 구체적으로 기독교 사상과 동학 사상 사이의 대립이 가지는 의미를 말하는데, 이에 관해서는 뒤에서 자세히 다루기로 한다.

『대하』 제1부의 중심 내용은 박성권으로 대표되는 새로운 계급의 대두 과정과, 박성권의 서자 형걸의 형상을 통한 적서 차별에 대한 반항 등으로 표상되는 근대 의식으로 요약될 수 있다. 전자는 봉건제가 해체되고 자본주의가 발흥하는 과도기를 배경으로 한 것인 만큼, 아전의 후손인 중인 박성권의 치부 과정을 통해 어느 정도 그 특징이 보여진다. 조선 사회 내부의 자생적인 근대화 운동이 외세로 인하여 정당한 발전의 길을 차단당하자 민중적 차원에서 이를 돌파하고자 한 것이 갑오년의 동학농민전쟁이다. '척왜양이(斥倭洋夷)'에서 드러나듯 자주적인 성격을 지닌 이 전쟁과 뒤이어 벌어진 외세끼리의 조선에 대한 주도권 쟁탈전인 청일전쟁 와중에서 박성권은 치부의 발판을 닦게 되는데, 여기서 그의 본질적인 성격이 드러난다.

> (가) 아버지의 삼년상을 치르고 나서 얼마 안 지내 곧 갑오년 란을 맞았다. 그 때에 박성권은 수물을 넘어서 세내 살, 혈기가 넘쳐 흐르는 한 포락이었다. 모두가 산곬으로 강원도로 피란들을 갈 때에, 이 때야말로 대장부가 한 번 활약할 시기라고, 박성권은 처자를 피란 가는 친척에게 부탁하고 자기 혼자 집에 남았다. 자산, 순천, 평양, 중화, 황해도에까지 내왕하며 병대를 상대로 장사를 하였다. 농토에서 떠난 대담한 많은 농군들이 이 때에 군수품 운반에 종사하얏는데, 대부분 그 보수를 은전으로 받았다. 이 은전을 성권은 살 수 있는 턱까지 엽전으로 사서는 남 몰래 땅 속에

했음에도 불구하고 끝끝내 왜정하에선 발표되지 못하고 해방 후에야 비로소 햇빛을 바라게 되는 것인데……"라는 편집자의 설명은 이 작품이 식민지 시대에 씌어졌음을 뒷받침한다.

묻어 두었다.17)

> (나) 좋은 밭이나 논이 날 때마두, 은값이 센 것을 보면 조곰조곰 은전을 팔어서, 남의 눈에 들지 않게 토지를 샀다. 한편 돈노이를 무섭게 하였다. 기일에 딜어 놓지 못하면 집이고 토지고 사정없이, 다꾸아디렸다. 집 시세는 얼마 보잘 게 없으므로 대개 토지를 잡았다. 세간이 아직 넉넉하고 땅떵어리나 갖이고 있는 집이라면, 일 년만에 이자를 꼬아매고 꼬아매고 하야, 이삼 년 안팎에 원금보다 이자가 몇곱이 되게 만들었다. 그의 재산은 눈 우에 굴리는 눈덩어리처럼 불어 나갔다.18)

온 나라 안의 민중이 전쟁의 환란 속에서 고통받고 있을 때, 군인을 상대로 장사하면서 일신상의 부(富)만을 도모하는 작태를 보여 주는 (가)를 통해 박성권의 이기적이며 반민중적인 면을 볼 수 있게 된다. 또한 그 전쟁이 민족의 운명을 외세에 넘겨주는 중요한 것이었음을 고려한다면 그가 얼마나 반민족적이었는가도 알 수 있다.

한편 (나)는 박성권이 막대한 부를 소유하게 되는 과정을 보여주는데, 그것이 단지 돈이나 토지에 대한 집착으로 나타날 뿐 자본주의 초기의 상업 자본가로 되는 과정의 필연성이나 자본가적 의식의 형성 과정은 결여되어 있다.19)

바로 이 점에서 그의 자본가로의 변모 과정이 고전적 의미에서의 이행이 아니라 파행적이라는 것이 명확해지며, 우리는 여기서 자발적 근대화 과정이 가로막힌 한국 근대사의 잘못된 방향 하나를 발견하게 된다. 그는 돈의 위력은 알았을 망정 근대적이고 합리적인 자본가의 성격은 갖지 못했던 것이다. 이는 그의 의식면에서도 뚜렷이 나타난다. 즉 중인 출신의 별로 변변치 못한 집안이면서도 가문의 항렬을 귀중히 여겨 아이들의 이름을 그에 맞춰 새로 짓기도 하고 선대의 무덤을 명당에 모시고자 노력했던 것이다. 또한 첩을 거느렸으며, 성격 탓에 겉으로 드러내지는 않았지만 알게 모르게 서자를 차별하기도 하였다. 형걸의 처로 정해 놓은 정보부를 정실의 생산인 형선이와 혼인시키는 행동이 이를 뒷받침한다. 이런 박성권에게서 새 시대의 추동력인 근대성에 대한 자각을 찾는다는

---

17) 김남천, 『대하』, 인문사, 1939, p.4.
18) 위의 책, p.9.
19) 김외곤, 「1930년대 한국 현실주의 소설 연구」, 서울대학교 석사학위 논문, 1990, pp.33~34.

것은 애초부터 불가능한 것이며, 새로운 계급의 진취성마저도 찾아보기 힘들다고 하겠다. 오히려 위에서 언급한 그의 여러 가지 행동은 신분 상승을 과시하기 위한 봉건적 허위 의식이라고 규정할 수 있을 것이다.

박성권의 치부 과정과 함께 주목할 만한 부분으로는 박리균 형제의 몰락이 있다. 그들 형제는 자신들의 조상 중에 열녀가 있었음을 자랑으로 여기는 등 봉건적 유교 이념과 도덕에 충실한 인물들이다. 그러나 생활력이 없는 그들은 박성권이라는 신흥 자본가의 대두 앞에서 여지없이 무너질 수밖에 없었다. 박성권에게 두 집의 문서를 갖다 맡기고 돈을 꾸어 와서 새로이 여관업을 해보고자 하니 결국 몰락하고 마는 그들의 운명에서 봉건적 지배 계층이었던 양반의 몰락과 새로운 계급의 대두를 볼 수 있는 것이다. 바로 이 점에 이 작품이 지니고 있는, '과거를 현재의 전사로서 생생하게 그리는 것'으로 규정되는 역사 소설적 성격이 있다고 하겠다.[20]

봉건적 의식에서 탈피하지 못한 박성권과는 달리, 앞서 언급한 근대 의식의 하나로서 적서 차별에 대한 반항을 보여 주는 인물은 그의 서자로 태어난 박형걸이라는 청년 학도이다. 그는 '시대 정신의 구현된 성격으로 발랄하야 전통의 파괴자, 가족 계보의 이단자를 청소년에서 구하되, 서자 학도로 할 것'[21]이라는 의도하에 작가가 처음부터 의도적으로 형상화한 인물이다. 박형걸은 서출이라는 점을 언제나 가슴 속에 지니고 있으며, 얼마간 그것에 대해 반항하기도 한다. 그의 반항이 분출되는 가장 큰 계기는 자신의 결혼 상대로 예정된 정보부가 동갑나기 형인 박형선과 결혼하게 되는 것이다.

> 농말을 하면서도 형걸이는 좀 언짢았다. 시간이 늦어진 것은 아니나, 여느 때보다 늦게 온 것은 사실이고, 또 늦어진 까닭이 형선이의 장가든다는 데 있었다는 것도 부인할 수 없는 사실이기 때문이다.
> 「그런 게 아니라, 내가 결심한 게 하나 있넌데, 넌두 나하구 가치 하자.」
> (중략 : 인용자)
> 「너 인제 이걸 잘라 버리자.」
> 그리고는 빙그레 웃으면서 머리채를 만저 보았다.

---

20) 이 점에 대한 자세한 논의는 위의 글, pp.32~34 참조
21) 김남천, 「작품의 제작 과정」, 『조광』, 1939. 6, p.154.

「지금 난 깎운 못 백여낸다.」대봉이는 여느 때 없이 얼골 우에 난색을 나타낸다.

「난두 내 오마니 때문에 못 깎구 됐넌데 오늘은 결심했다. 쓸데없넌 걸 붙여둘 리가 하나투 없구, 매사에 방해되는 놈을 달아둘 턱이 하나투 없구, 또 이가 끄리구 구질구질하다. 자 인제 난 깎는다.」

「우리 청년 학도는 용기가 있어야 된다. 엣다 나두 깎았다.」22)

여기에서 보듯 서자로서의 설움이 삭발을 감행하도록 만든 주요 요인으로 작용하였음을 알 수 있다. 이러한 적서 차별에 대한 울분과 반항은 자기 집안의 막서리인 두칠의 아내 쌍네에 대한 정욕으로 쏟아지기도 하고, 자기 부친이 애지중지하는 기생 부용에 대한 춘정으로 쏟아지기도 한다. 이러한 그의 행동은 이성에 의한 판단보다는 본능에 가까운 감정에 의해 지배되고 있다. 그러므로 그가 비록 적서 차별을 느끼고 있다 할지라도 그것이 철폐되어야 한다는 정도에까지 그의 의식이 도달하지 못하고 있는 것이다. 이런 연유로 인하여 그가 제1부 끝부분에 "막연하기는 하나, 오늘밤 안으로 이 고장을 떠나서 평양으로든가, 더 먼 곳으로던가 새로운 행방을 잡아보자는"23) 의도로 고향을 떠나게 될 때, 그에게서 발견되는 새로운 계급의 진취성은 모호할 뿐 뚜렷하게 근대적인 것으로 인식되지 않는 것이다. 그의 적서 차별에 대한 반항이 논리적인 거점을 확보할 수 있는 가능성을 제공받는 것은 동명 학교 교사 문우상으로부터 받은 감화 때문이지만, 그러나 그것 역시 가능성에 머물고 만다.

한편 『대하』의 가장 큰 성과 중의 하나는 개화기 문물의 제시라고 해도 과언이 아닐 것이다. 이 작품에는 그만큼 개화기의 풍속이 풍부하고 생생하게 재현되어 있기 때문이다. 그 대표적인 예로 꼽을 수 있는 것이 박형선의 혼례 장면, 칠성이가 평양에서 사온 자전거에 대하여 대봉이를 비롯한 청년들이 보이는 호기심, 단오를 즈음한 운동회 풍경, 근대식 동명 여관의 개관, 일본인 나카니시(中西) 상점의 진기한 물건, 제2부에서의 야소 교회 낙성식 등이다. 이 가운데서 단오를 즈음한 여러 장사꾼들의 모습은 초기 상업주의의 한 단면을 보여 준다는 점에서 중요한 의미를 지니는 것이다. 이것은 또한 박리균 형제가 신흥 자본가의 등장 앞에서 몰락해 가는 것과 나란히 조선 사회가 근대 사회로 진입하고 있

---

22) 김남천, 『대하』, 앞의 책, pp.83~84.
23) 위의 책, p.396.

음을 보여 주는 것이기도 하다.

3. 사상적 갈등을 통해 본 신세대의 진취성

『대하』 제1부가 개화기의 과도기적 성격, 즉 봉건적 지배 계층의 몰락과 신흥 자본가의 등장 과정 및 박형걸로 표상되는 신흥 계급의 적서 차별에 대한 항거를 보여 주는 데 강조점이 놓여 있었다면, 제2부 「동맥」은 신흥 계급이 보여주는 진취성의 발로로서 정신사적 측면의 하나인 사상 비판을 그 중심부에 놓고 있다.

그 사상 비판이란 표면적으로는 야소교(기독교)와 천도교 사이의 갈등으로 드러난다. 주지하다시피 개화기는 근대화와 반외세 자주 독립이라는 두 가지의 과제를 동시에 해결해야만 했던 시기였다. 이 시기의 사상이란 조선 말기의 민족적 위기를 극복하고자 모색하던 과정에서 등장한 척사파, 동학파, 개화파의 사상을 말한다. 서양을 배척하는 데 있어서는 척사와 동학이 일치되었으나 반봉건이라는 측면에서 둘은 대립적이었고, 반봉건에 있어서는 동학과 개화가 일치되었으나 서양을 배척한다는 면에서 대립적이었다. 이러한 세 세력간의 이해 관계의 상충이 결국은 외세에 굴복하는 결과를 가져오게 된다. 러일 전쟁을 전후하여 이들은 양상을 달리하게 되는 바, 개화파를 제외하면 모두 내면화의 과정을 걷게 되었던 것이다. 척사파는 의병 운동에 주력했으나 일제의 탄압으로 악화 일로에 접어들게 되고 동학은 내분되는 과정에서 드러나듯 현저히 개화 쪽으로 기울어진다. 그리고 개화파는 이런 이유로 한층 복잡해지면서 애국 계몽 운동으로 방향을 잡게 된다. 이 운동은 근대적 민족주의에 입각한 자유 민권의 확립을 목표로 하는 것이었다.[24] 한편 이 운동이 지닌 외세에 대한 저항 의식과 독립 자강이라는 강렬한 성격은 『서사 건국지』, 『경국미담』, 『이태리 건국 삼걸전』, 『애국부인전』, 『을지문덕』 등을 통해 드러난 바 있다.[25] 이로 미루어 볼 때 애

---

24) 개화기의 사상적 지형도에 대해서는 김윤식, 「한국 민족주의와 근대 문학」, 『한국 현대 문학사론』, 한샘, 1988 참조.

25) 권영민, 「개화기 애국 계몽 운동과 민족 문학의 인식」, 『한국 민족 문학론 연구』, 민음사, 1988, p.31.

국 계몽 운동이 당시의 사상계에서는 어느 정도 진취성을 지니고 있었다고 할 것이다. 「동맥」에서 다루고 있는 사상적 대립도 바로 이러한 애국 계몽 운동의 두 갈래인 야소교(기독교)와 천도교 사이의 갈등이다.

제2부에서 소설의 중심부에 놓이는 인물은 박형걸이 아니라 동명학교 생도인 홍영구이다. 그는 박성권의 처남인, 이 고을 동학 대교 구장 최관술로부터 전도를 받은 터였다. 홍영구를 중심으로 벌어지는 사상적 갈등은 야소교 장로회의 교회 낙성식이 있던 날 동학교도인 그에게 낙성 축하연의 일부인 웅변 대회에 참가해 달라는 부탁이 들어오면서 비롯된다. 그 대회에서는 홍영구에 앞서 같은 학교에 다니는 기독교도 이태석이 「종소래를 들어라」 제목으로 연설을 하기로 되어 있었다. 이태석의 논지는 주로 미신 타파를 골자로 하는 것이었는데, 그 중 일부를 살펴보면 다음과 같다.

> 우상을 섬긴다는 것은 재물을 기우려 소와 도야지를 잡고 장고를 울리며 제금 소리에 맞추어 춤을 추고 지랄을 버리는 것만을 이름하는 것이 아니라, 비록 한 접시의 소금이나 한 방울의 맹물일지라도 그 정신과 생각에 있어서 조금도 다름이 없겠습니다.(중략 : 인용자) 이러한 잘못된 생각은 입으로 개화 문명을 부르짖는 사람들의 거동에서도 흔히 볼 수 있는 것으로, 수많은 도중을 이끌고 민중 생활의 향상과 단결을 도모한다는 종교도로 앉어 아직도 그러한 미성한 태도를 취하고 있음을 목도케 되는 것은, 진실로 진실로 일대 유감사라 아니할 수 없음네다.26)

이태석의 논지는, 개화를 부르짖으면서도 여전히 청수를 떠놓고 빈다든가 혹은 부적을 태워 청수에 타서 마시면 그것이 선약이라만 병이 다스려진다고 믿는 동학의 주술적 성격을 비판하려는 데 그 중심이 놓여 있다. 이 점은 동학교도인 홍영구 역시 개화 사상이나 과학 사상을 받아들인 동학이 왜 그런 미신적 요소를 없애지 않았는지를 의심하는 만큼 상당히 근거 있는 비판으로 보여진다. 즉 동학의 근대성은 그만큼 철저하지 못했던 것이며, 바로 이 점에 개화기의 중심적 사상 가운데 하나인 동학의 한계가 있었던 것이다. 한편 홍영구의 기독교 사상에 대한 비판은 그것이 우리 고유의 것이 아니라 서양의 것이라는 데 초점이 모아진다. 기독교의 약점 중의 하나가 자생적인 것이 아니라는 점에 있음을

---

26) 김남천, 「개화 풍경」, 『조광』, 1941. 5, p.365.

알아차린다면, 다음의 홍영구가 행한 비판은 어느 정도 설득력을 지닐 것이다.

> 서학은 활발하고 매력이 있는 종교임에 틀림이 없음네다. 그러나 그것은 민정이
> 다르고 풍속이 판이한 서양의 종교올세다. 서양 문명의 찬란한 결정을 받아들이는
> 데 인색하여서는 아니되겠아오나 서양인이 가지고 온 종교가 서양 사람의 것이라는
> 것도 잊어서는 않이되겠읍네다.27)

이에 덧붙여 홍영구는 기독교에서 말하는 하느님(여호와)역시 유태인의 원시적 민족신이어서 하느님을 믿는 것 역시 또 하난의 새로운 귀신을 믿는 것과 다름없다고 비판한다. 그의 비판의 요체는 기독교의 민족적 성격에 놓여 있는데, 이를 달리 말한다면 기독교가 우리의 실정에 적합하지 못한 점을 가지고 있다는 것으로 정리될 수 있다. 즉 기독교가 근대성에 있어서는 철저하나 우리의 민족적 성격에 부합될 수 있을지는 의문이라는 것이다.

이상의 논의로 미루어 볼 때 개화기의 사상적 대립이란 기독교와 동학, 두 사상이 지닌 근대성과 민족성에 대한 논의였음이 드러난다. 곧 동학은 근대성보다 민족성에 투철하였고 기독교는 이와 반대의 형세를 이루었던 것이다.

이 사상적 대립과 더불어 중요한 요소로 꼽을 수 있는 것은 애국 계몽 운동의 일환으로서의 교육 사상에 대한 강조이다. 주인공 형걸에게 적서 차별이 폐지되어야 한다는 것을 일깨워 준 것은 동명 학교 교사 문우상이다.

> 자상한 형걸이의 설명과, 그 설명 속에 얽히고 설킨, 형걸이와 형걸이 모친 윤씨
> 의 고민을 낯낯이 듣고, 문교사는 신분의 차별이나, 적서의 구별 관념이나가, 모다
> 어떤 시대의 찍걱인가를 소상하니 가르키고, 지금 문명하는 시대에는 그런 차별이
> 절대로 있어서는 않될 것을 말하였다. 이어서 그는 비복을 해방할 것과, 미신을 타
> 파할 것과, 조혼 사상을 물리칠 것과, 생활 습속을 개량할 것을 말하고, 이것을 위하
> 야 몸을 받힘이 청년 남아의 할 것이라 가르키었다. 형걸이는 문교사의 이야기를 알
> 어들을 대묵도 있고, 터무니 무슨 곡절인지 영문인지를 몰으고 넘기는 대목도 많았
> 으나, 문교사의 하는 말은 모두 옳은 말이라고 생각하면서 잠잠히 듣고 있을 뿐이었
> 다.28)

---

27) 김남천, 「동맥」, 『신조선』 4호, 1947. 5, p.104.
28) 김남천, 『대하』, 앞의 책, p.249.

미약한 정도나마 적서 차별에 대해 불만을 가지고 있던 형걸의 의식은 문우상의 지도로써 일층 분명한 것으로 되어간다. 제1부의 끝에 형걸이 가출하면서 문우상을 찾아가 상의할 것을 생각하는 대목은 형걸의 지향이 어렴풋하나마 문우상에 의해 영향 받았다는 것을 말해 준다. 이로써 우리는 형걸이 배움(교육)을 향해 길을 떠나갔다는 점을 짐작할 수 있다.

한편 형선의 처 정보부는 남편이 감추어 놓은 편지를 몰래 뜯어 보는 순간 그것이 서울에 있는 시동생 형걸에게서 온 것임을 알게 된다. 형걸의 편지를 읽고 그녀는 자신의 남편을 서울로 유학시킬 것을 결심하고 이를 실행에 옮기게 되는데, 봉건적 허위 의식의 소유자인 박성권마저도 교육의 필요성을 어느 정도 절감하고 있었던 터여서 그녀의 소망은 무난하게 성취된다. 즉 그도 "구학문만 가지고 장차를 살아갈 수 없다는 것은 벌써 그의 눈에는 불을 보는 것과 같이 환한 일이었"29)음을 알아차리고 있었던 것이다. 이와 같은 배움의 강조는, 작가 김남천의 개화기의 사상적 조류의 중심인 애국 계몽 운동의 핵심이 다름아닌 교육 사상이라고 파악하고 있음을 반영하는 것이다.

4. 개화 풍경과 진취성 묘사의 한계

지금까지 우리는 『대하』 제1부와 2부의 중요한 내용으로서 개화 풍경과 개화 사상을 살펴보았다. 풍부한 풍속의 제시와 함께 사상적인 측면에 이르기까지 폭넓음을 지닌 이 작품은 그러나 1장에서 말한 가족사 연대기 소설의 핵심적 성격 및 작가의 의식과 관련하여 몇 가지의 문제점을 지니고 있다. 먼저 지적할 수 있는 것은 작품의 중심에 위치한 신흥 자본가 계급으로서 박성권의 성격에 대한 작가의 의식이다. 양반인 박리균 형제의 몰락과 박성권의 부상은 계급 교체의 과도기로서 개화기를 일정 수준에서 보여 주고 있으나, 박성권의 성격은 2장에서 밝힌 대로 근대적인 자본가 의식을 갖추고 있지 못하다. 이러한 그의 성격은 다음의 글에서도 뚜렷이 엿볼 수 있다.

---

29) 김남천, 「동맥」, 『신조선』 5호, 1947. 6, p.108

그는 돈의 위력을 누구보다도 확신하는 날카로운 선견의 명을 갖고 있다. 그는
아직 문벌이나 가문이 행세를 하는 새상인 줄 알것만, 이런 것이 자기의 돈 앞에 궤
배할 날이 멀지 않어 올 것을 확신한다. 무엇보다도 이십 년 전에 사두었든 은전이
이 지음 행세하게 되는 것을 은근히 믿는 때부터 그의 자신은 더욱 든든해졌다.[30]

치부 과정에서도 밝혀졌지만 그는 돈에만 연연하는 고리 대금업자이며 악덕
자본가에 지나지 못하는 것이다. 이런 그에게서 개화기의 본질인 자본주의로의
필연적 전화를 찾아본다는 것은 무리가 아닐 수 없다. 이러한 천박한 자본가인
박성권을 중심에 놓고 개화기의 과도기를 바라보는 김남천은 우리 근대사의 왜
곡된 방향을 파악하고는 있지만, 그 왜곡을 바로잡으려 노력한 '주체적 개화파'
의 민족주의적 성격을 간과하고 있는 것이다. 여기에서 그가 가족사 연대기 소
설의 핵심으로 보았던 가족의 운명을 통한 사회의 모순 관계의 형상화를 제대
로 이루지 못했음을 알 수 있다. 왜냐하면 그는 개화기의 본질인 근대화와 반외
세 자주 독립의 두 측면 가운데 일면만을 묘사했기 때문이다. 이 점은 신흥 계
급의 진취성을 그리고 있는 부분에서도 증명된다. 구체적으로 살펴보면, 박성권
의 아들 형걸의 형상과 관련해서 문제가 되는 것은 그가 소설의 주인공으로서
신흥 계급의 진취성을 유감 없이 보여 주지 못한다는 점에 있다. 적서 차별에
대한 반항 등 그의 반봉건적 근대 의식은 한갓 기생이나 막서리에도 향함으로
써 그 수준이 의심스러워지며, 가출하는 장면에 있어서도 막연히 배움의 길을
떠난다는 정도로 지향점이 드러날 뿐이다.

한편 작품의 상당한 부분을 차지하는 개화기 풍속의 묘사는 어떠한가. 박형
선의 결혼 장면처럼 박형걸의 반봉건 의식을 고양시켜 주는 것도 있지만, 그러
나 실제로 반봉건 의식을 고양시켜 주는 것은 자신의 배필로 정해졌던 정보부
가 박형선의 처가 되었다는 사실이지 결혼 장면은 아니다. 말하자면 김남천이
그려낸 개화기의 풍속 묘사는 대부분 주체성 내지 비판 의식이 결여된 무방비
상태의 외래 문물에 대한 경도를 보여 주는 것이었다. 그러므로 그러한 풍속의
묘사가 주인공의 성격과 밀접한 관련을 가진다고 보기는 힘들다고 할 수 있다.
여기에 대해서는 작가 자신도 풍속의 공식적 배치를 결과했다고 시인한 바 있

---

30) 김남천, 『대하』, 앞의 책, p.18.

다. 이처럼 주인공의 성격과 풍속의 괴리라는 것을 고려할 때 작가가 의도했던 '개인과 사회의 모순의 문학적 표상'으로서 소설성의 회복은 제대로 이루어지지 못했다고 할 수 있다.

또 다른 작가의 한계로는 민중성 내지 민중의 생활 감정과의 괴리를 들 수 있다. 많은 풍속의 묘사 가운데서 두칠 부부의 생활에서 보여지는 부랑 노동자의 형성과 같은 의미 있는 부분이 극히 드물게 나타나는 점에서도 이 점은 확인된다. 이 작품에서는 박성권은 물론이거니와 박형걸의 형상에서조차 민중과의 관련을 맺지 못하고 있음을 쉽게 찾아볼 수 있는 것이다. 한편 사상 비판에서 두드러지는 것은 외세에 대한 자각이 거의 빠져 있다는 점이다. 기독교가 우리의 실정에 맞지 않다는 점은 표나게 내세우면서 동학의 중심적 측면의 하나인 반외세에 대해 언급도 하지 않음은 이 소설에 그려진 개화기의 사상 비판이 핵심을 건드리지 못하고 있음을 반증하는 것이라고 하겠다. 이 점은 작가가 애국 계몽 운동의 여러 측면 중 유독 교육 사상을 표나게 내세우면서 설정한 인물 문우상이나 정보부 등의 경우도 마찬가지이다. 그들의 경우 막연하게 추상적 계몽 운동을 부르짖은 『무정』의 주인공 이형식에서 얼마나 더 나아갔는가 의심스러울 만큼 외세에 대한 주체적인 측면이 결여되어 있다. 개화기의 애국 계몽 운동가에 의해 씌어진 역사 전기 소설들이 한결같이 강한 민족주의적 색채를 띠고 있었다는 점을 감안한다면, 이러한 작가 김남천의 개화기에 대한 역사 의식은 일면성을 면할 수 없게 되는 것이다.

5. 결 론

1930년대 후반 파시즘의 압력에 의한 소설의 위기를 극복하고자 김남천에 의해 제기된 가족사 연대기 소설론은 『대하』라고 하는 걸출한 작품을 산출한다. 이 작품은 그 소설적 성과는 차지하더라도 소설의 위기를 타개하려는 방법의 일환으로서, 창작과 비평을 일치시키려 했던 노력의 결과로서 일정한 의의를 가질 수 있을 것이다. 전작 장편 소설로 기획된 이 작품은 이후에 씌어지는 많은 가족사 연대기 소설, 예컨대 이기영의 『봄』, 한설야의 『탑』, 이태준의 『사상의 월야』 등에 많은 영향을 미치기도 한다. 그러나 이러한 많은 긍정적인 부분에도 불구하고 작품의 수준에 있어서는 자신의 주장을 뒷받침할 만한 성과를 내지 못한 것이 사실이다.

먼저, 이 작품은 박성권을 통해 봉건 계급과 신흥 자본가 계급의 교체를 그리고 있다. 그러나 그는 봉건적 허위 의식의 소유자이면서 반민중적 성격을 지니고 있다는 점에서 개화기의 본질적 측면인 근대화와 반외세 자주 독립 가운데 일면만을 보여 주고 있을 뿐이다. 여기서 가족의 운명을 통해 사회의 본질을 파악한다는 가족사 연대기 소설의 목적이 불완전하게 이루어져 있음을 알 수 있다. 또한 김남천은 이런 박성권을 개화기를 대표하는 자본가로 설정함으로써 그가 가진 역사 의식의 한계를 드러낸다. 한편 박성권의 서자 형걸은 시대 정신의 구현자로서 설정되었지만, 적서 차별에 대한 항거로 대표되는 그의 의식이 불철저함으로 인해 또한 개화기의 풍경과 밀접한 관계를 맺지 못함으로써 작가가 계획한 본래의 의도를 관철시키지 못한 것으로 볼 수 있다.

『대하』 제2부인 「동맥」에서는 기독교와 동학의 대립을 통한 사상 비판이 시도된다. 여기서는 두 사상이 지닌 한계, 즉 동학의 근대성에 대한 불철저함과 기독교의 민족적 성격의 불철저함을 비판함으로써 새로운 세대의 진취성이 어느 정도 드러난다. 그러나 이 역시 외세에 대한 자각이 거의 빠져 있기 때문에 기본적으로 한계를 지니고 있는 것이었다. 한편 작품이 완결되지는 않았지만 제2부가 박형걸이 아니라 홍영구라는 박성권의 가계 이외의 인물에 의해 이끌어지고 있는 점 역시 가족사 소설로서의 작품의 성격에 부합되지 않는 것이라 할 것이다.

이상의 논의를 통해 『대하』의 작품적 성과가 김남천이 처음 의도했던 가족사 연대기 소설의 목적과는 다소 거리가 있다는 점과 그러한 괴리가 작가가 지닌 역사 의식의 한계에서 비롯되었음을 알 수 있다. 이로써 우리는 다시 한 번 작가 의식과 작품의 현실 형상화 수준의 관련성을 절감하게 된다. 또한 작가의 의식과 객관적 현실 파악의 통일이 작품의 성과를 좌우하는 것을 확인한다. 그러나 이런 한계에도 불구하고 식민지 시대 말기의 위기에 처한 문학계, 특히 소설계의 타개책으로서 가족사 연대기 소설론과 그 성과로서 『대하』가 가지는 의의마저 무시할 수는 없을 것이다.

「심문」의 욕망 구조

1. 정신분석학을 원용한 욕망 구조 분석의 필요성

우리의 근대 문학은 몇 번의 결정적 전환기를 맞이하였는데, 1930년대 후반도 그 중의 하나라고 규정할 수 있다. 그 이유는 이 시기에 이르러 그 때까지 문단의 주도권을 쥐고 있던 프롤레타리아 문학이 퇴조하고 대신 새로운 문학 조류가 등장했기 때문이다. 이와 같은 시대 조류의 변화에는 새롭게 등장한 신인층도 일정한 역할을 담당하였는 바, 그 대표적인 작가로는 김동리, 허준, 최명익, 『단층』파의 여러 작가 등을 꼽을 수 있다. 이 신인층은 대체로 모더니즘적 문학관을 바탕으로 창작 활동을 하였다는 점에서 공통적이었다. 이들 가운데 특히 최명익은 마르크스주의에 대한 인식을 갖춘 신인으로서 주목받았으며, 이 글에서 다루고자 하는 그의 대표작 「심문」[1] 역시 많은 연구자들의 관심의 대상이 되어 왔다.

지금까지 이루어진 최명익의 「심문」에 대한 연구는 크게 다음의 두 가지 경향으로 구분할 수 있다. 첫번째는 넓은 의미에서 전향 소설의 하나로 규정하되, 카프(KAPF) 출신이 아닌 신인층에 의한 전향의 초극 방식으로 바라보는 경향이다. 이와 같은 경향을 대표하는 글은 김윤식의 「전향소설의 한국적 양상」[2]인데,

---

1) 이 작품은 처음에 『문장』(1939. 6)에 발표되었다가 해방 후에 펴낸 작품집 『장삼이사』(을유문화사, 1947)에 수록되었다. 이하 「심문」을 인용할 경우에는 작품집의 페이지만 밝히기로 한다.
2) 김윤식, 『한국근대문학사상사』, 한길사, 1984.

이 글에서는 작품의 끝부분에 묘사된 과거의 마르크스주의자 현혁의 극단적인 자기 굴욕적 행위를 자존심의 마지막 근거이자 여옥에 대한 애정의 발로로 해석한다. 다시 말해 철저하게 자굴하는 현혁의 행위를 자존심을 회복하기 위한 전향자의 삶의 방식으로 이해하고 있는 것이다. 나머지 하나는 심리 소설의 일종으로 다루는 경향인데, 이 경향에 속하는 연구 논문들[3]은 일반적으로 최명익과 『단층』파의 관계를 중시한다. 『단층』파는 "현실에 대한 비관주의"[4]를 표출한 집단으로 평가되고 있거니와, 최명익의 작품 역시 이러한 『단층』파의 성격 규정과 관련하여 식민지 지식인의 어두운 정신 세계를 그린 것으로 규정되고 있다. 그렇기 때문에 이 논문들은 시대적 상황과 인물들의 내면 세계의 관련성을 강조하는 공통점을 보여 준다.

이상에서 살펴본 기존의 연구 경향에서 보듯이, 「심문」에 있어 가장 주목해야 될 요소는 등장 인물의 내면 세계이다. 하지만 지금까지의 연구에서는 등장 인물의 내면 세계를 정신분석학적으로 자세하게 고찰한 논문은 지금까지 거의 없었다고 해도 과언이 아니다. 이러한 발언 속에는 이제까지의 연구들이 등장 인물의 내면을 설명하는 데 있어서 현실 사회와의 관련성을 지나치게 강조하는 등 의외로 거친 방법론을 동원하였다는 의미가 포함되어 있다. 따라서 작품 해석도 다소 추상적인 면을 띨 수밖에 없었는데, 이 글에서는 이러한 한계를 극복하기 위해 라캉의 정신분석학을 원용하고자 한다.

프로이트가 그러했듯이 라캉 역시 인간의 의식이 단일한 구조로 구성되어 있다는 것을 부정한다. 즉, 주체의 형성 과정에 타자가 개재되어 있음을 인정하는 것이다. 그에 의하면, 타자와의 교섭 속에서 이루어지는 주체의 형성은 한 인간

---

3) 이 경향에 속하는 대표적인 논문으로는 다음과 같은 것들이 있다.

  강현구, 「최명익의 소설 연구」, 고려대학교 석사학위 논문, 1984.

  최혜실, 「1930년대 한국 심리소설 연구」, 서울대학교 석사학위 논문, 1986.

  김진석, 「1930년대 한국 심리소설 연구」, 고려대학교 박사학위 논문, 1990.

  최혜실, 「1930년대 한국 모더니즘 소설 연구」, 서울대학교 박사학위 논문, 1991.

  신수정, 「『단층』파 소설 연구」, 서울대학교 석사학위 논문, 1992.

  김윤식·정호웅, 「허준·최명익의 심리주의 소설」, 『한국 소설사』, 예하, 1993.

  김민정, 「1930년대 후반기 모더니즘 소설 연구」, 서울대학교 석사학위 논문, 1994.

4) 신수정, 위의 논문, p.71.

이 상상계에서 생물학적 충동인 욕구(need)를 충족시키다가 언어의 습득과 동시에 상징계로 편입되면서 시작된다. 타자와의 관계 맺기가 특징인 상징계에서 인간의 욕구는 언어로 인해 상상이 가능하게 된 요구(demand)로 말미암아 그 특수성을 잃게 된다. 이 과정에서 등장하는 것이 욕망(desire)인데, 그것은 "욕구의 특수성을 없애 버리려는 요구가 미처 환원하지 못한 잔여물로 자신의 모습을 드러낸다"5) 따라서 욕망은 순수한 결핍이 갖는 힘이며, 인정을 위한 욕망으로 규정된다. 결국 건강한 욕망이란 주체가 상징계 속에서 타자와 접촉하면서 타자성을 수용하는 과정과 분리시켜 생각할 수 없는 것이라고 하겠다.

그런데 한국 근대 문학사에서는 문학적 주체가 인위적으로 상징계6)로부터 축출됨으로써 건강한 욕망을 가질 수 없게 된 특수한 사건이 발생한 바 있다. 그것은 바로 프롤레타리아 문학 단체인 카프의 제2차 검거 사건으로 인하여 마르크스주의를 신봉하던 문학자들이 대거 투옥된 사건이다. 보편적으로 감옥에 갇힌 사람은 외부와의 접촉을 완전히 차단 당하게 된다. 이를 달리 말하면 외적 강제에 의하여 주체가 상징계로부터 추방당한 것이라고 할 수 있는 바, 그 결과 주체의 욕망은 거세당하고 마는 처지에 빠진다. 다시 말해 인간의 욕망이란 타인으로부터의 인정에 대한 욕망임에도 불구하고, 감옥에 갇힌 주체는 타인으로부터 인정받을 수 있는 기회를 박탈당하고 마는 것이다.

한편 이처럼 상징계로부터 쫓겨남으로써 욕망을 상실한 주체가 감옥에서 풀려난 이후 다시 상징계로 편입하는 과정도 용이하게 전개되지는 않는다. 쉽게 추측할 수 있듯이, 감옥에서 풀려나온 주체가 다시 상징계로 편입되는 일이 그렇게 쉬운 것은 아니기 때문이다. 결과적으로 출옥자의 심리는 상징계로 편입되는 정도와 건강한 욕망을 회복하는 정도에 따라 여러 가지 복잡한 양상을 보이게 된다. 이러한 문학자의 감옥 체험과 출옥 후 상징계로의 편입 과정에서 보여준 여러 가지 내면 심리는 문학자들에게 훌륭한 제재를 제공하게 되는 바, 그 결과물이 바로 전향 문학(또는 후일담 문학)이다.7) 이 글의 대상인 「심문」 역시 발

---

5) 자크 라캉, 권택영 편역, 『욕망 이론』, 문예출판사, 1994, p.266.
6) 라캉에 의하면 상징계는 언어를 습득함으로써 진입하는 것이나 현실 세계 그 자체는 아니다. 또한 상상계는 주체 형성과 관련된 단계이다. 그러나 이 글에서는 상징계를 현실 세계라는 의미로, 상상계는 이미 형성된 주체가 현실 세계로부터 자신의 내부로 후퇴한다는 의미로 전용하고자 한다.
7) 엄격히 말해 전향 문학이라는 개념이 전향자의 심리에 초점이 맞추어진 개념인 데 비하여, 후일담

표될 당시에 전향자의 심리를 탁월하게 묘파한 신인층의 작품으로 주목받았거니와, 그 문학적 달성의 수준은 위에서 설명한 라캉의 욕망 이론에 의거하여 심층적으로 분석될 때 뚜렷하게 밝혀질 것으로 생각된다. 왜냐하면 욕망 이론은 지금까지 연구자들이 추상적으로 다루어 온 작품의 핵심적인 부분, 즉 인물들의 내면 풍경을 세밀하게 파헤칠 수 있는 유효한 방법론으로 여겨지기 때문이다. 따라서 다음에서는 소설의 중심 인물인 현혁(현일영), 김명일, 여옥을 중심으로 작품의 욕망 구조를 깊이있게 분석하게 될 것이다.

2. 상징계와 타자의 상실로 인한 욕망 상실과 무기력증

「심문」에서 가장 특이한 성격으로 형상화된 인물은 현혁이다. 그는 한때 자신이 속해 있던 상징계에서 마르크스주의라는 타자성을 수용하면서 새로운 사회를 갈망하는 욕망을 지닌 적이 있었다. 욕망이란 언제나 결핍 상태에서 지니게 되는 만큼, 그는 자신이 속해 있던 사회 현실에서 자신의 욕망을 충족할 수 없게 되자 새로운 상징계인 공산주의 사회를 욕망하였던 것이다. 이러한 욕망은 식민지 시대를 살던 대부분의 진보적 지식인층이 공통적으로 가졌던 것이지만, 특히 좌익 이론의 헤게모니를 잡았던 현혁의 경력에 비추어 볼 때 그의 욕망은 매우 강렬한 것이었다고 할 수 있다.

그런데 그처럼 강렬했던 그의 욕망도 어느 순간 상징계가 상실됨으로써 거세당하고 마는 상황에 처하게 되는데, 그가 겪게 되는 여러 해 동안의 감옥살이가 바로 상징계 상실의 결정적 원인으로 작용한다. 상징계란 언어를 배우고 난 이후 타자성을 획득하면서 주체를 형성해 가는 단계임을 염두에 둔다면, 감옥 속에 고립되어 인간 관계를 단절 당한 주체가 욕망을 상실하고 소외감을 느끼게 되는 것은 당연한 결과일 것이다. 한편 이처럼 상징계의 상실로 말미암아 자신의 욕망을 상실한 주체는 대개 심한 무기력 상태에 빠지며, 이 무기력은 상상계로의 편입을 용이하게 해준다. 이 때 상상계로 후퇴한 주체는 많은 경우 신경증,

___

문학은 출옥 이후 전향자가 살아가는 과정에 강조점이 주어진 개념이라고 할 수 있다.

편집증 등의 증세를 보이게 된다.8) 그리고 이러한 증세는 출옥으로 인해 억압적 상황이 사라졌다 할지라도 쉽게 반전되지 않는다. 상징계로의 재편입은 주체로 하여금 타자와의 계속적인 교섭이라는 계기를 요구하기 때문이다. 그 계기를 마련하지 못한 주체는 계속해서 상상계에 머무를 수밖에 없는데, 현혁의 경우도 예외는 아니다. 다른 사람과의 접촉을 거부한 채, 자신이 과거에 가졌던 새로운 사회에 대한 갈망까지도 잃어버리고 중증의 마약 중독 상태에 빠져 있기 때문이다.

그렇다면 상상계에 머무르는 현혁은 과연 어떤 상태에 놓이게 되는가? 라캉의 욕망 이론에서는 주체의 형성 과정 가운데 하나인 상상계의 거울 단계를 주체가 거울 속에 비친 자신의 이미지(대상)에 빠져들어 그 이미지를 자기자신과 동일시하는 단계로 설명한다. 이 단계에서 주체는 타자에 의해 보여지고 있음을 의식하지 않고 이상적인 자아(Ideal I)라고 불리는 이미지와 자신을 일치시키고 그 이미지와 자신을 구별하지 못하는 오인의 단계에 머물게 되는데,9) 현혁 역시 이상적인 자아의 이미지에 사로잡혀 상상적인 자기 동일시에 깊이 빠져 있다.

> 사실, 나는 지금 이렇게 모히 연기와 추억의 꿈을 먹고 사는 사람입니다. 반성에는 지쳤고, 자책에는 양심이랄 게, 이성이 마비되고 마렸지만, 옛날 현혁의 명성을 더 희로익하게 꿈이고, 그리 풍부하달 수도 없는 로맨스를 연문학적으로 과장해서 씹어가며, 호수 같은 시간 우에 떠도는 것입니다. 그러는 내게도, 여옥이가 김선생을 버리고 내 품 속으로 돌아온 것입니다. 여옥이로서는 제 첫사랑의 추억으로 그랬겠지만, 나는 옛날의 혁혁하고 유명하던 현혁이, 즉 나의 패기와 극복력에 이끌린 것이라고 생각하지요. 지금 여옥이에게 물어 보아도 알 것입니다. 그래서 내 과거의 기억은 더 찬란해지고 내 꿈의 양식은 더 풍부해진 것입니다. 그러므로 나는 이 처지에도 행복을 느낄 수 있습니다.10)

이 인용문에서 드러나듯, 현혁에게 있어 이상적인 자아는 사회 운동의 이론 분자로 활동하던 과거의 자기 모습이다. 다시 말해 상상계에 머무르고 있는 현

---

8) 상상계인 거울 단계에서 주체는 비활동성(inertia)이라는 특징을 가지고 형성되며, 거기에서 신경증의 가장 광범한 정의가 발견된다. 자크 라캉, 권택영 편역, 『욕망 이론』, 앞의 책, pp.47~48.

9) 위의 책, p.16.

10) 「심문」, p.175.

혁은 환상을 통해 자신의 욕구를 충족시킬 수밖에 없는데, 목숨이 위험할 정도로 중독된 마약을 매개물로 삼아 영웅 같은 과거의 자기 이미지에로 빠져들고 있는 것이다. 더군다나 그는 자신이 지닌 다양한 이미지 가운데 사회 운동가로서의 이미지에만 집착한다는 점에서 편집증적 증세마저 보여 주고 있다. 결국 이제까지의 논의를 정리하면, 현혁은 감옥 체험으로 인하여 '사회 의식'으로서의 타자 의식을 갖게 되는 상징계를 상실하고 그에 따라 욕망까지 잃어버림으로써 상상계로의 정신적인 퇴행11)을 하게 된 전형적인 인물이라고 할 수 있다.

이러한 현혁과 비교할 때 전혀 다른 이유에서 욕망을 잃어버린 인물은 김명일이다. 현혁이 감옥에 갇히게 되는 사건으로 인해 상징계를 상실하고 욕망을 잃어버린 데 비해 그는 타자의 소멸로 인해 욕망을 상실하게 된다. 원래 그는 어느 중학교의 도화 선생을 직업으로 삼고, 처자와 함께 행복한 가정을 꾸리고 있었다. 그런 그에게 가장 중요한 영향을 끼친 인물은 처 혜숙이다. 말하자면 김명일이 자신의 주체를 정립하는 데 있어 가장 중요한 역할을 한 타자는 다름아닌 그의 아내였던 것이다. 그렇기 때문에 그는 삼 년 전에 맞은 그녀의 죽음으로 인해 정신적인 혼란 상태를 겪게 되며, 이후 다음에서 보는 바처럼 무질서한 생활을 하게 된다.

> 내가 상처한 후에 늘 재취를 권하던 누님은, 정식 결혼을 할 의사가 없으면, 첩 살림이라도 차려서 그 집을 팔지 말라고 하였지만, 십여 년 혜숙이의 손때로 길들은 옛 집에 새 처나 첩이 어색할 것도 같고, 그 집에서는 내가 무심히 「여보」 하고 부르는 것이 자연 혜숙일밖에 없을 것이나 「네」 하고 나타나는 것이 딴 여자라면 나의 그 우울은 어찌할 도리가 없을 것이다. 또한 어린 경옥이 역시 한 성 안에 제가 나서 자란 옛 집이 있으면서 기숙 생활을 하거니 생각하면 더 외로워질 것이요, 혹시 외

---

11) 퇴행이란 '리비도(성적 충동)' 기능의 단계적 발달에서 앞질러 발달된 것이 때로는 후퇴를 하여 초기의 어느 단계로 되돌아가는 것을 의미하며, 억압은 의식될 수 있는 어떤 '정신적' 활동이 무의식적인 것이 되고 그것이 무의식 체계로 되돌려 보내지는 것을 의미한다. 이러한 의미 규정에 의거하여 정신 영역에 속하는 상징계와 상상계를 설명한다면 억압이 더 적절한 용어라고 생각할 수 있지만, 엄격히 말해 억압은 정신 속에 가정하는 '공간적' 관계와 관련되어 있다. 그렇기 때문에 상상계와 상징계를 설명하기에는 부적절하다고 판단되어 이 글에서는 '발달에 있어 더 높은 단계에서 더 낮은 단계로 되돌아가는 것'이라는 일반적 의미로 퇴행이라는 용어를 사용하였다. S. 프로이트, 김성태 역, 『정신분석입문』, 삼성출판사, 1985, pp.303~304.

출하는 날 별러서 찾아 온 옛 집에 제가 닮지 않은 새 어미의 얼굴을 보게 될 때마다, 제 어머니의 생각이 더 한층 새로울 것이다.

이런 심정으로 내가 재취를 않는다면 나는 경옥이와 같이 옛 집을 지키면서 좀 더 그 애 곁을 떠나지 않아야 할 것이었다. 생각만은 그러리라고 애를 써가면서도, 그런 생각으로 학교를 사직까지 하고도, 오히려 그 모든 시간을 여행이라기보다— 방랑, 그리고 방탕—술과 계집과 늦잠으로 경옥이를 더욱 외롭게 해온 것이다.12)

김명일의 내면 세계에서 아내가 차지하는 비중은 이 인용문을 통해서도 잘 드러나 있거니와, 그녀는 그의 의식 전체를 사로잡을 만큼 강력한 힘을 지니고 있으므로 일종의 '절대적 타자'라고 할 것이다. 이런 맥락에서 보면 아내의 죽음은 곧 절대적 타자의 소멸을 뜻하며, 나아가 아내 이외의 다른 사람과 교제가 거의 없던 주인공에게 있어 인간 관계의 축소를 의미한다. 비록 딸 경옥이 있지만 그녀는 욕망을 불러일으킬 수 있는 타자의 역할을 전혀 수행하지 못한다. 사랑이란 타자에 의해 주체가 감싸여져 있다고 있다고 하는 자기 이미지이며 주체 자신이 영원히 상실한 일부를 주체가 찾는 행위인데,13) 경옥이는 아내 혜숙이가 지녔던 "어머니의 젖가슴 같이 너그러우면서도 이지적으로 맑은"14) 인당(印堂)을 결여하고 있어서 엉석인 양 방종을 부려볼 수 없는 대상이기 때문이다. 아내 혜숙이야말로 김명일이 지니지 못한 바 너그럽고 이지적인 중정(中正)과 인당을 소유하고 있었기에 그의 욕망을 불러일으키는 타자가 될 수 있었던 것이다.

그런데 문제는 이와 같이 욕망의 대상으로 기능하던 아내의 죽음이 주체를 무기력 상태로 몰고 간다는 데 있다. 즉, 절대적 타자의 소멸로 인하여 주체가 욕망을 상실한 채 무기력 상태에 빠지게 되는 심각한 상황이 전개되었던 것이다.15) 주지하다시피 건강한 욕망이란 주체가 상징계 속에서 타자에 의해 인정을 받기 위해 노력하는 과정과 밀접하게 관련되어 있다. 그렇기 때문에 절대적 타자의 상실은 주체로 하여금 건강한 욕망을 갖지 못하게 하는 주요한 요인으로

---

12) 「심문」, pp.145～146.
13) 마단 사럽, 김해수 역, 『알기 쉬운 자끄 라깡』, 백의, 1994, p.112.
14) 「심문」, p.149.
15) 한국과 일본의 근대 문학사에서 프롤레타리아 문학 운동의 절대적 타자로 기능하던 마르크스주의가 외적 강제에 의해 억압됨으로써 프로 문학자들이 대거 전향 선언을 하고 한동안 정신적 아노미 상태를 체험한 것도 이와 유사한 경우라고 할 수 있다.

작용하며, 이후 김명일은 여행, 방랑, 방탕, 술, 계집, 늦잠 등에 탐닉하게 된다.

한편 김명일이 탐닉하는 여러 가지 요소 가운데 우리가 주목할 것은 여행(방랑)이다. 우리의 근대 소설 중에는 여행이 작품을 이끌어 가는 주요한 모티프로 작용하고 있는 작품이 많이 있다. 신소설 작가인 이인직으로부터 이광수, 염상섭을 거쳐 이상, 박태원, 최명익 등에 이르는 다수의 작가들이 그러한 작품을 창작하였기 때문이다. 물론 등장 인물이 여행을 하게 되는 근본적 원인은 작품에 따라 달라질 수밖에 없지만, 대부분의 경우 상징계에서의 욕망 상실이 그 원인이 되고 있음이 특징적이다. 다시 말해 소설 속에 등장하는 식민지 시대의 인물들은 상징계에서 욕망을 상실함으로써 무기력, 정체, 권태 상태에 빠지고, 시간이 흐르면서 그 상징계로부터의 탈출을 꿈꾸게 되었던 것이다.

> 그리고 나의 무직업을 염려하고 또 일정한 주소가 없다니 체면에 그럴 법이 있느냐는 듯이 뒤캐어 묻는 바람에, 나는 미술 학교를 졸업했으니 화가랄 밖에 없고, 재작년에 상처하고 하나뿐인 딸이 지난 봄에 여학교 기숙사로 입사하자 살림을 헤치고는 이리 저리 여관 생활을 하는 중이라고, 그러나 지금 가는 『할빈』에는 옛 친구 이 군이 착실한 실업가로 성공하였으므로 나도 그를 배워 일정한 직업과 주소를 갖게 될지 모른다고 무슨 큰 포부를 지닌 듯이 그 자리를 꿰맬 밖에 없었다. 그러나 이런 내 말이 전연 거짓말이랄 수도 없는 것이다. 사실 나는 일정한 직업과 주소가 없는 지금의 생활이 주체스러워 견딜 수가 없는 것이다.16)

위에 나타난 것처럼 특별한 목적도 없이 단지 '지금의 생활'로부터 벗어나고자 하는 '나' 역시 현재의 상징계에서 무기력을 경험한 뒤, 그 곳으로부터 이탈을 꿈꾸는 전형적인 경우이다. '인간은 언제나 타자에 의해 인정됨으로써만 타인에 대해서뿐만 아니라 스스로에 대해서도 진정한 인간이 된다'17)는 점을 고려한다면, 자신의 존재를 증명시켜 주던 절대적 타자로서의 아내와 아내의 대상물인 여옥을 상실한 김명일이 상징계로부터 이탈하기 위해 감행하는 하얼빈으로의 여행은 자기의 존재를 증명하기 위한 결사적인 노력으로 규정할 수 있을 것이다.

---

16) 「심문」, p.144.
17) 마단 사립, 김해수 역, 『알기 쉬운 자끄 라깡』, 앞의 책, p.61.

3. 인간적인 결합의 결여와 환각적 자기 만족

김명일이 하얼빈으로 여행을 떠나게 된 또 다른 이유는 그 곳에 여옥이 살고 있었기 때문이다. 여옥이는 아내의 죽음으로 인해 무기력에 빠져 있던 때에 간혹 출입하던 어느 다방의 새 마담으로 알게 된 여자이다. 김명일과 여옥은 지난 봄에 국경을 넘어 오룡배에 여행을 오게 되었는데, 두 사람은 명목상으로 화가와 모델의 사이였지만 실제로는 육체적 관계까지 맺고 있는 연인 관계였다. 그러나 하얼빈에 오기 전의 두 사람은 사랑하는 사이면서도 모두 다 건강한 욕망을 가지지 못한 채 형식적 관계를 맺고 있을 뿐이었다. 그 이유는 아내의 죽음으로 인해 욕망을 상실한 김명일이 여옥이를 아내의 빈 자리를 채워줄 대상물로만 여기고, 여옥 역시 이러한 김명일의 태도에 대하여 적극적으로 호응하지 않았기 때문이다. 김명일이 여옥을 진정으로 사랑하지 않고 아내의 대상물로만 여기고 있음을 보여주는 대목은 작품의 곳곳에서 발견할 수 있다.

> 그러한 모델을 대하는 제작자인 나라, 이중의 관찰과 이중의 인상으로 갈피를 잡을 수 없는 몽타쥬가 형황이 떠오르는 칸바스 위에 애써 초점을 맞추어 한 붓 한 붓 붙여 가노라면, 나타나는 것은 눈 앞의 여옥이라기보다, 내 머릿속의 혜숙이에 가까워지므로 나는 화필을 떨어치거나 던질 밖에 없었다.[18]

이처럼 여옥에게서 아내의 모습을 찾는 김명일의 행동은 "여옥이의 인당과 귀에 혜숙이의 그것을 이중 노출로 보는 환상"[19]으로 요약할 수 있다. 물론 그 자신도 이러한 사실을 알기 때문에 때로는 그러한 환상을 버리고 여옥이를 있는 그대로 사랑해야 할 것이라고 다짐을 해보지만 번번이 실패하고 만다. 타자로서의 아내의 이미지에 대한 집착을 버리지 않는 한 그의 시도가 계속 실패하고 말 것은 두 말할 필요조차 없을 것이다.

자기에게서 죽은 아내의 이미지만 찾으려고 애쓰는 김명일에 대하여 여옥은 상호 모순된 두 가지의 태도를 취한다. 그 하나는 김명일에게 자신의 순수한 열정을 내보이는 것이고, 다른 하나는 김명일에 대하여 냉정한 태도를 취하는 일

---

18) 「심문」, p.151.
19) 「심문」, p.154.

이다. 두 태도 가운데 전자는 주로 밤에 이루어지는데, "침실의 여옥이는 전신 불덩어리의 정열과 그러면서도 난숙한 기교를 갖춘 창부"[20]로 변신한다. 이러한 그녀의 변신은 자신으로부터 아내의 이미지를 발견하려는 김명일의 욕망을 일정 정도 충족시켜 주면서 그로부터 인정 받기를 원하는 욕망의 표출이라고 할 수 있다. 한편 주로 낮 동안에 교양인인 듯 영롱한 눈을 차갑게 빛내면서 현숙한 모습을 보이는 여옥의 태도는 김명일이 짐작하고 있는 것과 같이 자기의 열정을 순정으로 받아주지 않는 그에 대한 반항의 표출이다. 이를 달리 표현하면, 자신을 인정해 주지 않는 김명일의 욕망을 채워주지 않음으로써 자기 정체성을 유지해 나가는 행위라고 할 것이다. 타자의 욕망을 충족시켜 주는 순간에, 즉 타자의 욕망을 자신의 그것으로 받아들이는 순간에 주체는 자신의 정체성을 잃어버리고 타율적인 존재가 되어 버리는데, 여옥은 그것을 거부함으로써 자신를 지탱하고 있는 것이다.

이와 같이 서로가 서로의 욕망을 욕망하는 상호 소통적인 관계를 맺지 못한 김명일과 여옥의 욕망은 인간적인 결합이 결여된 불구적 욕망에 불과하다고 할 수 있다. 왜냐하면 사랑이란 상대방이 자신을 욕망하는 것에 대한 욕망[21]인데, 김명일의 경우만 하더라도 여옥이 자신을 욕망하는 것에 대하여 적극적인 태도를 보이지 않은 채 오직 아내의 이미지를 구하려는 정신적인 보상만을 희망하기 때문이다. 그렇기 때문에 그들의 생활은 당연히 오래 지속될 수 없었다. 끝내 변하지 않는 김명일의 태도에 회의를 느낀 여옥이 북행차를 타고 혼자 떠나버림으로써 둘의 관계는 끝이 나고 말았던 것이다.

김명일을 떠나간 여옥이 찾아간 곳은 옛날의 애인 현혁이 머물고 있는 하얼빈이다. 그러나 현혁은 이미 사상 운동의 선편을 쥐고 있던 과거의 현혁이 아니었다. 그는 신경통과 위경련의 고통을 참기 위해 시작했던 아편에 중독되어 있었던 것이다. 그래서 여옥은 생계를 위해 홀의 댄서로, 카바레의 여급으로 전전하지 않으면 안되었는데, 그럼에도 그녀가 현혁을 쉽게 뿌리치지 못한 것은 부분적으로나마 현혁이 그녀의 존재를 인정해 주었기 때문이다.

---

20) 「심문」, p.148.
21) 나병철, 『근대성과 근대 문학』, 문예출판사, 1995, p.334.

「미안하다. 내가 죽일 놈이다. 그러나 지금 나는 너 없이는 살 수 없는 위인이 아니냐.」 하면서, 그대로 두면 여옥이는 언제든지, 혹시 내일이나 모레라도 현을 버리고 달아날는지 모르므로, 현은 잠시도 불안하여 견딜 수가 없다는 것이다. 그래서 같은 중독자가 되어 현이 죽는 날까지 자기를 버리지 말아 달라고 울며 애걸하였다는 것이다.

그 때 그러한 현의 말이, 여옥이 없이는 못 살이만큼 여옥이를 사랑한다는 뜻인지, 여옥이가 벌어 먹이지 않으면 못 산다는 말인지 분명히 알 수는 없으면서도ㅡ, 어느 편이건, 여옥이는 그저 현이 애처럽고 불쌍하게만 생각되었다는 것이다.

「웃지 마서요. 여자란 아마, 저 없이는 못 산다면, 몸에 휘둘린 상사구렁이도 미워는 못하나 봐요.」 하고 여옥이는 얼굴을 붉히며 웃었다.

그래서 그 때부터 여옥이는 현이 권하는 대로 무서운 중독자가 되어 가면서도, 한 남자의ㅡ더욱이 첫 정을 바쳤던ㅡ사람의 마음을 아직도 완전히 붙잡고 있다는 여자의 자존심이랄까?ㅡ로 만족하게 지낼 수가 있었다고 한다.[22]

이를 통해서 보면, 여옥은 결국 현혁을 통해서 자신의 욕망을 회복할 수 있었던 것으로 볼 수 있다. 물을 것도 없이 이 때의 욕망이란 상대방으로부터 인정받고 싶은 욕망이며, 그것은 현혁이 지닌 사랑의 마음을 여전히 그녀 자신이 완전히 붙잡고 싶다는 것으로 표출된다. 또한 그 욕망은 겉으로 보기에는 현혁이 그녀를 열렬히 원함으로써 충족되는 것처럼 보이기도 한다. 이처럼 욕망을 충족시켜 가는 여옥의 모습은 마치 여옥이 옛날의 혁혁하고 유명하던 자신의 패기와 극복력에 이끌려 되돌아 왔다는 환상, 즉 상상계적 동일시에 빠져 있던 현혁의 처지를 떠올리게 한다. 그러나 이러한 그녀의 욕망 충족은 타자와의 관계 속에서 형성된 것이라기보다 모르핀 연기에 의존한 측면이 더욱 강하다. 말하자면 그녀 역시 현혁과 마찬가지로 마약에 중독된 채 환각적인 자기 만족에 빠져 점차 정신과 육체가 파괴되는, 헤어날 수 없는 수렁에 빠져들고 말았던 것이다.

---

22) 「심문」, p.187.

4. 자굴감을 통한 주체의 부정과 고독한 주체의 자기 파멸

마약에 중독된 현혁과 여옥, 두 사람이 인간적인 욕망의 구조 속으로 재편입하는 결정적 계기로 작용하는 것은 김명일의 하얼빈행이다. 물론 김명일에게 있어 하얼빈행이 절대적 타자로서의 아내와 그 대상물인 여옥의 떠남으로 인해 무기력증에 빠져 있던 자신을 되살리려는 필사적인 탈출이었음은 위에서 살펴본 바와 같다. 그런데 이와 같은 김명일의 행동은 그것이 우연한 것이었다 할지라도, 현혁의 말처럼 "우선 여옥이의 마음을 흔들어 놓고, 내가 애써 잊어버리려던 내 자존심과 반성력을 일부러 일으켜 세워 가지고 때리고 휘둘러서"[23] 상상계적 자기 동일시에 빠져 있던 두 사람에게 그 세계로부터 탈출하는 결정적 계기를 마련해 주었던 것이다.

먼저 현혁은 그 때까지 일종의 '자기 도취의 심정'[24]으로 상상계 속에서 자신의 욕구를 만족시키고 있었는데, 김명일이 등장함으로써 그 도취에서 깨어나게 된다. 즉, 그 때까지도 그는 여옥에 대한 진정한 사랑의 욕망[25]을 가지지 못한 채 그녀가 자신의 과거 모습에 이끌려 왔다는 자부심에 흘려 있었지만, 김명일이라는 타자의 등장으로 인하여 자기 내면 속에 자리잡은 사랑의 욕망을 되살리게 되었던 것이다. 그 과정을 자세히 고찰해 보면, 다음과 같이 설명할 수 있을 것으로 생각된다. 우선 김명일의 출현은 자신만이 여옥의 마음을 전적으로 사로잡고 있다고 생각한 현혁에게 있어 일종의 충격이었다. 그리하여 그는 "지금 와서 김선생이 아무리 금력으로 유혹한댔자, 사내다운 매력이 없는 김선생을 따라갈 여옥이가 아닙니다"[26]라고 말하면서 어쩌면 김명일에게 여옥을 빼앗길지도 모른다는 생각까지 가지게 된다. 이후 현혁은 모르핀 연기 속의 상상계적 자기 동일시로부터 이탈하여 김명일에 비하여 자신이 보다 더 많이 여옥의 사랑의 받고 싶다는 생각을 하기에 이른다. 이 생각은 결과적으로 그를 사랑이라

---

23) 「심문」, p.196.

24) 김민정, 「1930년대 후반기 모더니즘 소설 연구」, 앞의 논문, 1994, p.26.

25) 사랑의 욕망은 완전한 충족을 갈망하는 점에서(특히 낭만적 사랑의 경우) 엄밀히 말해 라캉의 용어로는 '요구'로 볼 수도 있다. 나병철, 『근대성과 근대 문학』, 앞의 책, p.334.

26) 「심문」, p.175.

는 욕망의 회로 속으로 편입시키게 된다. 말하자면 주체의 욕망은 타자로부터의 인정을 겨냥하게 되는데, 현혁 역시 여옥을 사랑하는 김명일의 욕망을 자신의 것으로 욕망함으로써 김명일과 여옥으로부터 동시에 그녀의 연인으로 인정받기 위해 노력하게 되었던 것이다. 그런데 여기서 주목해야 할 것은 타자로부터 인정받기 위한 현혁의 이러한 행동이 철저한 자기 굴욕적인 행동으로 귀결된다는 점이다.

　　김선생의 의식적 모욕이 아니라고, 우리 앞에 나타난 김선생으로 해서, 이렇게 우리가 받는 모욕감과 고통을 어떻게 합니까? 김선생 때문에 받는 이 모욕감이 김선생의 책임이 아니라면 나는 어떻게 해야 합니까?
　　물론 김선생의 책임이라고만도 할 수 없겠지요. 이런 내 모욕감은 김선생과의 대조로서 비교도 안되는 약자의 모욕감이라고 할 것입니다. 그렇다면, 지금의 내가 다시 강자가 되어 김선생에게서 받은 모욕과 박해를 설욕할 수 있을까요? 지금 김선생은 내게 여옥이를 내놓으라고 내 앞에 뻗치고 앉아 있지 않습니까! 그것이 박해와 모욕이 아니고 무엇입니까? 그렇지만 나는 설욕할 만한 강자가 될 수 없습니다. 영원히 될 수 없습니다.
　　……그래서 나는 피로써 피를 씻는다는 격으로, ―그렇다고 김선생의 모욕을 모욕으로 갚을 수 없는 나는, 내 자신을 내가 철저히 모욕하는 것으로 받은 모욕감을 씻어볼 밖에 없습니다. 그러자면 김선생에게 자진하여 여옥이를 내주는 것입니다.
　　김선생 때문에 마음이 흔들린 여옥이를 그대로 내 옆에 두고 두고 모욕감을 느끼기보다, 내가 자굴해서 물러가는 것이 오히려 내 맘이 편하겠지요. 그렇다고 김선생을 따라가는 여옥이의 행복을 위한다거나, 김선생의 연애를 축복하자는 것도 아닙니다. 오늘 아침까지도 여옥이에게 그런 말을 했습니다. 그러나 내게 그런 인간다운 생각조차 남았을 이가 없지요. 그저 김선생과 겨룰 수 없는 페인의 자굴입니다.
　　……나는 여기 더 있을 필요가 없는 사람입니다. 가겠습니다.[27]

　자진해서 김명일에게 여옥이를 내주는 그의 행위는 여옥에 대한 김명일의 사랑의 욕망에 대한 인정이자 그 욕망을 충족시켜 주는 행위이며, 자기 패배의 선언에 다름 아니다. 말을 바꾸면, 여옥을 둘러싼 경쟁에서 스스로 패배했다고 선언한 뒤, 열쇠를 김명일에게 팔아 넘기고 물러나는 현혁의 행동은 자신의 욕망

---

27) 「심문」, pp.198~199.

을 내어던지고 주인에게 굴복하는 노예의 행동이다. 그렇다면 현혁이 여옥에 대한 김명일의 사랑의 욕망을 충족시켜 주면서 이러한 노예의 길을 선택한 것은 어떤 의미를 지니는가? 그것은 이미 많은 연구자들이 지적한 바 있지만,[28] 이 글에서는 그의 행동을 욕망 회복을 위한 투쟁 과정에서의 고육책의 하나로 보고자 한다. 현혁은 일단 여옥을 사랑하는 김명일의 욕망을 인정하고 자신의 욕망은 포기해 버렸지만, 그럼으로써 타인으로부터 인정받으려는 투쟁을 포기하고 말았지만, 그 대가로 그는 그 때까지 자기의 정체성이라고 믿고 있던 허울을 벗어던질 수 있게 된다. 다시 말해 욕망의 충족은 타자의 부정과 파괴에 의해서만 가능하거니와, 현혁은 지금까지 자신의 주체라고 믿고 있던 어떤 것을 김명일의 욕망을 충족시켜 주기 위해 스스로 부정하고 파괴함으로써 그 자신을 초월할 수 있는 기회를 가지게 된 것이다. 이후 그는 백지와도 같은 상태에서 그 자신의 존재 그 자체, 진정한 자율성, 흔들리지 않는 자유라는 이상의 획득을 위해 노력할 수 있는 위치에 놓이게 되었다.

결국 현혁은 타자로부터 인정받기 위한 투쟁의 과정에서 스스로 노예가 되는 패배의 길을 택함으로써, 곧 자신의 주체성을 파괴함으로써 그 자신이 속한 세계를 변화시킬 가능성을 획득한 것으로 볼 수 있다. 물론 그가 이 가능성을 현실화시키기 위해서는 주어진 현실을 부정하고 새로운 산물을 만들어내는 노동이 필요하다. 그렇지 않을 경우 그는 영원히 자기 정체성을 상실한 채 노예의 상태에 머물 수밖에 없을 것이다.

현혁과 마찬가지로 여옥 역시 김명일의 등장으로 말미암아 환각 속의 자기 만족에서 깨어나게 된다. 그 깨어남은 김명일에 대한 사랑의 욕망이 되살아나는 과정에 상응하는 바, 그 욕망은 현혁을 버리고서라도 마약에 중독된 자신의 몸을 건져 보려는 생각으로 수렴되는 것으로 볼 수 있다. 이 욕망의 충족을 위해 그녀는 자신을 조선으로 데리고 가 줄 유일한 존재인 김명일로부터 인정받기 위한 노력을 경주하게 된다. 그러나 이러한 그녀의 노력은 두 가지의 고통을 동반하게 된다.

첫번째의 고통은 오룡배에서 김명일로부터 벗어난 뒤, 자신이 "여자로서 선

---

28) 특히 최혜실의 논문에서는 엄연한 주체적 행동으로 약자가 타인의 대상화를 막을 수 있는 유리한 방법이라고 평가하고 있다. 최혜실, 「1930년대 한국 모더니즘 소설 연구」, 앞의 논문, p.167.

생에게 업수임을 받은 자존심을, 살리기 위해서만이라도, 현이 내게 의지하는 것이 어떤 심정이건, 그 마음만을"[29] 독차지하려던 노력을 그만두어야 한다는 데서 오는 것이다. 말하자면, 그녀는 현혁의 마음을 자신이 전적으로 사로잡고 있다는 환상에서 깨어나는 아픔을 감수해야 했는데, 이는 상상계적 자기 동일시에서 타자성을 수용하는 상징계로의 진입 과정에 자리잡은 일종의 통과 제의와 같은 것으로도 볼 수 있다. 더구나 현혁이 김명일과의 투쟁 과정에서 여옥 자신에 대한 사랑의 욕망을 포기한 채 노예의 길을 택함으로써 이 고통은 더욱 커진다. 말을 달리하면, 여옥 역시 지금까지 자신의 주체적 욕망이라고 생각했던 바를 버려야 했고, 이것은 곧 자기 부정 내지 파괴의 과정에 다름 아니었던 것이다.

두번째의 고통은 병을 고친 이후에 닥쳐올 상황을 예상함으로써 생겨난다. 마약 중독증에서 벗어나는 일은 한편으로 김명일에게 완전히 의존하는 것을 의미하는데, 이 경우 여옥은 자신의 주체성을 상실하는 상황에 직면하게 된다. 즉, 여옥은 건강한 사람으로 거듭나기 위해서 스스로 자신의 주체성을 부정해야 하는 또 다른 괴로움을 감수해야만 했던 것이다. 이에 덧붙여, 김명일이 적극적으로 여옥을 사랑하는 태도를 보이지 않았기 때문에 여옥의 욕망은 일방적인 욕망에 머물고 만다.

이와 같은 이중의 고통에 직면하여 여옥은 현혁과 김명일 두 사람 중 누구에게도 진정한 사랑의 대상이 되지 못한다. 그리하여 자기의 정체성을 스스로 부정해야 하는 시점에서 여옥은 말할 수 없는 고독감과 공포감을 느끼며, 마침내 주체의 파멸이라는 극단적 선택을 하기에 이른다.

> 혹 선생님이 떠나신 후에나, 또는 지금 멀찌기 떠나서 죽을 곳을 찾을까도 생각하였사오나, 죽음을 지니고 어디를 가거나 시기를 기다리고 있을 만한 힘도 용기도 없었습니다. 그뿐 아니라 너무 외롭고 무서웠습니다. 야속한 생각이오나, 시체나마 생전에 아무런 인연도 없는 손으로 처리된다고 생각하오면, 너무 외롭고 무서웠습니다.
>
> 선생님의 괴로우심을 만 번 생각하면서도 믿고 이렇게 갑니다. 저는 갱생을 꿈꾸기도 하였습니다.

---

29) 「심문」, pp.188~189.

선생님을 따라 본국으로 가겠다 말씀드린 것은 본심이었습니다.

선생님이 「설마…… 현이……?」 하실 때, 저 역시 그런 의문이 있었사옵고, 만일 현이 그런 만일의 태도를 갖는다면 저는 또 현을 따라갈 것이 아닐까 염려되도록 명확한 결심이 없었다면 없었고, 또 그만치 갱생을 동경하였던 것이라고 할 것입니다. 그러나 현은 제가 예상한 태도로 나갔습니다. 그것이 현의 본심이라기보다 병(고칠 수 없는)인 줄 아옵는 고로, 현에게 버림받는 것이 분해서 죽는 것이 아니외다. 그저 외롭습니다. 지금 제가 다시 현을 따라간대도, 이미 저를 사랑하기를 잊은 현은 기회만 있으면 누구에게나 『열쇠』를 팔 것이외다.

그렇다고 저의 지금 병(중독)을 고친댔자 다시 맑아진 새 정신으로 보게 될 세상은 생소하고 광막하기만 하여 저는 더욱 외로울 것만 같습니다. 요사한 말씀이오나 저는 선생님의 진정한 심정을 완전히 붙잡을 수 없음을 슬퍼하면서도 선생님을 잊으려고 노력할 밖에 없었습내다.

그러한 제가 이제 다시 선생님을 따라가 완인이 된댔자, 제 앞에 무슨 희망이 있을 것입니까―. 내내 선생님 기체 만강하시옵소서.30)

라캉에 의하면 서로에게 인정받고 싶어하는 사랑의 요구는 서로의 요구를 완전히 채워주기는 커녕 오히려 주체를 욕망의 회로 속으로 밀어넣기 때문에 주체와 타자 사이의 건전한 관계를 형성하는데,31) 여옥의 경우 자신은 인정받고 싶어하지만 그녀를 인정해 줄 욕망의 대상이 불완전하거나 부재하였기 때문에 죽음으로 나아갈 수밖에 없었던 것이다. 이러한 사실은 죽어 있는 여옥이의 인당을 들여다보면서, "여옥이는 그러한 제 심정을 바칠 곳이 없어 죽었거니! 나는 그러한 여옥이의 심정을 받아들일 수 없었거니!"32) 하고 탄식하는 김명일의 말을 통해서도 증명된다. 이러한 여옥의 경우는 인간이란 타자에 의해 인정을 받음으로써 비로소 진정한 주체로서 거듭날 수 있다는 사실을 다시 한번 확인시켜 주는 좋은 예라고 할 수 있을 것이다.

그렇다면 현혁으로부터 여옥을 물려받은 김명일의 경우는 어떠한가? 욕망을 가진 주체는 욕망의 대상을 파괴하고 변형시키고 동화시키는 부정의 행동을 통해서만 욕망을 만족시켜 나갈 수 있는데,33) 김명일 역시 이러한 규정으로부터

---

30) 「심문」, pp.204~205.
31) 자크 라캉, 권택영 편역, 『욕망 이론』, 앞의 책, p.269.
32) 「심문」, p.206.

결코 예외가 될 수 없었다. 그는 여옥이 완인이 된 후에 "혹시 또 나와!"[34] 사랑을 하게 될지도 모른다고 생각하면서 자신의 욕망이 충족되어감을 느끼지만, 그러한 그의 생각은 착각이었음이 곧 판명된다. 그의 욕망 충족을 위해서는 타자로서의 여옥을 부정해야만 하는데, 여옥은 여전히 아내의 이미지에서 완전히 벗어나지 못한 김명일에 의해 부정되기도 전에 스스로 절망하여 목숨을 끊어 버렸기 때문이다. 김명일이 여옥을 소유했다고 생각하는 순간 여옥을 잃어 버리는 이 대목에서 우리는 욕망의 대상을 소유하는 것이 곧 욕망의 충족을 의미하는 것이 아니라는 점과 욕망은 결코 채워질 수 없다는 점을 새삼스럽게 음미하게 된다.

5. 결 론

김명일과 현혁과 여옥이라는 세 사람의 관계 속에 얽혀진 이 작품의 욕망 구조를 분석한 결과 뚜렷하게 드러나는 것은 어느 한 사람도 건전한 욕망을 가지고 있지 못하다는 점이다. 마르크스주의 이론가로서 활약하다가 강제로 감옥에 수감되면서 상징계로부터 분리되었으며, 출옥 후에도 마약에 중독되어 자신의 과거 이미지에만 매달리고 있는 현혁이 그러하고, 역시 마약에 중독된 채 자신이 현혁의 영원한 첫사랑이라고 믿고 있다가 깨어나면서 죽음을 선택하는 여옥이 그러하다. 두 사람 모두 상징계에서 이탈하여 상상계적 자기 동일시에 빠져 있었던 것이다. 그리고 아내라는 절대적 타자의 소멸로 인해 무기력증에 빠져 있는 김명일의 경우도 건강한 욕망을 가지지 못한 점에서는 그들과 커다란 차이가 없다고 하겠다. 사정이 이러하므로 소설의 결말에서 그들이 비극적 운명의 길을 걷는 것은 어쩌면 당연한 일인지도 모른다.

그렇다면 그들이 이처럼 불구적인 욕망 구조를 가질 수밖에 없었던 근본 원인은 무엇인가. 이 물음에 대한 대답은 이미 많은 연구자들이 당시의 시대 상황과 관련하여 비교적 명쾌한 대답을 내려 놓은 바 있다. 그것을 욕망 이론의 측

---

33) 마단 사럽, 김해수 역, 『알기 쉬운 자끄 라깡』, 앞의 책, p.61.
34) 「심문」, p.201.

면에서 바꾸어 말하면, 근대적 이성의 우편향적 사생아로서의 파시즘이 주체의 건강한 욕망을 억압하였기 때문이라고 할 수 있다. 그리고 이와 같은 논리적 구조에 따를 때 「심문」은 1930년대 후반의 암울한 시대를 살아가던 지식인들의 정신적 상황을 심도있게 그려낸 작품이 된다. 하지만 조금만 깊이 생각해 보면, 「심문」이야말로 근대적 이성에 대한 심각한 비판을 담고 있는 작품임을 금방 알아차릴 수 있다. 근대적 생활 원리의 이율 배반성에 대하여 강한 부정을 표출했던 『단층』파처럼, 최명익 역시 근대적 이성이 지배하고 있는 상징계의 억압 속에서 왜곡되고 파괴된 지식인의 욕망 구조를 적나라하게 드러내고 있기 때문이다. 말하자면, 작가는 건강한 욕망을 획득하려는 주체의 시도가 파시즘으로 대표되는 근대적 이성의 통제하에서 여지없이 패배하고 있음을 보여줌으로써 이성 중심주의에 대한 간접적인 저항을 시도하고 있다고 할 것이다. 이 점에서 마르크스주의를 통해 현실에 대한 깊은 인식과 새로운 사회를 향한 강렬한 욕망을 지녔음에도 불구하고 또 다른 이성 중심주의인 파시즘에 의해 아편 중독에 빠지고 마는 현혁의 존재는 더욱 문제적이다.

새 나라 건설을 위한 노력과 좌절
— 김남천의 『一九四五年 八·一五』

1. 새로운 창작 방법론과 장편 소설의 창작

식민지 시대 말기에 전향 소설 「경영」과 「맥」 연작을 통해 현실에 대한 유예 의식을 보였던 김남천은 해방 공간에서 작품 활동보다 조직 활동에 치중하였다. 그리하여 그는 남로당의 외곽 단체였던 조선문학가동맹의 제2대 서기장으로 있으면서 해주 제일인쇄소 중심의 남로당 문학과는 구별되는 서울 중심의 조선문학가동맹을 이끌어간다. 10월 인민 항쟁을 겪으면서 레닌의 「당조직과 당문학」을 해제하고, 나아가 「대중 투쟁과 창조적 실천의 문제」를 집필함으로써 지킹엔 논쟁을 통해 혁명과 비극의 관계를 천착한 것도 지도자로서의 활동에 해당하는 것이다.[1] 임화와 더불어 민족문학 건설을 위한 논의의 중심에 자리잡았던 그는 특히 조선문학가동맹의 공식적인 창작 방법론인 진보적 리얼리즘론을 체계화함으로써 이론적인 선도성을 보여주기도 한다.

한편 이와 같은 조직 활동 및 이론적 작업에는 그 열성이 미치지 못하지만, 김남천은 해방 공간에서도 여전히 창작 활동을 계속한다. 해방 공간 최초의 신문 연재 소설인 「一九四五年 八·一五」[2]를 비롯하여 『대하』의 속편인 「동맥(動

---

1) 해방 이후의 김남천의 변신과 활동한 자세한 연구는 김윤식, 『해방공간의 문학사론』, 서울대 출판부, 1989 참조
2) 『자유신문』, 1945. 10. 15~1946. 6. 28.

脈)」,3) 희곡「삼일운동」,4) 단편「원뢰(遠雷)」5) 등이 이 시기의 대표적 작품이다. 이 중 첫번째 작품은 그가 주장한 새로운 창작 방법과 어느 정도 관련이 있는 작품이다. 이들 작품의 창작과 관련하여 한 가지 주목되는 점은 비록 두 편 모두 연재 도중 중단되고 말았지만, 장편 창작을 시도했다는 점이다. 흔히 해방 공간의 문학을 연구하는 사람들은 당시의 상황을 객관적으로 바라볼 수 있는 시간적 거리의 부재로 인해 장편이 창작되지 못했을 것이라고 미리 판단한 나머지, 현실의 단면만을 보여주는 단편을 대상으로 연구를 수행해 온 것이 사실이다. 이런 사실에 비추어 볼 때 두 편의 장편 집필을 시도한 김남천의 노력은 연구자들에게 충격을 주기에 충분하다고 하겠다 이 글은 이와 같이 지금까지 소홀하게 취급되어 온 해방 공간의 두 장편 가운데 개화기를 소재로 삼은「동맥」이 아니라 당시의 현실을 시간적 여유도 거의 갖지 않은 채 작품으로 형상화한「一九四五年 八·一五」를 연구의 대상으로 한다.6) 이 작품은 앞서 잠깐 언급한 바와 같이 조선문학가동맹의 핵심적인 지도자로서 작가 자신이 주장한 진보적 리얼리즘론과 일정한 관련을 맺고 있다. 이러한 관련성은, 작품의 집필 시기와 진보적 리얼리즘론의 이론적 성숙 과정이 거의 일치하며 작품의 내용에서도 창작 방법의 영향을 강하게 느낄 수 있다는 점으로도 뒷받침된다. 그러므로 이 작품의 성과와 한계가 새로운 창작 방법의 성과 및 한계와 밀접한 관련을 가지게 되는 것은 당연한 논리적 귀결일 것이다. 이에 작품 분석에 앞서 조선문학가동

---

3)『신문예』 2·3호(1947. 7·10),『신조선』 1·2·4·5호(1947. 2~6)에 연재되었으나, 잡지의 폐간으로 완결되지 못한 채 발표가 중단된다.

4)『신천지』, 1946. 3~5.

5)『인민평론』, 1946. 7.

6) 이 작품에 대한 기존의 연구 가운데 대표적인 것으로는 이덕화,「김남천 연구」, 연세대학교 박사학위 논문, 1991 ; 신형기,「역사의 방향」,『해방기 소설 연구』, 태학사, 1992 ; 김한식,「김남천의 <1945년 8·15> 연구,『현대소설연구』 15, 2001이 있다. 이 가운데 이덕화의 논문에서는 이 작품이 다양한 계층적 특성을 통해 노동자 계급의 참신하고 근면한 인간상을 제시하고 있지만, 김남천의 소시민성과 조선 민족에 대한 열등의식으로 인해 근본적 한계를 보여 준다고 평가한다. 그에 의하면, 김남천은 서양의 자본주의 발달사를 조선의 전형으로 생각하는 근대론자이기 때문에 조선을 아시아적 정체성에 의해 깨어나지 못한 미개한 나라로 인식한다. 그럼으로써 작가는 자신이 몸담고 있는 식민지적 현실과 또 해방이 된 현실조차 부정하고 관념적 유토피아로 흐르게 된다는 것이다. 그러나 이러한 평가는 김남천에 대한 연구자 자신의 주관적인 판단에 의거하고 있으므로 작품 평가로서 객관성이 부족한 것으로 생각된다.

맹의 민족문학론과 창작 방법론으로서 진보적 리얼리즘론의 내용에 대한 고찰이 요구된다고 하겠다.

2. 민주주의 민족문학론과 진보적 리얼리즘론

해방 직후 단체의 조직 과정에서부터 싹트기 시작하여 점차 커져 간 조선문학건설본부와 조선프롤레타리아문학동맹 사이의 대립은 당의 명령으로 해소되고 두 단체는 조선문학가동맹으로 합친다. 하지만 프롤레타리아 문화의 건설을 주장했던 조선프롤레타리아예술동맹의 맹원 중 상당수는 월북을 단행하기에 이른다. 결국 조선문학건설본부의 중심 인물인 임화, 김남천, 이원조, 이태준 등이 중심이 되어 전국문학자대회는 개최되고, 조선문학가동맹의 문학 이념으로서 민족문학론이나 창작 방법론 등도 이들을 통해서 구체적으로 드러날 수밖에 없었다. 인민성을 바탕으로 한 조선문학가동맹의 민족문학론이 가진 기본적 성격은 1946년 2월 8일과 9일 양일간의 조선문학자대회에 즈음에 발표된 「조선민족문화건설의 노선(잠정안)」과 그 대회에서 채택된 「제1회 전국문학자대회 결정서」[7]를 통해 파악할 수 있다. 이들 문건은 문학 이념, 창작 방법론, 대중화론 등을 포괄적으로 다루고 있지만, 여기서는 앞의 두 측면을 중심으로 살펴보기로 한다. 먼저 노선의 내용 가운데 중요한 몇 가지를 들면 다음과 같다.

3. 문화운동의 기본임무가 조선의 **부르주아 민주주의 혁명 수행**을 위한 광범한 투쟁의 일익임을 인식하고 먼저 우리 문화 가운데 남아 있는 일본제국주의적 문화 잔재와 봉건주의적 유물의 청산 등 구문화의 질곡으로부터의 해방을 위하여 투쟁하여야 한다. 이것과의 투쟁 없이는 민주주의적 민족 문화의 건설은 불가능한 것이요, 민주주의적 민족 문화의 건설 없이는 또한 조선에 있어 앞으로의 더욱 높은 정도의 문화 건설은 곤란한 것이다. (후략)

4. (전략) 새로이 건설될 문화는 이로부터 건설될 신정치와 신경제의 관념 형태상에 반영되므로 그것의 본질을 규정한 현정세와 우리의 임무를 이론과 실천

---

7) 조선문학가동맹의 기관지인 『문학』 창간호, 1946. 7에 게재된다.

의 전 기준으로 삼아야 한다. 그 결정이 지시하는 바와 같이 우리의 혁명 단계
는 프롤레타리아 단계가 아니라 민주주의 혁명 단계에 처해 있다. 따라서 건설
될 신문화는 사회주의 혹은 프롤레타리아적 문화가 아니라 반제국주의적, 반봉
건적인 민주주의적 민족 문화요, 무산 계급의 반자본주의적 문화가 아니다.(후략)

6. 우리의 민족 문화는 민족의 해방과 국가의 완전 독립, 토지 문제의 평민적 해
   결의 기초 위에서 통일된 민주주의적 민족문화이어야 한다.(중략) 전 민족의
   90%를 점한 근로 대중 가운데 또한 신문화는 뿌리를 박아야 한다. 민주주의
   문화인 동시에 인민의 문화로서의 민족 문화, 이것이 우리 민족 문화의 당연
   한 성격이 되어야 한다. 그러기 위하여 문화 운동자는 민족 통일전선의 수립
   을 위하여, 인민 공화국의 육성을 위하여, 민주주의적 과도 정권의 전취를 위
   하여 또는 연구, 출판, 상연, 상영의 자유, 학원 자치의 옹호를 위한 실천 투
   쟁에 참가하여야 하며, 항상 인민에 접근하고 인민 속에 파묻히고 인민을 잘
   앎으로써 신문화의 진보적 인민적 성격을 형성해 가야 한다.

7. 자기 비판의 문제는 어떤 시기, 어떤 경우를 막론하고 인민적 성실의 최대의
   표현이나 현하의 우리 민족 생활, 그 중에서도 특히 개인의 성실성이 강한 정
   신적 의미를 갖는 문화 분야에 있어 **가장 준엄하고 성실한 자기 비판**이 있어
   야 할 것이다. 적지 않은 작가, 예술가, 학자가 왜적의 강압 밑에 본의 아닌
   언행을 하여 소시민 출신의 투쟁적 취약성을 노정했음을 솔직히 인정하고 자
   기 비판을 하지 않으면 아니된다.(후략)

8. 문화 활동은 특히 인민의 지적.의식적 수준을 살피고 각별한 용의를 하지 않
   으면 안된다. 근로 대중과 일반 대중의 계몽과 교화를 위하여 전 활동 분야에
   있어 수준의 구별과 고하에 대한 배념이 필요하다.(후략)

9. (전략) 예술활동에 있어 기본 방향은 **혁명적 로맨티시즘과 진보적 리얼리즘**
   이 기조가 되지 않으면 아니된다.(후략)

10. (전략) **인민적 민주주의적 진보적 민족문화의 수립**, 이것이 우리 문화전선
    의 당면 과업이 되는 것이다.(이상 강조는 인용자)8)

제1회 전국문학자대회가 끝난 뒤 채택된 결정서 역시 위에서 열거한 노선의
내용을 그대로 수용한다. 그러므로 여기서는 다시 결정서의 항목을 일일이 열거
하는 것은 피하고, 다만 그 내용을 집약적으로 표현한 강령만을 살펴보기로 한

---

8) 조선공산당 중앙위원회, 「조선민족문화건설의 노선(잠정안)」, 『해방일보』, 1946. 2. 9. 이 노선은 조선
   문학건설본부측의 주장이 대폭 받아들여진 것이다.

다. 그것은 '1. 일본 제국주의 잔재의 소탕, 2. 봉건주의 잔재의 소탕, 3. 국수주의의 배격, 4. 진보적 민족문학 건설, 5. 조선 문학의 국제 문학과의 제휴'[9] 등 다섯 가지이다. 위의 노선이 표방하고 있는 여러 가지 사항 가운데 주목되는 것은 조선문학가동맹의 문학 이념으로서 민주주의 민족문학론의 핵심이 인민성과 민중연대성(Volksverbundenheit)이라는 것이다. 당시의 혁명 단계를 반제 반봉건 부르주아 민주주의 혁명 단계로 설정한 8월 테제를 정치 노선으로 채택하였던 조선문학가동맹이 내세운 이러한 성격은 당파성을 전면에 내세운 북한의 문학 이념과 뚜렷이 구분되는 가장 큰 특징이다. 그 밖에도 지식인의 준열하고도 성실한 자기 비판을 강조한 점이라든가 혁명적 로맨티시즘과 진보적 리얼리즘을 예술 활동의 기조로 삼아야 한다는 점 등은 위의 노선에서 주목을 끄는 점들이다.

　이와 함께 한 가지 점검하고 넘어가야 할 것은 제국주의 잔재의 소탕 문제이다. 이때 제국주의는 이미 패전하여 조선에서 물러간 일본 제국주의를 의미한다. 그러므로 제국주의의 잔재란 일본 제국주의의 식민지 지배 체제에 협력했던 친일파들을 가리킨다. 이러한 제국주의관은 당시 친일 반역자를 비호해 준 미군정에 대한 인식이 결여되어 있어, 결국 제국주의 잔재의 소탕을 친일 반역자의 소탕에만 국한시키는 결과를 가져온다. 친일 반역자의 소탕 문제가 미군정과 밀접한 관련을 가진다는 사실에 대한 맹목이야말로 조선문학가동맹뿐만 아니라 남로당의 결정적 한계가 아니었을까. 이런 점에서 조선문학가동맹의 지도자로서 김남천 역시 이런 한계에서 벗어나지 못했음은 두 말할 필요도 없다.

　한편 민주주의 민족문학론이 실제 창작에 적용될 때, 그것은 새로운 창작방법론으로서 진보적 리얼리즘론의 모습을 띠고 나타난다. 앞에서 제시한 노선의 9번에서도 볼 수 있듯 혁명적 로맨티시즘과 진보적 리얼리즘론은 조선문학가동맹이 추구하는 예술 활동의 기조를 이룬다. 이 창작 방법론을 맨 먼저 이론적으로 정립한 사람은 김남천이다. 그는 문학자 대회의 창작 방법에 관한 보고를 통해 이 창작 방법론을 다음과 같이 규정한다. 먼저 진보적 리얼리즘은 진보적 민주주의의 건립을 역사적 임무로 하는 시대의 유물 변증법과 맞물린 리얼리즘이다. 둘째 그것은 유물 변증법을 세계관적 기초로 한다. 마지막으로, 그것은 혁명적 로맨티시즘을 중요한 내적 계기로 삼아야 한다.[10] 이를 통해서 본다면, 진보

---

9) 조선문학가동맹 중앙집행위원회 서기국 편, 『건설기의 조선 문학』, 백양당, 1946, pp.201~202.

적 리얼리즘론은 혁명적 로맨티시즘을 주요한 예술 원리로 갖는 리얼리즘으로 규정할 수 있을 것이다. 그러나 진보적 리얼리즘론은 자칫 주관주의적 일탈로 흐르기 쉬운 한계도 지닌다. 그것은 거대한 꿈과 영웅적인 정신을 문제삼는 혁명적 로맨티시즘을 본질적 계기로 내포하기 때문이다. 혁명적 로맨티시즘은 이미 1930년대 중반에 임화의 낭만주의론을 통해서 주관적 일탈을 보인 바 있다. 이와 같은 특징을 가진 진보적 리얼리즘론은 김남천 자신에 의해 주창된 것이어서 그의 작품 활동에도 알게 모르게 작용하였다. 여기서는 이 점을 작품 분석 과정에서 하나의 척도로 사용하고자 한다.

3. 영원한 비판자로서 근대적 합리주의자의 운명

해방 이후 처음으로 발표된 장편소설 「一九四五年 八·一五」는 해방된 지 꼭 두달 만에 연재되기 시작한다. 해방을 맞은 젊은이들의 여러 모습을 통해 당시의 현실을 형상화한 이 작품의 주인공은 지식인 출신의 김지원과 박문경이다. 이들 외에 자본가 이신국의 주위에 있는 김광호, 이경희, 이경철, 박무경과 노동자의 편에 서있는 황성묵, 이정현 등의 젊은이들이 주요인물로 등장한다. 이들을 중심으로 한 작품의 인물군은 크게 세 가지 부류로 나눌 수 있다. 첫번째 부류는 근대적 교육을 받아 어느 정도의 지성과 이성적 측면을 갖추고 있지만, 현실적으로는 자본가측의 세력권에 속하는 인물들이다. 그 대표적인 존재가 일본 유학생 출신이면서 토목 기사 출신으로 대흥 산업의 사장이 된, 재벌 총수 이신국의 사위 김광호이다. 김광호와 더불어 그의 처 이경희, 이경희의 오빠 이경철도 크게 보아 이 부류에 속하는 인물로 볼 수 있다. 두번째 부류는 일찍이 노동자 계급의 세계관을 학습하고 그들을 위해서 투쟁하는 인물들이다. 이 부류로는 식민지 시대에 공산주의 사건으로 체포, 김지원의 옆방에서 복역한 바 있으며, 해방 후에는 영등포의 공장 노동자들을 지도하는 노동 운동가 황성묵을 꼽을 수 있다. 또한 감옥에서 지원을 지도해 준 장사우, 최학진 등도 여기에 속하는

---

10) 김남천, 「새로운 창작 방법에 대하여」, 『건설기의 조선 문학』, 위의 책, pp.201~202.

인물들이다. 세번째 부류는 작가가 가장 관심을 기울인 인물군인데, 이들은 해
방 공간을 맞은 지식인 청년들의 고민과 변모 과정을 전형적으로 보여준다. 주
인공 김지원과 박문경이 그들이다. 지식인으로 나아가는 이들의 모습에서 작가
는 해방 공간의 특징들을 포착하고자 한다.

위에서 살펴본 세 가지의 인물 유형 가운데 첫번째 부류는 김남천이 해방 전
에 이미 형상화한 바 있다.[11] 그들은 식민지 시대 말기에 사회에 진출하게 되는
데, 이 시기는 사회 운동은 이미 불가능하고 현실에 적응하는 것만이 가능했던
시기이다. 그래서 이 부류의 인물들은 당시의 사회를 개인적으로만 비판했을 뿐
대체적으로 긍정하게 된다. 이런 성향은 개인적인 비판 의식만을 소유한 소시민
출신의 지식인들이 식민지 시대 말기에 취했던 일반적인 것으로 볼 수 있다. 작
가는 이들이 해방을 맞이하면서 어떻게 변신해 가는지를 먼저 주목한다. 그것은
김광호의 경우에서 전형적으로 찾아볼 수 있다.

대흥 산업을 이끄는 이신국은 일본 제국주의의 전쟁 수행에 적극 호응하여
군수 산업 중심으로 사업 업종을 전환하였다. 그러다가 해방을 맞이하여 노동자
계급의 각성과 파업으로 인해 위기에 부딪히게 된다. 그 위기란 노동자들에 의
한 공장의 접수 요구이다. 노동자의 공장 접수는 해방 공간에서 흔히 있었던 일
이다. 그러나 자본가인 이신국이 결코 공장을 내줄 리가 없다. 그는 최진성 등의
친일파이자 부유한 인물들과 함께 자신들의 재산을 지키기 위해 인민공화국을
반대하는 정당으로 대한공화당을 결성한다. 하지만 당시의 고조된 혁명적 열기
는 친일파의 득세를 용납하지 않는다. 그 결과 이신국은 정당에서도 손을 떼고
공장 일과 관련하여서도 일선에서 물러나지 않을 수 없게 된다. 이 때 이신국이
공장 일을 떠맡을 자신의 대리인으로 내세우는 사람이 바로 김광호이다. 이렇게
해서 『사랑의 수족관』에서 사회주의자를 형으로 가졌던 냉철한 이성의 소유자
김광호는 점차 대흥 재벌의 일에 깊이 관여하게 된다. 그는 합리주의자이기에
공장을 처리하는 문제에 대한 이신국의 처사가 부당하다는 것을 인식한다. 그리
하여 그는 장인 이신국에게 성실히 자기 비판을 하고 일체의 재산을 사회에 환

---

11) 「사랑의 수족관」(『조선일보』, 1939. 8. 1~1940. 3. 3)의 주인공인 김광호와 이경희가 이 유형에 속한
다. 자본가의 편에 들지는 않지만 「경영」, 「맥」 연작의 이관형, 오시형 등도 이 부류에 포함시킬 수
있다.

원하도록 권고하고, 나아가 이신국의 정당 조직을 만류하기도 한다. 이런 점은 근대적 합리주의자로서 김광호가 지닌 최소한의 양심적 면모라고 할 수 있다.

그러나 그의 이런 면모는 이신국이 가장 골칫거리로 생각하고 있는 영등포 공장의 소요 상태를 전적으로 책임지게 되면서 한계에 봉착한다. 노동자들은 자기들의 고혈을 바쳐 공장이 부유하게 되었으므로 공장을 자기들이 직접 관리해야 한다고 주장한다. 김광호 자신의 개인적인 판단으로는 이러한 노동자들의 주장이 정당한 것으로 들린다. 그래서 그는 회장에게 그것을 건의하지만 돈이면 모든 것을 이룰 수 있다고 생각하는 이신국이 이를 허락할 리가 없었다. 김광호는 다시 노동자들에게 돌아와서 경영주의 처지를 생각하여 조금만 양보하자는 타협책을 내놓는다. 노동자들은 이신국에 비해 어느 정도 합리적인 주장을 펴는 그를 믿고 조금의 양보를 하게 되나, 이 양보안은 다시 이신국에 의해 거부되어 버리는 악순환이 계속된다. 김광호 자신의 생각으로는 서로가 합리적인 선에서 양보를 하여 문제를 해결할 수 있을 것으로 보이는데, 사태는 그의 기대와는 정반대로 전개되고 마는 것이다. 이렇게 되자 노동자들은 경영주보다는 오히려 중간에서 일하는 김광호가 술책을 부리는 것으로 생각하여 그를 자본가의 주구로 몰아세운다. 김광호의 운명은 이제 그의 의도와는 상관없이 자본가들의 생존을 위한 방패막이의 역할에로 귀착될 뿐이다. 이 때 이신국이라는 인물은 단순히 한 사람의 재벌이 아니라 자본 그 자체이다. 자본주의의 매커니즘 속에 깊숙이 자리잡게 되었기 때문에 이제 김광호는 기능적 자본가로서 좋든 싫든 자기의 역할을 담당하지 않을 수 없는 처지에 빠진다. 그는 자본의 대리인일 뿐이어서 이익 추구를 목적으로 하는 자본의 논리를 따를 수밖에 없는 것이다. 이 때 그의 개인적 비판 의식 따위는 대홍 재벌을 벗어나지 않는 한 아무런 의미도 지니지 못하는 것은 말할 필요도 없다.

자본의 대리인으로 전락한 이러한 김광호의 운명은, 식민지 시대 이래의 근대주의자들이 해방이라는 열린 공간을 맞이하여 겪게 되는 한 가지 유형이라고 볼 수 있을 것이다. 김광호가 이와 같은 운명을 걷게 된 것은 그가 해방 전에 취한 자기 행동에 대하여 한 번도 뼈아픈 자기 반성을 하지 않았기 때문이라고 볼 수 있다. 그는 사회에 대한 개인적 비판 의식은 다소 가지고 있었지만, 정작 자기 자신에 대한 비판 의식은 결여하고 있었던 것이다. 자기 반성을 하지 않은 지식인이 자신의 정치적 입장을 마음대로 선택할 수 있는 해방 공간의 한복판에 놓이게 될 때 어떤 행동을 취할 수 있을까. 그는 아마 여전히 해방 전부터 영위해 오던 일상적인 삶에서 벗어날 수 없을 것이다. 김광호 역시 해방 후에도 자본가 아래에서 직업에만 충실히 임한다. 그러나 현실 상황이 전혀 새롭게 변했기 때문에 그의 직업에의 충실은 전혀 다른 의미를 띠게 된다. 식민지 시대에는 토목 기사로서 자본가에 대한 그의 봉사가 식민지 지배 체제에 대한 순응을 의미했다면, 해방 공간에서 그의 직업에의 충실은 이제 새 나라 건설의 방해자가 되는 것을 의미하게 된 것이다. 이로써 그는 단순히 자본가의 이익을 옹호하는 것에서 머무르지 않고, 그 자본가가 건국 사업에서 진보적 세력에 의한 타도 대상이 됨으로써 그 자신도 타도의 대상이 되고 만다. 이와 같은 김광호의 운명은 합리적이고 근대적인 이성의 소유자라 할지라도 사회의 모순에 대한 개인적 비판 의식만 가지고 있을 뿐 철저한 자기 비판을 결여했을 때 자본가의 이익을 옹호하는 꼭두각시가 되고 나아가 정치적으로 반동적인 세력으로 되고 만다는 사실을 말해 주고 있다. 이런 결과를 낳기 때문에 지식인의 자기 비판은 더욱 커다란 의미를 지니게 된다. 작가가 작품의 전편에서 지식인의 자기 비판을 계속 주장하고 있는 이유도 이에서 말미암은 것이다. 이러한 지식인의 자기 비판은 조선문학가동맹이 자신들의 문학 이념으로 삼은 민주주의 민족문학론의 핵심적 요소의 하나이기도 하다.

4. 친일파 군상의 행로에 대한 천착

조선문학가동맹의 강령을 소개하는 자리에서 살펴보았듯이 조선문학가동맹은 일본 제국주의 잔재의 소탕을 맨 앞에 내세우고 있다. 그만큼 조선문학가동맹에서는 친일파의 소탕과 일제 잔재의 청소를 급선무의 하나로 내세웠던 것이다. 조선문학건설본부를 거쳐 조선문학가동맹에 깊이 관여한 김남천인 만큼 그 역시 작품을 창작하면서 이 점을 염두에 두지 않을 수 없었으리라는 것은 쉽게 짐작할 수 있다. 이와 같은 이유로 『一九四五年 八·一五』는 해방 공간에서 친일파가 취했던 행로를 큰 비중을 두어 묘사하였다.

이 작품에 설정된 친일파로는 최진성과 이신국이 대표적이다. 최진성은 원래 민족주의 세력에 가담하고 있었으나 이후 전선에서 탈락한 인물로서 식민지 체제에 영합하여 막대한 부를 축적한 인물이다. 그는 해방이 되자 자신의 옛 동지였던, 박문경의 아버지인 박일산이 임시 정부 요인으로 곧 귀국할 것이라는 점에 착안, 혁명가 가족의 후원이라는 허울 아래 문경의 어머니에게 거액의 돈을 제공한다. 하지만 임시 정부 세력을 등에 업음으로써 자신의 친일 경력을 은폐하려던 이런 행동은 문경 어머니의 거절로 결국 실패하게 된다. 그러나 그는 이에서 멈추지 않고 자본가 이신국 등과 결탁하여 인민공화국을 반대하는 대한공화당을 결성하기도 한다. 최진성에 비해 이신국은 보다 적극적인 친일을 한 자본가이다. 앞서 잠깐 언급한 바와 같이 그는 태평양전쟁 시기에 일본군의 군수 물자를 조달하기 위해 자신의 사업체를 군수 산업 중심으로 개편하였던 경력의 소유자이다. 해방이 되자 친일파로 낙인 찍혀 사회의 지탄을 받자, 그는 발빠르게 최진성과 결합하여 대한공화당을 결성, 임시 정부를 등에 업으려고 시도한다. 이런 그의 행동은 기득권을 유지하려는 친일 자본가들의 발악으로 볼 수 있다. 그래서 그들이 만든 대한공화당도 인민공화국에 반대하면서 자본가의 이익을 옹호하려는 목적 아래 결성되었던 것이다. 그러나 태평양전쟁의 전범이기도 한 그를 향하여 사회의 지탄이 더욱 거세게 일어나자, 결국 정치와 사업 일선에서 물러나게 된다. 일선에서 물러나긴 했지만 그는 여전히 김광호와 이경철이라는 대리인을 통해 자신의 이익을 옹호하기에 몰두한다.

그러면 작가 김남천이 이처럼 건국 사업의 방해 세력으로 자리잡으려 한 친일파들의 행로를 자세하게 묘사한 까닭은 무엇인가. 친일파들이 해방을 맞이해서도 여전히 자신들의 이익만을 옹호하고 추호의 반성도 하지 않았기 때문이다.

> 그러나 정작 미군이 진주하고 보니 모든 문제는 예상 이상으로 호전하였다. 우선 군수 산업에 종사하여 연합군을 치는 데 사용할 무기를 맹글어 낸 자본가나 재벌을 처치하지 안홀 뿐 아니라 일본 사람 밋헤서 살든 조선 사람으로서 어쩔 수 업는 사정이엇스리라는 양해까지 성립될 듯십헛다.
>
> (누군 허구 십허 햇슬라구)
>
> (누군 허구 십지 안허서 안햇나, 헐래두 업서서 못햇슬 뿐이지)

위의 인용은 이신국의 딸 이경희의 독백이다. 친일은 결코 자본가의 의도가 아니었다거나 누구나 친일하고 싶었지만 자본이 없어서 못했다는 이런 변명은 그들이 해방 이후에 조금의 반성이나 뉘우침 없이 식민지 시대 이래의 방식대로 그대로 생활하고 있음을 말해 준다. 이런 점에서 해방 공간에서의 그들의 존재는 일본 제국주의 잔재의 잔존을 의미한다고 할 수 있다. 앞으로 건설될 새 나라에서조차 그들이 존재해서는 안되는 것이기에, 작가는 친일파들의 이러한 행로를 폭로함으로써 그들의 소탕이 필수 불가결한 것임을 말하고자 한 것이다.

이 작품에 나타난 친일파의 형상화 가운데 또 하나 특징적인 것은 미군정에 대한 자본가의 접근 과정에 대한 천착이다. 이는 이신국의 아들과 찰인 이경철과 이경희의 모습을 통해 드러난다. 먼저 이경철은 미국 유학을 다녀온 뒤 미군정에 의해 그 영어 실력을 인정받게 된다. 그리하여 그는 군정청의 관리가 됨으로써 권력층에 가담한다. 이런 그의 행로는 특별한 의미를 가진 것으로 볼 수 있다. 왜냐하면 그는 군정청의 관리이기 이전에 자본가 이신국의 장남이기 때문이다. 아들을 군정청 관리로 두었기 때문에, 식민지 시대 말기 군수 산업으로 일제의 정책에 부응했던 경력으로 사회의 지탄을 받게 된 이신국은 대한공화당을 탈퇴하고 사업 일선에서도 기꺼이 물러날 수 있었다. 일본을 대신하여 조선의 지배자가 된 미군정의 관리가 된 이경철이야말로 궁지에 몰린 친일 자본가 이신국에게는 가장 튼튼한 방패막이였던 것이다.

> (십오 일 직후에 생각던 것보다는 되려 순조롭게 될 상 부르다)
> 경히가 그러케 생각하는 것은 결코 무리가 아니엇다. 미군의 진주한 이래 군정이 펴지고 그의 오빠인 이경철이가 군정 고문관이 되고 도 한편 아버지인 이신국이가 최진성씨와 함께 꾸민 대한공화당도 처음 생각 이상으로 강력한 것이 될 것 가태서 십오 일 흥분 직후에 차자왓던 적지 안흔 공포는 틀림업시 사라질 것 가튼 것이다.
> (역시 아메리카는 자본가의 우인인 것이다)

이는 이경철의 누이 동생이자 김광호의 아내인 이경희의 생각이다. 위의 인용은 자본가 이신국의 집안에 미군정의 고문관인 이경철의 존재가 얼마나 친일 자본가들에게 커다란 의미를 가지는 것인지를 말해 준다. 이경철의 존재로 말미암아 미군정마저도 자본가의 편으로 생각하게 되는 이경희의 생각처럼 실제로 당시 미군정은 자본가들을 옹호하기도 했기 때문이다. 한편 이경희 역시 자본가인 자기 친정 및 자기 가정의 이익을 빼앗기지 않으려고 자기 오빠의 일에 적극 동조한다. 그녀는 한때 사회를 위해 봉사하려는 신념 아래 자선 사업을 한 적도 있었다. 그러나 그의 자선 사업이란 돈 많은 아버지 이신국의 도움으로 시도했던 젊은 시절의 치기어린 사업에 불과한 것이었다. 그녀가 곧 자선 사업을 그만두고 가정에 물러 앉아 버린 것이 그 증거이다. 이후 그녀는 동생 경선의 가정 교사인, 박문경의 남동생 박무경과 불륜의 관계도 맺게 된다. 물론 이 부분에서는 작가가 자본가의 형상을 지나치게 도식적으로 처리했다는 느낌을 가지게 되지만, 어쨌든 그녀는 점차 자본가의 딸로서 자신의 위치를 확고히 한다. 그리하여 재벌 집안을 보전하고 공장을 되살리려는 신념 아래 군정청에 근무하는 오빠의 부름을 받고 한숨에 달려가 서슴없이 미군과 함께 놀아나기도 하는 것이다. 이런 그녀의 행동에서도 역시 미군정과 결탁하려는 자본가의 모습을 쉽게 발견할 수 있거니와, 이 부분을 통해 작가 자신은 비록 미군정이 자본가의 이익을 적극 옹호하고 있다는 사실을 알아차리진 못했지만 자본가들이 미군정에 접근해 가는 과정은 분명하게 폭로하였던 것이다.

이상에서 살펴본 것처럼 작가는 최진성과 이신국으로 대표되는 친일파들의 행로를 형상화함으로써 그들이 여전히 반동 세력으로 자리잡고 있다는 것, 그들이 미군정과 결탁함으로써 기득권을 유지하려고 노력한다는 것을 폭로하였다. 그럼으로써 이들이야말로 새 나라 건설을 위하여 타도하지 않으면 안될 대상임을 간접적으로 드러내고 있다. 바로 이 지점에서 우리는 해방 공간이라는 격동적 시기의 충실한 기록으로서 이 작품의 의의를 인정하지 않을 수 없다.

5. 지식인의 자기 반성과 낭만적 현실 인식

이 작품에서 가장 문제적인 인물 유형은 역시 자기 반성을 단행하고 노동자 계급의 세계관을 획득하려 노력하는 지식인들이다. 이들은 황성묵과 같은 전위적인 노동 운동가나 장사우 등의 공산주의자로부터 노동자 계급의 세계관을 갖도록 지도받는다. 주인공 김지원과 박문경으로 대표되는 이 인물 유형은 작가가 적극 내세운 창작 방법론으로서 진보적 리얼리즘론에 부합되는 인물이기도 하다. 진보적 민주주의의 건립을 목표로 하는 이 창작방법론의 특징은 이미 앞에서 살펴본 바 있거니와, 무엇보다도 혁명적 로맨티시즘을 본질적 계기로 포함하고 있다는 점을 주목할 필요가 있다. 왜냐하면 전망을 문제삼는 혁명적 로맨티시즘을 강조하다 보면 현실 반영의 측면이 소홀해질 수 있기 때문이다. 이와 관련하여 먼저 이 작품의 주인공 김지원과 박문경이 보여 주는 해방 공간에서의 변모 과정을 살펴 보면 다음과 같다. 원산 출신의 김지원은 경성대학 의학부를 졸업한 해에 학도지원병 제도에 대한 항의문을 뿌린 혐의로 체포되어 감옥살이를 하였다. 서대문 형무소에서 복역하는 동안 장질부사에 앓았기 때문에 병약한 몸으로 해방을 맞이한 그는 대학 병원에 입원하여 치료를 받는다. 그러나 이와 같은 병약한 육체와는 대조적으로 그의 사상은 전혀 다른 상태에 처해 있었는데, 이미 감옥에서 장사우라는 혁명가로부터 많은 감명을 받고 나온 터였기 때문이다. 건강을 회복한 뒤에 그는 투옥 당시 옆방에 갇혀 있던 황성묵의 소개로 영등포에서 노동 운동에 종사한다. 한편 김지원을 사랑하는 박문경은 해방을 맞아 직장인 동래고녀를 그만두고 상경을 하였다. 김지원의 소식과 상해 임시정부의 요인으로 있는 아버지의 환국 소식을 접한 문경은 이후 마음 속으로 사모하는 김지원으로부터 많은 감명을 받으면서 사회주의 이론을 학습하게 된다. 그리하여 결국 그녀는 서울 동부지역의 노동운동에 가담하기에 이른다.

  이와 같은 두 사람의 변모 과정은 많은 논의점을 던지는데, 먼저 지식인이 노동자 계급 의식을 획득하는 과정을 문제삼을 수 있다. 김지원은 황성묵과 장사우라는 문제적 개인의 도움으로 노동자 계급 의식을 획득하지만, 박문경은 그와는 달리 책을 통한 학습만으로 의식화된다. 그래서 그녀는 현실로 나아갔을 때 곧 장애에 부딪칠 수밖에 없었다. 직공 모임에 나갔다가 실망을 금치 못했던 것이다. 그녀가 실망한 원인은 다음과 같다. 첫째, 여공들의 취미가 저속하고 야단스러운 점. 둘째, 여공들을 위해 일하는 자신을 마치 외국 사람이나 온 듯이 경이원지하는 점. 셋째, 자신이 팔이 떨어져 나갈 만큼 열심히 쓴 뉴스를 그다지 탐탁하게 여기지 않는 점. 넷째, 이야기를 듣는 여공들의 태도가 모두 딴 생각을 하고 있는 것처럼 보이는 점. 다섯째, 여공들이 직공이나 노동자라는 명칭으로 불리는 것을 싫어한다는 점. 이와 같은 여러 가지 이유로 실망한 박문경은 다음처럼 자기 비판을 하게 된다.

모든 것은 내 잘못이다. 내가 노동자 계급, 여직공의 생활과 의식 정도, 그런 것에 대해서 아무런 준비도 없이 소시민적 근성을 그대로 가지고 그들 가운데 나선 것이 잘못이었다. 아, 어떻게 이 어려운 난관을 돌파할 것인가.

지식인의 철저한 자기 비판, 이것은 작가가 지식인의 자기 변모에서 가장 근본적인 것으로 상정한 것이다. 박문경이 노동 현장에 나가서 이처럼 실망하고 반성하는 모습은 이 작품이 이룩한 하나의 성과라고 할 수 있다. 특히 서적을 통한 관념적인 학습이 얼마나 무력한 것인가를 보여 준 점에서 그러하다. 여기서 우리는 작가가 얼마나 진지하게 당시 지식인의 내적 고민을 형상화하기 위해 노력했는지를 알 수 있다. 그러나 한 가지 아쉬운 점은 바로 이러한 자기 반성이 이후 어떻게 전개되었는지를 볼 수 없다는 점이다. 이 자기 반성을 끝으로 작품의 연재가 중단되었기 때문이다.

이 작품의 현실 반영과 관련하여 두번째로 문제삼을 수 있는 것은 동생으로부터 전해 들은 북한의 변화에 대한 김지원의 생각이다. 그는 고향 원산에 있는 자신의 집이 지주의 집이라는 이유로 마을 사람들에 의해 습격당했다는 소식을 듣고, 극심한 식량 사정에도 불구하고 양곡을 혼자 가지고 있었던 자기의 집이 문중의 원망의 목표가 된 것은 당연하다고 말한다. 그러나 이러한 생각보다 더 문제적인 것은 아래의 인용문에 나타난 김지원의 주장이라고 할 수 있다.

이 집에서 떡을 치면 마을 전체가 떡을 먹을 수 잇게 이 집에서 죽박게 못 먹으면 마을 전체가 죽박게 못 먹도록, 마을 전체가 굶주릴 때엔 내 집에서도 건너집에서도 굶주릴 형편일 수박에 없도록 더 아름다워지고 훌륭해지고 진실해질 수 잇게 될 겁니다. 되게 만들어야 합니다.

이런 사고 방식 덕택에 김지원은 고향에서 더 이상 아무 일도 없을 것이며, 삼십팔도 이북은 차츰 잘되어 갈 것이라고 생각한다. 그러면서 그는 평등한 농촌 공동체를 꿈꾸는데, 이와 같은 안일함은 북한에서 일어나고 있는 변화를 근본부터 제대로 이해하지 못한 것이라고 하겠다. 주지하다시피 북한의 변화란 사회주의 건설을 위하여 지주 계급의 토지를 몰수하기 위한 전 단계의 조치였던 것이다. 그 과정에서 많은 지주들이 쫓겨나고, 자기집도 반동으로 몰리게 될지

모르는데, 그는 다만 북한에 붉은 군대가 지주했다는 사실만으로도 모든 것이
잘되어 갈 것이라고 믿고 있다. 여기서 우리가 주목할 것은 작가 김남천의 현실
인식이 지나치게 낙관적이라는 점이다. 이처럼 소박하고 추상적인 현실 인식은
해가 바뀔 때까지 여전히 해방의 감격에서 깨어나지 못한 작가 김남천의 의식
의 반영이 아닐까. 아무도 해방을 예견하지 못했다는 문인 좌담회의 기록에서
추측할 수 있듯이, 당시 남한의 문학자들은 관념적으로만 사회주의를 말하고 책
을 통해서 주로 사회주의를 학습했기 때문에 북한에서 실제로 이루어지고 있는
상황을 이해하지 못했을 가능성이 크다. 그러므로 병실에 누워 몸이 회복되기를
기다리면서 사회주의 서적을 탐독하고, 변화하는 북한을 관념적 유토피아적으
로 생각하는 김지원의 형상은 어떤 점에서 아무런 준비 없이 갑자기 해방을 맞
은 당시 지식인들의 초상화라고 할 수 있을 것이다.

　역시 해방 공간의 상황과 관련하여 이 작품의 현실주의적 성과를 좌우하는
다른 하나의 중요한 요소는 미군정에 대한 인식이다. 앞서 해방을 맞은 자본가
들의 행로를 살펴보는 과정에서 이경철을 매개로 친일 자본가들이 미군정에 접
근해 가는 모습을 언급하였거니와, 그 과정에서 작가가 염두에 둔 것은 미군정
의 자본가에 대한 비호가 아니라 반대로 자본가의 미군정에 대한 접근이다. 이
점은 매우 중요한 의미를 내포하고 있다. 주지하다시피 남로당은 1946년 7월의
신전술을 채택할 때까지 미국을 적으로 규정하지 않았다. 좀더 엄밀히 말하자면
남로당은 신전술 채택 이후에도 즉각 미국을 적으로 삼은 것은 아니었고, 1946
년 10월 인민항쟁을 겪는 도중에 자신들을 진압하는 미군과 마주치면서 비로소
그들을 적으로 인식했다고 할 수 있다. 남로당의 대미관이 이러했다면, 그 외곽
기관으로서 조선문학가동맹의 대미관도 쉽게 추측이 가능하다.

　(가) 친일파로서 연합국을 죽이기 위해서 군수 산업을 경영한 악질 자본가를 미
군정이 옹호하여 우리 노동 계급을 부당하게 압박하는 것에 반대하는 것도 극좌적입
니까

　(나) 그러나 이 점은 잊지 마십시오. 미국군은 일본 제국주의가 아니오 연합국의
군대입니다. 미군정은 총독 정치가 아니오 우리를 해방하러 온 군대의 행정 기관입
니다. 그들과 싸우는 것은 원측적으로 옳치 못합니다. 그들을 혹되게 하는 친일파와

모리배와 군수 산업가와 싸워야 합니다. 미군정은 사실과 내용을 잘 몰으는 외국서
온 손님들이 하는 일입니다. 사정을 이해하도록 계몽하고 성명하고 비판해서 고치도
록 하는 것이 우리의 임무요 또 대접일 것입니다.

인용문 (가)와 (나)는 노동조합전국평의회(전평) 결성을 위한 준비 모임에 다녀
온 대표 황성묵이 영등포 지구의 노동 운동 지도자들을 모아 놓고 회의의 내용
을 보고하는 자리에서 나온 발언이다. (가)는 보고하는 황성묵에 대해 피복 공장
의 오르그 하나가 그에게 던진 질문이며, (나)는 그 질문에 대한 황성묵의 대답
이다. 질문의 내용은 당시의 조선이 처한 현실의 가장 핵심적인 문제를 건드리
고 있다. 자신들과 전쟁을 벌인 일본 제국주의의 하수인이며, 더구나 자신들을
살상한 무기까지 만든 친일파에 대해 미군정이 옹호하는 것을 노동자들은 그냥
두고 볼 수 없었던 것이다. 이에 그들은 즉각 미군정에 대해서도 항쟁했던 것이
다. 그러나 (나)에서 보듯 지도자인 황성묵이나 노동 운동 지도부의 의견은 그와
달랐다. 잘못이 있는 것은 미군정이 아니라 그 앞에서 그들을 혹하게 하는 친일
파 모리배라는 것이다. 이와 같이 미군정과 미군정에 근무하는 한국인을 완전히
구분하여 전자는 동지로, 후자는 적으로 규정하는 이런 사고는 당시 남로당의
대미관이기도 하다. 제2차 세계대전을 파시즘 대 자유주의의 싸움으로 이해하였
기 때문에 파시즘 세력을 무찌른 미군을 당연히 협력 세력으로 생각했던 것이
다. 이런 남로당의 오류는 우리 힘으로 독립을 쟁취하지 못했기 때문에 가질 수
밖에 없는 당연한 논리적 귀결인지도 모른다. 그러나 조선문학가동맹이 아무리
남로당의 외곽 단체라 하더라도, 또 1946년 11월에 그 단체의 서기장 자리에 올
랐다고 하더라도 김남천은 엄연한 작가이다. 상상력을 무기로 하는 작가라면 당
의 결정을 한 번쯤 의심해 봐야 하지 않았을까. 사정이 그렇지 못했기에 우리는
김남천이 당대의 상황을 지나치게 염두에 둔 나머지 소설 본연의 창조적인 면
을 망각한 채 오히려 르포르타주적 측면으로 경도한 것은 아닌가 하는 생각마
저 가지게 된다. 어쨌든 이처럼 잘못된 대미 인식은 결과적으로 남로당의 몰락
뿐 아니라 조선문학가동맹의 몰락까지도 초래하였다. 그만큼 해방 공간의 새 나
라 건설 과정에서 친일파와 일제 잔재의 청산보다 더욱 결정적인 요소로 작용
했던 것은 미군정이었던 것이다. 결국 이상의 논의를 정리해 보면, 미국에 대한
지나치게 낙관적인 인식이 미군정의 성격을 제대로 파악하지 못하게 만들었고

그리하여 이 작품의 현실 인식은 많은 한계를 가지게 되었다고 하겠다.

지식인에 의한 노동자 계급 의식의 간접적 획득 과정이나 북한 현실에 대한 낙관적이고 추상적인 이해, 미군정에 대한 표층적 인식 이외에도 이 작품에 드러난 작가 의식과 관련하여 다음과 같은 문제점들이 지적될 수 있다. 그것은 다름이 아니라 노동자를 중심으로 한 인민에 대한 지나친 신뢰와 박문경과 김지원, 이경희와 박무경에게서 드러나는 여성들의 봉건적인 의식 등이다. 전자는 조선문학가동맹의 민족문학론이 인민성을 바탕으로 한 것임을 염두에 둔다면 쉽게 이해될 성질의 것이다. 한편 후자와 관련하여 조선문학가동맹은 봉건주의 잔재의 소탕을 내세운 바 있다. 그럼에도 불구하고 이 작품에는 여성의 남성에 대한 평등한 관계가 보이지 않고 굴종적인 태도가 자주 등장한다. 이는 문학 이념이 아직 작가에게 체화되지 못했기 때문으로 보인다.

6. 낙관적 현실 인식과 비극적 현실 상황

지금까지 살펴본 바를 정리하면, 무엇보다도 이 작품은 조선문학가동맹의 문학 이념인 민주주의 민족문학론과 창작방법론인 진보적 리얼리즘론에 입각하여 씌어졌다고 할 수 있다. 다음으로 이 작품은 개인주의로 무장한 근대적 합리주의자가 자기 반성을 결여할 때 새 나라 건설의 방해꾼으로 전락할 수 있다는 사실과 함께 해방 공간에서의 자본가들의 행태를 드러내는 데 성공하였다. 뿐만 아니라 지식인이 자기 반성을 거쳐 노동자 계급의 세계관을 획득하는 과정을 심도있게 묘사하기도 하였다. 하지만 그 과정에서 드러난 작가의 현실 인식은 많은 한계를 내포한 것이었다.

한편 이 작품에 나타난 가장 큰 특징을 지적하라면, 지식인의 자기 비판과 낙관적 현실 인식을 들어야 할 것이다. 작품을 읽는 과정에서 자기 비판만 하면 모든 것이 올바른 방향으로 나아갈 수 있다는 작가의 소박하고 긍정적인 신념이랄까 믿음 같은 것을 발견할 수 있기 때문이다. 하지만 이것이 해방이 가져다 준 감격 때문인지 아니면 당시 지식인들이 공통적으로 가졌던 낙관적 현실 인식 때문인지는 정확하게 말하기 어려운 측면이 있다. 어찌되었건, 이 작품은

1946년 6월 28일을 끝으로 더 이상 계속 연재되지 못하고 말았다. 이 시기에는 정판사 사건과 관련하여 공산당 간부에 대한 미군정의 체포령이 내려지고 그에 따라 신전술이 채택되면서 미군정에 대한 남로당의 시각이 서서히 바뀌게 된다. 그리하여 1946년 말에 이르면 미국을 진보적 민주주의 국가요 동지로서가 아니라 새 나라 건설을 방해하는 적으로 규정하는 단계에 도달한다. 물론 김남천도 신전술 채택과 더불어 작가로서가 아니라 조선문학가동맹이 구상한 문화 서클 운동에 직접 나서야 하는 상황에 처하게 된다. 그리하여 그는 8월에 조직한 문학 대중화위원회의 위원으로서 문화 공작을 꾸려 나가야 하는 책임을 맡았고, 이어 11월에는 임화, 이원조 등이 월북한 상태에서 진보적 문학 운동의 최후의 보루였던 조선문학가동맹의 서기장이 되어 조직을 힘겹게 이끌어가야만 했다. 이런 그가 매일 매일 일정한 양의 원고를 써야 하는 신문 연재 소설을 계속한다는 것은 불가능했을 것이다.

이와 같은 객관적 정세의 악화, 조직 사업에 대한 전념은 작품 자체의 논리적 흐름에도 커다란 장애 요소로 작용하게 된다. 급박하게 변하는 현실을 시간적 여유도 없이 묘사하던 연재 상황에서 현실 상황의 근본적 변화는 작품의 일관성을 해칠 수밖에 없었던 것이다. 그리하여 작품의 전편에 깔려 있는 낭만적 현실 인식은 더 이상 지속이 불가능한 상태에 도달하였다. 다시 말해 미군정과 정면으로 대립해야 하는 위기 상황과 토지 개혁을 비롯한 사회주의적 제 개혁을 이미 달성한 북한의 소식 등은 낙관적이고 추상적인 현실 인식을 허락하지 않았던 것이다. 남북한은 엄연히 다른 현실적 기반을 가지고 있어서 남한이 북한처럼 사회주의로 나아가기 위해서는 방해 세력인 미국을 물리쳐야 한다는 사실을 깨닫고도 그것을 외면한 채 계속 낭만적 현실 인식을 드러내는 일은 있을 수 없는 일, 이로써 작품의 중단은 필연적이었던 셈이다.

그렇다면 왜 이런 상황에 이르기 전에, 즉 신전술 내지 10월 인민항쟁 이전에 현실을 구체적으로 파악하지 못했던가. 이 물음은 작가 김남천에게만 던져질 것이 아니라, 박헌영을 중심으로 한 남로당과 그 외곽 단체 조선문학가동맹의 모든 맹원들에게 던져져야 할 질문이다. 이들의 불완전한 현실 인식은 이상과 현실을 엄밀하게 구분하지 못한 데서 비롯된다고 할 수 있다. 마르크스와 엥겔스는 『독일 이데올로기』에서 "우리에게서 공산주의는 만들어야 하는 상태가 아니며 현실이 그리고 지향하여야 할 이상도 아니다. 우리는 공산주의를 지금의 상태를 지양하는 현실적 운동이라 부른다.”고 적었다. 파쇼를 몰아낸 미국에 대한 무비판적 신뢰, 사회주의를 목표로 한 새 나라 건설의 낙관적 구상과 포부, 이런 여러 가지에 들씌워져 당시의 현실 인식은 낭만적인 방향으로 흐르고 만 것이 아닐까. 북한의 경우는 현실적 조건 자체가 달랐기 때문에 고상한 리얼리즘이 다소 낙관적인 면을 지니더라도 큰 문제가 되지 않았다. 소련이라는 지원 세력이 존재하는 현실 자체가 그것을 뒷받침하는 것처럼 보였기 때문에. 그러나 남한에서는 혁명적 로맨티시즘을 강조하기 이전에 과거로부터 새로운 사회 상황으로 변화하는 현실적 운동을 파악하려는 엄격한 리얼리즘이 요구되었는데, 문학자들은 이를 소홀히 하였던 것이다. 새 나라 건설을 위한 현실적 운동의 한복판에는 친일파 등의 타도 대상이 있었고 이들의 배후에는 비호 세력인 미군정이 건재했는데, 그 배후는 보지 못한 채 겉으로 드러난 적만을 보고 싸움을 벌였던 조선문학가동맹의 운명은 예견된 것이었다. 그리하여 남한에서의 사회주의 문학 운동 세력은 더 이상 존재하지 못하고 야산대가 되거나 북으로 올라가야만 하는 운명에 처할 수밖에 없었다. 작품 『一九四五年 八·一五』는 결국 남북한 문학사에서 오랜 동안 잊혀지게 되는 그와 같은 세력의 노력과 한계를 그린 하나의 자화상이라고 할 수 있을 것이다.

전후 세대의 의식과 그 극복

1. 서 론

현재까지도 남과 북이 서로 대치하고 있는 상황으로 인하여, 그리고 동족끼리 서로 죽이고 죽인 죄의식으로 인하여 한국 전쟁은 그것을 겪은 세대든 겪지 않은 세대든 모두에게 하나의 넘어서야 할 과제로 남아 있다. 이런 이유로 한국 전쟁은 문학에 있어서 세대론의 관여 영역으로 가장 뚜렷한 것이 되기도 하였다.[1] 즉 전쟁을 성인이 되어 겪은 구세대 및 전후 세대와 세상을 미처 알아차리기 전에 전쟁을 겪은 유년기 체험 세대, 전쟁을 직접 겪지 못한 미체험 세대의 한국 전쟁에 대한 문학적 인식은 각기 나름의 특징을 드러내었던 것이다. 그러나 그 모든 세대 가운데 전쟁으로 인하여 가장 큰 충격을 받은 세대는 전쟁이 끝난 직후 문학 활동을 시작한 전후 세대일 것이다. 왜냐하면 그들은 전쟁이 폐허 속에서 아무 것도 발견할 수 없었으며, 그리하여 그들은 모든 것을 새로이 시작해야 한다고 믿었기 때문이다.

지금의 시각에서 본다면 그들 역시 우리의 문학 전통에 뿌리박고 활동했음이 뚜렷해지지만, 당시 전후 세대는 자신들을 의지할 데 없는 고아나 화전민과 다름 없는 존재로 생각하고 있었다. 한국 전쟁을 전후하여 문단에 등장한 이들 전

---

1) 김윤식, 「6·25 전쟁 문학」, 『한국현대문학사론』, 한샘, 1988 참조

후 세대의 작가를 열거해 본다면 손창섭, 장용학, 강신재, 오영수, 김성한, 정한숙, 박연희, 유주현, 이호철, 김광식, 하근찬, 박경리, 선우휘, 이범선, 서기원 등을 꼽을 수 있다. 이들은 대개 전쟁이 끝난 후에 창간된 『사상계』나 『문학예술』, 『현대문학』, 『자유문학』 등을 주된 발표지로 하여 활동하였다. 이 글에서는 이들 중 대하 역사 소설 『토지』의 작가로 널리 알려진 박경리의 전후 소설을 연구의 대상으로 삼고자 한다.

『토지』라는 걸출한 작품으로 하여 역사 소설의 작가로 인정되고 있는 박경리는 전쟁을 겪으면서 얻은 경험을 형상화함으로써 작품 활동을 시작하였다. 사실 『김약국의 딸들』을 비롯한 몇 편의 작품만 제외하면 초기 작품들은 거의 예외 없이 전쟁과 깊이 관련되어 있다. 그만큼 전쟁은 그의 문학 세계에 있어 중요한 부분이었던 셈이다. 한편 그는 작품의 영역을 개인에서 가족, 사회, 민족으로 확장해 간 보기 드문 특징도 지니고 있다. 그 결과 박경리는, 단지 작가 개인의 사소한 감정에 머무는 '여류 작가'이기보다는 '작가'에 속한다는 평가를 받기도 한다.[2] 이런 점에서 본다면 『토지』와 같은 대작도 우연히 나온 작품은 아닌 것이다. 여기에서는 주로 전후 소설을 살펴 보면서 그것이 달성한 문학적 형상화의 수준을 가늠해 보고자 한다. 아직도 여전히 과제로 남아 있는 전쟁의 총체적 형상화 작업과 전쟁 자체의 의미 파악을 염두에 둔다면, 전후 세대의 한 사람으로서 그의 작품에 대한 연구는 많은 시사점을 던져 줄 수 있을 것이다. 그 자신 전후 세대에 속하면서도 그 한계를 극복하려는 노력을 계속했던 사람이 바로 박경리이기 때문이다.

2. 전쟁 미망인의 삶과 고통

단편 「계산」[3]으로 작품 활동을 시작한 박경리는 전쟁의 상채기가 그대로 드러나는 「불신시대」[4], 「흑흑백백」[5], 「암흑시대」[6], 「영주와 고양이」[7] 등의 작품을

---

2) 정명환, 「폐쇄된 사회와 문학」, 『한국 작가와 지성』, 문학과 지성사, 1978, pp.203~204.
3) 『현대문학』 8, 1955. 8.
4) 『현대문학』 32, 1957. 8.

계속해서 발표한다. 작가 자신의 체험적 요소를 다분히 지니고 있는 이 작품들은 몇 가지의 공통된 특징을 보여 주고 있어 주목된다. 그것을 구체적으로 살펴 보면, 먼저 주인공들이 전쟁 중에 남편들을 잃은 미망인이라는 점이다. 「불신시대」의 진영을 비롯, 「흑흑백백」의 혜숙, 「암흑시대」의 순영, 「영주와 고양이」의 민혜는 한결같이 홀어머니와 자식을 거느리고 삶을 겨우 겨우 유지해 가는 삼십대의 여인네이다. 두번째 특징은 주인공들이 닫혀진 자신의 경험적 세계에서 좀처럼 벗어나지 않는다는 점이다. 이 작품들이 작가의 개인적인 생활 체험과 관련되어 있음은 이미 이야기한 바 있거니와, 그 점은 특히 「영주와 고양이」에서 잘 드러난다. 영주라는 실명(實名)을 사용한 데서 볼 수 있듯이 작가는 자신과 딸이 살아가는 모습을 소설에 그려내었던 것이며, 그만큼 작품은 작가의 경험적 세계와 밀착되어 있었던 것이다. 개인적인 세계를 소재로 한만큼 사회적 관점이 전면에 드러날 수 없었음은 물론이다. 세 번째 특징은 앞의 특징의 원인이기도 한 것인데, 주인공을 둘러싸고 있는 사회가 의지할 데라고는 눈 닦고도 찾아볼 수 없는 '불신' 사회라는 점이다. 다음은 「불신시대」의 일절이다.

> Y병원에서는 주사약의 분량을 속였고 S병원은 엉터리였다. 그리고 H병원에서는 빈 약병을 팔았다. 진영은 간호원이 빈 병을 헤아리고 있을 때 짐작으로 가짜 주사약 생각을 했던 것이다. 그러나 H병원만이 빈 약병을 파는 것은 아니다. 또 그 빈병만 하더라도 반드시 가짜 약병으로 사용된다고 말할 수도 없다. 잉크병으로 물감병으로 혹은 후춧가루병으로 흔히 이용되고 있다. 그렇지만 사실 거리에는 가짜 주사약이 범람하고 있는 것이다. 상인들은 태연히 그런 가짜를 진짜 속의 진짜라고 나팔 불었다. 진영은 그것을 생각하니 인술이라는 권위를 지닌 의사가 그런 상인 따위들 같아서 신뢰감이 사라지는 것이었다.[8]

사람의 생명을 다루는 의사가 이러할진대 다른 사람들은 말할 것도 없이 더 믿을 수 없는 존재들이다. 아주 독실한 천주교의 신자이면서 주인공 진영의 곗돈을 소롯이 긁어먹는 친척 아주머니, 불공보다는 잿밥에 더 관심을 갖는 여자

---

5) 『현대문학』 20, 1956. 8.
6) 『현대문학』 42~43, 1958. 6~7.
7) 『현대문학』 34, 1957. 10.
8) 박경리, 『불신시대』, 지식산업사, 1987, pp.21~22.

중, 사이비 의사 노릇을 하는 건달꾼 등 모두 믿을 수 없는 사람만이 세상에는 살아갈 뿐이다.

사랑하는 자식을 잃어버린 후여서 더욱 절망감에 젖기도 했지만 주인공이 세상의 모든 사람과 물건을 다 적대적으로 여기는 태도는 "남에게서 선의를 찾아 내려다 지친, 남의 선의를 믿다 상처만을 받아오던 사람의 어쩔 수 없는 피해의 강박 관념"9)에서 나온 것으로 볼 수 있다. 그러나 이러한 설명은 주인공 개인에 국한한 것이어서 근본적인 것은 못된다. 이들 주인공이 사회를 불신하게 된 것은 자신의 남편, 즉 자신이 유일하게 의지할 수 있는 존재를 빼앗아 가버린 전쟁에서 그 원인을 찾아야 할 것이다. 전쟁은 주인공에게서 남편만을 빼앗아 간 것만은 아니었다. 자신이 살아남기 위해 상대방의 인격체로서의 존재를 부정하고 나아가 상대방을 죽이기까지 해야 하는 전쟁의 속성은 사람들로 하여금 자기 자신만을 믿게 하고 자기 자신만이 홀로 살아 있다는 의식을 가지도록 만들었던 것이다. 이는 주인공뿐만 아니라 전쟁을 겪은 모든 사람들에게 공통되는 것이라고 할 수 있다. 결국 주인공이 사회를 불신하는 것이나, 사회의 성원 한 사람 한 사람이 자신만을 위해 살아가는 모습은 불신감이 팽배했던 전후의 한국 사회를 단적으로 보여 주는 하나의 거울인 것이다. 1950년대 한국 문학에는 실존주의가 풍미하였고 그 실존주의의 철학적 근저에 '인간이란 결국 혼자'라는 명제가 깔려 있었음을 전제로 한다면, 박경리 전후 소설에서 보이는 주인공의 사회에 대한 불신 역시 거기에 연결된다고 할 것이다. 바로 이 점에서 작가는 전후 세대적 보편성에 접근하게 된다. 전후 세대의 보편성이란 무엇인가? 이것은 전후 세대의 대표적인 손창섭에게서 발견할 수 있다. 그의 소설에는 백치, 다리 병신, 무능력자, 간질병 환자 등과 같은 비정상적인 인물들이 등장할 뿐이다. 이들은 인간적인 면모를 거의 갖추지 못하고 있는데, 작가는 이들을 통해 인간에 대한 불신감 내지 '인간 모멸'10)을 드러낸다. 이로 미루어 전후 세대의 보편성이란 전쟁을 겪음으로써 누구에게도 의지할 수 없음을 알아차리고 "혈혈 단신 물려받은 유산도 없이 우리는 우리의 새로운 작업을 개시해야"11) 하는 그런

---

9) 홍사중, 「한정된 현실의 비극—박경리론」, 『현대한국문학전집』 11, 신구문화사, 1968, p.463.
10) 김윤식, 「6·25 전쟁 문학」, 앞의 글, p.89.
11) 이어령, 「우상의 파괴」, 『한국일보』, 1956. 5. 6.

의식으로 정리할 수 있다. 다음의 구절은 이런 보편성에 대해 박경리의 소설이 얼마만큼의 밀접성을 지니고 있는가를 다시 한번 말해 주는 것이다.

> 사진이 말끔히 타버렸다. 노르스름한 연기가 차차 가늘어진다. 진영은 연기가 바람에 날려 없어지는 것을 언제까지나 쳐다보고 있었다.
> '내게는 다만 쓰라린 추억이 남아 있을 뿐이다. 무참히 죽어 버린 추억이 남아 있을 뿐이다!'
> 진영의 깎은 듯 고요한 얼굴 위에 두 줄기 눈물이 흘러내리고 있었다.
> 겨울 하늘은 매몰스럽게도 맑다. 잡목 가지에 얹힌 눈이 바람을 타고 진영이의 외투깃에 날아내리고 있었다.
> '그렇지, 내게는 아직 생명이 남아 있었다. 항거할 수 있는 생명이!'
> 진영은 중얼거리며 잡나무를 휘어잡고 눈 쌓인 언덕을 내려오는 것이다.[12]

주인공 진영은 홀어머니와 아이 하나를 데리고 살다가 아이마저 잃게 된다. 마지막 의지처였던 아이가 죽고 난 후에도 여전히 거기에서 헤어나지 못했던 아이의 잔영을 없애고 새 출발을 하는 과정을 위에서 볼 수 있는데, 이처럼 결국에는 버림받고 배척받은 처지에서 다시 일어서는 모습이 초기 단편의 특징이다.

한편 전후 세대의 보편성에 상당히 접근한 박경리의 초기 단편들이 문제점이 없는 것은 아니다. 가장 쉽게 지적할 수 있는 것으로 주인공의 개인적이고 폐쇄적인 의식이 있다. 초기 작품의 두번째 특징을 언급할 때 이미 지적했듯이 대부분의 작품이 지나치게 주인공 개인의 의식에 집착하는 특징을 보인다. 이들 작품은 전쟁으로 인해 치명적인 상처를 입은 전쟁 미망인의 삶과 고통을 다루고 있지만, 거기에서 한국 전쟁이 지닌 역사적 의미 따위를 찾을 수 없음이 이를 증명한다. 물론 주인공의 삶 내지 의식이 당대의 상황을 잘 대변해 주고는 있지만 사회에 대한 적극적인 의지 역시 찾아보기 힘들다. 그 이유는 전쟁에 대한 작가의 체험의 범주에서 벗어나지 못했기 때문이라고 하겠다. 체험은 작품 형상화의 기초 재료로 작용한다. 그러나 그것만으로는 작품의 예술적 성취가 이룩되지는 않는다. 작품의 예술적 성취에는 현실을 파악할 수 있는 논리적 측면도 필

---

12) 박경리, 『불신시대』, 앞의 책, p.29.

요한 법이다.[13] 이것이 갖추어질 때 작품 속에서 개인적 체험은 편협되고 소극적인 테두리를 벗어나 비로소 사회의 모순을 담을 수 있게 된다. 결국 개인적 체험은 사회의 모순 구조를 자신 속에 포함하고 있을 때 작품의 예술적 성취에 기여하게 되는 것이다. 그러나 대부분의 전후 세대들은 체험적인 사실에 기초하여 당시 사회의 모습을 그려내었으나, 그 사회 구조를 결정지은 전쟁의 의미를 정확히 인식할 수 있는 논리적 측면은 갖추지 못하였다. 마찬가지로 박경리도 자신의 체험을 바탕으로 하여 전쟁 미망인의 고통스런 삶을 작품에서 보여줌으로써 전후 한국 사회의 모습을 그려내지만, 그 근저에 놓인 전쟁의 의미를 제대로 파악할 수 없었다. 이런 점에서 박경리의 전후 소설은 당시 한국 사회를 반영하기 했지만 진정한 거울은 아니었다고 하겠다. 한편 체험적인 것에의 집착은 자칫 사소설로 빠져들 위험을 지닌 것이다. 물론 이후에 씌어진 박경리의 소설들은 사소설은 아니다. 거기에는 개인적인 세계에서 사회적인 관계에로 나아가려는 단초가 보이기 때문이다.

3. 사회적 관계의 회복을 위한 노력

박경리의 관심은 초기 단편을 거쳐 『애가』[14], 『표류도』[15]를 거치는 동안에도 여전히 전쟁에서 떠나지 않는다. 앞의 장편에는 한국 전쟁 때 양공주로 지냈던 전력으로 인해 연인과 헤어져야 하는 여인이 주인공으로 등장하며, 뒤의 장편에서는 한국 전쟁 때 남편을 잃은 미망인이 다방을 경영하며 어렵게 살아간다. 두 작품 가운데 비교적 초기 단편에 나타난 특징들을 지니면서 주제를 보다 깊이 탐구해 들어가는 것은 『표류도』이다. 이 장에서는 이 작품을 중심으로 박경리가 어떤 과정을 통해 체험적 범주의 폐쇄성을 벗어나는지를 살펴보기로 한다.

『표류도』의 주인공 강현회는 정식으로 결혼하지는 않았지만 같은 고학생 처

---

13) 예술 작품에서의 형상성과 예술성의 차이에 대해서는 김윤식, 「이기영론」, 『한국 현대 현실 주의 소설연구』, 문학과지성사, 1990 참조
14) 『민주일보』에 1958년 연재되었다가 1980년에 지식산업사에서 단행본으로 출간되었다.
15) 『현대문학』 50~58, 1959. 2~10.

지로 지내다가 함께 살게 된 남편 찬수를 전쟁 중에 눈 앞에서 잃는다. 전쟁 후에는 홀어머니와 훈아라는 자식을 먹여 살리기 위해 다방을 경영하고 있는데, 그 다방의 손님 중 D신문사의 논설 위원인 이상현을 사랑하고 있다. 그러나 이상현은 이미 결혼하여 아내가 있는 몸이다. 강현회는 이상현을 몹시 사랑하지만 둘의 사랑을 이루어지지 않는데, 그 이유는 이상현이 아내를 가졌다거나 하는 윤리적인 데 있지 않다. 근본적인 이유는 현회 자신의 다른 사람에 대한 폐쇄성에 있었다. 그러다가 다방에 오는 손님 중에 인간성이 저질인 최강사가 현회 자신을 외국인에게 창녀처럼 떠넘긴다는 투의 말을 듣고 우발적으로 그를 죽이는 사건이 벌어지고, 결국 감옥에서 일 년 남짓 갇혀 있다가 나온 현회는 늘 자신을 돌봐 주던 전 남편의 친구 김선생에게로 돌아가게 된다.

이상의 줄거리를 가진 이 소설은 초기 단편들처럼 철저하게 주인공 개인을 중심으로 전개된다. 그런 까닭에 주인공은 세상의 일들은 모두 주관적으로 평가하곤 한다. 그 결과 그가 확인하게 되는 것은 다음과 같은 홀로 있음일 뿐이다.

> 사람은 살아 있는 동안에도 각각 떨어져 떠내려가는 외로운 섬(島)들입니다. 어렵게 생각지 마십시오. 사람의 인연이란 혈연이건 혹은 남이건 섬과 섬 사이의 거리의 원근(遠近)에 지나지 못합니다. 내 것이란 있을 수 없습니다. 모두가 다 외롭게 떠내려가야 하는 섬입니다.16)

주인공에게는 세 사람의 남자가 있다. 죽은 남편은 언제나 그녀에게 지성적인 면모로 남아 있고, 이상현은 감성적인 대상으로, 김선생은 의지의 표상으로 접근한다.17) 그러나 현회는 이상현과의 사랑에 실패하고 아이마저 잃고 위의 인용문에서처럼 혼자 있다는 사실을 재확인할 뿐이다. 혼자 남은 그가 마지막에 김선생과 결합한다는 것은 결코 김선생과 하나가 되는 것이 아니라 김선생이 표상하는 바 의지, 살려고 하는 의지를 택한다는 의미로 볼 수 있다. 그리하여 우리는 이 지점에서 또 다시 초기 작품에서와 같이 홀로 남은 전쟁 미망인의 삶에 대한 강렬한 의지를 확인한다.

그러나 주인공이 가진 개인적 세계는 초기 단편의 그것과 동일한 것은 아니

---

16) 박경리, 『표류도』, 현대문학사, 1959, p.281.
17) 조연현, 「윤리적 의미의 결핍과 의식의 과잉」, 『현대문학』 61, 1960. 1, pp.214~215.

다. 왜냐하면 주인공은 실패하기는 했지만 사랑이라는 장치를 통해 타자와의 접촉을 했기 때문이다. 그러기에 사회에 대해 폐쇄적이고 소극적인 자세를 가졌지도 철저히 불신으로 가득 찬 것은 아니라고 할 수 있는 것이다. 사회 역시 더 이상 불신 사회인 것만은 아니다. 이상현도 그렇고 김선생도 믿음이 없는 사람은 아니기 때문이다. 이처럼 사회를 불신 사회로 보지 않는 것은 그만큼 주인공의 의식도 변화했다는 것을 의미한다. 사랑이라는 매개가 주인공의 의식을 변화시키는 이러한 주제는 이후의 중·단편에서 계속 되풀이된다. 예컨대 「재귀열」[18], 「재혼의 조건」[19], 『내 마음은 호수』[20]등이 그러한 작품들이다. 물론 다소 통속적인 면을 지닌, 위의 작품에서 보이는 주인공의 사랑을 통한 타인과의 접촉은 작가가 체험적인 요소로부터 어느 정도 벗어났다는 것을 반영하는 것이기도 하다. 그 결과 『김약국의 딸들』에[21]이르면 작가의 관심은 개인적인 데서 가족으로 확대되기에 이른다.

결국 『표류도』는 작가의 관심이 초기 작품에서와 같이 개인적인 세계에 머물고 있으면서도 사랑을 통해 점차 사회적 관계로 확대되어 가는 과도기의 작품으로 규정지을 수 있을 것이다.

4. 민중의 비극과 지식인 공산주의자

장편 『김약국의 딸들』로 이미 작가적 관심을 가족으로 넓힌 박경리는 한편으로 식민지 시대에 관심을 두면서 다른 한편으로 계속해서 전쟁의 형상화에 노력한다. 그 결과 전작 장편 『시장과 전장』이 나오기에 이른다. 이 작품은 구조상 크게 두 개의 부분으로 나누어진다. 제목에서 드러나듯 하나는 시장, 즉 민중의 삶의 터전을 중심으로 하고 있다. 다른 하나는 전장을 배경으로 한 이데올로기 대립의 현장이다. 이를 작품에 등장하는 인물에 견준다면 전자는 남지영의 삶이

---

18) 1959년 『주부생활』에 연재한 것을 1980년 지식산업사에서 다른 중편들과 묶어서 펴냈다.
19) 1962~1963년 『여상』에 연재한 것을 지식산업사에서 18)의 작품과 한데 묶여 출간하였다.
20) 1960년 『조선일보』에 연재한 것을 1980년 지식산업사에서 단행본으로 출간하였다.
21) 1962년 을유문화사에서 단행본으로 출간하였다.

고 후자는 하기훈의 삶이라고 볼 수도 있을 것이다.

먼저 남지영을 둘러싼 가족의 삶을 살펴보면, 그들의 삶은 박경리의 다른 작품의 주인공과 별 차이가 없음을 알게 된다. 다른 작품에서와 같이 그녀도 전쟁으로 남편을 잃어 미망인이 되며, 거기에다 그녀는 남편이 죽은 뒤 유일한 의지처인 홀어머니마저 잃는다. 그리고 난 뒤 그녀도 살려고 하는 강한 의지를 갖는 인물로 변화한다. 그 동안 그녀는 말할 수 없는 고통과 시련을 겪게 되는데, 그 고통은 그녀만이 아니라 사실은 전쟁을 겪었던 대다수 민중들에게 공통된 것이었다. 그러므로 남지영의 고통받는 모습은 전쟁으로 인해 온갖 고생을 겪게 되는 민중의 표상으로 이해될 수 있다. 다시 말해서 작가 박경리는 남지영의 고통을 통해 알게 모르게 전쟁이 무고한 민중들의 삶을 파괴시켰다고 말하고 있는 것이다. 이 점은 하기훈이라는 인물을 중심으로 한 이데올로기 싸움이 민중의 삶 내지 지영의 삶과 거의 유리된 채로 처리되어 있다는 점과 함께 다음의 인용문에서 보다 뚜렷해진다.

> 지금까지 국군을, 그리고 대한민국을 공공연히 욕하는 사람은 아무도 없었다. 그와 마찬가지로 인민군을 욕하는 사람도 없었다. 마음 속으로 이들 피란민은 관전(觀戰)하고 있었던 것이다. 관전 중 그들이 한 마디의 의견도 없었다는 것은 그들이 현명했기 때문이다. 피란민 중에 이북군 유격대가 있을 수 있고 대한민국의 정보원이 있을 수 도 있다. 이제 태세가 뚜렷이 나타나므로서 대한민국을 비난하지만 실상 그 사람의 속마음은 알 수 없고, 맞장구를 치면서도 서로 의심과 경계로서 살펴보며 말 한 마디 한 마디에 저울질을 한다. 하나님의 심판 앞에 바늘 하나 훔친 것을 생각하며 무서움에 떨 듯, 북한에 대하여 조그마한 잘못된 언사를 상기하며 그들은 모두 공범자 같은 공포 의식에 사로잡혀 있는 것이다. 그리고 자기 이외의 남들은 검찰관 같은 느낌으로 보게 되는 것이다.[22]

그런데 위에 인용한 부분은 한국 전쟁의 객관적 인식을 가로막는 고정된 관념의 하나를 보여주고 있어 주목된다. 이 관념을 좀더 다른 말로 표현한다면 전쟁이란 대다수 민중의 의사와는 상관없이 소수의 주의자들이나 이념을 신봉하는 자들에 의해 일어났다는 것이며, 그 결과 그들과 함께 민족의 대다수를 차지

---

22) 박경리, 『시장과 전장』, 현암사, 1964, p.165.

하는 일반 민중들도 전쟁에 휩쓸려 그 피해자가 되었다는 것이다. 이런 생각은 전쟁에 대한 아주 패배적인 자세에서 나온 것이며, 또한 수동적인 자세에서 비롯된 것이기도 하다. 물론 전쟁의 올바른 인식을 위해서 이러한 것은 빨리 극복되어져야 할 것이다. 왜냐 하면 계속해서 민중들로 하여금 소극적 삶의 자세를 갖게 하고 피해 의식에 젖도록 만들기 때문이다.

한편 위에서 설명한 바와 같은 편견으로 인하여 남지영의 삶은 사회의 모순을 체현하거나 민중의 삶을 대변하지 못하고 만다. 그녀의 행동이란 가족의 안전만을 희구하는 극히 개인적인 범주에 속하는 것이라고 할 수 있다. 그래서 전쟁이라는 상황만 다를 뿐『표류도』나 초기의 작품에서 보였던 개인적 세계를 옮겨 놓은 것같이 보일 뿐이다. 작가는 이러한 개인적 세계와 자신의 체험간의 관계를 다음과 같이 밝혀 놓고 있다.

> 지영이는 백 퍼센트 나 자신이나 다름 없는 존재다. 실제로 이 작품 속에서 어머니의 죽음 애기만 빼고는 사건 모두가 내가 겪은 것이고 나의 이야기다. 작품 속에 나의 갈등 나의 고통이 녹아 있다.
> 나는 대체로 나 자신의 체험을 바탕으로 글을 쓴다. 체험을 안하고 쓰는 것은 거짓말 같은 느낌이 든다.23)

작가의 체험이 작품 형상화에 결정적인 영향을 줄 수 있다는 점은 이미 앞에서 밝혔거니와, 여기에서는 그 체험의 성격을 문제삼지 않을 수 없다. 일찍이 루카치는 톨스토이의 대작 『전쟁과 평화』를 분석하면서 작가의 동참 체험(das Miterleben)24)이라는 개념을 사용한 적이 있다. 루카치가 말하는 동참 체험이란, 작가의 체험이 운동하며 발전하고 있는 사회 생활을 깊고 강렬하게 같이 겪어 나가는 것일 때 주인공 역시 사회의 본질적인 모순들을 자신의 행동을 통해 체현한다는 것을 의미한다. 작가가 아무리 자신의 체험을 진실되고 성실하게 작품에 옮긴다고 하더라도 그 체험이 사회적 운동과 무관하다면 결국 그 작품은 별 볼 일 없는 작품이 되고 만다. 그런 점에서 『시장과 전장』 역시 이런 위험에 빠질 수도 있는 작품이다. 그러나 이 작품을 저질화의 위험에서 벗어나게 해주는 요

---

23) 박경리, 「작가의 말」, 『시장과 전장』, 중앙일보사, 1987.
24) 루카치, 조정환 역, 『변혁기 러시아의 리얼리즘 문학』, 동녘, 1986, p.161.

소로서 하기훈의 삶이 다른 한 쪽에 위치하고 있다.

남지영의 남편인 하기석은 형이 있었는데, 그가 바로 공산주의자 하기훈이다. 하기훈은 전후 세대의 소설적 한계를 벗어난 인물로 볼 수 있다. 왜냐하면 그는 이전의 소설들에서처럼 짐승같이 살륙이나 일삼는 야만적인 성격의 인물[25]이 아니라 인격을 갖춘 지식인 공산주의자이기 때문이다. 물론 이 소설 이전에도 박영준이 한국 전쟁 중에 발표한 「빨치산」[26]의 주인공 임경재를 서울 법대를 중퇴한 지식인 출신의 공산주의자로 설정하여 이념의 문제를 다룬 적이 있었다. 이와 마찬가지로 박경리도 전후 세대의 소설에서 금기시되다시피 한 이데올로기 문제를 다루기 위하여 하기훈을 중심 인물로 설정한 것으로 볼 수 있다. 때때로 얼음같이 차갑고 냉혹한 면을 보이면서도, 또 다른 한편으로는 인간적인 포근함을 보이기도 하는 그는 인민 해방 전쟁을 최고의 가치로 여기는 인물이다. 무정부주의자 석산 선생의 제자로서 스승과는 다른 노선을 취하게 되는 기훈은 철저한 이념형 투사인 것이다.

한편 하기훈 이외에 소설에 등장하는 또 한 사람의 지식인 공산주의자로는 장덕삼이 있다. 하기훈이 다소 냉철한 이성을 지닌 공산주의자라면 그는 낭만적 정열로 공산주의를 받아들인 인물에 속한다고 할 수 있다.

> "학생 시절에 나는 연인을 생각하듯 컴니즘을 동경했지요. 학병으로 북지에 끌려갔을 때도 연안으로 탈출하는 꿈을 가지고 절망하지 않았습니다. 낭만이었죠. 확고한 이념보다……"
>
> "……"
>
> "중산 계급 출신은 대부분이 그렇게 출발했을 겁니다.(중략 : 인용자) 결국 사상으로 시작된 게 아니구 혁명가의 한 스타일을 동경하며 컴니즘에 접근해 간 거죠. 아니 혁명가의 스타일이기보다 소설적인 인물, 나는 한때 문학을 할려고 생각했었지요. 그런 소설적인 인물이 나를 컴니스트로 만들었을 겁니다.[27]

해방 직후 새 나라 건설의 꿈에 부풀어 진보적 지식인들 중 상당수가 공산주

---

25) 황순원의 작품 『카인의 후예』 등에 나오는 공산당원이 이런 유형의 대표적인 예이다.
26) 『신천지』 51, 1952. 5.
27) 박경리, 『시장과 전장』, 현암사, 앞의 책, p.219.

의를 택한 사실을 생각할 때 장덕삼의 경우는 상당히 개연성을 지닌 것이라고 할 수 있다. 그러나 공산주의 이념을 사상적 측면보다는 낭만적 측면으로 받아 들였기 때문에 그것이 오래 지속될 수 없었다. 곧 자기 자신의 계급적 기반으로 부터 자신의 한계를 깨닫게 되었던 것이다. 빨치산의 일원으로서 반동들을 대창 으로 찔러 죽였을 때 대창에 찔려진 사람이 바로 자신과 같은 지주의 아들 또는 인텔리라는 것을 알아차리고 비로소 계급 의식에 눈뜨게 되었다는 그의 발언은 이것을 뒷받침해 준다. 언제 죽을지 모르는 절박감을 느끼고 자수를 한 그는 이 후에 빨치산 토벌대로 다시 지리산 부근으로 돌아오게 된다. 그 때에 그는 이미 자신을 속이는 공산주의라는 가면을 벗은 후였고, 기훈에게도 자수를 권유한다. 그리하여 결국 기훈도 가화라는 여인을 자수시키러 산을 내려갈 것을 결심하기 에 이른다. 그렇다면 그토록 철저한 공산주의자였던 기훈이 하산을 결심한 이유 는 무엇인가?

> "하동무는 가지 않는다고! 난 벌써부터 알고 있었소. 저 여자가 하동무를 변절시키 고 말리라는 것을, 한 여자로 말미암아 인민의 적의 오명을 쓰겠단 말이요?"
> "오리는 물로 '가야 하오."28)

자신은 산에 남을 수 있지만 자기를 찾아 입산하여 빨치산의 대열에 낀 가 화에게 무심할 수 없었던 인간적인 면이 기훈으로 하여금 하산을 결행하게 했 던 것이다. 아버지와 오빠를 공산주의자에 의해 잃어버린 아픔을 지니고 있으 면서도 오직 공산주의자인 기훈 자신만을 사랑하는 이유만으로 빨치산이 된 가화가 이념과 관련이 없는 사람인 것을 기훈 자신이 누구보다 잘 알고 있기 때문이다.

위에서 살펴 본 장덕삼과 하기훈이 자신들이 믿던 이념에서 이탈하거나 동요 하는 가장 큰 이유는 무엇인가. 그것은 다름 아닌 "나는 개처럼 죽고 싶지 않단 말이요! 살고 싶은데 죽는 바보는 되기 싫단 말이요"29)라는 장덕삼의 발악이나 "오리는 물로 가야 한다"는 하기훈의 변명에서 파악할 수 있는 인간의 본능에 가까운 살고 싶어하는 의욕이다. 특히 이데올로기를 낭만으로 받아들인 장덕삼

---

28) 위의 책, p.410.
29) 위의 책, p.403.

은 점차 그 실체를 파악하게 됨으로써 이념 자체를 허위 의식으로 여기고 그것
이 진실한 삶과 대치되는 것으로 생각하게 된다. 진실한 삶과 이념을 대립적인
것으로 설정하는 그의 이러한 생각은 결국 이데올로기에 대한 부정으로 치닫게
되는데, 이러한 장덕삼의 의식의 변화 과정은 하기훈이라는 냉소적 공산주의자
를 등장시켜 이념의 문제를 정면으로 다룰 수 있게 된 작품의 가능성을 다시 원
점으로 되돌리는 것이다. 왜냐 하면 이데올로기에 대한 환멸 내지 이데올로기의
허무함에 대한 강조는 한국 전후 문학의 초기부터 현재까지 극복되지 않고 이
어져 오는 하나의 걸림돌이기 때문이다.[30] 한국 전후 문학의 이러한 특징은 무
고한 민중들만 고초를 겪었다는 생각과 결합되어 전쟁 자체의 본질적인 면에
대한 접근을 가로막아 왔던 것이 사실이다. 장편 『시장과 전장』은 바로 이 한계
를 극복하기 위한 의욕을 하기훈을 통해 보였으면서도 결국에는 다시 전후 세
대적 한계에 귀착하고 만 것으로 보인다. 그러나 비록 위에서 언급한 한계를 지
니고 있을지라도 이 작품이 후대에 미친 영향은 간과할 수 없다. 빨치산의 생활
에 대한 묘사는 다른 많은 빨치산 소설의 원형이 되었고, 지식인 공산주의자의
등장 역시 이후 한국 전쟁을 다룬 여러 소설들에 계승되었던 것이다.

　지금까지 살펴본 민중의 수난이나 지식인 공산주의자에 대한 묘사 이외에 이
소설에는 또 하나의 중요한 요소가 있다. 그것은 바로 석산으로 대표되는 무정
부주의자의 존재이다. 공산주의자 하기훈을 길러낸 그는 이 작품에서 우익도 좌
익도 아닌 제삼자의 입장을 대변한다.

　　"아무 것도 믿지 않으려는 개인의 힘이나 수가 더 크고 많다는 걸 명심하게."
　　"그것이 뭉쳐진 일이 있습니까? 스로강 없이? 불신하는 것도 하나의 도그마가 아
　닌가요?"
　　석산 선생은 바둑판을 밀어내고 성냥 개비를 끄내어 방바닥에 놓으면서
　　"자네 말을 일단 옳다고 해 두자. 개인은 집단에 승리한 일이 없다. 승리 같은 것
　생각지도 않고 살아 왔는지도 모르지. 애당초, 개인에겐 역사 같은 것 없었는지도

---

30) 이데올로기에 대한 환멸이나 이데올로기의 허무함을 드러내는 것은 박영준의 「빨치산」(1952)을 필
　　두로 이병주의 『지리산』(1972~1977), 이문열의 『영웅시대』(1984)등에 이르기까지 한국 전쟁을 소재
　　로 한 작품의 중요한 주제이다. 최근의 『태백산맥』 등의 작품은 이 점을 극복하려는 시도를 보여
　　주고 있다.

모르지. 허나 부르죠아 독재, 프로레타리아 독재, 이 양극 사이에는 아무 것에도 가
담하고 싶지 않은 개인이 너무나 많이 있단 말이야."31)

민중 직접 봉기를 주장한 바쿠닌을 평소에 숭앙해 온 석산의 노선은 '중도파
적 인도주의'32)로 부를 수 있다. 일견 민중의 수난상을 대변하는 듯한 그이 주
장은 막연한 개인들을 대상으로 하며, 그들을 사고의 중심에 놓아야 한다는 당
위성만 강조할 뿐 구체적인 대안을 가진 것은 아니다. 그에게서는 민족에 대한
생각도 찾아보기 힘들다. 이런 점에서 본다면 그는 조정래의 『태백산맥』33)에 등
장하는 김범우와 같은 민족주의자와는 다른 인물이다. 우익과 좌익 모두를 볼
수 있고 나아가 "양쪽 모두를 비판할 수 있는 역사적 존재"34)라는 점에서 두 인
물은 일치한다. 하지만 김범우가 친일 반역 세력을 제거한 후에 모든 정치 이념
들을 단합한 절대 다수의 민중을 중심으로 하는 구체적인 민족을 내세운 데 반
해, 석산 선생은 좌·우익을 배제한 채 개개인의 민족 성원들의 삶에만 관심을
집중한다. 석산의 이런 생각은 막연한 휴머니즘의 강조와 다를 바가 별로 없는
것처럼 보인다. 결국 전쟁을 겪는 사회의 총체적 형상화를 위래 좌·우익은 물
론 그 양세력의 중간층으로 석산을 내세운 박경리의 의도는 석산이 민중의 비
극을 막아야 한다는 당위론만을 내세움으로써 부분적인 성과만 거두었을 뿐이
다. 그리하여 추상적인 휴머니즘의 강조라는 전후 세대적 한계에서 멀리 나아가
지 못하고 말았다.

이상에서 우리는 박경리 전후 문학의 결정판에 해당하는 장편 『시장과 전장』
이 안고 있는 여러 가지 문제를 살펴 보았다. 물론 이 작품으로 박경리의 전쟁
에 대한 관심이 끝난 것은 아니다. 1970년대의 작품인 『창』이나 『단층』 등에도
계속해서 전쟁의 상처가 엿보이기 때문이다. 그러나 이 작품들도 『시장과 전장』
이 도달한 높이에는 미치지 못하였다. 무엇보다도 후자는 전쟁의 총체적 형상화
를 시도하였기 때문이다. 단지 개인의 일상사에 머무는 것에서 벗어나 좌익과

---

31) 박경리, 『시장과 전장』, 현암사, 앞의 책, p.70.
32) 임헌영, 「중도파적 인도주의」, 『시장과 전장』(박경리), 중앙일보사, 1987, p.404.
33) 초판은 한길사에서 1986~1989에 걸쳐 출간되었다.
34) 서경석, 「『태백산맥』론 : 비극적 역사의 전환을 위하여」, 문학사와 비평 연구회 편, 『1950년대 문학
연구』, 예하, 1991, p.293.

우익의 대립을 상정하고 그 가운데 무정부주의자인 석산 선생과 남지영으로 대표되는 민중이라는 중간적 성격들이 자리잡고 있기 때문에 이 작품은 전쟁의 실상을 폭넓게 보여 줄 수 있었다. 뿐만 아니라 하기훈과 같은 지식인 공산주의자를 통해 이념의 문제를 취급하였고, 또 불완전하기는 하지만 민중의 고통을 통한 전쟁의 의미 파악도 시도하기도 하였다. 특히 다음과 같은 시골 노인네의 말은 당시 민주의 삶을 상당히 진실되게 보여주는 좋은 보기라고 할 수 있다.

> "별 말씀을……시골은 지내기가 어떻습니까."
> "말 마시오. 큰 일이요. 힘깨나 쓰는 젊은 놈들은 이쪽, 저쪽에서 다 끌어가고 소는 다 잡아 먹고 누가 씨 뿌리고 밭갈이 할지 모르겠구면. 게다가 피난민들이 몰려와서, 아 방금 보지 않았소? 그 놈의 피난민들 아이 새끼들이 고구마 씨도 안 남길라드누만. 배 고픈 데는 항우 장산들 별 수 없지. 우리 마을은 옛적부터 인심이 후해서 피난민들이 죽물이나마 얻어 먹소만 워낙이, 가난이야 나라에서도 못 당한다 하지 않았소? 큰 일이요 큰 일, 이러다간 다 죽지 죽어. 난리보다 배 고파서 꼭갱이 들고 나설거요. 배 고프면 부채가(눈동자) 꺼꾸로 서지. 양식말이나 있는 치들도 못 살거요."
> 노인은 타들어가는 담배가 아까운 듯 얼른 빤다.
> "어르씬네 자제분도 끌려 나갔습니까."
> "생대 같은 자식 놈 둘이나 때었지요. 자식이래야 그 놈 둘이 전분데."
> "어느 편에?"
> "이쪽에 한 놈, 저쪽에 한 놈, 고루 나눴지."[35]

전쟁에 대한 일정한 편견을 담고 있긴 하지만, 다소 장황한 위의 노인네의 진술에는 동족 상잔을 당해야 하는 민중의 입장이 잘 보여진다. 이 외에도 이 작품은 이미 살펴본 대로 빨치산의 생활에 관한 묘사도 포함하고 있으며, 석산이라는 중간적 인물을 통해 제삼의 길을 모색하는 등의 특징도 지니고 있다.

이상에서 논의한 바를 요약한다면, 이 작품은 위에서 말한 전쟁의 총체적 형상화나 민중의 고통을 통한 전쟁의 의미 파악, 빨치산의 묘사, 좌·우익의 동시 비판 등의 적극적 시도들을 통해 전후 세대적 한계를 벗어날 수 있는 가능성을 보여 주었지만, 여전히 그 세대의 잔재도 지니고 있다고 할 것이다. 휴머니즘을

---

35) 박경리, 『시장과 전장』, 현암사, 앞의 책, p.227.

특히 강조하는 태도가 그렇고 이념의 문제에 대한 처리 수법도 그러하다. 이 두 가지는 서로 밀접한 관련을 맺고 있는데, 이념의 문제를 회피하면서 도달하는 결론이 휴머니즘의 발견이라는 점이 그것을 말해 준다. 그러므로 전후 세대의 한 사람으로서 출발한 박경리는 이 작품을 통해 그가 속했던 세대적 한계를 뛰어넘기 위한 많은 노력을 경주하였지만, 끝내 그것을 철저하게 극복하지는 못하였다고 할 것이다.

5. 결 론

제2차 세계 대전이 끝난 직후 형성된 사회주의 체제와 자본주의 체제 사이의 이데올로기적 갈등의 소산으로 이해되었던 한국 전쟁이 발발한 지도 이미 오랜 세월이 흘렀다. 소련을 포함한 동구의 공산주의 국가들이 무너지는 등 국제 정세가 너무나 급격하게 변화하여 이데올로기의 중요성 내지 의미가 크게 감소한 오늘의 시각에서 본다면 전쟁을 이념 대립만으로 규정지으려고 하는 태도는 너무나 일면적임을 면하기 어렵다. 이제는 전쟁을 외세와의 싸움이라는 민족 해방 전쟁으로 보든, 통일을 앞당기기 위한 통일 전쟁으로 보든, 아니면 식민지 시대 이래의 계급 모순이 폭발한 내전이나 또 다른 시각으로 보든, 과거와는 차별화된 새로운 시각이 요구되는 것이 사실이다. 그러나 그런 시각들이 우리 민족의 발전이나 세계 평화에 위배되는 것이라면 당연히 거부되어져야 할 것이다. 무엇보다도 중요한 것은 전쟁의 본질적 성격을 밝혀 내고 이해함으로써 전쟁 이후 이 땅에 존재하게 된 제반 모순들, 예컨대 분단 고착화라든가 첨예화되어 가는 계급간의 대립을 해소하는 것이기 때문이다. 우리는 이러한 의도 아래 전쟁을 직접 체험한 전후 세대의 문학 작품을 분석해 보았던 것인데, 그 구체적 대상이 된 것이 박경리의 전후 문학이었다. 전후 세대를 문제삼은 이유는 전쟁의 본질 규명을 위해서 앞선 세대의 노력을 엿보는 것이 필요했던 까닭이다.

대체로 전후 세대는 전쟁의 충격을 객관적으로 분석할 만한 시간적 여유가 부족했던 것 같다. 그리하여 그들은 전쟁의 과정에서 상실한 인간성의 회복을 문학적 사명의 하나로 삼게 된다. 여기에서 전쟁을 겪었던 유럽과 세계사적 보편성을 공유하게 되어 서구 실존주의 문학의 강한 영향을 받기도 하였다. 박경리 역시 이에서 예외는 아니어서 전후의 궁핍한 사회에서 어려운 삶을 꾸려 나가는 전쟁 미망인을 통해 인간 실존을 부르짖은 바 있다. 초기작의 주인공인 전쟁 미망인들은 비록 폐쇄된 개인적인 세계일 망정 그것을 통해 전쟁 후의 사회가 불신 사회임을 고발하고 끊일 줄 모르는 삶에의 의지를 보여주었던 것이다. 그러나 그의 초기 작품들은 지나치게 체험적 세계에 안주하였으며 폭넓은 시야를 갖지 못했다는 한계도 가진다.

1959년에 발표된 『표류도』는 폐쇄성을 지닌다는 점에서 초기 작품들과 일치했으나, 타인과의 사랑을 통해 사회적 관계를 회복할 가능성을 보여준 작품이었다. 이런 가능성은 장편 『시장과 전장』에 이르면 보다 뚜렷한 모습으로 등장하게 된다. 이 작품은 몇 가지 점에서 이전의 작품과는 차이가 나는데, 가장 뚜렷한 것으로 한 개인의 삶보다는 전쟁을 맞이한 사회 전체를 총체적으로 형상화하려 한 점을 꼽을 수 있다. 전후 세대의 작품에서 좀처럼 찾기 힘든 지식인 공산주의자를 등장시켜 좌익의 이념까지도 다루려고 한 점이라든가, 좌익과 우익의 사이에 제삼의 노선을 주장하는 중간파의 존재까지도 설정한 사실이 그것이다. 또한 수난받는 민중들의 비극을 통해 전쟁의 의미 해석을 새로이 시도한다거나, 빨치산의 생활 묘사를 한 점 역시 그렇다. 그러나 이러한 모든 긍정적인 의의에도 불구하고 이 작품 역시 추상적 휴머니즘의 강조 또는 이와 관련한 이데올로기 문제의 사상 내지 회피, 지나치게 개인적인 생활로 협소화 된 민중의 표상, 구체적 내용을 갖지 못한 중간파의 논리, 민중의 비극과 이념 문제의 두 축이 긴밀히 결합되지 못한 소설적 구조 등의 한계도 가졌다. 이상의 한계들은 거의 전후 세대적 잔재라고 할 수 있는 것들이다.

결국 이 작품을 통하여 개인의 체험적 범주에서 끊임없이 관심을 확대해 온 박경리의 노력, 곧 전후 세대적 한계 극복의 시도와 끝내 그가 그것을 성취하지 못한 이유를 우리는 짐작할 수 있다. 하지만 끊임없이 계속된 전쟁의 총체적 형상화 작업은 이후 1970년대와 1980년대의 작가와 작품들에 많은 영향을 끼쳤으며, 전쟁에 대한 새로운 시각을 갖춘 많은 작품들이 등장하는 데 자양분이 되었던 것은 틀림없는 사실이다.

구세대의 전쟁 문학에 나타난 중립적 시각과 윤리 의식
─ 박영준을 중심으로

1. 한국 전쟁에 대한 문학인의 반응

　동족 상잔이라는 비극을 가져왔던 한국 전쟁은 지금까지도 우리에게 무거운 짐을 부과하고 있다. 그것이 끼친 영향과 진통은 너무나 커서 그 원인과 배경, 과정, 결과 등에 대한 총체적 연구는 상당한 세월이 지난 뒤에야 비로소 본격적으로 이루어질 수 있었다. 한편 소설에서는 전쟁 중이나 직후에 씌어진 체험적 내용의 작품을 비롯하여『영웅시대』,『태백산맥』등에 이르기까지 전쟁이 그 중심적 소재로 다루어져 왔다. 그러나 문학 연구의 차원에서는 아직까지도 전쟁이 한국 현대 문학사에서 어떤 의미를 지니는가를 완전하게 규명하지 못한 것이 사실이다. 이제 전쟁이 발발한 지도 반 세기라는 세월이 흘렀고, 그리하여 전쟁을 객관적으로 바라볼 수 있는 시간적 거리도 가지게 되었다. 이런 바탕 위에서 사회 과학이나 역사학에서의 흐름과 함께 문학에서의 연구도 본격화되어야 할 것이다. 물론 그것은 한국 전쟁이 지닌 문학사적 의의를 규명하는 작업으로 귀결될 것이다. 이 글에서는 그러한 작업의 하나로, 해방 공간(1945~1948)과 거의 같은 시간적 단위임에도 불구하고 문학 연구의 대상에서 거의 제외되어 왔던 전쟁 기간(1950~1953) 중의 작품을 중심적 대상으로 하여 그 의미를 살펴보고자 한다.

전쟁이 발발하자 문학인들은 곧 종군 작가단을 구성하였는데, 이는 남쪽과 북쪽에 공통된 사항이었다. 남쪽에서는 육군 종군 작가단이 맨 먼저 1951년에 결성되었으며 최상덕, 김팔봉, 박영준, 최태웅, 김송, 김이석 등이 가담하게 된다. 이들은 대부분 전쟁 전에도 작품 활동을 전개했던 구세대[1]에 속하는 작가들이었다. 이어 해군과 공군에서도 종군 작가단이 각기 구성되어 기관지를 내기도 하였다.[2] 북쪽에서는 박웅걸, 김사량 등이 종군작가로 활동하였거니와, 이들 종군 작가들은 전선을 방문하여 그 상황을 기록한 글들을 남겼다. 이 기록들은 문학인들이 전쟁을 어떤 방식으로 받아들이고 있는지를 보여 주는 것들이어서 주목된다.

> 괴롭거나 슬프거나 그 중에도 누가 미웁거나 怨妄스러울 때 不平不滿과 感情이 激할 때 버릇처럼 생각하므로써 씻서버리고 이겨낼 수 있는 것 그것은 「六·二五」百날의 붉은 난리요 共産赤帝에 대한 無限한 울분과 報復에 불타는 마음이요 꿈에도 잊을 수 없는 그 쓰라린 체험이어니 —.[3]

> 이 놈들과 어찌 하늘을 같이 이고 살 것인가? 바로 그제밤에도 놈들은 도망 직전에 이 곳 청년 60여명을 총살했다 한다. 놈들이 호흡하고 있는 한 인민은 질식한다.[4]

남쪽과 북쪽의 문학인에 의해 각기 씌어진 위의 두 종군기에서 공통적으로 발견할 수 있는 것은 무엇보다도 문학인들이 전쟁에 대한 객관적 인식을 결여한 채 오로지 서로를 적으로 규정하고 그 적에 대하여 잊을 수 없는 복수심을 드러내고 있다는 것이다. 즉 서로가 상대방을 적으로 규정하고 없애야 하는 대상으로 설정하고 있는 것이다. 이것은 전쟁에 대한 인간의 반응 중 가장 원초적인 것이라 할 수 있다. 다시 말해서 상대방의 제거를 통해 자신의 생존을 꾀하고자 하는 것은 전쟁으로 인해 언제 죽을지 모르는 실존적 위험에 직면한 인간

---

1) 이들과 전쟁 직후에 전통 단절론을 주장하면서 등장한 전후 세대는 서로 다른 문학적 경향을 보였다. 대표적인 작가로 염상섭, 김동리, 황순원, 김이석, 박영준 등을 꼽을 수 있다.
2) 기관지로 육군은 『전선문학』, 해군은 『해군』, 공군은 『창공』 등을 발간하였다.
3) 최태웅, 「동부 전선 기행」, 『전선문학』 3, 1953. 2, p.83.
4) 김사량, 「종군기 : 서울서 수원으로」, 『김사량 작품집』, 문예출판사, 1987, p.247.

의 반응 중 가장 격렬한 형태라고 할 수 있는 것이다. 이 글들은 그 밖에도 자기네 군대의 위용을 자랑하는 부분도 포함하고 있는데, 이 역시 전쟁에 대한 직접적인 반응 방식에서 크게 벗어난 성질의 것은 아니다.

우리는 위에서 전쟁에 대한 문학인들의 반응을 종군기를 통해서 살펴 보았다. 그것은 서로에 대한 불타는 적개심을 드러내는 것과 다름이 없었다고 할 수 있다. 한편 종군기가 문학인의 전쟁에 대한 직접적인 경험의 서술에 가깝다고 한다면 보다 내면화된 서술은 작품이라는 형식을 통해서 이루어진다고 할 수 있을 것이다. 앞에서도 말했듯이 전쟁 중에도 작가들은 작품 활동을 계속하였는데, 이들은 체험의 범주에서 벗어나지 못한다고 하여 문학사 연구에서 거의 무시되어 온 것이 사실이다. 그러나 이 글에서는 기왕의 연구 자세를 반성하고 육군 종군 작가단에 가담한 바 있는 박영준이 전쟁 중에 쓴 작품을 중심으로, 구세대의 한 사람으로서 그가 전쟁을 어떤 시각으로 바라보고 있는지를 알아 보고자 한다. 여기에서 구세대를 문제삼는 것은 그들이 전쟁에 대해 이른바 전후 세대 내지 신세대와는 다른 인식을 보이고 있기 때문이다. 그들은 전후 세대처럼 전쟁이 모든 것을 단절시켰기 때문에 새로운 모랄을 주장할 수밖에 없다는 입장에 놓여 있었던 것은 아니었다.

2. 지식인의 전쟁 체험

식민지 시대에 「모범 경작생」(1934), 「목화씨 뿌릴 때」(1936) 등 주로 농촌을 소재로 한 작품을 썼던 박영준은 한국 전쟁이 발발하자 인민군에 의해 납치되어 평안북도 태천까지 잡혀 가게 된다. 그 후 서울 수복 때에야 그는 간신히 탈출할 수 있었다.[5] 이런 체험을 가진 그는 육군 종군 작가단의 창단 때부터 사무국장이라는 요직을 맡으면서 기관지 『전선문학』과 잡지 『문예』 등에 작품을 발표한다. 염상섭과 더불어 전쟁 중에도 왕성한 창작 활동을 계속했던 그의 작품은 강한 윤리적, 휴머니즘적 경향을 가지고 있음이 특징이다.

---

5) 박영준, 「저 산정에 햇볕이」, 『문학사상』 10, 1973. 7, p.278.

전쟁 발발 직후에는 실제의 문학 활동은 중단될 수밖에 없었다. 전쟁이 시작된 지 3개월만에 낙동강 전선으로 후퇴할 만큼 상황이 급박하였고, 문학인들 역시 단지 생존해 있는 것만을 의식할 수 있었을 따름이었기 때문이다. 박영준 역시 납치로 인해 많은 고생을 감수해야 했고, 이로 인해 작품 활동은 『전선문학』이 창간된 이후의 시기에야 가능했다. 그 첫 작품인 「암야」[6]는 전쟁이 가져다 준 비극을 다룬 것이다. 주인공 임대위는 대대 본부에 회의차 왔다가 포로들 속에서 우연히 동생 경재를 발견한다. 그 동생은 법과 대학에 다니다가 의용군으로 끌려갔던 터였다. 그런데 그는 동생이 포로들 중 최후까지 발악한 사실을 알게 되고, 그 사실 때문에 동생을 풀어줄 수 없음을 알고 괴로워한다. 동생을 만나 끝까지 반항한 이유를 묻는 과정에서 임대위는 동생이 공산주의자가 되었음을 알아차린다. 결국 그는 동생을 포기하고 자신의 중대로 귀대하는 도중 도망치는 포로를 사살하게 되는데, 그 포로는 다름 아닌 동생 경재였다.

이 작품은 한국 전쟁을 소재로 한 다른 작품들과 주제에 있어 크게 다르지 않다. 그것은 전쟁이 형제끼리도 서로 총부리를 겨누게 만든다는 것을 보여 주기 때문이다. 또한 공산주의는 부모 형제도 다 소용없는 존재로 여긴다는 것을 드러냄으로써 그 비인간성을 그린 점에서도 그러하다. 이는 전쟁과 공산주의의 비인간성, 비윤리성의 고발로 요약된다. 하지만 이 다음에 쓴 작품 「빨치산」[7]은 여러 면에서 보다 특징적이라 할 수 있다. 이 작품에서도 임경재와 같은 지식인이 등장하고 있지만, 앞의 작품과는 달리 이념의 문제를 본격적으로 취급하고 있기 때문이다.

「빨치산」의 주인공 김형식은 서울 법대를 2학년에 중퇴하고 스스로 공산주의를 택해 월북하는 지식인 출신 공산주의자이다. 전쟁 때 그는 빨치산 소대장으로 남파된다. 자신의 출신 성분 때문에 자기 비판을 하게 되고, 이 사실 때문에 그는 지식인으로서의 자신의 본명보다는 빨치산 대장으로서의 '추일(秋一)'이라는 이름으로 불리우는 것을 더 좋아한다. 그는 지식인이라는 출신상의 약점 때문에 빨치산 활동을 더욱 열성적으로 수행한다. 하지만 자신의 부대에 여성 빨치산이 들어오게 되고, 그녀를 사랑하게 되면서부터 점차 인간성에 눈뜨게 된

---

6) 『전선문학』 1, 1952. 4.
7) 『신천지』 51, 1952. 5.

다. 그리하여 결국 자신의 부대가 포위당했을 때 그는 용감한 자폭보다는 인간답게 살아보기 위해 투항을 택한다.

이 작품으로 작가는 1954년 '아세아 자유 문학상'을 수상하게 되는데, 이 작품에 대한 평가는 "사상성 때문에 인간적인 모든 요소를 상실했다가 애정을 교량으로 다시 인간성을 복구하는 과정을 그린 것"[8] 또는 "전쟁의 충격으로 허물어진 인간 관계 즉 윤리적 관계를 회복하려는 인간상을 형상화함으로써, 한국 전쟁이 낳은 하나의 새로운 인간상을 창조하고 있는 데 그 의의가 있다"[9]는 것이었다. 이러한 평가는 주로 다음에 나오는 주인공의 말에 의거한 것이었다.

> 물론 어린애까지 죽이면 민심이 돌아간다는 이유였읍니다만 어쩐지 죄없는 어린 시체를 그대로 볼 수가 없었읍니다.
> 생각하면 마음이 약해진 것이 아니라 사랑이 인간적인 마음의 눈을 트게 한 것 같았읍니다.
> 나와 같은 얼굴에다 나와 같은 옷을 입고 나와 같은 말을 하는 동포의 슬픔에 어찌 무감각하여야 하겠읍니까? 인간이 인간으로 자처하는데 인정을 무시하고 어찌 자기의 존귀성을 말할 수 있겠읍니까?[10]

이데올로기와 휴머니즘을 서로 대립적인 개념으로 설정해 놓고서 사랑을 매개로 하여 후자를 강조하는 소설의 내용은 전쟁이 인간의 목숨을 경시하는 풍조에 반발하는 데서 의미를 지닐 수 있을 것이다. 그러나 이러한 점은 서구 실존주의의 영향 하에서 씌어진 한국 전후 소설 전반에 해당하는 것으로 이 작품만의 특징이라고 보기는 힘들 것이다.

오히려 이 작품의 특징은 '이데올로기에 대한 환멸'을 보여 준다는 데에 놓여 있다고 할 수 있다. 지식인 주인공이 자신의 자유 의사에 의해 선택한 공산주의 이데올로기가 자신을 옥죄는 것으로 작용한다는 점, 다시 말해서 인간의 해방을 궁극적 목적으로 하는 공산주의 이데올로기가 자신을 해방하기보다는 출신 성분이라는 요소를 내세워 자신을 구속하였으며, 인간적인 면마저 빼앗아 가버렸

---

8) 박영준, 「저 산정에 햇볕이」, 앞의 책, p.277.
9) 이기윤, 「1950년대 한국 소설의 전쟁 체험 연구」, 인하대학교 박사학위 논문, 1989, p.62.
10) 박영준, 「빨치산」, 앞의 책, p.138.

다는 점을 드러내는 것이야말로 이 소설의 이면에 놓인 주제라 할 것이다. 이와 같은 이데올로기에 대한 환멸은 한국 전쟁에 대한 다음과 같은 왜곡과 관련되어 있다. 즉 전쟁이 소수의 주의자들이나 이념을 신봉하는 자들에 의해 일어났다는 것이다. 그래서 주의나 이념을 신봉하는 소수의 사람들과 함께 외세에 의해 민족의 대다수를 차지하는 일반 국민들은 전쟁에 휩쓸렸으며, 그 전쟁의 피해자가 되었다는 것이다. 이런 인식은 결과적으로 특정 이데올로기에 대한 비방으로 이어지고 또한 이데올로기의 허무함을 강조하는 것으로 나타나게 된다. 여기에서 한국 전쟁에 대한 인식의 한 유형이 형성되는 것이다. 이 유형은 전쟁에 대한 적극적인 자세라기보다는 소극적인 자세이며 수동적인 자세로 볼 수 있다. 이는 종종 이데올로기에 대한 피해 의식 또는 이데올로기 자체에 대한 거부로 나타나기도 한다.

한편 이 유형은 한국 전쟁이 남한 국민들의 공산주의에 대한 일반적인 관점에 미친 영향과도 관련된다. 해방 직후에는 진보적 지식인들 중 상당수가 공산주의를 쫓아 월북하기도 하였으나, 전쟁이라는 참혹한 경험을 통하여 전쟁의 원인이 공산주의에 있다고 단정함으로써 남한 국민들은 거의 체험적 반공주의자가 되어 버렸던 것이다.[11] 그리하여 전쟁 이전의 공산주의관과는 판이하면서도 매우 철저한 새로운 반공관이 수립된다. 작가 박영준도 이에 알게 모르게 관련되어 있는 것이라고 하겠다.[12]

지식인의 전쟁 체험이 결과적으로 자신이 선택한 이데올로기에 대한 환멸이라는 주제에로 귀착되는 것은 다음 세대의 소설에도 이어진다. 이 소설과 같이 지식인 출신 공산주의자를 다룬 이병주의 『지리산』과 이문열의 『영웅시대』 등이 한결같이 동일한 주제 의식을 보이는 것이 그 예가 될 것이다.[13] 이런 주제 의식이 한국 전쟁을 인식하는 하나의 방식으로 자리잡아 전쟁의 의미를 객관적으로 인식하는 데 방해물로 작용한 측면이 없었다고는 말할 수 없다. 결론적으로 박영준의 「빨치산」은 이데올로기에 대한 환멸을 그려냄으로써, 그 이후에는 이데올로기 자체를 거세해 버린 가운데 인간의 실존이나 윤리성 따위를 다루는

---

11) 안병영, 「6·25가 미친 정치적 영향」, 『현대사를 어떻게 볼 것인가』 II, 동아일보사, 1988, p.409.
12) 박영준 자신도 해방 직후 남로당과 연결되었던 조선문학가동맹 계열의 잡지에 작품을 발표하였다가 뒤에 전향 선언을 한 바 있다.
13) 이 점에서 조정래의 『태백산맥』 이후 창작된 몇몇 작품은 예외적이라 할 수 있다.

경향으로 나아가는 하나의 시발점이 되었다고 볼 수 있다.

한편 이데올로기 문제가 결여된 상태에서 전쟁이 가져온 인간성의 파괴를 고발하고 파괴된 인간성의 회복을 추구하는 주제는 이후 박영준에게 있어 중심적인 테마로 자리잡게 된다. 군대의 기강을 확립하고 적의 공격에 대비하기 위해 임무를 수행치 않은 부하를 징계할 수밖에 없었던 한 지휘관의 인간적 고뇌를 다룬 「김장군」,[14] 군인으로 나간 아들을 전장에서 잃은 한 노파가 젊은 군인들을 보고서 마치 자신의 아들을 대하는 것과 같은 감정을 가지는 「변노파」[15] 등의 작품이 이런 계열에 속하는 작품이다.

3. 전쟁과 개인적 윤리 의식

작가에게 있어 인간성의 회복이라는 주제는 윤리 의식의 차원으로까지 발전된다. 이런 경향을 보이는 작품으로는 「가을 저녁」[16]이 있다. 이 작품은 남편의 전사 통지서를 받은 한 여인과 아내를 잃은 춘식이라는 홀아비가 함께 살면서 겪게 되는 인간적 갈등을 보여 준다. 춘식은 그 여인의 자식들을 친자식처럼 여기며, 애들도 그를 친아버지처럼 따른다. 추석을 맞게 되자 그는 애들을 위해 주머니를 털어 신발을 산다. 그러나 그날 밤 죽은 줄로만 알았던 여인의 남편 태석이 돌아오게 된다. 태석은 춘식의 학교 동창이었다. 일이 이렇게 되자 태석은 춘식에게 식구를 부탁한 뒤 다시 전선으로 나가고 춘식도 여인에게 남편이 올 때까지 꼭 살아서 기다려야 한다면서 집을 떠나간다.

여기에서 우리는 전쟁이 낳은 또 하나의 비극을 볼 수 있다. 춘식은 결혼한 뒤에야 아내가 옛 친구의 아내였음을 알게 됐으나, 서로 외로운 사람이어서 별로 죄책감 같은 것을 느끼지 못했다. 그러나 그 친구가 살아서 돌아왔을 때 그는 "지금 어엿한 남편이 나타난 이상 이 자리를 떠날 것은 자기뿐이어야 한다고 생각지 않을 수 없었다. 아무도 떠날 사람이 없다. 자기만이 떠나야만 했다"[17]

---

14) 『전선문학』 4, 1953. 4.

15) 『문예』 14, 1952. 5.

16) 『전선문학』 2, 1952. 12.

라고 생각하면서 심한 죄책감에 사로잡히게 된다. 이와 같이 동기야 어떻든 결과적으로 인간으로서 해서는 안될 일을 저지르고 떠날 것을 결심하는 춘식은 비록 전쟁을 겪었을지라도 그 자신의 윤리적 기준을 그대로 소유하고 있는 경우에 속할 것이다. 전쟁 전의 윤리 의식을 그대로 지니고 있다는 것은 무엇을 의미하는 것일까. 그것은 전쟁이 인간성까지는 변화시키지 못했다는 구세대 작가로서 박영준의 의식을 반영으로 볼 수 있을 것이다. 이는 전쟁이 모든 것을 파괴해 버렸다고 인식하는 전후 세대의 그것과는 현격한 거리를 가진 것이다. 이 차이는 다음 장에서 작가의 중립적 시각과 관련하여 논의하기로 한다.

개인적 윤리 의식을 다룬 또 하나의 작품으로 「용초도 근해」[18]가 있는데, 이 소설은 다소 문제적인 작품이다. 무엇보다도 이 작품에는 전쟁 포로가 등장하기 때문이다. 당시 전쟁 포로들은 남쪽이나 북쪽 또는 중립국이라는 제3국을 택할 수도 있는 존재였다. 이런 전쟁 포로의 특수한 위치를 포착하여 이데올로기와의 관련하에서 소설적 형상화로 나아간 것이 최인훈의 『광장』이었다면, 이에 비해 전쟁 포로를 다루면서도 개인의 윤리 의식을 문제삼은 것이 박영준의 「용초도 근해」이다.

오랫 동안 적의 포로로 수용소에서 지내왔던 주인공 용수는 고향으로 풀려나기 위하여 마지막으로 거쳐야 하는 용초도행 배 속에서 고민을 하고 있다. 그 이유는 수용소에서 자신이 행한 행동과 깊은 관련이 있다.

> 그것은 그 배 안에 김정갑이나 타지나 않았을까 하는 생각에 마음이 질렸기 때문이다. 꼭 탔을 것만 같았다. 그렇게만 생각이 들었다. 그리고 김정갑은 이북에서 가졌던 원한을 복수하고야 말 것 같기도 했다.
>
> 그 수많은 사람 앞에서 자기는 자기의 전우를 팔아 먹었다는 죄가 들어나고야 말 것 같았다. 낯모를 사람이 자기를 힐끗 쳐다보고 지나가도 김정갑이나 자기를 찾아 다니는 것이 아닌가 하는 생각이 들었으며 아는 사람이 자기 이름을 불러도 김정갑이가 배 안에 있다는 사실을 아르켜 주려는 것처럼만 생각되었다.[19]

---

17) 위의 책, p.47.

18) 『전선문학』 7, 1953. 12. 이 작품은 김윤식, 『한국 현대 문학사』, 일지사, 1976, pp.44~59에서 종군 작가단의 성격과 임무에 부합되는 작품으로 평가되었다. 한편 용초도는 인민군 포로 수용소가 있던 거제도와 한산도 인근에 있는 작은 섬으로, 그 곳에는 북한군에 포로로 잡혔다가 풀려난 국군 포로들의 수용 시설이 있었다.

　수용소에서 국군 장교에게 세숫물을 떠다 준 이유로 고소된 김정갑의 비판 대회에서 용수는 그에 대하여 공산주의자인 인민군 장교보다 더 많은 기간의 처벌을 주장했기 때문에 전우를 팔아먹었다는 자책감에서 헤어나지를 못했던 것이다. 그는 김정갑의 문제 이외에 또 하나의 문제를 가지고 있었다. 그것은 북에서 사귄 수용소 앞 가게집 딸 혜민이 자꾸만 꿈 속에 나타나 자기를 남쪽으로 데려가 달라는 것이다. 용수는 자신이 겨우 지유의 몸이 될 위치에 놓여 있음에도 불구하고 김정갑과 혜민의 문제로 한 치의 자유도 누리지 못함을 깨닫게 된다.

> 「몸은 갈매기처럼 자유를 모두 찾았건만」
> 이런 것을 생각하는 동안 용수의 가슴은 사형 선고를 받았을 때처럼 두군거렸다.[20)

　수용소에 있을 때 반미구국투쟁위원회 지도원까지 지내며 날쳤기 때문에 자기보다 더한 죄책감에 사로잡혀 있어야 할 성주는 자유의 세상을 택하기로 마음먹은 순간부터 오히려 자유스러운데, 어째서 자신은 사형 선고를 받은 것과 같은 죄책감에 사로잡혀야 하는가? 이 죄책감을 극복하는 길은 무엇인가? 결국 주인공은 다음과 같은 방식으로 문제를 해결한다.

> 그러나 그리운 혜민을 만날 수는 없다. 자기 힘으로는 어떻게도 할 수 없는 일이었다.
> 그리고 자기가 죽을 때까지 옆을 떠나지 않을 김정갑의 그림자가 무서웠다.
> (중략 : 인용자)
> 용수는 어느새 난간 위를 뛰어 넘었다.
> 「사람 떨어졌다」
> 하는 고함소리가 갑판 위에서 사람들의 시선을 집중시켰으나 용수는 출렁이는 파문 하나 이르킴이 없시 물 속으로 자최를 감초아 버렸다.[21)

---

19) 『전선문학』 7, 위의 책, p.72.
20) 위의 책, p.76.
21) 위의 책, 같은 쪽.

용수는 북에 두고 온 혜민의 문제는 개인적 차원이 아닌 남과 북이 대치하고 있는 현실의 탓으로 돌리고 김정갑에 대한 자신의 고민은 죽음을 택함으로써 해결한다. 여기에서 우리는 작가가 두 가지 해결 방식, 역사에서 그 원인을 찾는 방식과 개인적인 차원에서의 해결 방식을 제시하면서 후자를 강조하고 있음을 알 수 있다. 그러므로 이 작품에서도 역시 이데올로기나 사상의 문제와 관련된 전자의 방식은 작품의 중심에 놓이지 못하게 된다. 작가에게 있어 작품의 중심은 김정갑과 관련된 주인공의 윤리 의식에 놓여 있었기 때문이다. 이러한 작가의 해결 방식은 "6·25와 별로 관련없음을 특징으로 한다"[22] 다시 말해서 주인공의 윤리 의식은 전쟁에 대한 인식과는 별개의 것으로서 개인적 차원에 머물고 있다는 것이다. 이 단편에서도 앞의 작품들과 마찬가지로 전쟁을 객관적으로 볼 수 있게 해 주는 한 요소로서의 이데올로기에 대한 관심은 어디론가 사라져 버려서 찾아볼 수 없게 되며, 이는 구세대로서 작가의 전쟁에 대한 중립적 시각을 보여 주는 것이기도 하다.

전쟁을 소재로 한 마지막 작품에 해당하는 「피의 능선」[23] 역시 치열한 전투를 소재로 삼고 있음에도 불구하고 전쟁과는 별로 연관성이 없는 작품이다. 피의 능선이란 한국 전쟁 당시 가장 치열한 전투가 벌어진 강원도의 한 지명이다. 작품 속의 원광철 중위는 예비 연대에 소속되어 지루한 장마철을 보내고 있다. 그러던 중 비가 계속되는데도 전투 명령이 하달되어 그는 부하들을 이끌고 피의 능선으로 향한다. 불리한 지형적 조건을 안고 싸운 전투에서 원 중위의 중대는 소대장 전부를 잃는 손실을 입게 된다. 이런 막대한 손실을 입고서도 결국에는 능선을 탈환하게 되었다는 것이 이 작품의 대략적 줄거리이다. 이 작품에서 중요한 것은 아군의 피해가 막심하다든가 능선을 탈취하게 되었다든가 하는 데 있지 않다. 원 중위가 부하들을 몽땅 잃고 혼자 살아서 돌아올 때나 기관포탄에 맞아 병원에서 치료를 받고 나올 때 느끼는 감정이 더욱 중요하다. 다음에 인용한 작품의 결말 부분은 이러한 감정을 잘 보여 주는 대목이다.

---

22) 김윤식, 「6·25 전쟁 문학」, 『한국현대문학사론』, 한샘, 1988, p.86.
23) 『사상계』 19, 1955. 2.

수많은 전우들이 영 돌아오지 못하는 길을 떠났는데 자기만은 불구자가 되지 말
자고 일 년 반이나 병원에 누워 있을 수가 있는가?
고혼(孤魂)들이 누워 있는 자기를 비웃을 것이다.
그뿐만도 아니었다. 오 메터만이라도 후퇴하라고 승낙을 했다면 죽지 않고 살았
을 김상사의 얼굴이 눈앞에 떠올랐다.
『김상사!』
원중위는 혼자서 신음 소리 비슷한 비명을 올렸다.24)

자신만이 살아남았다는 죄책감과 기분이 이상하다면서 몇 미터만 후퇴하자는
부하를 억지로 붙잡고 있다가 그 부하를 포탄에 날려 버린 죄책감이 주인공의
의식을 사로잡고 있는 것이다. 바로 이러한 주인공의 의식을 통해서 우리는 또
다시 작가가 적에 대한 불타는 적개심이나 전쟁이 무엇 때문에 계속되는가 따
위의 생각에는 별로 관심이 없음을 확인할 수 있을 따름이다. 이 역시 전쟁에
대한 중립적 시각이라 부를 수 있을 것이다. 작가가 강조하는 것은 앞의 작품과
다름 없는 윤리 의식일 뿐이다. 이제 이 중립적 시각과 윤리 의식이 어떤 성격
의 것인지를 규명해 보도록 하자.

4. 중립적 시각과 윤리 의식의 성격

지금까지 분석해 본 박영준의 전쟁 소설은 이데올로기에 대한 환멸로부터 시
작하여 이데올로기를 배제한 채 전쟁의 참상 속에 놓인 인간의 윤리 의식을 문
제삼는 것으로 전개되어 왔다. 특히 「용초도 근해」는 개인의 윤리적 결단을 문
제삼은 것이었다. 이처럼 이데올로기 문제를 배제하고 개인적 차원의 윤리 의식
에도 접근하는 것을 전쟁의 역사적 의미와는 관련이 별로 없다는 의미에서 중
립적 시각이라 불렀거니와, 이의 한계는 같은 포로 문제를 다루고 있는 최인훈
의 『광장』(1960)을 살펴봄으로써 명확해질 것이다.
『광장』의 주인공 이명준은 대학생으로 어느 날 월북한 아버지 때문에 경찰에

---

24) 같은 글, 『한국문학전집』 18, 민중서관, 1972, p.459에서 재인용.

끌려가서 고문을 당하고 나오게 된다. 이후 그는 북한에 올라가서 아버지를 만나고 공산주의를 학습하게 되나, 거기서도 그는 자신이 찾던 광장을 발견하지 못하였다. 그러다가 한국 전쟁 때 인민군으로 참전하였다가 포로가 되고, 포로 교환 때 그는 남쪽도 북쪽도 아닌 중립국 인도를 택하게 된다. 그 이유는 양쪽 어느 곳에서도 진정한 광장이나 밀실을 발견하지 못했기 때문이다.

이 소설에서 명준은 공산주의에서도 자유 민주주의에서도 절망만을 발견할 뿐이다. 남쪽에서는 월북한 아버지로 인해 모진 고문을 당해야 했고 북쪽에서도 기계적인 이데올로기만이 있음을 파악할 따름이다. 비록 작품의 결말에서 주인공 명준은 중립국 선택이라는 역사에서의 도피를 감행하지만, 그의 행동은 한국 근대사와 밀접하게 관련된 두 이데올로기에 잇닿아 있는 것이다. 즉 그는 자신의 한 몸에 현실의 모순을 담고 있었던 것이다. 여기에서 한국 전쟁은 개인적 차원의 실존적 고민에서 벗어나 비로소 역사의 의미 안으로 포섭될 수 있게 되었다고 할 수 있다. 작가 최인훈은 이를 가능케 한 요인의 하나로 4·19를 꼽았다.25) 이 사건으로 인해 이승만 정권의 반공 이데올로기 공세에서 벗어나 다소나마 자유로이 사상의 문제를 취급할 수 있었던 것이다. 이와 함께 전쟁으로 인한 서로에 대한 불타는 적개심을 가라앉히고 냉정하게 역사를 바라볼 수 있었던 객관적 거리가 생긴 것도 또 다른 요인으로 지적할 수 있다.

결국 『광장』은 또 다른 관념의 차원으로 나아가는 것이라 할지라도, 이데올로기 문제를 회피하거나 배제하지 않고 그 허위성 자체를 극복하고자 노력한 작품으로 평가된다. 이는 주인공 명준이 이데올로기가 지배하는 현실 속으로 뛰어들어 그 현실을 이해하려는 노력을 계속한다는 점에서 증명된다. 이 점이야말로 『광장』의 문학사적 의의라 해도 과언이 아닐 것이다.

이로 미루어 볼 때 「용초도 근해」 등은 전쟁이라는 거대한 역사를 그 문학적 제재로 다루고 있음에도 불구하고 그 전쟁과는 어느 정도 별개의 것으로서 개인적인 차원의 윤리 의식을 문제삼고 있다는 점이 그 특징이자 한계라고 할 것

---

25) 이 점은 다음의 진술에서 확인된다. "아세아적 전제의 의자를 타고 앉아서 민중에겐 서구적 자유의 풍문만 들려줄 뿐 그 자유를 「사는 것」을 허락하지 않았던 구성원하에서라면 이런 소재가 아무리 구미에 당기더라도 감히 다루지 못하리라는 것을 생각하면서 빛나는 4월이 가져온 새 공화국에 사는 작가의 보람을 느낍니다", 최인훈, 『최인훈 전집1 : 광장 / 구운몽』, 문학과 지성사, 1976, p.16.

이다. 다시 말해 「용초도 근해」로 대표되는 박영준의 전쟁 소설은 전쟁으로 인한 인간성의 파괴에 직면한 포로의 심리를 그려냄으로써 전쟁의 역사적 의미와는 별도의 차원을 보여 주고 있다는 점에서 특징적이지만, 전쟁의 역사적 의미 규정을 도외시한 점에서 결정적 한계를 가지는 것이다. 이런 차원은 앞서 살펴본 바와 같이 1960년대의 작품인 『광장』에 이르러서야 비로소 넘어설 수 있게 된다. 최근의 분단 문제를 다룬 작품들이 이데올로기의 문제를 취급하면서 전쟁을 그려내고 있다는 사실 역시 중립적 시각의 극복을 증거하는 것으로 볼 수 있을 것이다.

한편 위에서 살펴본 중립적 시각과 관련된 또 하나의 문제점으로 작가가 강조하는 윤리 의식을 들 수 있다. 이는 「가을 저녁」과 「용초도 근해」, 「피의 능선」 등에서 뚜렷이 부각된 점이다. 이 윤리 의식은 전쟁에 대한 역사적 의미 규정에 대해 중립적 시각을 확보했을 때 가능한 것이었다는 점은 이미 밝힌 바와 같다. 잘 알려진 대로 전후 세대의 의식은 기존의 전통적인 그것과의 단절을 그 특징으로 한다. 전쟁으로 인해 모든 것이 파괴되어 버렸으며 유산으로 물려받은 것은 아무 것도 없다는 인식이 팽배했음은 물론이다. 그리하여 파괴 위의 인간 실존에만 그들은 관심을 두었던 것이다. 사정은 문학 분야에서도 마찬가지였다. 기존의 문인은 단지 파괴되어야만 할 우상으로 취급되기에 이른다.

> 이제 그러한 우상은 우리에게 있어 아무런 의미도 되지 않는다. 표피를 스치고 지나가는 일진의 광풍에 불과하다.
> 우리의 정체를 감추기 위하여 그 거추장스런 달팽이의 껍데기를 등에 지고 다닐 필요는 없다. 혈혈 단신 물려받은 유산도 없이 우리는 우리의 새로운 작업을 개시해야 된다.
> 50 유년의 신문학 시대 그것을 과도기나 초창기의 혼란이라 부르기엔 너무나 지루하고 긴 세월이었다.
> 우리는 이 문학 선사 시대의 암흑기를 또 다시 계승할 아무런 책임도 의욕도 느끼지 않는다.
> 지금은 모든 것이 새로이 출발해야 될 전환기인 것이다.
> 우상을 파괴하라! 우리들은 슬픈 아이코노크라스트, 그리하여 아무래도 새로운 감격이, 비약이 있어야겠다.26)

‘화전민 의식’으로 불려지기도 하는 이러한 전후 세대의 의식은 부모가 누구 인지도 모르는 또는 그 존재까지도 알지 못하는 고아의 그것과 흡사한 것이다. 이런 의식은 손창섭에게서 발견되듯이 인간에 대한 신뢰를 찾아 보기 힘든 경 우로까지 확대된다. 이럴 때 인간은 더 이상 이성적인 존재로서 머물기를 그치 기 때문에 동물과 구분되기 힘든 상태에까지 이른다. 그래서 전후 세대는 이성 이라는 본질에 의해 가려진 인간의 존재보다는 죽음이 언제 닥칠지 모르는 한 계 상황 속의 인간 실존을 문제삼았던 것이다.

이에 비해 박영준은 합리적이고 이성적인 종래의 인간상을 그리고 있어 구세 대로서 그의 개성적인 인간관을 보여 준다. 수용소에서 벌어진 인민 재판 도중 에 전우에게 중형을 선고할 것을 말한 사실 때문에 괴로워하는 「용초도 근해」 의 주인공 용수의 의식은 어떤 것인가? 그것은 물을 것도 없이 인간으로서의 도 리를 지키고자 하는 그런 성질의 것이다. 그의 윤리 의식은 전쟁을 겪음으로 해 서 완전히 사라져 버리거나 변화하는 것이 아니다. 여기에는 전쟁이 아무리 격 렬한 방식의 정치적 행동이라 할지라도 인간의 도덕 관념이나 윤리 의식은 변 화시키지 못한다는 작가의 생각이 저변에 깔려 있다. 그런 의미에서 용수가 겪 은 수용소에서의 상황은 실존 철학에서 말하는 ‘한계 상황’이라고 부르기 힘든 것이다. 왜냐하면 한계 상황이란 “내가 갈등과 고통이 없이 살 수 없다는 것, 내 가 피할 수 없는 책임을, 내 어깨 위에 걸머지고 있다는 것, 내가 죽어야 한다는 것 등의 상황들”을 가리키며, 사유는 거기에 부딪쳐서 좌초하기 때문이다.27) 그 러므로 계속해서 사유하고 반성하며 절망하는 박영준의 작품의 주인공이 말하 고자 하는 바는 한계 상황이 아니라 오히려 키에르케고르적 의미에서의 ‘양심’ 에 가깝다고 할 것이다. 키에르케고르에 의하면 인간은 그 자신이 바라는 대로 되지 않으면 그것에 대해 절망하며 더 이상 자신으로 존재하는 것을 참지 못한 다. 즉 자신이 바라는 대로 되었다면 기뻐할 것이지만, 그렇게 되지 못했기 때문 에 자기 자신이 절망적인 것으로 되는 것이다. 이 때 그가 어떤 사람이 되어야 할지를 알 수 있는 기준이 양심이다.28) 「용초도 근해」의 주인공은 바로 자신이

---

26) 이어령, 「우상의 파괴」, 『한국일보』, 1956. 5. 6.

27) K. Jaspers, *Philosophie II*. Berlin, 1932, p.203ff. F. Zimmermann, 이기상 역, 『실존 철학』, 서광사, 1989, p.110에서 재인용.

28) F. Zimmermann, 이기상 역, 위의 책, pp.66~71.

전쟁 이전의 윤리 의식을 지닌 인간이 되어야 함에도 불구하고 그렇게 되지 못했기 때문에 결국 자신의 목숨을 버리게 되며, 그 순간 주인공이 윤리 의식의 기준으로 삼는 것이 바로 양심이었던 것이다.

그렇다면 기존의 윤리 의식에 대한 재해석을 시도하는 박영준의 작품들은 어떤 의미를 지닐 수 있을 것인가. 이는 전후 세대들이 전통에 대해 거의 의식이 없었던 점과 관련하여 판단되어야 한다. 전통 단절을 주장했던 그들도 결국에는 다시 전통과 마주쳐야 했음을 생각할 때 박영준의 시도는 어떤 형태로든 평가를 받을 수 있을 것이다. 또한 전쟁이라는 똑같은 상황에 직면했을 때 전후 세대가 그것을 더 이상의 인간 사유가 존재하지 않는 한계 상황으로까지 파악한 데 비해, 구세대로서 박영준은 끝까지 인간 사유(또는 이성)의 힘을 믿고 있었다는 점에서 차이가 있음을 지적할 수 있다. 하지만 한 가지 사항, 즉 그의 윤리 의식이 전쟁이라는 현실과 유리된 중립적 시각 아래 작품 속에 나타났다는 점은 강조되어야 한다.

5. 맺음말

분단의 비극에 뒤이은 한국 전쟁은 문학인들에게도 예외 없이 닥쳐왔고 그들은 직접 전선으로 나가거나 후방에서의 일을 맡기도 하였다. 문학인들의 전쟁에 대한 초기의 반응은 종군기에 나타난 바와 같이 적에 대한 직접적인 적개심으로 표현되었다. 그러나 구체적인 문학작품에서는 그렇지가 않았다. 우리는 구세대의 한 사람으로서 박영준이 쓴 전쟁 문학을 지금까지 검토해 보았는데, 이들 작품의 성향도 그런 직접적인 반응과는 상당한 거리가 있는 것이었다.

박영준은 「빨치산」이라는 문제적 작품을 통해 한편으로는 전쟁의 비극적인 면을 부각시키면서도 또 다른 한편으로는 이데올로기에 대한 환멸을 드러내었다. 사상성이 인간적인 모든 면마저 빼앗아갔다는 인식 아래 사랑을 매개로 하여 전쟁 중에 잃어버린 모든 요소를 회복하려고 시도하는 이 작품에서 작가가 전쟁에 대하여 갖고 있는 생각을 알 수 있었다. 그것은 다분히 전쟁에 대해 소극적이고 피해 의식에 사로잡힌 성격의 것이었다. 이것이 발전한 이데올로기에 대한 거부 내지 회피라는 작품의 경향은 전쟁을 소재로 한 소설의 한 유형으로 자리잡게 되어 이후의 소설들에서 확대된다.

전쟁에 대한 중립적 시각은 전쟁의 의미나 이데올로기적 자장을 초월하여 다른 주제들을 다룰 수 있는 원천이 된다. 이런 중립적 시각을 바탕으로 포로의 윤리 의식을 문제삼은 「용초도 근해」가 창작되었던 것이다. 이 작품의 주인공은 포로 수용소에서 저지른 자신의 비윤리적 행위 때문에 괴로워하다 결국에는 바다에 투신 자살하게 되는데, 이는 실상 전쟁과는 별 상관없는 일로 볼 수 있다. 그의 고민은 역사와는 무관한 개인적인 차원에 머무르고 있기 때문이다. 또한 그의 모습은 한계 상황 속에서의 인간 실존이라기보다는 키에르케고르적 양심의 문제와 결부되는 것이다. 이런 점에서 박영준의 작품도 실존주의와 일정한 관련성을 지닌다고 하겠다. 이와 같은 작품의 한계는 최인훈의 『광장』에 이르러서야 역사적 의미와 연결되면서 그 극복이 가능하게 된다. 결국 작가의 중립적 시각이란 역사와의 관련성을 무시하는 것으로부터 출발한 것에 지나지 않는 것이었고, 실존주의 역시 그러하였다.

한편 작가가 내세운 윤리 의식이란 전쟁이 막대한 물질적 피해를 입혔음에도 불구하고 인간의 도덕 관념이나 윤리 의식은 변화시킬 수 없다는 인식을 기초로 한 것이었음이 증명되었다. 그러므로 작가에게 있어 윤리 의식은 전쟁 이전의 그것과 다를 바 없었다. 전후 세대들이 극단적인 경우 인간의 합리성마저 포기한 것과 대조적인 것이라 할 수 있다. 이런 전후 세대의 의식과 관련하여서만 박영준이 주장한 인간의 사유를 신뢰하는 개인적 윤리의식은 의미를 가지게 된다. 하지만 그것이 우리 문학 또는 우리 근대 문학의 전통과 어떤 연관성을 지니고 있는지에 관해서는 이 글에서 상세히 다루지 못하였다.

끝으로 덧붙이고 싶은 것은, 구세대 작가로서 꾸준히 작품 활동을 계속한 박영준의 전쟁 문학이 갖는 중립적 시작은 『광장』에서 어느 정도 극복되었지만, 전쟁을 일으킨 근본적인 원인의 하나에 속하는 이데올로기 문제를 회피하거나 배제하고서는 전쟁에 대한 올바른 인식에 도달하기 힘들다는 점이다. 또 하나 전후 문학은 그 자체 독립적으로서가 아니라 그 이전과 이후 시기 문학과의 관련하에서 그 문학사적 의미가 구명되어져야 한다는 것이다.

전쟁 속에 강요된 자기 동일성 비판

— 곽학송론

1. 전쟁의 속성과 정통주의적 전쟁관

전쟁이란 하나의 정치적 집단이 자신의 이념이나 논리를 다른 세력에게 일방적으로 강요하는 정치적 행위이다. 그 행위는 매우 극단적이어서 상대방의 목숨을 위협하면서까지 의도를 관철하려 한다. 그럼에도 상대방이 계속하여 그 요구를 거부하면 결국 목숨을 빼앗는 방법으로 자신의 의도를 실현시킨다. 이를 최근 프랑스의 포스트모던 철학에서 사용하는 용어로 바꾸어 표현하면, 전쟁이란 한 주체가 자기 동일성(self identity)을 타자(other)에게 일방적으로 강요하는 극단적인 행위의 일종이라고 할 수 있다. 또한 그것은 타자가 지닌 그 나름의 존재성, 곧 타자성(otherness)을 무시하는 행위이기도 하다. 그러나 이러한 시각은 1950년대 전후 세대의 작가들에게서 쉽게 발견되지 않는 것이다. 당시에는 오히려 다음과 같은 정통주의적 시각이 지배적인 위치를 점하고 있었던 것으로 보인다.

한국 전쟁을 바라보는 다양한 시각 가운데 정통주의란 전쟁을 미국과 소련으로 대표되는 냉전 이데올로기의 산물로 보는 시각이다. 이 시각에 따르면, 두 세력이 서로에게 자신들의 이데올로기를 강요하는 가운데 전쟁은 발발하였다. 즉 자기 동일성을 상대방에게 관철시키려는 의도를 지닌 두 개의 배타적인 동일성이 충돌하여 전쟁이 일어난 것이다. 이 때 대다수의 민중들은 이데올로기가 무엇인지도 모른 채 전쟁의 외중에 휩쓸렸다고 간주된다. 민중들은 공산주의나 자유 민주주의라는 이데올로기와는 상관없이 단순히 자신들의 일상적인 삶을 충실히 살아가고 있었을 뿐이라는 것이다. 1950년대의 전후 세대 작가들 가운데 다수가 이러한 견해를 지니고 있었으며, 프랑스에서 유입된 실존주의는 이러한 경향을 더욱 부추겼다. 그 결과 대부분의 소설 작가들은 사악한 이데올로기 집단과 무고한 민중이라는 이분법적 구도를 설정하여 전자에 의해 일방적으로 당하기만 하는 후자의 비참상을 부각시키는 데 주력하였다. 이와 같은 경향의 대표적인 예로 하근찬을 들 수 있다. 그의 대표작인 「수난 이대」를 보더라도, 거기에 등장하는 인물은 이데올로기가 무엇인지도 모르는 농촌의 순박하고 평범한 농민들이다. 그들은 영문도 모른 채 태평양 전쟁이나 한국 전쟁에 휩쓸리면서 커다란 고통을 당하게 되다. 이 경우 주인공이 순박하면 순박할수록 그들이 겪는 수난과 비참상은 더욱 부각될 수밖에 없다. 이데올로기 내지 권력과 순박한 인물을 대비시켜 전쟁의 비참상을 더욱 뚜렷하게 드러내는 이러한 경향은 전쟁을 직접 체험하고 아직 그것을 객관적으로 평가할 만한 시간적 여유를 가지지 못한 전후의 작가들로서는 당연한 것이었는지도 모른다.

이 글에서 다룰 또 한 사람의 전후 세대 작가인 곽학송은 이런 경향과는 다소 거리를 두고 작가 생활을 시작하였다. 그의 초기 작품들에서는 타자성을 배제한 채 자기 동일성을 타자에게 강요하는 인물과 자기의 삶에 충실하면서 다른 사람의 존재성, 곧 타자성을 인정해 주는 인물 사이의 심리적 대립과 그 이면에 숨겨진 문제에 대한 탐구가 작품의 중심적 주제를 이루고 있다. 그러니까 곽학송은 작가 생활의 처음부터 전쟁의 의미에 대한 탐색이라든가 전쟁의 비참상의 부각이라든가 하는 문제가 아니라, 인간 실존의 한 측면에서 발생하는 다소 철학적인 문제를 자신의 중심 주제로 삼았던 것이다. 그러므로 그가 행한 다음의 발언에서 드러나듯 전쟁은 단지 배경일 따름이다. 즉 "시간은 반드시 6·25 동란으로 설정해야 할 아무런 이유도 없다. 다만 인간의 본성이란 전쟁과 같이 절박하고 격동하는 시간에 보다 더 여실하게 탄로된다는 말을 믿었던 것"이다. 결국 그는 전쟁 소설이 아니라 전쟁을 배경으로 한 인간 사이의 동일성과 타자성의 관계에 대한 천착을 통해 인간 실존의 문제를 깊이 있게 다루고자 했던 것이라고 볼 수 있다.

2. 명령 속에 숨겨진 인간적인 측면의 발견

곽학송이 다루고자 했던 인간 사이의 동일성과 타자성의 문제는 주인공을 둘러싼 외적 상황이나 사건의 묘사보다는 대체로 인물들의 내면 심리 내지 의식의 묘사에 집중된다. 왜냐하면 상대방을 타자로서 인정하지 않고 그에게 자기 동일성을 강요하거나 반대로 상대방을 타자로서 인정하는 것은 무엇보다도 의식의 작용이기 때문이다. 그 결과 비록 행동이 작품의 표면에 드러난다 하더라도 그 행동은 단지 의식의 반영일 뿐이다. 이처럼 주인공의 내면을 통해 앞서 말한 주제를 성공적으로 형상화한 작품으로는 『문예』지에 추천된 「독목교(獨木橋)」를 들 수 있다.

이 작품에는 같은 소위였다가 일 계급 진급하여 중대장이 된 이덕호 중위와 그의 부관으로 임명된 김영수 소위라는 두 명의 인물이 등장한다. 이들은 같은 부대에 속해 있지만, 서로 판이하게 다른 성격의 소유자이다. 중대장인 이 중위는 군대의 규율을 절대적인 것으로 여기면서 상관의 명령은 결코 어겨서는 안 되는 것이라고 생각하는 인물이다. 그는 부하들의 마음은 알아주지 않으면서 언제나 자신의 명령에 부하들이 따라 줄 것을 요구한다. 즉 그는 자기 의식 속이나 의식 밖의 타자의 존재를 배제하고 자기 동일성을 강하게 내세우는 인물인 것이다. 이런 성격은 작품의 배경이 군대라는 집단이라는 사실로 인하여 더욱 부각된다. 이에 비해 부관인 김 소위는 앞서 말한 바처럼 일방적으로 자기 동일성을 주장하는 이 중위를 비판하면서 부하들의 마음을 헤아릴 줄 아는 인간적인 면모를 지닌 인물이다. 곧 자기 의식 속에 존재하는 타자성을 용인하는 인물인 것이다.

두 사람의 이러한 성격 차이는 하나의 목표점을 향하여 맹진격을 개시하여 어떤 지역에 진출한 후 잠시 진격을 멈추었을 때 마침 그 곳 태생인 고급 하사관 한 명을 일 킬로쯤 떨어진 집에 다녀오도록 김 소위가 외출을 보내줌으로써 벌어진 일을 통해 명확히 드러난다. 당시는 소위였던 이덕호는 명령을 어기고 외출을 보내 준 김 소위를 책망하고 나아가 당시 중대장을 위시한 다른 사람 앞에서까지 무안을 준다. 이덕호는 위에서 살펴본 것처럼 자신의 생각하는 바에 어긋난 것은 도저히 용납할 수 없는, 이른바 자기 동일성을 강하게 내세우는 인물이었으므로 그의 이러한 행동은 그로서는 당연한 것이다. 게다가 그 자기 동일성은 전쟁과 군대라는 상황으로 인하여 명령의 형태를 띠고 다른 사람에게 강요된다. 이와는 대조적으로 김 소위는 부하들의 마음을 이해해 주는 장교이다. 그가 하사관을 외출시킨 것은 전쟁통에 옛집이 그대로 남아 있으리라고는 생각조차 없는 노릇이고 몇 해만에 자기가 자라난 옛 마을이나마 바라보자는 하사관의 심정을 헤아렸기 때문이다. 그만큼 그는 타자의 처해 있는 상황을 인정하고 자신의 동일성을 일방적으로 강요하지 않는 인물이다.

대조적인 성격의 두 사람은 삼백 명의 적에게 포위된 채 일개 중대 병력으로 백 명에 가까운 사상자를 내고 점령한 고지를 지키고 있었다. 그런데 상부로부터의 명령이었던 칠십 이 시간을 버티는 것은 이미 끝났는데, 어찌된 셈인지 이 중위는 철수할 생각을 않고 계속 고지를 지키려 한다. 이러한 처사에 대해 김 소위는 그것이 명예를 위해서라면 어떤 희생도 사양하지 않는 이 중위의 의지에서 비롯된 것으로 생각한다. 드디어 전투가 시작되자 중과부적으로 아군이 밀리게 되었고, 대부분의 병사들은 절벽을 뛰어 내려서 후퇴를 하게 된다. 김 소위 역시 결국에는 절벽을 뛰어 내리게 되는데, 절벽 아래의 덤불 속에 숨어 있는 그에게 부상당한 이 중위가 기어 들어오는 일이 벌어진다. 거기에서 김 소위는 고지를 사수하려는 것이 중대장의 의지가 아니라는 사실을 알게 된다. 부상당한 이 중위가, 무모한 명령을 내려 자신의 부하를 죽게 만든 연대장을 찾아가 복수하고 싶다고 말했기 때문이다. 여기서 김 소위는 타자의 입장을 이해한다고 믿었던 그 자신이 편견으로써 중대장을 대했음을 알게 되고, 자기 동일성만 내세우는 줄 알았던 이 중위가 자기보다도 훨씬 더 부하를 사랑하고 있었음을 깨닫는다. 나아가 많은 수의 자기 부하를 죽였다는 이유로 연대장을 미워하는 이 중위를 보면서 연대장 또한 이 중위의 중대원 사십 명의 생명을 죽이고 수백 수천의 연대원의 생명을 살리려고 작전 명령을 내렸을 것이라고 생각한다. 그런 점에서 연대장은 그들보다 훨씬 부하들, 즉 외부의 타자를 깊이 헤아린 셈이다. 결국 타자를 인정한다고 스스로 믿었던 김 소위는 그런 믿음(자기 동일성)에 매몰된 채 타자인 이 중위의 논리를 인정하지 않다가, 중대장인 이 중위가 자신보다 더 타자를 인정하고 또 연대장이 중대장보다 더 타자를 인정한다는 것을 뒤늦게 알게 된 것이다. 그래서 그는 자신이 나아갈 길은 묵묵히 그들의 명령을 따르는 것이라고 믿게 되는 것이다.

이상에서 살펴 보았듯이, 곽학송의 초기 대표작 「독목교」는 명령이라는 일방적인 자기 동일성과 인간적인 면을 고려하는 타자성의 용인이라는 두 가지 측면을 대립적으로 제시하면서 명령이라는 일방적 자기 동일성의 강요 속에도 역시 타자성을 인정하는 측면이 있다는 것을 보여준다. 또한 자신은 타자를 배제하지 않고 있다고 믿으면서 이 중위도 자기처럼 타자성을 인정하기를 바라는 김 소위의 생각이 역시 타자를 배제하는 측면을 가진 자기 동일성의 일종이었음을 보이면서, 타자성을 인정하는 논리 속에도 자기 동일성이 내재되어 있을 수 있음을 드러낸다. 이와 같은 동일성과 타자성의 문제는 물론 앞서 이야기한 것처럼 전쟁과는 밀접한 관련이 없는 문제인지도 모른다. 그러나 전쟁의 속성이 상대방에게 일방적으로 자기 동일성을 강요하는 것인 만큼 다음의 소설에서도 곽학송은 계속하여 전쟁을 배경으로 하고 있다. 그의 초기 장편 소설이자 그의 문학사적 위치를 공고히 해준 『철로』역시 그러하다. 그러나 이 작품에서는 「독목교」에서처럼 전투 현장이 아니라 전쟁을 겪는 일반 민중들의 삶을 소재로 다루고 있다. 이러한 소재를 바탕으로 동일성과 타자성의 문제를 한층 극단적인 경우로 이끌어가면서 그것의 해결을 시도하고 있다는 점에서 『철로』는 보다 근본적으로 인간 실존을 문제삼은 소설로 볼 수 있을 것이다.

3. 세 가지의 자기 동일성

곽학송의 처녀 장편 『철로』의 주인공은 수색역에서 평범한 철도 전신원으로 근무하는 현수이다. 그는 자기와 상관없는 일에는 일체의 관심을 가지지 않는 인물이다. 오직 자기의 일만 충실히 수행하면 된다는 식의 의식을 지니고 있을 따름이다. 또 그는 자신이 타당하다고 생각하고 열심히 수행한 일이 뒤에 자기 자신에게나 남에게 어떠한 결과를 가져오든 그것은 자신이 관여할 바가 아니라고 생각한다. 그렇기 때문에 전쟁 전이나 전쟁이 진행되는 중이나 국군이 곧 서울을 수복할 것이라는 소식을 들었을 때까지도 그러한 사회적 상황의 변동에는 아랑곳하지 않고 철도 통신원으로서의 생활에 충실할 수 있었다. 또한 자기 이외의 보통 사람들이 흥미를 느끼는 일에 굳이 관심을 기울이지 아니하고 휴일에도 아무런 대가없는 철도 통신 약호를 혼자서 연구할 수 있는 것이다. 지금까지 설명한 것으로 미루어 볼 때, 현수는 철저히 자기 속에 파묻힌 폐쇄적 인간이라고 할 수 있다.

이와 같이 폐쇄적인 성격의 현수를 둘러싼 사람들 중에는 상반된 두 세력이 자리잡고 있다. 한 세력은 같은 직장에 근무하다 계속해서 전쟁 중에도 그에게 자기와 함께 행동할 것을 요구하는 기호로 대표된다. 기호는 공산주의 세력에 반대하는 자유 민주주의의 옹호자이다. 전쟁 전에 멸공의 투사로 활약하다 철도 통신원이 되었던 기호는 서울이 점령당할 때 현수와 같이 도강(渡江)하려다 실패한 뒤 유격대원의 일원이 된다. 그는 겉으로 여전히 수색역에서 근무하면서 직업 동맹의 직장책(職場責)의 자리를 맡고 있지만 남몰래 공산 세력의 파괴 공작에 앞장서서 활동한다. 현수도 점령 초기에는 이와 같이 적극적으로 활동하는 기호와 함께 행동하였다. 그러던 어느날 기호는 현수에게 손수건 하나를 내놓으며 거기 새끼 손가락을 물어뜯고 흐르는 피로 태극기를 그리고 서명을 하라고 권하게 되는데, 그것은 유격대에 가담하라는 권유였다. 현수는 단지 손수건이 갖고 싶다는 생각을 할 뿐 거기에 응하지 않았다. 그는 자신이 기호와 같은 행동을 취해야 할 필요를 느끼지 못했기 때문이다. 이후 기호는 인천 상륙 작전의 성공으로 서울의 탈환이 눈앞에 다가왔을 때 다시 현수의 앞에 나타나 재차 유격대에 가입할 것을 권하게 된다. 그 때까지 공산주의자들 아래에서 작업에 종사해 온 현수가 부역자로 몰릴 것을 모면시켜 보자는 의도에서였는데, 이번에도 그의 제의는 거절당한다. 소설의 끝부분에 가서 기호는 부역죄로 취조를 받고 있는 현수를 살리기 위해 정신병자로 가장하라고 제의하지만, 그것마저 받아들여지지 않는다.

현수를 둘러싼 또 하나의 세력은 전쟁을 일으켜 서울을 점령한 공산주의 세력이다. 이 세력의 표면에는 기호를 대신하여 직업 동맹 직장책을 맡은 강동무라는 북에서 온 낯선 사내가 있다. 강은 현수가 전신원이면서도 통신원의 일을 하다 전신주에서 떨어져 병원에서 치료까지 받은 사실을 강조하면서 그를 모범 노동자로 상부에 추천한다. 여기서 말하는 현수의 입원이란 전신원인 현수가 사무실 대신 현장에 나가서 주먹밥을 작업장까지 운반하는 일을 하다가 드디어

용산과 평양간의 전신선이 복구되는 날, 통신 보수공 중에 평안도 사투리를 알아 듣는 사람이 없어 전신주에 올라갔다가 평양에서 들려오는 상대방의 거친 말에 놀라 그만 개울 한복판으로 떨어진 것을 일컫는 것이다. 그런데도 현수를 모범 노동자로 추천한 것은 그의 행동을 공산주의 세력에 적극적으로 협력하여 불평없이 자기 과업을 실천한 것으로 간주하여 표창을 하겠다는 의도에서 나온 것이었다. 이후 강은 이에서 그치지 않고 강은 계속해서 현수에게 공산당에 입당할 것을 강권한다. 현수는 표창은 물론이거니와 입당 권유도 기호에게 했던 것처럼 거절한다. 그러면서도 현수는 국군이 서울을 탈환할 때까지 그 결과는 생각하지 않은 채 자신이 맡은 일을 묵묵히 수행해 나간다.

그렇다면 유격대에 가담시키려는 기호와 공산당에 입당시키려는 강으로 대표되는 두 세력의 공통점은 무엇인가? 의도야 어떻든 자기 편에 현수를 끌어들이려는 점에서 두 세력은 공통점을 지니고 있다. 즉 두 세력은 강한 자기 동일성을 지닌 세력들이었던 것이다. 이처럼 강한 자기 동일성을 거부하여 결과적으로 유격대에의 입대도 공산당에의 입당도 하지 않은 현수는 무엇을 근거로 그렇게 버틸 수 있었을까? 이 물음에 대한 해답은 친구인 기호에게 대답하는 형식으로 마음 속에 되뇌이는 다음의 구절에서 찾을 수 있다.

> (가) 결국 자네는 이러한 나의 나 이외의 것에 대한 관심이 나 자신을 반역하는 결과를 경계하는 것이며, 충고하는 것이며, 그래 좀더 나는, 자네가 자네를 관심하는 것처럼 나 자신을 관심하라는 말이지만 나는 이 이상 더 나를 관심할 길은 없기 때문에 자네의 말에 순응할 수가 없는 것이다. 이 전쟁이라는 것과 또 전쟁이라는 윤곽 속에 자신까지를 포함시키고 생각하는 자네의 자네 자신과 자네 이외의 것에 대한 관심에 비하면 전쟁이라는 것과 전쟁이라는 윤곽을 나 자신과 격리시키고 나 자신과 나 자신 이외의 것을 관심하는 나는 그만큼 철저한 것이다……
>
> (곽학송, 『철로』, 『한국문학전집』 18, 삼성출판사, 1985, p.274)

> (나) 다만 이 자리에서 자네의 우정을 거절하는 까닭은 다름이 아니지. 자네가 어디까지나 나를 위해서 이렇게 찾아 주었지만 그건 자네가 어쩔 수 없이 나를 찾아 올 필요를 느낀 후의 일이니까 어떤 의미에서든지 우선은 자네 자신을 위하는 것이 되는 것처럼 나는 나의 필요에 의해서 자네의 요구 또는 우정을 거부할 뿐이야.
>
> (위의 책, p.291)

전쟁이라는 상황이 강요하는 논리 속에서 자신을 생각하는 것이 아니라 그것으로부터 벗어난 상태에서 자신을 생각한다는 것, 이것이 그가 기호의 입대 권유를 물리칠 수 있었던 근거임을 우리는 (가)를 통해 알 수 있다. 즉 현수는 기호가 전쟁이라는 보다 강력한 자기 동일성의 논리에 의해 조종되고 있다는 것을 간파하였던 것이다. 한편 그런 기호가 현수에게 유격대 입대를 권유하는 것은 따지고 보면 현수를 위한 것이기보다는 기호 자신을 위한 것이라는 사실이 인용문 (나)에서 밝혀진다. 말하자면, 기호는 현수에게 자기 동일성을 강요하였던 셈이다. 현수는 이처럼 전쟁이라는 강력한 자기 동일성에 억눌린 기호가 다시 현수 자신에게 자기 동일성을 강요하는 이중적인 자기 동일성의 체계를 알고 있었기 때문에 그러한 자기 동일성의 논리를 거부할 수 있었던 것이다. 물론 이 점은 공산주의 세력을 대표하는 강의 경우에도 예외는 아니다. 왜냐하면 강 역시 전쟁이 강요하는 자기 동일성의 논리에서 결코 자유롭지 못했기 때문이다.

전쟁 중에 자신을 둘러싼 두 개의 자기 동일성의 정체를 파악하고 그것들을 거부한 채 나름의 동일성으로 살아가던 현수는 국군의 서울 수복 후에 전쟁 부역자라는 혐의로 체포되고 만다. 자신의 일에만 충실했던 그의 행동은 결과적으로 적을 이롭게 했다는 것이 체포된 이유이다. 현수 자신은 일의 결과를 생각지 않고 과업에 열중했지만 그것은 다른 사람에게 많은 영향을 미치는 결과를 가져 왔던 것이다. 이러한 사실은 그 자신도 어느 정도 깨닫게 된다. 폭격으로 파인 역 구내의 웅덩이를 복구하던 어느 가을 밤, 날씨가 쌀쌀하여 그는 추위를 잊을 목적으로 열심히 삽질을 한 적이 있었다. 그 때 주위의 사람들은 처음에 허공만 바라보고 작업에 열중하지 않았는데, 현수가 작업을 열심히 하자 그들도 모두 다 열심히 작업을 따라 하는 것이었다. 이런 광경을 보면서 현수는 다른 사람들이 작업에 열중한 것이 자기 때문일지도 모른다는 생각을 하게 된다. 그리하여 자기의 실없는 행동이 그들에게 폐가 되었음을 후회한다. 이로 미루어 보건대, 자기 자신에 충실한 행동이 다른 사람의 입장을 고려하지 안은 채 행해진 것이라는 사실을 현수가 알게 되었음이 밝혀진다. 기호나 강과는 달리 현수는 자신의 논리를 타인에게 강요하려 의도하지 않았지만, 결국 자신의 행동은 타인에게 자기 동일성을 강요한 꼴이 되고 말았던 것이다. 이와 같이 타인의 자기 동일성을 비판하거나 거부하는 사람의 논리 속에 들어 있는 또 다른 자기 동일성의 드러냄이 「독목교」에서와 마찬가지로 곽학송이 이 작품에서도 시도하는 주제이다.

이제 지금까지의 논의를 요약하면, 자신의 일에만 충실하던 주인공 현수는 그를 둘러싼 거대한 두 개의 논리 사이에서 결국 전쟁부역자로 몰려 희생되었다. 그의 희생은 곧 강요된 자기 동일성에 의한 자기 폐쇄적인 한 인간의 죽음이라고 할 수 있다. 이 강요된 자기 동일성의 논리 뒤에는 전쟁이라는 거대한 자기 동일성의 논리가 자리잡고 있음을 생각하면, 이 작품은 결국 전쟁이란 극한적 상황 속에서의 인간 실존을 다룬 전후 문학의 커다란 테두리에 포함되는 것이라고 하겠다. 또한 작가는 주인공의 자기 폐쇄적 논리 역시 타자에게는 일종의 강요된 자기 동일성이 될 수 있다는 사실도 덧붙이고 있다.

4. 맺음말

곽학송은 『철로』 이후 계속 전쟁과 분단 상황에 관심을 기울여 「김과 이」를 쓰고, 1970년대에는 당시에 활발했던 남북 대화를 소재로 하여 「배족」을 쓰기도 한다. 이 가운데 「김과 이」는 이데올로기 대립이 격심하지 않았던 전쟁 전의 삼 팔선에서 각각 남과 북의 장교로 근무하던 두 사람의 이야기이다. 그들은 서로 적으로 대치하고 있으면서도 소주와 통조림을 바꾸어 먹기도 하는 사이이다. 그러나 둘은 언제나 상대방에게 자신의 논리를 강요하지 않는 가운데 인간적인 정을 쌓아간다. 두 사람은 서로의 목숨을 한 번씩 구해 주기도 하는데, 남의 김은 포로수용소에서 나온 북의 이를 이후 파업 현장이나 데모 현장에서 잠깐씩 맞닥뜨릴 따름이다. 그러다가 이가 강원도 양구에서 뱃사공을 한다는 소식을 듣고 김은 거기로 낚시를 가게 된다. 그리하여 둘은 오랜만에 다시 만날 수 있었다. 이렇게 적이었지만 계속해서 두 사람의 관계가 이어질 수 있었던 것은 언제나 상대방에게 일방적으로 자신의 논리를 강요하지 않았기 때문이다. 그러므로 이 작품은 타인에 대한 일방적인 자기 동일성의 강요가 갖는 위험성을 처음부터 배제한 작품이다. 「독목교」 이래의 주제가 발전되어 변화된 양상을 보이는 작품으로 볼 수 있을 것이다.

이제까지 우리는 전쟁과 분단을 배경으로 하여 그 속에서 자기 동일성과 타자성의 관계를 중심으로 인간 실존의 문제를 다룬 곽학송의 작품 세계를 거칠게나마 살펴보았다. 그의 작품 세계는 전후 세대 작가의 대부분이 견지하였던 바 정통주의적 시각에 입각하여 전쟁의 비참상을 부각시키는 방향과는 다소 거리가 있는 것이었다. 전쟁이라는 상황은 단지 배경으로 또는 거대한 자기 동일성의 논리로 작용할 뿐 작품의 주제는 보다 관념적인 것이었기 때문이다. 그렇지만 그의 작품에서 보이는 관념적 경향은 오상원의 행동주의와도 장용학의 알레고리적 수법과도 다른 성격의 것이다. 그것은 인간의 무의식이 아니라 일상적인 인간 관계 속에서 강요되는 자기 동일성의 논리가 지닌 문제점을 폭로하는 것으로 요약된다. 물론 이러한 그의 작품 경향도 넓은 의미에서 보자면 역시 인간 실존의 문제를 다룬 것에 틀림없으므로, 그 역시 1950년대의 전후 문학의 공통적인 특징인 실존주의의 테두리에 포함되는 작가의 한 사람으로 자리 매김할 수 있을 것이다.

새로운 감수성과 다층적 의미 구조
— 김승옥의 「무진 기행」

1. 대비를 통한 작품 읽기

문학 교육에서 가장 중요한 문제로 제기되고 있는 것 중의 하나가 수용자의 적극적인 역할 제고이다. 소설 교육도 이 점에서 예외가 아닌데, 교사가 작품을 해석한 다음 학생들에게 그것을 일방적으로 수용하도록 하는 과거의 교수 방법은 많은 문제점을 안고 있었다. 무엇보다도 교육 현장에서 교사가 하나의 해석 방법으로 작품을 읽을 나갈 경우 학생들의 상상력을 마비시킨다는 점이 가장 커다란 문제점이다. 이제는 수용자인 학생의 입장을 고려하여 그들 스스로 소설을 해석할 수 있는 힘을 길러주어야 할 때가 되지 않았나 한다.

그렇다면 어떤 방법을 통하여 학생들의 작품 해독력을 길러줄 것인가? 소설을 단일한 의미 구조로 파악하는 방법이 여러 가지 문제점을 지니고 있다는 것은 이미 여러 이론가에 의하여 명백하게 밝혀졌다. 바흐친에 의하면 소설 속에는 다양한 주체가 내는 다양한 목소리가 담겨 있다. 뿐만 아니라 한 주체가 서로 다른 목소리를 내기도 한다. 문학 교육 현장에서는 이처럼 다양한 작품 속의 목소리를 해석할 수 있는 힘을 길러주어야 하는데, 이 글에서는 그러한 힘을 길러줄 수 있는 방법의 하나로 대비를 통하여 작품을 읽어 나가는 방법을 제시하고자 한다.

대비를 통하여 작품을 읽는다는 것은 작품 속의 여러 가지 대립적 요소들을 파악한 뒤에 그 요소들간의 논쟁이나 비교와 대조를 통해 새로운 의미를 창출해 내는 것을 의미한다. 다시 말해 학생들로 하여금 작품 속에 형상화된 상반된 이념이라든가 각각의 인물들이 보여주는 성격의 차이, 한 인물 내에서 일어나는 의식의 분열, 자연을 포함한 넓은 의미에서의 세계와 인간의 대립, 과거와 현재 또는 현재와 미래 시간의 대립, 전혀 다른 역할을 담당하는 여러 가지 소도구, 문체의 변화 등을 파악하게 하고 그 요소들이 각기 다른 목소리를 내어 벌이는 논쟁의 과정과 그들 간의 유사점 내지 차이점을 이해하게 함으로써 작품의 의미를 스스로 형성해 나가도록 하는 방법이다. 물론 이처럼 대비를 통해 작품을 독해하는 방법이 한 작품 내에서만 가능한 것은 아니다. 두 개 이상의 작품 간에도 대립적 요소만 설정된다면 얼마든지 위의 방법을 원용할 수 있다.

한편 이와 같은 독해 방법을 통한다면 적어도 교사들은 학생들에게 어떤 모범적인 독해 방법을 보여주어야 한다는 일종의 강박 관념에서 벗어날 수 있을 것으로 기대된다. 그리고 학생들 역시 작품 속의 다양한 의미 구조와 함께 다른 작품과 구별되는 그 작품만의 독특한 의미 구조까지도 파악할 수 있을 것이다. 다음에서는 60년대의 대표 작가인 김승옥의 「무진 기행」을 이상에서 설명한 대비를 통하여 읽기 방식으로 살펴보고자 한다.

2. 자연에 대한 감수성의 혁신

「무진 기행」의 작가 김승옥은 전후 세대들의 소설과 비교할 때 아주 다른 감각을 보여 주었는데, 이를 두고 비평가 유종호는 '감수성의 혁신'이라고 불렀다. 이와 관련하여 주목해야 할 것은 안개, 바람으로 대표되는 자연물을 아주 독특한 방식으로 형상화하는 작가의 능력이다. 그런데 이러한 김승옥의 방식이 얼마나 독특한가를 알기 위해서는 그가 자연을 그려내는 방식과 다른 작가가 자연을 그려내는 방식을 대비시켜 보는 것이 효과적이다. 다음의 예를 보자.

(가) 길은 지금 긴 산허리에 걸려 있다. 밤중을 지난 무렵인지 죽은 듯이 고요한 속에서 짐승 같은 달의 숨소리가 손에 잡힐 듯이 들리며, 콩포기와 옥수수 잎새가

한층 달에 푸르게 젖었다. 산허리는 온통 메밀밭이어서 피기 시작한 꽃이 소금을 뿌린 듯이 흐뭇한 달빛에 숨이 막힐 지경이다. 길이 좁은 까닭에 세 사람은 나귀를 타고 외줄로 늘어섰다. 방울 소리가 시원스럽게 딸랑딸랑 메밀밭께로 흘러간다. 앞장선 허생원의 이야기 소리는 꽁무니에 선 동이에게는 확적히는 안 들렸으나, 그는 그대로 개운한 제 멋에 적적하지는 않았다.

　"장선 꼭 이런 날 밤이었네. 객줏집 토방이란 무더워서 잠이 들어야지. 밤중은 돼서 혼자 일어나 개울가에 목욕하러 나갔지. 봉평은 지금이나 그제나 마찬가지로 보이는 곳마다 메밀밭이어서 개울가가 어디 없이 하얀 꽃이야. 돌밭에 벗어도 좋은 것을, 달이 너무도 밝은 까닭에 옷을 벗으러 물방앗간으로 들어가지 않았나. 이상한 일도 많지. 거기서 난데없는 성서방네 처녀와 마주쳤단 말이네. 봉평서야 제일가는 일색이었지"

—이효석, 「메밀꽃 필 무렵」 중에서

　(나) '포플러' 나무 밑에 '염소' 한 마리를 매어 놓았습니다. 구식으로 수염이 났습니다. 나는 그 앞에 가서 그 총명한 동공을 들여다봅니다. '세룰로이드'로 만든 정교한 구슬을 '오블라드'로 싼 것 같이 맑고 투명하고 깨끗하고 아름답습니다. 도색(桃色) 눈자위가 움직이면서 내 삼정(三停)과 오악(五嶽)이 고르지 못한 빈상(貧相)을 업수여기는 중입니다.

—이상, 「산촌 여정(山村餘情)」 중에서

　(다) 턱이 덜그럭거릴 정도로 몸에서 힘을 빼고 버스를 타고 있으면, 긴장해서 버스를 타고 있을 때보다 피로가 더욱 심해진다는 것을 알고 있었지만 그러나 열린 차창으로 들어와서 나의 밖으로 드러난 살갗을 사정없이 간지럽히고 불어가는 유월의 바람이 나를 반수면 상태로 끌어넣었기 때문에 나는 힘을 주고 있을 수가 없었다. 바람은 무수히 작은 입자로 되어 있고 그 입자들은 할 수 있는 한 욕심껏 수면제를 품고 있는 것처럼 나에게는 생각되었다. 그 바람 속에는 신선한 햇살과 아직 사람들의 땀에 밴 살갗을 스쳐 보지 않았다는 천진스러운 저온(低溫), 그리고 지금 버스가 달리고 있는 길을 에워싸며 버스를 향하여 달려오고 있는 산줄기의 저편에 바다가 있다는 것을 알리는 소금기, 그런 것들이 이상스레 한데 어울리면서 녹아 있었다.

—김승옥의 「무진 기행」 중에서

　인용문 가운데 (가)는 자연을 묘사하는 가장 전통적인 방법이다. 거기에서 자연은 우선 작품의 공간적 배경으로서의 역할을 담당한다. 달빛이 흐뭇하게 내리

비치는 산길은 작품의 중심 인물인 허생원, 조선달, 동이가 활동하면서 갈등을 빚기도 하고 화해하기도 하는 무대인 것이다. 다음으로 자연, 정확히 말해 환경 조건이나 기후 조건 등은 작품의 분위기를 한껏 돋워 주는 기능을 한다. 달빛을 받아 소금을 뿌린 듯이 하얗게 피어 있는 메밀꽃은 어둠과 묘한 대조를 이루면서 마치 한 편의 잘 쓰여진 서정시에서 볼 수 있는 것과 같은 서정적인 분위기를 한껏 고조시키고 있다. 그 분위기에 취해 허생원은 자기도 모르게 똑같이 달이 밝았던 어느 여름밤의 아름다운 추억 속으로 빠져들고 있는 것이다.

(나)는 (가)에 비해 매우 이질적인 방식으로 사물을 묘사하고 있다. 대체로 어떤 사물을 묘사하면서 비유를 동원해야 할 때 많은 사람들은 자연물에다 비유를 한다. 예를 들면 "그 애의 눈은 별처럼 맑고 초롱초롱해" 따위가 그 전형적인 경우이다. 그런데 작가 이상은 자연물 대신 인공적이고 도시적이며 근대적인 사물에 빗대어서 표현한다. 이와 같은 이상의 표현 방식은 당시로서는 상당히 충격적인 것이었거니와, 그만큼 이상은 철저하게 근대적인 사고를 하고 있었던 것으로 평가할 수 있다.

끝으로 (다)는 비유 대상으로 인공물 대신 자연물을 동원한다는 점에서 (가)와 유사한 측면이 있지만, 그것을 운용하는 방법이 전혀 다르다. (다)에 등장하는 축축한 바람은 단지 공간적 배경이나 작품의 분위기를 결정하는 요소가 아니라 주인공을 과거의 감상과 고뇌에 빠뜨림으로써 무기력한 상태로 몰아가는 요소인 것이다. 다시 말해 작가는 자연물의 본래적 의미를 훨씬 넘어서서 보다 확대된 의미로 재창조하고 있다. 그래서 (가)의 자연을 기후로서의 자연이라고 부르는 반면, (다)의 자연을 사물로서의 자연이라고 부르기도 한다.

이제까지 「무진 기행」에서 자연물을 묘사하는 방식이 얼마나 개성적인가를 알아보기 위하여 다른 작품의 묘사 방식과 비교하고 대조해 보았다. 그 결과 이 작품에서는 자연물을 본래적 의미로만 수용하지 않고 그 내포적 의미를 훨씬 확대하여 인간의 의식과 결합시키고 있음을 알 수 있었다. 한편 이와 같은 방법은 학생들 스스로 작품들 사이의 유사점과 차이점을 찾아보게 하는 것이므로 실제 문학 교육에서도 쉽게 활용할 수 있을 것으로 생각된다.

3. 고향과 서울, 과거와 현재, 순수와 세속,
   편지와 전보의 대결

위에서는 감수성의 측면에서 이 작품이 지닌 개성적인 면을 파악하기 위해 다른 작품과 대비시켜 보았다. 그런데 내용의 측면에서 이 작품이 보여주는 새로움을 알기 위해서는 다른 작품과 대비시켜 보는 것보다 이 작품 내에 존재하는 대립적 요소들을 대비시켜 보는 것이 더욱 효과적일 것으로 보인다. 여기서 말하는 내용적 측면에서의 대립적 요소로 들 수 있는 것은 고향과 서울, 과거와 현재, 세속과 순수, 편지와 전보 등이다.

먼저 고향과 서울의 대립 양상을 살펴보면 다음과 같다. 이 작품의 주인공은 소위 서울에서 출세한 촌놈의 전형이다. 서울에 올라온 그는 우연한 기회에 과부가 된 유명 제약 회사의 사장 딸과 결혼을 하였고, 처가의 배려로 곧 그 회사의 전무가 될 예정이다. 그래서 고향 사람들로부터 해방 후의 무진중학 출신 중에서 제일 출세했다는 인정을 받는다. 서울에서의 생활은 그의 말대로 자랑스러워 할 틈도 없이 바쁘고 책임뿐인 생활이지만, 그러한 사정을 알 리 없는 고향 사람들은 무작정 그를 부러워하는 것이다. 정리하면 서울이란 출세와 행복과 돈이 보장되어 있는 공간임을 알 수 있다.

이에 비해 주인공의 고향인 무진은 어떠한 곳인가. 그 곳은 광주에서 기차를 내려 다시 버스로 갈아타고서 한참을 가야 하는 인구 오륙 만의 도시이다. 그리고 이렇다 할 평야도 없고 항구로 발전할 요건도 갖추지 못한 곳이다. 그런 무진에 버스를 타고 들어서면서 주인공은 다음과 같은 풍경과 맞딱뜨리게 된다.

기와 지붕들도 양철 지붕들도 초가 지붕들도 유월 하순의 강렬한 햇볕을 받고 모두 은빛으로 번쩍이고 있었다. 철공소에서 들리는 쇠망치 두드리는 소리가 잠깐 버스로 달려들었다가 물러났다. 어디선지 분뇨(糞尿) 냄새가 새어 들어왔고 병원 앞을 지날 때는 크레졸 냄새가 났고, 어느 상점의 스피커에서는 느려빠진 유행가가 흘러나왔다. 거리는 텅 비어 있었고 사람들은 처마 밑의 그늘에 쭈그리고 앉아 있었다. 어린아이들은 빨가벗고 기우뚱거리며 그늘 속을 걸어다니고 있었다. 읍의 포장된 광장도 거의 텅 비어 있었다. 햇볕만이 눈부시게 그 광장 위에서 끓고 있었고 그 눈부신 햇살 속에서, 정적 속에서 개 두 마리가 혀를 빼물고 교미를 하고 있었다.

이 인용문을 통해서 보면, 무진이란 곳은 서울과 정반대로 전혀 바쁠 것이 없고 한가롭기만 한 고장이다. 뿐만 아니라 "긴장을 풀어 버릴 수 있는, 아니 풀어 버릴 수밖에 없는 곳"이기도 하다. 그래서 서울에서 살다 온 주인공은 이와 같이 한가한 분위기 속에서 얼마간 휴식을 취하기도 한다. 하지만 그렇다고 해서 그가 편한 마음을 가지는 것은 아니다. 과거의 기억을 비롯하여 여러 가지 요소들이 그를 괴롭히기 때문이다. 말하자면 작품의 주인공에게 고향이란 평소 머리 속에서는 괜찮은 인상으로 남아 있다가도 막상 그 곳에 도착하면 나른하고 따분하게 느껴지는 그런 곳이다.

이와 같은 사정을 좀더 자세히 알기 위해서는 주인공의 과거와 현재를 대비해 보지 않을 수 없다. 과거에 주인공이 고향을 찾아온 것은 사랑하는 여인으로부터 버림을 받았을 때이거나 아니면 회사에서 쫓겨났을 때였다. 한 마디로 말해 극심한 좌절을 겪었던 때가 대부분이었다. 하지만 이번에는 그런 이유로 고향을 찾은 것이 아니라 승진의 길목에서 잠시 머리를 식히러 온 것이었다. 그럼에도 불구하고 주인공은 또 다시 과거와 거의 비슷한 상황에 처하게 되는데, 그 이유는 고향에 접어들면서 만나게 된 소금기 섞인 바람과 자욱한 안개가 그동안 잊고 지냈던 과거의 시간으로 그의 의식을 인도하였기 때문이다. 다음은 그가 떠올린 과거가 어떤 것이었는가를 잘 보여주는 예이다.

> 그 때 내가 쓴 모든 편지들 속에서 사람들은 '쓸쓸하다'라는 단어를 쉽게 발견할 수 있었다. 그 단어는 다소 천박하고 이제는 사람의 가슴에 호소해 오는 능력도 거의 상실해 버린 사어(死語)같은 것이지만 그러나 그 무렵의 내게는 그 말밖에 써야 할 말이 없는 것처럼 생각돼 있었다. 아침의 백사장을 거니는 산보에서 느끼는 시간의 지루함과 낮잠에서 깨어나서 식은땀이 줄줄 흐르는 이마를 손바닥으로 닦으며 느끼는 허전함과 깊은 밤에 악몽으로부터 깨어나서 쿵쿵 소리를 내며 급하게 뛰고 있는 심장을 한 손으로 누르며 밤바다의 그 애처로운 울음소리에 귀를 기울이고 있을 때의 안타까움, 그런 것들이 굴껍데기처럼 다닥다닥 붙어서 떨어질 줄 모르는 나의 생활을 나는 '쓸쓸하다'라는, 지금 생각하면 허깨비 같은 단어 하나로 대신시켰던 것이다.

위의 내용에서 확인할 수 있듯이, 주인공에게 과거는 쓸쓸히 고민하고 좌절하던 끝에 늘 자살을 꿈꾸던 시절이었다. 또한 폐병에 걸려 책만 줄곧 읽고 지내면서 세상의 속물성을 쉽게 받아들일 수 없었던 시절이기도 하였다. 그래서 그는 전쟁터로 끌려가는 학생들의 노래 소리를 들으며 골방 속에서 스스로를 모멸하고 오욕(汚辱)을 웃으며 견디었던 것이다. 고향인 무진이 주인공의 의식을 괴롭힌 것은 바로 이러한 과거와 연결되어 있었기 때문이었다. 암담했던 과거에 비하면 현재는 너무도 희망적이다. 왜냐하면 그는 곧 제약 회사의 전무가 될 몸이기 때문이다. 다르게 말하면 그는 남들이 마냥 부러워하는 출세를 하게 되는 것이다. 명민한 독자라면 이 대목에서 주인공이 처한 현재가 앞에서 살펴본 서울과 직결되어 있다는 것을 알아차렸을 것이다. 물론 이 작품에서는 '서울 — 현재'의 의미쌍의 대척점에 '고향 — 과거'의 의미쌍도 설정할 수 있다.

한편 이처럼 서로 대립적인 두 개의 의미쌍은 다시 세속과 순수라는 의미로 확장되기도 한다. 즉, '서울 — 현재'에 '세속'이라는 의미를 보탤 수 있으며, '고향 — 과거'에 '순수'라는 의미를 더할 수 있는 것이다. '서울과 현재'의 성격과 세속적이라는 성격이 어떻게 연결되는가는 고등고시에 합격하여 고향의 세무서장이 된 친구 조를 주인공이 찾아가는 대목에서 명확하게 드러난다. 조는 오로지 성공을 위해서 손바닥에 좋은 손금을 파가며 열심히 일하는 타입의 인간이다. 속물적이고 세속적인 그가 세무서에서 바쁘게 일하는 것을 자랑스럽게 여기자 주인공은 가엾게 여기면서 조의 생활이 서울에서의 자기와 꼭 같다고 생각한다. 이로 미루어 보면, 서울은 모두가 바쁘기만 하고 또 그렇게 바쁜 것을 자랑스러워 하는 세속적인 곳임을 분명하게 알 수 있다.

'서울 — 현재 — 세속'의 축에 대립하여 '고향 — 과거'와 순수가 연결된다는 것은 하인숙이라는 음악 교사를 매개로 하여 증명된다. 하인숙은 과거의 주인공처럼 속된 현실과 어울릴 수 없는 데서 오는 외로움 때문에 갈등하고 고민하는 인물이다. 그녀는 세속적인 세무서장과 함께 한 술좌석에서 「어떤 갠 날」 대신 「목포의 눈물」과 같은 속된 노래를 부르는데, 그 노래는 순수한 아리아도 아니고 통속적인 유행가도 아닌 절규가 담긴 듯한 노래였다. 이 노래를 통해 그녀가 순수와 타락 사이에서 얼마나 고민하고 있는가가 드러나게 된다. 주인공은 이처럼 책임도 무책임도 없는 무기력한 무진에서 갈등에 휩싸여 있는 그녀의 모습을 보고, "사랑하고 있습니다. 왜냐하면 당신은 제 자신이기 때문에 적어도 제가 어렴풋이나마 사랑하고 있는 옛날의 저의 모습이기 때문입니다."라고 말하면서 과거의 자기 모습과 동일시하게 된다.

이상의 논의를 정리하면, '서울―현재―세속'은 현재의 주인공과 세무서장 조가 대변하고 '고향―과거―순수'는 과거의 주인공과 하인숙이 대변하고 있음을 알 수 있다. 그런데 이 작품의 의미 구조는 지금까지 살펴본 바와 같이 세 겹의 중층 구조로만 이루어진 것이 아니다. 그 구조의 밖에 또 하나의 대립적 의미 구조가 존재하고 있기 때문이다. 실제 작품 속에서 그 대립적 의미 구조는 편지와 전보의 대결을 통해 표출된다. 사실 편지와 전보는 정보를 전달하는 통신 수단이라는 점에서 공통적이지만, 그 속도에서 조금 차이가 난다. 여기서 '조금'이라고 표현한 것은 '빠른 우편'이라는 제도가 생겼기 때문인데, 그 제도가 생기기 전인 1960년대에는 둘 사이의 속도차가 지금보다 훨씬 컸을 것이다. 속도에 못지 않게 두 수단이 차이를 보이는 것은 내용의 측면에서이다. 편지는 상당한 분량을 갖추고 있어서 자신의 내면을 드러내는 데 효과적이지만 전보는 몇 줄밖에 허용되지 않기 때문에 간단하게 용건만 전달할 수밖에 없다. 이와 같은 차이를 고려한다면, 두 수단 가운데 보다 도시적이고 현대적인 수단이 전보라는 점을 쉽게 알 수 있다. 왜냐하면 도시적이고 현대적 삶이란 정적(情的)인 측면보다는 속도와 효율을 우선시하기 때문이다.

한편 이 작품의 주인공은 작품의 끝부분에 이르러 아내의 전보를 받음으로써 편지와 전보라는 두 통신 수단 가운데 어느 하나를 골라야 하는 난처한 입장에 처하게 된다. 다시 말해 그는 '편지가 갖고 있는 정적인 측면을 선택할 것인가, 아니면 전보가 갖고 있는 현적인 측면을 선택할 것인가'라는 양자 택일의 상황과 직면하게 되었던 것이다. 오랜 고민 끝에 그가 내린 결론은 아래와 같다.

나는 돌아서서 전보의 눈을 피하여 편지를 썼다. '갑자기 떠나게 되었습니다. 찾아가서 말로써 오늘 제가 먼저 가는 것을 알리고 싶었습니다만 대화란 항상 의외의 방향으로 나가 버리기를 좋아하기 때문에 이렇게 글로써 알리는 바입니다. 간단히 쓰겠습니다. 사랑하고 있습니다. 왜냐하면 당신은 제 자신이기 때문에 적어도 제가 어렴풋이나마 사랑하고 있는 옛날의 저의 모습이기 때문입니다. 저는 옛날의 저를 오늘의 저로 끌어다 놓기 위하여 갖은 노력을 다하였듯이 당신을 햇볕 속으로 끌어 놓기 위하여 있는 힘을 다할 작정입니다. 저를 믿어 주십시오. 그리고 서울에서 준

비가 되는 대로 소식 드리면 당신은 무진을 떠나서 제게 와 주십시오. 우리는 아마 행복할 수 있을 것입니다.' 쓰고 나서 다시 나는 그 편지를 읽어 봤다. 또 한 번 읽어 봤다. 그리고 찢어 버렸다.

주인공이 쓴 편지는 하인숙에게 쓰는 편지이고, 전보는 서울에서 아내가 보낸 것이다. 이를 앞에서 살펴보았던 다층의 의미 구조를 바탕으로 설명하면, 편지는 주인공이 과거의 자기에게 보내는 것이고 전보는 아내가 현재의 주인공에게 보낸 것이다. 또한 편지는 고향에서 쓰는 것이고 전보는 서울에서 온 것이며, 편지 속에는 순수에 대한 열망이 남아 있고 전보 속에는 오로지 사무적이고 세속적인 내용만 담겨져 있다. 그러므로 결국 편지는 '고향―과거―순수'의 의미쌍에 연결되고 전보는 '서울―현재―세속'의 의미쌍에 연결된다고 할 수 있으며, 또한 주인공이 편지를 찢었다는 것도 과거와 고향, 순수에 대한 열망을 부정하고 현재와 서울, 세속적인 성공을 선택했다는 것을 의미한다고 할 수 있다. 다시 말해 주인공은 '고향―과거―순수―편지'와 '서울―현재―세속―전보'라는 다층적 의미쌍 가운데 전자를 버리고 후자를 택한 것이다.

4. 맺음말

이제까지 우리는 두 개 이상의 작품 또는 한 작품 내에서 대립적 요소를 설정한 다음, 그 요소들을 대비시키는 방법을 통하여 김승옥의 「무진 기행」이 어떤 특징을 가지고 있는지 살펴 보았다. 그리하여 무엇보다도 「무진 기행」은 작가가 자연을 다루는 솜씨에서 다른 작품과 많은 차이를 보이고 있다는 것을 알 수 있었다. 즉, 김승옥은 자연물을 단지 공간적 배경이나 분위기를 돋우는 장치로 사용하지 않고 자연물의 속성과 의미를 훨씬 확대하여 인간의 의식과 결합시키는 탁월함을 보였던 것이다.

다음으로 이 글에서는 작품 속에서 다양한 대립적 요소들을 추출하여 대비해 봄으로써 「무진 기행」이 지닌 의미 구조를 파악해 보았다. 그 결과 이 작품이 '고향―과거―순수―편지'와 '서울―현재―세속―전보'라는 대립적인 의미쌍을 가지고 있다는 것을 밝혀 낼 수 있었다. 그러나 중요한 것은 이러한 의미 구조를 밝히는 데 있는 것이 아니다. 이 의미 구조가 '순수와 현실 사이에서 갈등하는 허무주의적 의식'이라는 주제를 구현하는 데 얼마나 기여하고 있는지를 규명함으로써 작품의 해독이 완결되기 때문이다. 그런 점에서 작품의 마지막에 씌어 있는 "나는 심한 부끄러움을 느꼈다"는 구절에 주목해야 한다. 왜냐 하면 주인공이 비록 '서울 — 현재 — 세속 — 전보'라는 의미쌍을 택했음에도 불구하고, 결코 그 선택을 당당하게 여기고 있지 않기 때문이다.

끝으로, 이 작품에서 시도해 본 '대비를 통한 작품 읽기'가 얼마나 많은 작품에 적용될 수 있을지 필자로서는 정확히 알 수 없지만, 이와 같은 시도가 계속 이어짐으로써 실제 교육 현장에서의 문학 교육에 조금이나마 도움이 되었으면 한다.

소설가에 의한 소설,
소설가의 존재 방식에 대한 질문
― 최인훈의 「소설가 구보씨의 일일」

1. 한국 소설사와 소설가 구보

우리의 근대 소설사에는 세 명의 구보가 등장한다. 1934년에 스물 여섯이었던 박태원의 구보, 1960년대 말부터 1970년대 초에 걸쳐 삼십대 후반을 보낸 최인훈의 구보, 1990년대 초에 이십대 후반이었던 주인석의 구보가 그들이다. 세 작가는 각기 작품의 주인공으로 소설가 구보를 내세워 자신들의 시대를 소설 속에 담고자 시도하였는데, 이를 간단히 살펴보면 다음과 같다.

먼저 1930년대의 박태원은 고현학(考現學)[1]이라는 방법론을 사용하여 현실을 형상화한다. 그렇다면 이 고현학이란 어떠한 것인가. 여기 소설가 구보가 있다. 그는 아침에 집을 나서 하루종일 친구를 만나거나 전차를 타거나 다방에 가거나 하면서 경성(서울) 시내를 돌아다닌다. 그런데 그의 손에는 대학 노트가 들려 있어, 거기에는 그가 본 것들이 소상히 기록되어 있다. 물론 노트에 기록되는 것은 그가 겪은, 그의 눈에 비친 현실의 객관적인 단면들이다. 이런 방식으로 기록된 단면들을, 또는 단면이 기록된 대학노트를 소설이라 부르는 것, 이것이 고현

---

1) Modernologie의 역어. 이 방법론에 대한 자세한 설명은 김윤식, 「고현학의 방법론」, 김윤식·정호웅 편, 『한국 문학의 리얼리즘과 모더니즘』, 민음사, 1989 참조

학이다.

> 구보는 속주머니에서 만년필을 끄내어 공책 우에다 초한다. 작가에게 있어서 관
> 찰은 무엇에든지 필요하였고, 창작의 준비는 비록 카페 안에서라도 하여야 한다.[2]

이와 같이, 소설가가 개입하지 않은 현실의 객관적 단면에 대한 관찰 및 기록이라는 의미의 고현학을 통해 박태원은 1930년대의 도시적 감각을 그려낸다. 그 감각은 안회남의 지적대로 "가장 세련된 근대 생활의 풍경"[3]이다. 요컨대 박태원은 자기자신과 다름없는 소설가 구보를 내세워 근대적 도시인 1930년대의 서울을 그려내고자 했던 것이다. 그러나 그의 작품에서 도시적 풍경의 형상화에 못지 않게 커다란 의미를 지니는 것은 앞서 언급했던, 그가 채용하고 있는 방법론이다. 말하자면 그는 고현학이라는 방법론을 통해 소설이란 무엇인가를 문제 삼은 것인데, 이 점이야말로 박태원의 작품이 품고 있는 참의미이다.[4] 그는 「표현·묘사·기교」[5] 등의 글에서 이중노출 등 여러 가지 소설적 방법에 대한 자신의 견해를 피력한 바 있는데, 이 방법론들이 구체화되어 작품으로 나타난 것이 「소설가 구보씨의 일일」이었던 셈이다. 결국 고현학이라는 방법론을 통하여 소설의 새로운 의미 규정을 시도한 것, 이 점을 우리는 1930년대 소설가 구보의 문학사적 의의로 볼 수 있을 것이다. 물론 나중에 박태원이 월북하여 리얼리즘으로 돌아섰다 하더라도 적어도 1930년대의 구보는 그러하였다.

제1대 소설가 구보로부터 35년이 흐른 시점에서 씌어진 최인훈의 소설가 구보는 어떠했는가? 이 물음에 대한 답변은 이 글의 중심 내용을 이루는 것이므로, 여기서는 간단히 분단 시대를 살아가는 소설가의 소설에 대한 의미 탐색이라는 말로 요약하고 뒤에서 자세히 다루기로 한다. 최인훈으로부터 다시 20여년이 지난 1990년대 초에 쓰여진 주인석의 구보는 어떤 탐색을 하고 있는가. 그 역시 소설가로서 소설 내지 소설 쓰기의 의미 탐색을 하고 있다. 지금까지 모두

---

2) 박태원, 『소설가 구보씨의 일일』, 문장사, 1938, p.300.
3) 안회남, 「구보씨의 일일」, 『동아일보』 1938. 12. 23.
4) 이 점에 관해서는 이미 많은 연구자들의 언급이 있어 왔다. 그 가운데 김윤식의 앞글과 장수익, 「박태원 소설 연구」, 서울대학교 석사학위 논문, 1991이 대표적이다.
5) 『조선중앙일보』, 1934. 12. 17~31.

네 편이 발표된 제3대 소설가 구보의 첫번째 작품은 「옛날 이야기를 좋아하면 가난하게 산단다」[6]이다. 이 작품은 제목대로 소설가 구보의 하루를 다루고 있다. 소설이 제대로 씌어지지 않아 고민하던 구보는 집안을 뒤지다 자기 아버지의 장례식 때 사진을 발견하게 되고, 아버지에 대한 생각은 고향으로 뻗어나가 결국 그는 고향으로 가는 버스를 타기에 이른다. 고향에서 이런 저런 일들을 겪게 되는데, 그 일들이 이 작품의 내용을 이룬다. 그런데 이 작품의 주제는 구보의 고향을 찾기에 놓여 있지 않고 소설가로서 구보의 자기 존재에 대한 깨달음에 있다. 그 깨달음은, 소설가란 실패할 운명을 타고났음을 알면서도 오히려 그 실패로써 현실과 싸워야 하는 존재라는 사실에 대한 깨달음이다. 이는 '옛날 이야기를 좋아하면 가난하게 산단다' 라고 하면서도 끝내는 아이들에게 옛날 이야기를 해주고 마는 옛날 이야기꾼의 처지와 흡사하다. 주인석의 세 번째 작품인 「그 때 시라노는 달나라로 떠나가고」[7] 역시 첫번째 작품과 비슷한 주제를 다루고 있다. 죽은 시인 도형기의 죽기 전의 내면을 더듬어가던 소설가 구보가 마침내 도달한 결론, 즉 예술가 또는 시인이라는 존재의 본질에 대한 깨달음이 이 소설의 주제이다. 영화 속의 주인공 시라노는 자신의 시가 사랑하는 록산을 떨게 했다는 만족감을 느끼면서 죽어간다. 이와 꼭 동일하게 도형기도 자신의 시가 누군가를 감동시켰다고 하는 만족감을 위해 자신의 전부를 바쳤다는 사실을 구보는 알게 된다. 시인 도형기는 자신의 목숨까지 바쳐 가면서 예술에의 열정을 불태웠던 것이다. 아니 오히려 그러한 그의 삶 자체가 예술이었던 것이다. 한편 이러한 시인 도형기의 삶은 도형기 한 사람에게만 해당되는 것은 아니다. 도형기의 삶은 도형기의 내면을 간파한 소설가 구보, 그의 삶이기도 하다는 것을 이 작품은 말해 준다. 다만 그 예술이 도형기에게서는 시로, 구보에게는 소설로 나타났음이 다를 뿐이다.

그렇다면 주인석의 구보는 소설가 개인의 존재에 대한 인식으로 일관하는가. 그렇지만은 않다는 것을 두번째로 발표된 「사잇길로 접어든 역사」[8]가 말해 준다. 이 작품에서 구보는 같은 운동권이었고 시인이었던 동창 H의 결혼식에 참

---

6) 『문학과 사회』, 1991년 여름.

7) 『현대소설』, 1992년 봄.

8) 『문학정신』, 1992. 1.

가한다. 그 H는 이미 자신의 과거를 부정하고 과거의 적들에게 투항한 상태였다. 그러나 소설가 구보는 H처럼 될 수 없었다. 그에게는 지난 1980년대가 비록 바른길이 아닌 사잇길로 접어들었던 시간이었다 할지라도, 또 이제 그 사잇길을 빠져 나왔다 하더라도 그 사잇길을 헤매었던 시간들이 소중했기 때문이다. 정작 구보에게 중요한 것은 세계와 삶에 대한 태도였던 것이다. 이러한 구보의 생각 아래에는 소설가란 자기의, 자기 세대의, 자기 시대의, 역사의, 세계의 도덕과 운명에 대해 생각해야만 하는 존재라는 신념이 깔려 있다. 1990년대의 소설가 구보가 1930년대의 구보와 결정적으로 구별되는 것은 이 대목이 아닐 것인가. 1990년대의 구보는 소설가로서 소설 내지 소설가의 존재 의미에 대해 탐색할 뿐만 아니라 자신이 살고 있는 시대에 대한 책임감을 통감하고 있는 까닭이다.

지금까지 우리는 제2대 구보인 최인훈의 소설가 구보가 서있는 위치를 가늠하기 위해 그의 앞뒤에 놓인 또 다른 구보를 살펴보았다. 첫번째와 세 번째 구보는 공통점과 차이점을 뚜렷이 보여주고 있는데, 공통점이란 소설 내지 소설가에 대한 의미 탐색이라고 할 수 있다. 그리고 차이점은 박태원의 구보가 단지 그의 눈에 보이는 도시적 풍물의 그려내었을 뿐 작가의 시대적 책임감에는 둔감했다면 주인석의 구보는 자신의 시대에 대해 소설가로서의 책임감을 깊이 간직하고 있었다는 점일 것이다. 이런 점들을 염두에 두면서 최인훈의 구보는 어떤 것을 소설로 생각하고 또 그는 어떤 소설가인지를 살펴 보기로 하자. 물론 최인훈의 구보는 제1대 구보를 염두에 두면서 현실을 패러디한 것이어서 이 수법이 무엇보다도 중요한 의미를 지니는 것이지만, 이 글에서는 소설이나 소설가의 존재 방식을 논의의 중심에 놓고자 한다.

2. 1970년대 구보의 현실 인식

최인훈의 구보는 한국 전쟁 때 월남하여 홀몸으로 지내는 소설가이다. 그는 옥순이네 집에서 하숙을 하고 있으면서 그 날 그 날을 보내고 있는데, 바로 그 나날의 기록이 『소설가 구보씨의 일일』이다. 이 작품은 제목과는 달리 물리적 시간으로 단 하루에 한정되어 있지 않고, 1969년 11월 하순부터 1972년 5월 하순까지 근 1년 6개월 여를 다루고 있다. 그러나 15개의 삽화 하나 하나마다의 시간은 하루로 되어 있다. 그러니까 이 작품은 구보씨의 15개 하루들의 모임이라고 볼 수 있다.

구보는 자신의 주위에서 일어나는 일들을 비교적 자세하게 관심을 가지고 지켜보는데, 그 일들이란 원수지간이던 미국과 중공의 화해라든가 남과 북이 적십자 회담을 필두로 대화를 시작한 것, 탈영한 군인들의 난동, 서울을 옮긴다는 소식 등등 보통의 사람들이 흔히 신문의 1면에서 읽게 되는 그런 것들이다. 그렇다면 구보는 이런 사건들에 대해서 어떤 생각을 가지고 있는 것일까? 그는 이 사건들이 모두 자기와는 상관없이 벌어지고 있다는 것이라고 생각한다. 그 일들이란 너무 엄청난 것이어서 자기로서는 그 일들의 근본을 알 수 없다는 것이다.

> 해방이 될 때까지만 해도 구보씨는 천황 폐하에 충성하고 싸움터에 나가서 죽는 것이 사람의 도리인 줄 알았다. 그런데 어느 해 난데없이 러시아 군대가 들어온 다음부터는 일본은 한국의 원수고 스탈린 대원수(大元帥)를 위해 죽는 것이 사람의 도리라, 이렇게 되었다. 영문을 알 수 없는 일이었다. 다음에 남한에 와서 본즉 이도저도 다 거짓말이고 미국이 우리 친구요, 미국 친구들과 친구인 이승만 박사가 우리나라 아버지다, 이렇다는 것이었다. 불쌍한 구보씨에게는 너무한 일이었다. 원낙 총명치 못한 데다 아둔하기까지 한 것이 구보씨였다. 아둔하다 함은 생각이 벽창호요 외골쑤여서 이 세상에 왕이 하나거니 믿었다는 말이다. 그것도 제 눈으로 보기나새나 어른이며 선생님이며 유명한 책이며가 그렇게 말한 것을 곧이곧대로 받아넘겼던 것이다.[9]

이처럼 지금까지 구보가 진리라고 믿어왔던 것들은 모두가 다 허위에 불과한 것이었다. 그 일들은 그와는 별개로 따로 진행되고 있었던 것이다. 그는 소설가이므로 소설을 통해 시비곡직을 가리는 만큼 세상일의 옳고 그름도 어느 정도 판단해야 하는데, 도무지 세상일은 그 이치를 파악할 수 없는 별세계였다. 이는 마치 박태원이 구보씨로 둔갑하여 대학 노트를 들고 다니면서 자신이 관찰한 온갖 일들을 기록하지만, 그 일들의 의미라든가 그 일들의 배후에 놓인 근본적인 힘들에 대해 알 수 없었던 것과 같다. 그러나 다만 박태원의 구보가 알 수 없

---

9) 최인훈, 『소설가 구보씨의 일일』 재판, 문학과 지성사, 1991, p.262.

었을 뿐만 아니라 알려고 하는 대신 고현학이라는 기법에 더욱 몰두했다면, 최인훈의 구보는 최소한 그 일들의 의미를 파악하려고 노력하며 그 일들의 배후를 알려고 노력하는 점에서 둘은 차이를 보이고 있다. 다시 말하면 1970년대 초의 구보는 1930년대의 구보처럼 현실에 무관심할 수는 없었던 것이며, 이것이 그의 괴로움이 되었다는 것이다. 여기에 분단 시대를 살아가는 소설가 구보의 고민이 있는 것이다. 그는 정치적 소재를 예술이 다루어서는 안되는가라는 질문에 대해, 그런 의미에서는 예술과 정치는 갈라져서는 안된다고 믿을 정도의 의식을 가지고 있기 때문에 더욱 그러하다.

여기까지의 논의로 미루어 본다면, 최인훈의 『소설가 구보씨의 일일』은 역사의 흐름을 추동하는 근본적인 힘을 간파해 내고 그것을 전형적 인물과 상황으로써 형상화하는 리얼리즘적 의미의 소설과는 전혀 무관하다. 그러므로 이 작품의 현실 반영이라든가 인물의 전형성 따위를 논의하는 일은 큰 의미를 띠지 못할 것이다. 이 작품은 소설가가 어떤 등장 인물을 통해 자신의 세계관이라든가 인생관을 전달하려는 것을 목적으로 가진 작품이 아닌 까닭이다. 그야말로 작가가 소설가 구보로 등장하여 자신의 삶을 통해 소설이란 무엇인가 또는 소설가란 어떠한 존재인가를 문제삼고 있는 것이다. 그의 최대의 고민은, 앞서 언급했듯, 소설가로서 현실에서 벌어지는 일들을 가치 판단할 수 있는 기준을 알 수 없다는 데 있다. 그런데 이 일은 제대로 해결되지 않는다면 소설조차도 불가능하게 만드는 중요한 일이었다.

> 사람들이 제 잘난 멋에 사는 것까지는 알겠는데, 실지로 잘난 등급이 다른데 무얼 가지고 이렇게 정했느냐 하는 이 대목을랑, 알 듯 모를 듯 역시 모르겠다는 이러한 이야기가 되는 것이었다. 이것을 모르고서는 이야기 속에 나오는 사람의 옳고 그름을 따진다는 일이 될 수 없다.10)

위의 인용에서 우리는 구보가 은연중에 '소설이란 이야기를 통해 사람의 옳고 그름을 따지는 것'이라는 생각을 가지고 있음을 간파하게 된다. 현실을 판단할 수 있는 기준을 가지지 못한 괴로움을 지니고 있는 소설가 구보에게 있어 소

---

10) 위의 책, pp.262~263.

설이란 이런 정도에서 머무는 것일까? 구보 자신이 소설 노동자로 자처하는 만큼 그의 직업인 소설에 대해 그가 가진 개념은 보다 더 많은 의미를 띠고 있을 것이다. 이에 대한 자세한 고찰이 다음 장의 주제이다.

3. 구보의 소설론, 소설가론

최인훈의 소설가 구보는 대개의 하루 하루를 자신의 직업인 소설과 관련된 일을 하면서 보낸다. 소설 노동자인 구보로서는 당연한 일이었다. 그렇다면 그는 그의 직업인 소설에 대해 어떤 생각을 가지고 있는가. 이에 대한 그의 생각은 작품의 도처에서 쉽게 찾아볼 수 있다. 다음의 인용은 그러한 것들 중의 일부이다.

(가) 소설이라고 하는 것은 세상살이의 이치와 느낌을 지어낸 인물의 일생이나 사건을 통해서 이야기로 엮어 놓은 글이다.[11]

(나) 소설이라면 알다시피 세상살이 이야기 한 꼭지를 지어내서 세상 이치를 밝혀내고 인물마다 옳고 그름을 가리는 일이다.[12]

(다) 구보씨에게 '탄식(歎息)'인 것이, 독자에게는 어떤 드높은 '외침'으로 받아진다는, 이 어찌할 수 없는 뒤바뀜. 구보씨는 무대 장치를 뒤에서 바라보는 사람처럼 어떤 안타까움을 느꼈다. 모든 글, 이 세상에 남겨진 모든 글이 육신을 가진 사람에 의해서 씌어진 바에는 모두 이런 사정일 것이다. 그러나 이 '사정'은 말끔히 지워져버리고 '사정'의 그림자 같은 글만 남는다. 이 글은 이 글대로 틀렸다는 것도 아니고 거짓인 것도 아니다. 그러나 '사정'까지를 닮지 못하고 있는 점으로 따진다면 불확실한 것이다. 소설이란 이 '사정'까지를 나타내는 글이다, 라고 생각할 수 있겠군.[13]

---

11) 위의 책, p.144.
12) 위의 책, p.262.
13) 위의 책, p.171.

위의 인용 (가)와 (나)는 보통의 작가들이 갖는 소설관과 크게 다를 바 없다. 그러나 (다)에는 구보의 소설에 대한 독특한 생각이 뚜렷하게 나타나 있어 주목된다. 글이란 그것을 쓴 사람의 의도와는 달리 자기 나름의 존재 의의를 가진다는 것, 소설이란 이 점마저도 드러내야 한다는 것이 구보의 소설에 대한 생각이다. 이는 물건이 그것을 만든 사람의 손을 떠나는 순간 이미 주인과는 아무 상관없는 것으로 되는 이치와 꼭 같다. 이는 마치 예술을 그 자체로 단독적인 물신의 위치로 격상시킨 헤겔 이후의 예술 철학을 떠올리게 한다. 하지만 소설은 객체화되는 물건이지만 그것을 만든 사람의 의도와 수용하는 사람의 입장이 뒤바뀐다는 사정까지도 드러내야 한다는 점은 구보가 가진 생각의 독창성이다. 그만큼 소설에는 만든 사람의 고통까지도 드러나야 한다는 것을 뜻한다고 할 것이다. 또한 소설은 소설가의 전부를 드러내야 한다는 의미일 것이다.

그렇다면 이러한 내용을 담아야 하는 그의 소설은 어떤 목적에 봉사하는 것일까. 이 물음은 작품 속에서도 똑같은 물음의 형태로 질문되고 있는데, 인간의 행복을 가장 촉진한다고 생각하는 생활 원리를 작품을 통해 보급한다는 목적하에 씌어진다. 이 때 그가 생각하는 행복의 원리는 "① 자연을 알라, ② 사회를 알라, ③ 혼자만 잘살자고 말아라 하는 것"14)이다. 이에서 나아가 그는 소설이, 또는 문학이 삶의 도식화에 대해서 끊임없는 해독제와 보완 원리로서 작용해야 하며, 일체의 관료주의에 반대해야 한다고 말한다. 이는 달리 "우상은 한 번만이 아니라 끊임없이 깨뜨려지지 않으면 안된다"15)로 표현되기도 한다. 결국 구보에게 있어 소설은 현실의 뒤에 작용하는 어떤 힘을 찾아내고 그것을 형상화하는 것이 아니라, 현실을 이끌어가는 거대한 힘이 강요하는 도식에 대하여 끊임없이 대항하는 것으로 요약할 수 있다.

문학(예술)이 이러한 힘을 갖기 위해서 문학을 창조하는 사람은 어떠해야 하는가. 구보는 그 대표적인 예로 샤갈과 이중섭을 들고 있다. 그들은 불로 소득을 모르는 예술가이며, 닥쳐오는 외부의 혼란함에도 흔들리지 않고 자신들의 얼을 지킨 사람들이다. 그러기에 그들은 "모든 사람이 제 얼은 빠져서 유리처럼 부서지고 피비린내 나는 땅에서 귀신처럼 허덕일 때 그 속에 살면서 자기 목숨의 길

---

14) 위의 책, p.252.
15) 위의 책, p.129.

을 잃지 않고 운명의 길목에서 만나는 것마다 그것이 소재든 수법이든, 사상이든, 신비이든 가리지 않고 모두 한 가지 주제, 그 자신의 목숨의 걸음걸이 속에 끌어들여 그의 삶의 '삽화(揷話)'로 만들"[16] 수 있었다. 모름지기 위대한 예술가란 모든 것을 그의 생애라는 실존을 통해 드러낼 수 있어야 하는 사람이라고 구보는 생각한다. 우리는 문득 이 지점에서 30년대의 위대한 천재 문학자였던 이상의 「종생기」의 한 구절을 떠올리게 된다.

> 정희(貞姬), 간혹 정희의 후틋한 호흡이 내 묘비에 와 슬쩍 부딪는 수가 있다. 그런 때 내 시체는 홍당무처럼 확끈 달으면서 구천(九天)을 꿰뚫어 슬피 호곡(號哭)한다.[17]

여기에서 이상 자신의 삶은 세상의 온갖 부귀영화를 얻을 수 있는 길을 버리고 탕진해 버린 삶이다. 이렇게 살아온 삶 자체가 이상에게는 예술 그것이었다. 이상은 이 예술이란 시체와 같은 것이지만 후세라도 그것을 이해하는 자를 만나면 다시 달아오르는 불멸의 것이라고 말한 바 있다.[18] 이처럼 위대한 예술이란 예술가의 삶 자체인 것이다. 이런 예를 구보는 자신에게 부쳐져 온 『유시집(遺詩集) · 모욕당한 지점에서』라는 책에서도 발견한다. 그 시집은 스무 살 안팎의 눈매가 매서운 젊은이가 남긴 것이었다. 구보가 이 시집 속의 작품을 읽고 감동한 것은 다름이 아니라 그 시들에서 허무라는 '계백(階伯)'을 향해서, '죽음'이라는 괴물을 향해서 연약한 칼을 비껴들고 달려드는 '관창(官昌)' 소년의 이미지를 보았기 때문이다. 온몸으로 순진하게 자신을 내던지는 그런 소년의 이미지는 감동을 주기에 충분하였던 것이다.

이렇듯 자신의 삶 자체를 통해 위대한 예술을 창조하는 그런 예술가가 되기 위해서 예술가는 모든 사물을 '물욕(物慾)'으로가 아니라 '시심(詩心)'으로 바라보지 않으면 안된다. 구보에 따르면, 모든 물건은 그 자체가 처음부터 소설이거나 나사못으로 규정되는 것은 아니다. 관습상 그렇게 규정될 뿐이지 그 관습이 절대적인 것이 아니라는 이야기다. 즉 어떤 물체가 있을 때, 그것이 "'기호(記號)'나

---

16) 위의 책, p.294.
17) 김윤식 편, 『이상문학전집―소설』, 문학사상사, 1991, p.397.
18) 위의 책, p.402.

'물질'이냐는 그 스스로가 분명한 것이 아니라 사람 쪽에서 그것을 '물욕'으로 대하느냐 '시심'으로 대하느냐에 달렸지 절대적인 구별을 할 도리가 없는 것이다"[19] 이와 같이 세상의 모든 물건이나 일들은 사람이 보기에 따라 달라지는 것이어서 정치마저도 거기서 어떤 사람이 이익을 남기려고 한다면 그것은 기호에 불과하지만, 정치를 詩心으로 보기만 한다면 그것은 하나의 물질이자 예술이 될 수 있는 것이다. 이와 같이 시심을 가지고 세상을 바라본다면 비록 동물원에 갇힌 동물이라 하더라도 어찌 사람과 어울려 모두가 같이 서로가 서로의 발뒤꿈치를 밟으면서 탑돌이를 할 수 없을 것인가. 또 러시아의 화가인 샤갈의 작품에 대해 조선 시대의 임금과 대감들이 함께 감상하면서 서로의 의견을 주고 받는 일이 어째서 어색해 보일 것인가. 또 주춧돌만 남은 옛 절터에 대해 명상하면서 거기서 수도를 하고 있는 스님과 해후하는 일이 왜 불가능할 것인가. 모든 것이 시심으로 바라볼 때는 가능하며, 모든 것이 예술이 될 수 있는 것이다. 바로 여기에 구보의 예술에 대한 생각이 응축되어 있다.

4. 소설가 구보를 위하여

지금까지 우리는 제2대 구보로서 최인훈의 구보를 살펴 보았다. 그를 살펴 보기에 앞서 먼저 그보다 앞에 위치하는 1930년대 박태원의 구보와 그의 뒤에 위치한 1990년대 주인석의 구보를 살펴보았는데, 그들이 공통점과 차이점을 동시에 가지고 있음을 알 수 있었다. 그 공통점이란 소설이나 소설가의 존재에 대한 새로운 의미를 찾고 있다는 점이었다. 박태원의 구보는 대학 노트를 들고 다니면서 자신이 관찰한 것을 기록하여 그것을 소설이라 내세웠고, 주인석의 구보는 소설가란 실패할 운명을 타고났음을 알면서도 자신의 삶 전체를 예술을 위해 바쳐야 하는 존재임을 깨달았던 것이다. 한편 차이점은 박태원의 구보가 그의 눈에 들어온 식민지적 근대 도시 경성의 도시적 풍물을 그려내는 데 집중한 나머지 작가의 시대적 책임감을 소홀히 하였던 데 반해, 1990년대 주인석의 구보

---

19) 최인훈, 『소설가 구보씨의 일일』 재판, 앞의 책, p.145.

는 비록 사잇길로 접어든 역사적 시간이었을지라도 자신이 살아온 시대에 대해 소설가로서의 책임감을 깊이 간직하고 있다는 점이었다.

그렇다면 이와 같은 두 명의 구보와 중간에 놓인 최인훈의 구보는 어떤 관계에 놓여 있는가. 결론부터 말하면 1970년대의 최인훈 역시 그들과 공통점과 차이점을 함께 지니고 있었다. 먼저 1970년대의 구보는 자신이 살고 있는 시대에 벌어지고 있는 일들에 대해 최소한 그 일들의 의미를 파악하려고 노력하였다. 물론 그 작업은 성취 여부는 구보의 능력 밖의 일이었다. 그러나 구보는 그 작업을 포기하지 않았는데, 그는 '정치적 소재를 예술이 다루어서는 안되는가'라는 질문에 대해, 그런 의미에서는 예술과 정치는 갈라져서는 안된다고 믿을 정도의 의식을 가지고 있었기 때문이다. 여기에서 우리는 분단 시대를 살아가는 소설가 구보의 고민을 찾아 볼 수 있다. 이런 점에서 본다면 1970년대 구보는 자신이 살고 있는 당대의 사회적 삶에 대한 책임감에서 1930년대 구보보다 훨씬 강하며, 자신의 뒤에 등장한 1990년대 구보에는 다소 미치지 못하는 중간적 위치에 놓여 있다고 할 수 있다.

한편 세 명의 구보는 모두가 소설이나 소설가의 존재에 대해서 의미 탐색을 하는 공통점을 지니고 있었다. 이러한 사실은 그들이 모두 소설가이며, 제목도 「소설가 구보씨의 일일」인 만큼 어쩌면 당연한 것일 수도 있다. 첫번째와 세 번째의 경우는 바로 위에서 언급한 바 있거니와, 1970년대의 구보는 먼저 소설이란 그것이 소설가의 손을 떠나는 순간 독자적으로 객체화되는 물건이지만 그것을 만든 사람의 의도와 수용하는 사람의 입장이 뒤바뀐다는 사정까지도 드러내야 한다는 독창적인 생각을 가지고 있었다. 그리고 그는 한 편의 소설 속에 그것을 생산한 소설 노동자 고통까지도 들어 있어야 하며, 나아가 그 속에서 소설가의 전부가 드러나야 한다고 믿었던 것이다.

소설이 어떤 목적을 가지고 씌어져야 하느냐는 물음에 대해서 구보는 삶의 도식화에 대해서 끊임없는 해독제와 보완 원리로서 작용해야 하며, 일체의 관료주의에 반대하기 위해 창작되어야 한다고 답변하였다. 끊임없는 우상 파괴로 요약되기도 하는 이런 문학관은 비평가 이어령의 선언으로 대표되는 1950년대 전후 세대의 문학관과 흡사하다. 물론 등단 시기로만 따지자면 최인훈 역시 전후 세대에 포함시킬 수도 있을 것이다. 하지만 결국 구보에게 있어 중요한 것은 그런 세대적 감각이 아니었다. 그에게는 소설이 현실의 뒤에 작용하는 어떤 힘을 찾아내어 그것을 형상화하는 리얼리즘적 성과를 이룩하는 것보다 현실을 이끌어가는 거대한 힘이 던지는 도식에 대해 끊임없이 대항해야만 한다는 점이 더욱 중요했다.

그렇다면 이러한 힘을 갖는 문학(예술)을 창조하기 위해서 문학자(예술가)는 어떠해야 하는가. 구보가 그 예로 들고 있는 사람은 샤갈과 이중섭이다. 구보에게 있어 그들은 자신들의 노력으로 예술 작품을 만들었으며, 외부의 어떠한 혼란함에도 흔들리지 않고, 얼빠지지 않고 자신들의 시심을 지킨 사람들이다. 또한 그들은 모름지기 모든 것을 그의 생애라는 실존을 통해 드러낸 위대한 예술가들이다. 이 점에서 본다면 1990년대의 구보는 1970년대의 구보와 흡사하다고 할 수 있다. 이렇듯 자신의 삶 자체를 통해 위대한 예술을 창조한 예술가는 자신들의 시심을 지켰다고 했거니와, 위대한 예술가가 갖추어야 할 가장 중요한 조건은 물욕으로가 아니라 시심으로 모든 세상사를 바라보는 일이다. 모든 물건은 그 자체가 처음부터 예술과 비예술의 재료로 나누어지는 것이 아니라 관습상 그렇게 규정될 뿐이기 때문이다. 이 관습에 얽매이지 않고 사물을 시심으로써 대하느냐 것, 이것이 구보가 생각하는 위대한 예술의 기본 조건이었던 것이다. 요컨대 1970년대의 구보에게 있어 소설이란 소설 노동자가 시심을 가지고서 자신의 전 생애를 걸고 만드는, 자신의 고통까지를 담는 그런 물건이다. 이럴 때 소설은 삶의 도식화를 해독하는 새로운 도식이 될 수 있을 것이다.

이상에서 살펴 본 최인훈의 작품 「구보씨의 일일」은 결국 소설과 소설가 자신에 대한 지난한 탐구의 과정으로 볼 수 있다. 지금 최인훈은 작품 활동을 예전처럼 왕성하게 하고 있지 않지만, 그 대신에 우리 시대에는 1990년대의 소설가 구보가 여전히 작품 활동을 계속하고 있다. 이변이 없는 한 그 또한 자기 나름의 소설과 소설가의 존재 방식에 대한 탐색을 계속할 것이다.

제3부

1920~1930년대 한국 경향문학의
'근대성' 비판

1. 문학 유산으로서의 경향문학의 문제성

남북한의 문학을 포괄하는 '통일 문학'의 수립에 있어 식민지 시대의 문학은 공동의 유산으로서 매우 중요한 의의를 지닌다. 특히 그 중에서도 경향문학은 남북한 모두가 적극적 의미의 유산으로 인식하고 있기에 그 가치가 매우 크다고 아니할 수 없다. 그러나 이데올로기 대립이 극심하던 냉전 시대에 경향문학은 금단의 열매와도 같은 존재였다. 근대 문학사 위에 뚜렷한 자취를 남김으로써 연구자들의 호기심을 자극했음에도 불구하고, 그것에 접근하기 위해서는 혹독한 대가를 치뤄야만 했던 것이다. 그러다가 사회주의 체제의 붕괴를 전후하여 경향문학은 잠시 대중적인 관심의 대상이 되기도 했지만, 이제는 주목하는 사람조차 거의 없고 이따금 자기 주장의 권위를 높이려는 연구자들에게 비판의 대상으로 이용되고 있을 따름이다. 하지만 이처럼 편의적인 비판의 대상으로 전락했다고 해서 프롤레타리아 문학 이념을 표방했던 경향문학의 고유한 가치마저 소멸된 것은 아니다. 장차 통일 문학을 지향하는 과정에서 사회주의 체제하의 북한 문학을 이해하는 데 결정적인 역할을 담당할 것이기 때문이다. 이와 관련하여 북한에서도 그 동안 항일혁명문학에 가려 소홀하게 취급되었던 경향문학

이 최근에 다시 관심의 대상이 되고 있음은 주목할 만한 일이다.[1]

한편 이처럼 경향문학이 새롭게 관심의 대상이 되고 있음에도 불구하고, 지금까지 우리 학계에서는 경향문학이 어떤 문학을 지칭하는 것인지 명확하게 정의하지 않은 채 사용해 온 것이 사실이다. 루카치 등이 논의한 바에 따르면 이 용어가 처음으로 사용된 곳은 독일이다. 그 곳에서 경향문학은 원래 청년 헤겔파를 포함한 체제 저항적 문학 일반을 일컫는 경찰 용어였다가 점차 사회주의 문학을 지칭하는 용어로 자리잡게 된다. 한국 문학에서는 임화, 김남천 등이 카프(KAPF) 해산 무렵부터 이 용어를 사용하기 시작하였다. 1930년대 후반에 근대 문학사를 연구했던 임화의 경우 넓은 의미로는 신경향파 문학부터 카프 해체 이후에 이루어진 구카프 소속 문학자들의 문학까지를 포괄하는 개념으로 사용하였고, 좁은 의미로는 오직 카프에 소속된 작가들의 문학만을 의미하는 개념으로 사용하였다. 이 글에서는 이러한 임화의 개념을 참고하여 경향문학을 ‘식민지 시대에 이루어진 사회주의 지향성의 진보적 문학’으로 규정하고자 한다. 일반적으로 신경향파라고 불리는 문학과 카프의 문학이 이에 해당된다고 할 것이다.[2]

주지하다시피 경향문학에 대한 우리 학계의 연구는 1980년대 중반부터 본격화되어 많은 연구 성과를 축적하였거니와, 무엇보다도 그 동안의 활발한 연구 활동에 힘입어 실증주의적인 자료 정리는 아주 높은 단계에 도달한 것으로 보인다. 김윤식의 『한국근대문예비평사연구』(일지사, 1976), 『한국근대문학사상사』(한길사, 1984)를 비롯하여, 역사문제연구소 문학사 연구 모임의 『카프 문학운동 연구』(역사비평사, 1989), 김영민의 『한국문학비평논쟁사』(한길사, 1992), 권영민의 『한국 계급문학 운동사』(문예출판사, 1999) 등이 그 대표적인 연구 성과이다.[3] 이들은 대체로 객관

---

1) 김윤식은 김정일이 쓴 『주체 문학론』(1992)을 분석하는 글에서, 북한 문학의 핵심인 항일 혁명 문학의 정통성이 흔들리고 있으며 시간이 지날수록 카프 문학의 비중이 커질 가능성이 있다고 보았다. 김윤식, 「남북한 현대 문학사 서술 방향에 대한 예비 고찰」, 『북한 문학사론』, 새미, 1996, p.30.

2) 이 글에서는 1930년대 후반의 전향문학을 경향문학에 포함하지 않았다. 왜냐하면 전향문학이 이전의 경향문학자들에 의해 주도되었음에 불구하고, 경향문학에 대한 회의와 반성을 주요 주제로 삼았기 때문이다. 한편 경향문학과 신경향파 문학이라는 용어의 기원, 개념의 변천, 두 용어의 변별점 등에 대해서는 조남현, 「‘경향’과 ‘신경향’의 거리」, 『한국 현대 문학 사상 연구』, 서울대학교 출판부, 1994 참조

3) 이 가운데 비교적 최근에 나온 권영민의 저서는 경향문학에 대한 새로운 자료를 추가로 발굴한 점에

적 자료를 통해 역사적 사실을 규명한 실증주의적 연구 또는 논쟁사나 사상사
와 같은 특정한 측면에 주의를 기울인 연구들이다. 그렇기 때문에 내용의 풍부
함에도 불구하고, 경향문학의 근대성 비판과 관련하여 일정한 한계를 지닐 수밖
에 없다고 하겠다.

　실증주의적인 연구와 함께 경향문학 연구의 또 다른 흐름을 형성하는 것은
다른 나라 경향문학과의 비교 연구이다.[4] 이러한 연구 경향은 한국의 경향문학
이 당대의 소련 및 일본 경향문학의 이론과 실천에 크게 의존하고 있었던 데서
그 근거를 획득한다. 일반적인 비교 연구가 그러한 것처럼, 이 경향에 속하는 성
과들도 대체로 한국과 외국 경향문학과의 관련성을 자료적 차원에서 규명한 것
이 대부분이다. 그리하여 레닌, 루나차르스키, 루카치 등의 서구 사상가들과 구
라하라 고레히토(藏原惟人), 아오노 스에키치(靑野季吉), 나카노 시게하루(中野重治)
등 일본 문학자들의 이론이 어떤 변화와 굴절과 거쳐 한국 경향문학에 수입되
었는가 하는 점이 일정한 수준에서 규명되었으며, 결과적으로 경향문학을 연구
하는 시각의 폭이 크게 확대되었다.

　최근에는 경향문학 자체보다는 1930년대 후반의 주체 재건과 관련된 논의를
연구하면서 경향문학을 비판적으로 검토하는 작업이 이상갑,[5] 권성우,[6] 김외
곤,[7] 서경석[8] 등에 의해 집중적으로 이루어졌다. 이들 연구는 해석학이나 욕망
이론, 포스트모더니즘 이론 등을 원용하여 경향문학의 성과와 한계를 밝히고 있
음이 특징적이다. 이 가운데 이상갑의 경우 1930년대 전반기와 후반기를 변화보
다는 연속이라는 관점에서 고찰하였고, '타자' 개념에 의거하여 임화 등의 비평
활동을 분석한 권성우는 경향문학의 발전 과정에서 연속적으로 나타난 타자의

서 주목된다.

4) 대표적인 연구 성과로는 다음과 같은 것들이 있다. 세리카와 데쓰요(芹川哲世), 「1920~30년대 한일
　농민문학의 비교문학적 연구」, 서울대학교 박사학위 논문, 1993 ; 임규찬, 『일본 프로문학과 한국문
　학』, 연구사, 1987 ; 조진기 편역, 『일본 프롤레타리아 문학론』, 태학사, 1994 ; 조진기, 『한일 프로문
　학론의 비교연구』, 푸른사상, 2000. 한편 앞서 언급한 실증주의적 연구 성과들도 대체로 비교 연구의
　형태를 취하고 있다.
5) 이상갑, 「1930년대 후반기 창작방법론 연구」, 고려대학교 박사학위 논문, 1994.
6) 권성우, 「1920~30년대 문학 비평에 나타난 '타자성' 연구」, 서울대학교 박사학위 논문, 1994.
7) 김외곤, 『한국 근대 리얼리즘 문학 비판』, 태학사, 1995.
8) 서경석, 『한국 근대 리얼리즘 문학사 연구』, 태학사, 1998 ; 『한국 근대 문학사 연구』, 태학사, 1999.

배제와 부정을 연구하였다. 또한 김외곤은 경향문학의 전개 과정을 '절대적 타자'에 종속되는 과정으로 규명한 바 있다. 한편 서경석의 논문은 카프 비평의 구조를 담론 구성체와 욕망 분석의 차원에서 본격적으로 분석하고 있어 주목된다. 그의 분석에 의하면, 카프 소속 문인들의 주체성은 일본을 통한 소비에트 사회주의 문학 이론의 수입이라는 한계 때문에 일본의 프로문학 이론가들의 그것과 동일화되고 카프 조직도 "문인들의 사회주의적 이데올로기를 재생산한 결정적인 기제(제도)"[9]로 작동한다. 그리하여 문학적 대상인 현실마저도 사회주의 혁명이라는 욕망과 함께 관념적 현실이 수입되는 결과를 빚게 된다. 이런 분석을 바탕으로 하여, 서경석은 1930년대 후반에 이루어진 주체 재건론을 가리켜 '사회주의 문학 이론을 비로소 타자의 욕망으로 인식하고 본격적으로 조선의 현실을 문제삼은 이론적 작업'이라고 평가하게 된다. 이처럼 최근의 연구들은 더 이상 과거처럼 경향문학의 역사적 전개 과정을 실증주의적으로 고찰하거나 외국 경향문학과의 관련성을 밝히는 데 치중하지 않고, 문학적 주체로서의 카프 문인들의 내면을 문제삼아 경향문학의 근대성을 비판하고 있다는 점에서 의의가 크다고 할 것이다.

한편 북한에서는 식민지 시대에 국내에서 전개된 경향문학을 항일혁명문학에 동조한 진보적 문학으로 평가하고 있거니와,[10] 최근의 논의도 이 수준에서 멀리 나아가지 못한 것으로 보인다. 이에 비해 우리처럼 경향문학을 문학 유산으로 물려받은 일본 학계의 연구는 매우 다른 방향으로 전개되고 있어 주목된다. 물론 일본 학계 역시 초기 단계에서는 실증주의적 연구가 압도적인 비중을 차지하였다.[11] 이들은 한국에서의 실증주의적 연구와 마찬가지로 경향문학의 역사적 전개 과정을 몇 단계로 구분하여 각 단계별 내용과 특징을 밝히거나, 조직론

---

9) 서경석, 「1930년대 한국 문예비평에 나타난 '탈근대성' 연구」, 『한국 근대 리얼리즘 문학사 연구』, 위의 책, pp.266~268.

10) 1970년대부터 최근에 이르기까지 북한의 공식적 문학사로 출간된 『조선 문학사』에서 이러한 특징은 분명하게 확인된다.

11) 주목할 만한 것으로는 야마다 세이자부로(山田淸三郎, 『プロレタリア文學史』上·下, 理論社, 1954 ; 하세가와 이즈미(長谷川泉, 『近代日本文學思潮史』, 至文堂, 1961 ; 다케우치 요시미(竹內好, 『プロレタリア文學』 II, 岩波書店, 1959 ; 히라노 켄(平野謙, 『昭和文學史』, 筑摩書房, 1982 ; 이케다 히사오(池田壽夫, 『日本プロレタリア文學の再認識』, 三一書房, 1971 ; 구리하라 유키오(栗原行夫, 『プロレタリア文學とその時代』, 平凡社, 1971 등이 있다.

과 창작 이론 등으로 분야를 나누어 각각의 변천 과정을 규명한 것이 대부분이다. 그런데 일본에서는 이러한 실증주의적 연구에 못지 않게 경향문학에 대한 비판적 연구도 일찍부터 시도되었다. 예컨대 전향을 단순히 권력의 탄압과 그에 대한 굴복이라는 시각에서 바라보지 않고 외래 사상의 토착화라는 시각에서 접근한 것처럼, 경향문학을 적극적으로 재평가하려는 움직임이 이미 1950년대부터 시작되었던 것이다. 한편 최근에 이르러서는 가라타니 고진(柄谷行人)의 『近代日本の批評』, 『戰前の思考』 등에서 볼 수 있듯이, 포스트모더니즘 이론에 기대어 경향문학의 '절대적 타자성'을 비판하는 등의 새로운 시각이 제시되고 있기도 하다. 또한 경향문학의 몰락 이후 태평양 전쟁에 이르기까지의 문학에 대해서도 서구적 근대의 극복이라는 시각에서 연구가 활발하게 진행되고 있다. 이와 같은 일본 학계의 연구 동향은 우리 문학의 근대성을 규명하는 작업과 관련하여 특별한 관심을 기울일 필요가 있을 것으로 생각된다.

널리 알려진 바와 같이, 1920~30년대의 한국 경향문학은 수차례에 걸친 내부 및 외부 논쟁을 통해 이념적 입지를 공고히 하면서 그 이념을 형상화하는 작품 활동도 활발하게 전개하였다. 이러한 특징을 고려하여 여기에서는 먼저 문학 이념을 정립하는 과정에서 표출된 근대적 담론 체계를 분석하고자 한다. 이를 위해서는 무엇보다도 논쟁 주체들의 의식이 뚜렷하게 드러났던 논쟁들을 연구 대상으로 삼을 수밖에 없는데, 카프 최초의 내부 논쟁인 내용 형식 논쟁과 제1차 방향 전환기에 벌어진 목적의식 논쟁 등이 그 대표적인 경우라고 하겠다. 다음으로는 작품 창작의 측면에서 경향문학의 이념이 어떻게 수용되고 비판되었는가를 고찰할 것이다. 다시 말해 경향문학의 정론적(政論的) 성격이 작품 창작에 끼친 긍정적, 부정적 영향을 연구하고자 한다. 대부분의 경향문학 작품들이 문학 이념과의 밀접한 관련하에서 창작되었지만, 특히 논쟁의 직접적 대상이 되었던 작품들을 중점적으로 분석하게 될 것이다. 한편 한국의 경향문학을 연구하는 과정에서 빠뜨릴 수 없는 요소 중의 하나는 소련 및 일본 경향문학과의 유대 관계이다. 이 점은 한국 경향문학으로 하여금 불가피하게 이식성과 국제성을 주요한 성격으로 갖게 하였거니와, 민족 현실에 대한 인식이라는 측면과 대비하여 고찰하면 그 한계가 뚜렷하게 드러날 것으로 생각된다.

한편 이 연구의 목적이 경향문학의 담론 체계가 지닌 '근대성'의 비판에 있는 만큼, 기존의 연구에 주로 사용되었던 방법론 대신 근대적인 주체 비판을 특징으로 하는 포스트모더니즘 이론을 원용하고자 한다. 왜냐하면 이전의 실증주의적인 연구 방법이나 리얼리즘, 모더니즘 등의 이론으로는 경향문학의 한계를 더 이상 명확하게 밝히는 것이 불가능하다고 판단되기 때문이다. 경향문학은 동일자의 시선에 사로잡힌 채 다양한 타자의 존재를 인정하지 않고 절대화되는 과정을 밟았던 것으로 생각되므로, 타자의 존재를 적극적으로 인정하고 나아가 다양한 타자의 존재를 전제하는 포스트모더니즘 이론에 의지하면 그 한계가 뚜렷하게 드러날 것이다. 또한 경향문학은 일본 제국주의 통치하의 식민지 조선을 사회적 배경으로 하여 탄생된 문학이므로 포스트식민주의 이론 역시 이 연구에 많은 시사점을 던져줄 것으로 예상된다. 특히 식민지 시대에 전개된 여러 방면의 저항 운동을 '친일과 항일'이라는 구도 속에서 이해하는 민족주의적 시각의 극복에 적지 않은 도움을 줄 것으로 기대된다.

2. 이식을 통한 주체 형성과 국제성의 강화

신경향파 문학에서 카프 해산에 이르는 10여 년의 기간은 코민테른을 중심으로 한 국제 사회주의 운동의 절정기였다. 이런 시대적 환경 속에서 사회주의 문학 이념을 표방했던 경향문학은 국제성과 이식성을 강하게 지닐 수밖에 없었다. 물론 국제성과 이식성은 경향문학만의 고유한 성격이 아니며, 어떤 문학이라도 일정한 발전을 이룩하기 위해서는 다른 문학과의 교섭을 통해 자양분을 흡수해야만 하므로 그 자체가 크게 문제되는 것도 아니다. 그것은 메이지(明治), 다이쇼(大正) 시대의 일본 문학을 통해 서양의 근대 문학을 이식했던 개화기 이래로 한국 문학을 특징짓는 중요한 성격의 하나가 되었다고 할 수 있다. 그런데 개화기 문학과 경향문학은 공통적으로 국제성과 이식성을 지녔음에도 불구하고, 근본적인 성격면에서는 상당한 차이를 내포하고 있었다. 이에 대해서는 이미 1930년대 후반에 임화가 다음과 같이 언급한 바 있다.

> 본시 조선 문학을 이식 문화라 하나, 경향문학은 그 사상 내용의 국제주의적 성격과 아울러 그 이식성이 아주 고도화된 것이었다 할 수 있다.
>
> 초기의 신문학도 경향문학과 같이 이식에 몰두하였음은 동일하나 거기에는 '내셔널리스틱'한 주체성이 있었다.
>
> 그러나 경향문학에 있어서는 그 내용의 국제주의적 성격 때문에 이 집단적 주체성이나마 아주 포기되어 이식 문화 그것을 이식 문화라 생각하느니보다 오히려 자기를 외래 문화에로 동화시켜 버리려고 한 경향까지 있었다.
>
> 이식 문화란 외래의 지식을 이식하는 게 본무요, 그것을 주체화하는 것은 본시 당면 임무가 아니다.[12]

비록 본격적으로 경향문학을 비판한 글은 아니지만, 여기에는 한국 경향문학의 문제점이 날카롭게 지적되어 있다. 임화에 의하면, 경향문학의 가장 큰 문제점은 국제성과 이식성으로 인한 주체성의 상실이다. 이 점은 해방 직후에 진보적 문학자들이 경향문학의 한계로 지적했던 '수입된 사조의 모방에서 기인하는 공식주의적 약점'과 정확하게 일치하는 것이라고 하겠다.

그런데 경향문학은 어떤 과정을 통하여 국제성과 이식성에 침닉하게 되었던 것일까? 이에 대한 명확한 대답을 하기 위해서는 개화기부터 시작된 근대 문학의 역사와 그 배경으로서의 조선 사회를 검토하지 않을 수 없다. 개화기에 이르기까지 오랫동안 폐쇄적 공간에 놓여 있었던 우리의 문학은 근대 문학으로 발돋움하기 위하여 외부와 적극적으로 교섭하지 않을 수 없었던 바, 이 때 수용된 것이 바로 일본 근대 문학을 통하여 소개된 서구의 근대 문학이다. 그런데 이 과정에서 우리보다 먼저 서구화를 단행하여 근대적 민족 국가를 수립한 일본은 한편으로는 일종의 모델로서 인식되지만,[13] 다른 한편으로는 침략 국가로서 반드시 극복해야 할 대상으로 인식된다. 이처럼 특수한 상황 때문에 한국의 근대 문학은 처음부터 국제성과 이식성에 상응하는 주체성을 동시에 갖추어야만 했던 것으로 볼 수 있다. 근대 문학의 첫 단계인 개화기 문학이 비록 일본 문학을 통해 서구 문학을 이식하기는 했지만, 그 속에 근대적 민족 국가의 수립을 위한 강렬한 열망을 품고 있었던 것도 이런 까닭에서이다. 이인직과 이광수의 초기

---

12) 임화, 「교양과 조선 문단」, 『인문평론』, 1939. 11, p.42.

13) Gi-Wook Shin and Michael Robinson ed., *Colonial Modernity in Korea*, Cambridge, MA : Harvard University Asia Center, 1999, p.10.

문학 활동이 한결같이 조선의 현실에 대한 인식을 통해 구양반 제도를 비판하면서 근대 지향성을 강하게 표출한 것은 그 좋은 예이다.

하지만 토지조사사업의 완료와 3·1운동의 실패를 계기로 민족 부르주아 계급이 저항 운동에서 대거 탈락하면서 상황은 전혀 다른 방향으로 전개된다. 즉, 그들에 의한 근대적 민족 국가 수립의 희망은 사라지고, 식민지 지배 체제에 동조하는 반민족적 부르주아 계급까지 등장하였던 것이다. 이 과정에서 민족 부르주아지를 대신하여 민족 해방의 주역으로 부상한 것은 노동자 계급이다. 러시아 혁명의 성공과 코민테른의 활동에 고무되어 조선에서도 사회주의 세력이 등장하였고, 이들에 의해 노동자 계급은 혁명의 주역으로 인식되었던 것으로 볼 수 있다. 그런데 여기서 반드시 짚고 넘어가야 할 것은 민족주의 세력과 사회주의 세력이 민족 해방이라는 대의를 위해 협력하지 않고 적대적인 관계를 형성하였다는 사실이다. 물론 1927년에는 두 세력의 협동전선 조직으로서 신간회가 일시적으로 만들어졌지만, 이 역시 이듬해 12월에 코민테른에서 민족 개량주의에 대한 투쟁을 강조한 이후 곧바로 붕괴되는 운명에 처하게 된다. 이후 두 세력의 갈등은 더욱 증폭되었고, 해방을 맞이할 때까지 양자간에는 특별히 주목할 만한 협력이 이루어지지 않았다.

이러한 두 세력간의 대립은 문학의 영역에서도 비슷한 양상으로 전개되어, 양자를 보다 넓은 의미의 민족문학 속에 포용하려 했던 절충주의는 설 자리를 잃게 된다. 즉, 한편에서는 현실을 외면한 채 관념적이고 추상적인 민족 정신을 강조하였고, 다른 한편에서는 일본의 자본주의적 지배를 타도하기 위해 노동자, 농민의 계급 투쟁을 강조하였기 때문에 중간층은 용납되기 어려웠던 것이다. 그런데 지식인과 학생 중심의 조선공산당이 노동자와 농민 계급을 획득하지 못한 것과 마찬가지로, 경향문학도 노동자와 농민의 생활을 파고들기보다 민족주의 문학파에 대한 공격과 계급 투쟁을 우선시함으로써 점차 현실로부터 멀어지게 된다. 그 반면에 일본 및 소련 경향문학과의 국제적 연대는 시간이 흐를수록 더욱 강화되는 양상을 띠었다.

한편 이처럼 민족 현실에 대한 인식 대신 국제적 연대가 강화되는 방향으로 한국의 경향문학이 전개된 것은 경향문학 작가들 중에서도 특히 『백조』파에서 경향문학으로 전환한 김기진, 박영희 등으로부터 비롯되었다고 할 수 있다. 주지하다시피 신경향파로 불리는 초기의 경향문학은 크게 두 가지 조류로 나뉘어 있었다. 자연주의의 영향 아래 암울한 현실의 묘사에 주력했던 최서해적 경향과 현실 파악면에서는 전자에 뒤떨어지지만 전망의 제시에서 앞섰던 박영희적 경향이 그것이다. 두 조류 가운데 점차 경향문학의 주도권을 잡게 되는 것은 후자인데, 특히 이 경향의 대표 작가인 박영희는 카프 조직을 책임지는 서기장의 직책에까지 오르게 된다. 하지만 박영희도 처음부터 경향문학으로 출발한 것은 아니었으며, 김기진의 영향을 받아 경향문학자로 변신하기 이전에는 「월광으로 짠 병실」처럼 낭만적인 시를 창작하던 시인이었다. 한편 이처럼 박영희에게 강한 영향을 주었던 김기진이 경향문학으로 전환하게 된 결정적 계기는 일본의 사회주의자 아소 히사시(麻生久)와의 만남이었거니와,[14] 중요한 것은 사회주의에 감염된 그가 그 때까지도 퇴폐적 낭만주의에 빠져 있던 박영희, 이상화 등의 『백조』 동인들에게 새로운 사상이 담긴 시와 수필 등을 보내어 충격을 가했다는 사실이다. 이러한 김기진의 활동으로 인해 마침내 『백조』는 붕괴되고, 그 동인들 중 일부는 경향문학으로 전향하게 되었던 것이다.[15]

그런데 이 과정에서 우리의 주목을 끄는 것은 당시의 김기진이 식민지 조선의 현실에 대하여 철저하게 인식한 나머지 불가피하게 경향문학으로 전환한 것이 아니라, 독서 체험을 통해 경향문학으로 전환하게 되었다는 점이다. 이것은 한국의 경향문학의 성립 배경을 밝히는 데 매우 중요한 요소라고 할 수 있는 바, 무엇보다도 초기의 경향문학자들이 이식을 통해 주체를 형성해가는 과정을 보여주고 있기 때문이다. 물론 김기진의 경우 독서 체험은 가와지 류코(川路柳虹), 나카니시 이노스케(中西伊之助) 등의 일본 문학자의 글을 읽는 것이었고, 나아가 그들을 통해 알게 된 체홉, 바르뷔스, 나이두 등의 글을 읽는 것이었다.

(가) 그러나 우리들 총중에서 용감한 이와 같은 부르짖음을 들은 일이 없다.

오랫동안 논쟁에 피곤한 청년들이 이같이 모여 앉았으나,

---

14) 아소 히사시(麻生久)와 김기진의 영향 관계는 김윤식, 『한국근대문예비평사연구』, 일지사, 1976의 제II부 참조
15) 『백조』파의 붕괴와 초기 경향문학의 성립 과정에 관해서는 김윤식, 「서정 양식 선택의 조건」, 『한국근 대문학양식론고』, 아세아문화사, 1980 참조

마치 50년 전의 노서아의 청년들과 다름이 없으되,
그 중에서, 이를 깨물고, 주먹을 쥐고서, 책상을 치면서, 힘있는 소리로,
브나로드 V NAROD!라고 부르짖는 사람이 하나도 없다.

10년 전의 일본의 시인은 이와 같은 시를 썼었다. 그 후 10년이 지난 지금 조선은 '브 나로드!'라고 부르짖을 만큼이나 된 계단 위에 섰느냐? 아! 서 있지 못하다. 60년 전의 노서아 청년들이 두 팔을 걷어붙이면서 힘있게 부르짖던 '브 나로드!'는 지금의 조선에는 아직껏 이른 모양이다.16)

(나) 카페 의자에 걸터앉아서
희고 흰 팔을 뽐내어가며
브 나로드!라고 떠들고 있는
60년 전의 노서아 청년이 눈앞에 있다……

Café Chair Revolutionist
너희들의 손이 너무도 희구나!

희고 흰 팔을 뽐내어 가며
입으로 말하기는 '브 나로드!'
60년 전의 노서아 청년의
헛된 탄식이 우리에게 있다―

Café Chair Revolutionist,
너희들의 손이 너무도 희구나!

너희들은 '백수(白手)' ―

가고자 하는 농민들에게는
되지도 못한 '미각'이라고는
조금도, 조금도 없다는 말이다.

---

16) 김기진, 「떨어지는 조각조각」, 『백조』, 1923. 9. 홍정선 편, 『김팔봉 문학전집』 IV, 문학과 지성사, 1988, p.343.

Café Chair Revolutionist,
너희들의 손이 너무도 희구나!

아아! 60년 전의 옛날
노서아 청년의 '백수의 탄식'은
미각을 죽이고서 내려가 서고자 하던
전력을 다하던 전력을 다하던 탄식이었다.

Ah! Café Chair Revolutionist,
너희들의 손이 너무도 희어![17]

위의 글 (가)에 인용된 시와 (나)를 비교해 보면, 김기진이 어떤 방식으로 사회주의적 의식을 수용하였는지 쉽게 알 수 있다. 왜냐하면 이른바 '인용에서 모방으로' 나아가는 방식을 통해 일본 시인의 감각을 자기화하는 과정이 적나라하게 드러나 있기 때문이다.[18] 이처럼 타자의 의식을 객관적이고 분명하게 타자의 의식으로 파악하지 않은 채, 자기 의식인 양 착각하고 거기에 깊이 빠져드는 양상은 경향문학 초기의 두드러진 특징이라고 할 수 있다. 김기진에게 있어 조선의 현실은 구체적이고 생생한 현실로 파악되지 않으며, 막연하게 60년 전 러시아의 현실 또는 10년 전 일본의 현실과 방불한 것으로 인식된 것은 이런 까닭에서이다. 다시 말해 60년 전 나로드니키들이 파악했던 러시아의 현실과 10년 전 일본의 문학자들이 파악했던 일본의 현실이 조선의 현실을 대신하였던 것이다. 출발부터 사정이 이러했기 때문에, 한국의 경향문학은 점차 '만국의 노동자여 단결하라!'로 대표되는 국제적 연대를 강조하는 방향으로 나아가게 된다. 물론 이와 같은 흐름을 긍정적으로 평가하면 세계 자본주의 체제 속의 제국주의 국가인 일본에 대항하여 조선과 일본, 나아가 소련의 경향문학이 연결될 수 있는 가능성을 제시한 것이라고 할 수 있다. 하지만 부정적인 시각에서 보면 한국 경향문학의 주체성이 국제성과 이식성에 휩쓸리게 되는 결과를 빚은 것으로 평가할

---

17) 김기진, 「백수의 탄식」, 『개벽』, 1924. 6. 홍정선 편, 위의 책, pp.377~378.
18) 서경석은 사회주의 이론의 '인용'이 중요한 역할을 한다고 보았다. 그에 의하면 카프 비평가들에게 있어 인용은 권위를 제공하며, 그들 글쓰기의 비논리적 결락 부분을 메우는 역할을 담당한다. 서경석, 「1930년대 한국 문예비평에 나타난 '탈근대성' 연구」, 앞의 글, p.261.

수 있을 것이다.

한편 이와 같은 경향문학의 국제성과 이식성은 방향 전환기까지 카프의 지도적 이론가로 군림하게 되는 박영희에게서 한층 심각한 양상으로 나타난다. 그가 카프의 주도권을 쥐게 되는 것은 경향문학 최초의 내부적 논쟁인 '내용 형식 논쟁'을 통해서이다. 주지하는 바처럼, 이 논쟁은 김기진이 박영희의 작품 「철야」와 「지옥 순례」를 가리켜, '기둥도 없이 서까래도 없이 붉은 지붕만 입히어 놓은 건축'과 같다고 비판함으로써 시작되었다. 이에 박영희는 아오노 스에키치(靑野季吉)의 외재적 비평 논리에 의거하여 김기진을 재비판하게 되는데, 여기서 말하는 외재적 비평이란 "나타난 예술 작품을 일개의 사회 현상으로써, 나타난 예술가를 일개의 사회적 존재로서 그 현상 그 존재의 사회적 의의를 결정하는 비평"[19]이다. 즉, 박영희는 '작품은 사회적 현상으로써 평가해야 한다'는 아오노 스에키치(靑野季吉)의 논리에 기대어 "사회적으로 표현된 사실이 없어도 좋은 묘사는 아니하는 것이 좋으니 그 프로 문예는 묘사로서 가치를 나타내는 것이 아니라 그 작품에 나타난 ××× 열정으로서 그 작품을 힘을 얻는 것이다. 힘을 설명하는 데는 묘사로 하는 것이 아니다"[20]라고 주장함으로써 자기 작품을 옹호하였던 것이다. 그런데 이처럼 현실의 묘사 대신 혁명적 열정과 의지로 문학 작품을 구성해야 한다는 박영희의 주장은 작가들로 하여금 관념을 중시하는 방향으로 나아가게 함으로써 결과적으로는 현실의 무시라는 중대한 결과를 초래하게 된다. 더욱이 그 관념이 이식된 것이었기 때문에, 식민지 조선의 현실은 점차 경향 문학의 관심사에서 밀려나는 운명을 맞이할 수밖에 없었다.

이처럼 초기 경향문학의 핵심 인물이었던 김기진, 박영희로부터 시작된 국제성과 이식성은 목적의식론과 볼세비키화론 등 2차에 걸친 방향 전환론과 조명희의 작품 「낙동강」을 둘러싼 논쟁, 예술대중화론, 유물변증법적 창작방법론 등 일련의 논쟁에서 절정에 도달한다. 이 가운데 목적의식론의 경우, 일본의 후쿠모토(福本)주의로부터 영향을 받은 조선 사회주의 운동 전반의 방향 전환과 밀접하게 관련을 맺으면서 진행된 것이다. 이미 기존의 연구에서 명확하게 밝혀진

---

19) 박영희, 「투쟁기에 있는 문예 비평가의 태도」, 『조선지광』, 1927. 1. 임규찬, 한기형 편, 『카프비평자료총서』 Ⅲ, 태학사, 1989, p.39.

20) 위의 글, p.40.

바처럼, 후쿠모토 가즈오(福本和夫)의 '결합하기 전에 분리하라'는 원칙은 1926년 12월에 일본 공산당의 공식 노선으로 채택된 이래 일본과 조선에서 사회주의 단체 내의 불순 분자를 제거하라는 의미로 수용된다. 그리하여 각 단체에서는 뚜렷한 목적의식적 조직으로의 전환을 위해 아나키스트 등 자체 내의 비마르크스주의자들을 격렬하게 공격하게 되는데, 카프도 이런 흐름에서 예외는 아니었다.[21] 1927년에 전개된 방향 전환론과 조직의 재정비, 아나키스트와의 논쟁은 바로 그러한 작업의 일환이었던 것이다. 물론 이 과정에서 주도권을 행사하게 되는 인물은 이미 경향문학 진영의 중심 인물로 자리잡은 박영희이다.

> 원래 계급 문학은 그 기능을 다하기 위해서 늘 새로운 과정을 지나가게 되는 것이다. 계급 의식을 고양하던 계급 문학은 경제 투쟁에서 목적 의식적으로(정치적 의미에서) 이르게 되는 것이다. 조선에 있어서는 자연 생장적 문학에서 목적 의식적 문학으로 과정한다는 것이 지금 필연한 현실이다. 그러하면 무산 계급 문학의 계급적 임무로서 그 사회성과 한 가지 방향전환에 이르렀다 하면 그 소위 정치적 폭로란 어떻게 해야 할까 하는 문제가 문예 운동에 있어서 심히 토의할 문제라고 아니할 수 없다.
>
> 상론한 소위 방향전환이니 목적 의식을 문학에 있어 너무 과도히 과장되게 생각해서는 아니된다. 그것은 정치 투쟁은 대중이 하는 것이지 문학이 하는 것은 아니다. 다만 문학은 ×××××××××× 부르주아의 모든 의식 형태와 투쟁하며 폭로하는 것이니 정치 운동의 보차적 임무를 하게 되는 것이다.[22]

이 글에서 추출할 수 있는 박영희의 목적의식론은 크게 두 가지로 요약된다. 그 하나는 신경향파 문학의 자연생장적이고 경험주의적인 한계를 뛰어넘기 위해 뚜렷한 정치 의식이 필요하다는 주장이고, 다른 하나는 문학이 독자적인 가치와 방향을 가져서는 안되며 전체 운동의 한 부문으로서 정치 운동의 흐름에 따라야 주장이다. 이러한 박영희의 주장은 앞서 내용 형식 논쟁에서 그가 의지

---

21) 카프의 제1차 방향 전환론인 목적의식론의 전개 과정에 대해서는 박성구, 「일제하(1920년대 중반~1930년대 초반) 프롤레타리아 예술 운동에 관한 연구」, 서울대학교 석사학위 논문, 1988 및 정홍섭, 「1920~30년대 문예 운동에 있어서의 방향 전환론 연구」, 서울대학교 석사학위 논문, 1989 참조
22) 박영희, 「문예 운동의 방향전환」, 『조선지광』, 1927. 4. 임규찬, 한기형 편, 『카프비평자료총서』 III, 앞의 책, p.129.

하였던 아오노 스에키치(靑野季吉)의 목적의식론을 그대로 조선의 경향문학에 적용한 것이라고 할 수 있다. 이 점은 마르크스주의에 입각한 목적의식의 철저화와 전 무산계급 운동에의 참가를 경향문학의 당면 과제로 내세우고 있는 아래의 인용문을 통하여 분명하게 확인된다. 그만큼 방향 전환기에 처한 조선의 경향문학은 일본 경향문학과 불가분한 관계를 맺으면서 전개되었던 것이다.

> 목적 의식이란 무엇인가?
> 프롤레타리아의 생활을 그리고, 프롤레타리아가 표현을 요구하는 것, 그것만으로는 개인적인 만족이고, 프롤레타리아 계급의 투쟁 목적을 자각한 완전한 계급적인 행위는 아니다. 프롤레타리아 계급의 투쟁 목적을 자각할 때 비로소 그것은 계급을 위한 예술이 된다. 즉, 계급적 의식에 의해 인도되기 시작할 때, 그것은 계급을 위한 예술이 된다. 그리하여 거기에 비로소 프롤레타리아 문학 운동이 일어나고 일어났던 것이다.
> 프롤레타리아 문학 운동은 그러한 곳에 목적이 있기 때문에 자연 발생적인 프롤레타리아 문학에 대하여 목적 의식을 심어주는 운동이며, 그것에 의해 프롤레타리아 계급의 전 계급적 운동에 참가하는 운동이다.[23]

이처럼 아오노 스에키치(靑野季吉)는 전 계급적 운동의 한 부문인 문학 운동에서 마르크스주의 이데올로기를 관철시키려고 노력했음에도 불구하고, 급진적 소장파들은 그의 주장이 지나치게 예술의 독자성에 치중하고 있다는 비판을 제기한다. 소장파의 일원인 나카노 시게하루(中野重治)가 '예술 전선이라는 것을 따로 설정하는 것은 일익주의(一翼主義)에 불과하며 오직 전 무산 계급적 정치 전선이 있을 뿐'이라고 비판한 것도 이런 맥락에서였다.[24] 그런데 일본에서는 아오노 스에키치(靑野季吉)의 이론이 소위 '낭만적 극좌주의'에 의해 비판받은 지 얼마 지나지 않아서, 그 비판 세력의 중심 인물 나카노 시게하루(中野重治)마저도 더욱 급진적인 구라하라 고레히토(藏原惟人)에 의해 비판을 받게 된다. 이후 일본의 경향문학은 코민테른의 테제에 기반을 둔 구라하라 코레히토(藏原惟人) 등에 의해 더욱 극단적인 방향으로 전개되었는데, 두 말할 것도 없이 그 이론적 바탕

---

23) 아오노 스에키치(靑野季吉), 「目的意識論」, 『文藝戰線』, 1926. 9. 조진기 편역, 『일본 프롤레타리아 문학론』, 앞의 책, pp.102~103에서 재인용.
24) 서은혜, 「나까노 시게하루에 관한 소론」, 『민족문학사연구』 7, 민족문학사연구소, 1997, p.219.

에는 소련의 사회주의 문예 이론이 자리잡고 있었다.[25]

한편 이와 같은 급진적 흐름은 한국의 경향문학에서도 그대로 되풀이되어, 아오노 스에키치(青野季吉)가 비판당한 것과 유사하게 박영희도 소장파로부터 비판을 받게 된다. 그 비판 세력의 주류를 형성한 것은 일본에서 활약하던『제3전선』파였는데, 이들은 박영희의 목적의식이 투철하지 못하다고 공격하였던 것이다. 말하자면 일본에서 이북만과 김두용의 지도하에 몸소 조직 운동을 경험하고 돌아온 조중곤, 임화, 안막, 김남천 등의 입장에서 볼 때 박영희의 방향 전환론은 조직 문제나 정치 투쟁면에서 상당히 불철저한 것으로 인식되었던 것이라고 하겠다. 이처럼 박영희를 비판함으로써 경향문학의 주도권을 쥐게 된 이들은 일본 경향문학의 급진파들과 마찬가지로 계급 의식의 공고화라는 기치를 높이 세우며 비경향문학과의 분리 투쟁을 전개하게 된다. 카프 내의 아나키스트와 일대 논전이 벌이지고, 그 결과 카프 조직 내에서 김화산 등의 무정부주의 계열은 물론이고 김동환 등의 민족주의 계열까지 축출되었던 것도 이 무렵의 일이다. 한편 대중화론에서는 김기진이 조선 독자들의 현실적 수준을 감안하여 '연장을 수그리자'는 의견을 제시하기도 하지만, 이것마저도 정치 의식의 고양을 통해 대중들을 의식화시켜야 한다고 보았던 임화 등에 의해 적극적으로 비판당하게 된다.[26] 또한 유물변증법적 창작방법론에서도 소련 경향문학에서 처음 제기된 후 일본을 거치면서 더욱 증폭된 이른바 '전위의 눈으로 세계를 보라'는 주장이 압도적인 영향력을 발휘하게 되며, 농민 문학론도 이런 흐름에서 결코 예외는 아니었다. 결국 이렇게 여러 차례의 논쟁을 겪으면서 한국의 경향문학은 국제성과 이식성을 더욱 강화하게 되었던 것이다.[27]

그렇다면 무엇 때문에 한국의 경향문학은 조선의 현실 대신 일본과 러시아의

---

25) 가라타니 고진(柄谷行人)은 이 과정에서 문학의 대상인 프롤레타리아트 대신 공산당과 코민테른이 절대화되었다고 보았다. 가라타니 고진(柄谷行人) 編著,『近代日本の批評』昭和篇 上, 福武書店, 1990. p.51.

26) 카프의 비평가들은 이와 같은 일련의 논쟁 과정에서 이론적 근거뿐만 아니라 심지어 의식 속의 논쟁 상대마저 일본 문학에서 찾기도 하였다. 서경석,「1930년대 한국 문예비평에 나타난 '탈근대성' 연구」, 앞의 글, p.266.

27) 카프가 벌인 일련의 논쟁에 대해서는 서두에서 실증주의적 연구 성과를 검토할 때 언급한 김윤식, 역사문제연구소, 권영민 등의 책에서 아주 자세하게 연구하였다.

현실로부터 추출된 관념적 현실을 기반으로 주체를 형성하였을 뿐만 아니라, 일본 및 소련 경향문학에 대한 국제성과 이식성에 집착한 것일까? 이러한 의문을 해소할 수 있는 실마리는 경향문학을 탄생시킨 현실적 토대에서 찾아야 할 것으로 생각된다. 1920년대의 조선은 토지조사사업이 종료됨에 따라 근대적인 토지 소유 관계가 어느 정도 확립되고 초기 산업 자본도 형성되어 가는 단계였지만, 한편에서는 여전히 전통적인 '지주—소작' 관계가 잔존하고 있었다. 당시 대부분의 지식인들이 그러한 것처럼, 경향문학자들도 이처럼 모순적 상태에 놓인 조선 사회를 봉건적 유산에 사로잡힌 사회로 인식하게 된다. 그럼에도 불구하고 그들이 현실 속에서 봉건적 유산을 찾아내어 극복하려는 작업을 하는 대신에 관념적으로 현실을 인식하고 그에 기반하여 주체를 형성한 이유는 조선 사회의 후진성 때문이라고 할 수 있을 것이다. 마샬 버먼에 따르면, 자체 내의 동력으로 봉건제를 청산하고 자본주의화의 길을 걸은 서구의 국가에서는 내부의 낡은 요소에 대한 인식과 공격이 자본주의 체제의 공고화에 긍정적 계기로 기능하지만, 세계 체제의 주변부에서는 그 공격이 오히려 후진성에 대한 인식을 강화하는 계기로 작용한다. 그렇기 때문에 일반적으로 저개발 국가에서의 모더니즘은 근대성에 대한 환상과 몽상에 의존하여 성립할 수밖에 없게 된다.[28] 조선의 경향문학자들 역시 현실을 철저하게 인식하고 그에 대한 공격을 가하면 가할수록 조선 사회의 후진성에 직면하여 절망할 수밖에 없었기 때문에, 애써 그것을 외면한 채 관념적으로 현실을 인식하고 그에 기초하여 주체를 형성하는 방향으로 나아갔던 것으로 보인다. 특히 조선 사회를 소련이나 일본 사회와 비교하였을 때 이러한 경향은 더욱 심화될 수밖에 없었거니와, 이로부터 소련과 일본의 경향문학에 대한 국제성과 이식성도 강화되었다고 하겠다. 말하자면 경향문학의 관념적 현실 인식, 그에 기반한 이식적 주체의 형성 및 국제성의 강화는 식민지 조선이라는 현실적 토대가 만들어낸 불가피한 현상이었던 것이다. 한편 경향문학은 비록 관념적 환상에 토대를 두고 있었지만, 기본적으로 유토피아를 지향하는 건강한 문학이었다. 그렇기 때문에 『백조』파와 동일한 현실적 토대로부터 탄생하였음에 불구하고, 그들처럼 환상에 대한 열정이 좌절됨으로써 퇴폐주의로 전락하는 일은 벌어지지 않았다.

---

28) 마샬 버먼, 윤호병·이만식 역, 『현대성의 경험』, 현대미학사, 1994. p.283.

3. 경향문학에 있어서 국제적 연대의 붕괴 과정

조선을 식민지로 만든 일본은 단순한 이민족의 국가가 아니라 세계 경제 체제의 중요한 부분을 차지하는 자본주의 국가였다. 1910년 무렵에 이미 일본은 청일전쟁 이후 획득한 대만과 러일전쟁 이후 획득한 요동반도, 남사할린 이외에 조선까지 합병함으로써 광대한 지역을 식민지로 차지하게 된 제국주의 국가였던 것이다. 한편 일본은 제1차 세계 대전 중에 연합군측에 가담하였는데, 그 대가로 종전 후에 베르사이유 조약을 통하여 남태평양의 독일령 제도마저 할양받는다. 이처럼 세계 5대 강대국 중의 하나로 발돋움한 제국주의 일본을 타도하고 민족 해방을 쟁취하기 위하여 동아시아 지역의 사회주의자들은 국제적 연대를 강화하지 않을 수 없는 처지에 놓여 있었다고 하겠다. 일본 제국주의가 1920년대 후반부터 자국 및 식민지의 사회주의 운동을 탄압하고 나아가 중국에서의 항일 공동 전선까지 붕괴시키기 위하여 노력한 것을 보면, 실제로 그와 같은 국제적 연대가 어느 정도 성과를 거두었던 것으로 볼 수 있다. 이런 점을 고려할 때 한국 경향문학이 국제적 연대를 강화한 것은 시대적 상황에 일정하게 부합되는 것으로 판단된다. 그럼에도 불구하고 경향문학자들이 한국 민족의 현실에 대하여 깊은 인식을 하지 못한 것은 문제가 되지 않을 수 없는데, 무엇보다도 그들이 민족 해방을 당면의 임무로 설정하고 있었다는 점에서 그러하다. 물론 당시의 경향문학 내에 신경향파의 최서해적 경향처럼 식민지 현실에 대한 인식을 바탕으로 하는 흐름이 전혀 없었던 것은 아니다.

어쨌든 그 아들을 가르쳐 놓았다. 서당으로, 보통학교로, 도립 간이 농업학교로……

그가 농업학교를 마치고 나서, 군청 농업 조수로도 한두 해를 있었다.

(중략 : 인용자)

그러다가, 마침 독립운동이 폭발하였다. 그는 단연히 결심하고 다니던 것을 헌신짝같이 집어던지고는, 독립운동에 참가하였다. 일 마당에 나서고 보니 그는 열렬한 투사였다. 그 때쯤은 누구나 예사이지마는 그도 또한 일 년 반 동안이나 철장 생활을 하게 되었었다.

그것을 치르고 집이라고 나와 보니 그 동안에 자기 모친은 돌아가고, 늙은 아버

지는 집도 없게 되어 자기 딸(성운의 자씨)에게 가서 얹혀 있게 되었다. 마침 그 해에
도 이 곳에서 살 수가 없게 되어 서북간도로 떠나가는 이사꾼이 부쩍 늘 판이다. 그
들 부자도 그 이사꾼들 틈에 끼어 멀리 고향을 등지고 떠나가게 되었었다. (아까 부르
던 그 낙동강 노래란 것도 그 때 성운이 지어서 읊던 것이었다)

서간도로 가보니, 거기도 또한 편안히 살 수가 없는 곳이었다. 그 나라의 관헌의
압박, 호인의 횡포, 마적의 등쌀은 여간이 아니었다. 그들 부자도 남과 한가지로 이
리저리 떠돌았었다. 떠돌다가 그야말로 이역 타향에서 늙은 아버지조차 영원히 잃어
버리게 되었다.

그 뒤에 그는 남북만주, 노령, 북경, 상해 등지에 돌아다니며, 시종이 일관하게
독립 운동에 노력하였었다. 그러는 동안에 다섯 해의 세월은 갔다. 모든 운동이 다
침체하고 쇠퇴하여 갈 판이다. 그는 다시 발길을 돌려 고국으로 향하게 되었다. 그
가 조선으로 들어올 무렵에, 그의 사상상에는 큰 전환이 생기었다. 그것은 다른 것
이 아니라 이때껏 열렬하던 민족주의자가 변하여 사회주의자로 되었다는 말이다.29)

이 글에는 가난한 농부의 아들로 태어난 주인공이 도립 간이 농업학교를 졸
업한 뒤에 군청 농업 조수로 일하다가 사회주의자로 변신해 가는 과정이 압축
적으로 묘사되어 있다. 위에서 볼 수 있듯이, 주인공 박성운은 애초에 사회주의
자가 아니라 식민지 지배에 필요한 하급 인력을 양성하는 기관을 졸업하고 곧
바로 그 체제의 하부 구조에 포섭된 농업 기사였다. 그러다가 3·1운동을 계기
로 민족주의자로 변모하였고, 다시 국외에서 사회주의자로 전환하였던 것이다.
실제로 이 시기에는 박성운처럼 식민지 교육 제도하에서 학교를 다닌 일부 지
식인들이 지배 체제의 하급 관료로 자리잡는 경우가 적지 않았다. 더구나 식민
지 산업화 정책으로 인해 점차 경제력이 확장되면서 관리로 진출할 기회가 이
전보다 훨씬 확대되자, 조선의 지식인 사이에서는 식민지 행정 기구 내에서 고
위직에 진출하려는 운동까지 벌어지게 된다. 이에 일본 제국주의는 한편으로는
이와 같은 지식인들을 체제 내의 하급 관료로 포섭하면서, 다른 한편으로는 독
립 운동을 꾀하는 세력에 대하여 무자비한 탄압 정책을 실시하였다. 많은 수의
민족주의자가 친일파로 변신하게 된 것은 바로 이런 상황 하에서 벌어진 일이

---

29) 조명희, 「낙동강」, 『조선지광』, 1927. 7. 원본은 복자가 너무 많아 해독이 불가능하기에 원본과 소련
   과학원 동방도서출판사본(1959)을 대조한 권영민, 『한국현대문학대계』 3, 민음사, 1994, pp.379~380
   에서 재인용.

었다.30) 하지만 지배 기구 내에서 민족적 차별을 당한 나머지 식민지 현실을 직
시하고 민족주의자로 변신하는 경우도 적지 않았는데, 박성운 역시 이에 해당한
다고 하겠다. 그런 그가 사회주의자로 변신하게 되는 결정적 계기가 된 것은 해
외에서의 운동 경험과 극도로 궁핍한 현실적 상황이었다.

한편 이 작품에서 보는 바와 같이, 식민지 시대의 민족주의와 사회주의 사이
에는 먼 거리가 존재하지 않았던 것으로 보인다. 개인이 처한 현실적 상황의 변
화가 이념 선택의 계기로 작용하기도 했으며, 때로는 개인적 친분 관계 때문에
이념을 전환하는 경우도 있었던 것이다.31) 그러므로 한때의 민족주의자가 사회
주의자로 변모하는 것도 그렇게 이해하기 어려운 일이 아니라고 할 수 있다. 박
성운처럼 만주, 소련, 중국 본토 등지를 떠돌아다니면서 일국의 민족주의 운동
으로는 일본 제국주의를 타도하기가 어렵다는 것을 인식한 후, 국제적 연대를
강조하는 사회주의자로 변신한 경우를 쉽게 짐작할 수 있기 때문이다. 물론 이
러한 과정을 통해 사회주의자로 변신하게 된 그들의 의식 속에는 민족 현실에
대한 인식이 여전히 자리잡고 있었다.

첫 해 소작쟁의에는 다소간 희생자도 내었지마는 성공이다. 그 다음해에는 아주
실패다. 소작 조합도 해산 명령을 받았다. 야학도 금지다. 동척과 관영의 횡포, 압
박, 이루 말할 수가 없었다 아무리 열성이 있으나, 아무리 참을성이 있으나 이 땅에
서는 어찌할 수가 없었다. 모든 것이 침체되고 말 뿐이었다. 그리하여 작년 가을에
그의 친구 하나는 분연히 떨치고 일어서며,
"내 구마 밖으로 갈란다. 여기에서 무슨 일을 할 수 있는가? 하자면 테러지. 테러
밖에는 더 없다"
"아니다, 그래도 여기 있어야 한다. 우리가 우리 계급의 일을 하기 위하여는 중국
에 가서 해도 좋고 인도에 가서 해도 좋고 세계의 어느 나라에 가서 해도 마찬가지
다. 하지마는 우리 경우에는 여기 있어서 일하는 편이 가장 편리하다. 그리고 우리
는 죽어도 이 땅 사람들과 같이 죽어야 할 책임감과 애착을 가지고 있다"

---

30) Bruce Cumings, "The Legacy of Japanese colonialism in Korea", in Ramon H. Myers & Mark R. Peattie ed.,
　　The Japanese colonial Empire, 1895~1945, Princeton, NJ : Princeton University Press, 1984, p.494.
31) 『백조』파의 퇴폐적 낭만주의에 물들어 있던 박영희가 동창인 김기진의 영향을 받아 경향문학으로
　　전환한 것과 모던 보이였던 임화가 중학 동창인 윤기정의 강한 영향 아래 경향문학 진영에 가담한
　　것에서 그 전형적인 예를 찾아볼 수 있다.

　　이같이 권유도 하였으나, 필경에 그는 그의 가장 신뢰하던 동무 하나를 떠나 보
내게 되고 만 일도 있었다.32)

　　식민지 시대에는 아주 일반적인 차원에서 제국주의 일본을 자본가 계급의 국
가로, 조선 사회를 피착취 노동자 계급의 사회로 보는 시각이 광범위하게 유포
되어 있었다. 다시 말해 식민지 조선의 해방이 곧 계급의 해방을 의미하는 것으
로 인식됨으로써 민족주의와 사회주의는 때로 중첩되기도 했던 것이다. 위의 작
품에 등장하는 인물들도 국제적 연대에 기반을 둔 계급 지향성과 조선의 현실
에 바탕을 둔 민족 지향성 사이에서 고민하고 있지만, 두 지향성은 서로 뚜렷하
게 구분되지 않고 있다. 물론 초기 경향문학에서도 이러한 지향성이 분명하게
구분되지 않았기에 김동환과 같은 민족주의적 성향의 문학자들까지 카프 내에
공존할 수 있었던 것으로 볼 수 있다. 하지만 앞에서 살펴본 것처럼, 목적의식으
로의 방향 전환을 계기로 이들은 아나키스트와 함께 경향문학 진영에서 축출
당하게 된다. 또한 이광수, 최남선 등이 중심이 된 민족주의 문학파가 현실 도피
적이고 과거 지향적 태도를 보였기 때문에 경향문학 진영의 민족주의 문학파에
대한 반감은 더욱 심화되기에 이른다. 이를 좀더 구체적으로 살펴보면, 민족주
의 문학파에 의해 주도된 시조 부흥 운동은 봉건적이고 국수주의적인 측면을
포함하고 있었기에 처음부터 경향문학 진영으로부터 비판받을 소지가 다분하였
다. 뿐만 아니라 '계급문학 시비론'에서 드러난 것처럼 일부의 민족주의 문학자
들은 문학에서 계급의 표지를 완전히 철거하자는 '민족 일률론'을 주장하기도
하였다. 이런 상황에서 민족 현실에 대한 인식보다 국제성과 이식성을 중시했던
소장파들이 경향문학의 주도권을 행사하게 되자, 두 진영의 거리는 더욱 멀어지
고 적대감마저 생기게 되었던 것이다.33) 한편 소장파들은 「낙동강」의 주인공 박
성운처럼 경험적 현실 상황 때문에 사회주의에 경도된 것이 아니라, 러시아와
일본의 현실로부터 추출된 관념적 현실에 근거하였기 때문에 매우 급진적인 주

---

32) 조명희, 「낙동강」, 권영민, 『한국현대문학대계』 3, 앞의 책, pp.382~383.
33) 이에 대해서는 해방 직후에 임화가 "종래의 신문학 가운데 들어 있는 긍정될 요소와 새로이 대두할
　　수 있는 예술 문학 가운데 들어 있는 좋은 의미의 민족성을 부르주아적이라고 하여 부정하는 과오
　　에 빠졌다"고 지적한 바 있다. 임화, 「조선 민족문학 건설의 기본과제에 관한 일반보고」, 조선문학
　　가동맹 중앙집행위원회 서기국 편, 『건설기의 조선문학』, 백양당, 1946, 온누리, 1988, p.42.

장까지 펼치게 된다.

> 정×××적 사실을 내용을 한단 말은 그 작품에서 행동하는 목적의식을 철저케 하기 위하여 정×××의 사실을 주제로 하라는 말인데 제2기에 있어서 정치투쟁적 사실을 내용으로 하지 않은 작품이면 안된다는 것은 제2기라는 자구(字句) 자신이 가지고 있는 의미와 같이 정치 투쟁기로 방향전환을 한 까닭이다. 어떠한 한 개의 경제 투쟁의 사실을 취급한다 하더라도 거기에 정치적 해석을 가하지 않고 취급했다면 그것은 제2기 작품이라 말할 수 없는 것이다. 그러면 「낙동강」은 그러한 정치 투쟁적 사실을 내용으로 하였던가. 동지 박영희 군이 『조선지광』 9월호 소재 「비평의 표준과 전환」이란 소논문에서 지적 구명한 바와 같이 정치 운동자의 사실 내지 일생의 역사가 거기에 있다고 그것이 정치 투쟁적 사실이라고 할 수는 없는 것이다. 「낙동강」은 과연 어떻든가.
>   농촌의 몰락 과정에 대한 설명이 있고 박성운(주인공)이 형평사원과의 싸움을 중재하고 하였으니까 그것을 정치적 투쟁 사실이라 할 것인가. 아니다. 만만 부당타. 그 사실도 작자의 정치적 해석에 대한 표명이 있었다면 모르거니와 그대로 현상 나열로는 그것을 수긍할 수 없는 것이다.[34]

윗 글은 소장파의 일원으로서 카프의 방향 전환을 정치적 투쟁으로 이끌어갔던 조중곤의 「낙동강」에 대한 평가이다. 그에 의하면, 방향 전환 이후의 제2기적 작품이란 자연생장성을 벗어나 마르크스주의적 목적의식을 뚜렷하게 형상화한 작품이어야 한다. 그런데 「낙동강」은 작가의 정치적 해석이 없고 현상적인 것만 자연생장적 수법으로 나열해 놓았을 뿐이므로, 목적의식기의 작품으로 보기가 어렵다는 것이다. 이와 같은 조중곤의 주장을 면밀히 검토해 보면, 카프 소장파들은 작가들로 하여금 현실에 기반하여 주인공의 삶을 형상화하는 대신 정치 의식으로 작품의 주제를 미리 확정한 뒤에 그것을 작품 속에 묘사하도록 요구하고 있음을 알 수 있다. 여기서 말하는 정치 의식이란 방향 전환론에서 주장된 목적의식을 가리키는 것으로, 그 당시에는 민족 해방의 사상으로 요약되었다. 물론 이와 같은 창작방법론은 '전위의 눈으로 세계를 보라'는 일본 급진파의 주장을 거의 그대로 옮겨 놓은 것에 지나지 않는 것이라고 하겠다.

---

34) 조중곤, 「「낙동강」과 제2기 작품」, 『조선지광』, 1927. 10. 임규찬, 한기형 편, 『카프비평자료총서』 Ⅲ, 앞의 책, pp.330~331.

그런데 이처럼 국제성과 이식성을 강하게 드러내었던 한국의 경향문학은 과연 일본의 경향문학과 얼마만큼 굳건한 관계를 형성하고 있었던 것일까? 이에 대한 분석이 없이는 한국 경향문학의 국제성과 이식성의 본질을 파헤치기는 어렵다고 할 것이다. 흔히 연구자들이 한일 경향문학의 밀접한 유대감을 보여주는 작품으로 인용하는 것은 나카노 시게하루(中野重治)와 임화의 시이다. 두 작품 가운데 시기적으로 앞서 발표된 나카노 시게하루(中野重治)의 시는 일본에서 사회주의 운동을 하다가 추방당하는 조선인 활동가들의 배웅 장면을 형상화한 작품이다. 그는 앞부분에서 비에 젖은 채 쫓겨가는 조선인 동지들의 모습을 묘사한 다음, 뒷부분에서 그들이 다시 일본에 돌아와 천황을 몰아내는 복수의 기쁨을 맞이하라는 당부를 덧붙이고 있다.

> 오오!
> 조선의 사나이요 계집아인 그대들
> 머리끝 뼈끝까지 꿋꿋한 동무
> 일본 프롤레타리아트의 앞잡이요 뒷군
> 가거든 그 딱딱하고 두터운 번질번질한 얼음장을 두드려 깨쳐라
> 오래 동안 간히었던 물로 분방한 홍수를 지어라
> 그리고 또 다시
> 해협을 건너뛰어 닥쳐오너라
> 神戶 名古屋을 지나 동경에 달려들어
> 그의 신변에 육박하고 그의 면전에 나타나
> ×를 사로×어 그의 ×살을 움켜잡고
> 그의 ×멱 바로 거기에다 낫×을 겨누고
> 만신의 뛰는 피에
> 뜨거운 복×의 환희 속에서
> 울어라! 웃어라!35)

식민지 시대에 씌어진 많은 작품 중에서 이 시처럼 분명하게 한일 경향문학

---

35) 나카노 시게하루(中野重治), 「비 내리는 시나가와 역(雨の降る品川驛)」. 이 시는 원래 일본어로 『改造』 1929년 2월호에 발표되었다가 『無産者』 1929년 5월호에 한글 번역으로 재수록되었다. 김외곤 편, 『임화 전집 1 — 시』, 박이정, 2000, pp.357~359.

의 국제적 연대를 뚜렷하게 보여주는 작품도 드물 것이다. 일본 경향문학의 중심 분자답게 나카노 시게하루(中野重治)는 조선인 동지들을 '일본 프롤레타리아트의 앞잡이요 뒷군'으로 묘사하면서 한국과 일본 프롤레타리아가 하나라는 것을 강조하고 있기 때문이다.36) 물론 이와 같이 조선의 사회주의자들이 자신의 조국을 식민지로 만든 일본에서 그들의 프롤레타리아와 협력한 이유는, 다시 말해 일본 프롤레타리아와 협력하여 천황 타도를 위해 싸웠던 이유는 단순히 한 나라에는 하나의 당만 존재할 수 있기에 조선인들은 일본 공산당에 편입되어야 한다는 코민테른의 일국일당(一國一黨) 원칙에 있지 않았다. 그보다는 일본 제국주의에 대항한 한일 프롤레타리아의 이념적 동질성에 있었다고 할 것이다. 아래에 인용한 임화의 시에서는 그러한 측면을 보다 명확하게 형상화하고 있어 우리의 주목을 끈다. 임화는 일본에서 활동한 조선인들이 결코 사랑을 받았거나 마음으로부터 우러난 동정을 받았던 것은 아니지만, 그럼에도 불구하고 그들이 모진 고난을 이겨낼 수 있었던 것은 오직 프롤레타리아 계급의 유대감 때문이라고 보았다.

> 거기에는 아무 까닭도 없었으며
> 우리는 아무 인연도 없었다
> 더구나 너는 이국의 계집애 나는 식민지의 사나이
> 그러나—오직 한 가지 이유는
> 너와 나—우리들은 한낱 근로하는 형제이었던 때문이다
> 그리하여 우리는 다만 한 일을 위하여
> 두 개 다른 나라의 목숨이 한 가지 밥을 먹었던 것이며
> 너와 나는 사랑에 살아 왔던 것이다 37)

---

36) 나카노 시게하루(中野重治)는 이 시의 발표(1929)에 앞서 카프 기관지 『예술운동』 창간호(1927)에 「일본 푸로레타리아 예술연맹에 대하야」라는 글을 기고하기도 하였다. 이는 나프(NAPF) 기관지에 글을 실은 이북만의 행위에 대응되는 것으로, 두 사람은 각각 상대방의 기관지에 글을 기고함으로써 카프 동경지부와 나프 본부의 유대감을 확인했던 것이다. 김윤식, 『임화 연구』, 문학사상사, 1989, pp.237~238.
37) 임화, 「우산 받은 요코하마의 부두」, 『조선지광』, 1929. 9. 김외곤 편, 『임화 전집 1—시』, 앞의 책, pp.67~68.

그렇다면 임화가 강조해 마지 않는 오직 한 가지 이유, 즉 '한낱 근로하는 형제'라는 동질감은 과연 식민 — 피식민의 관계를 뛰어넘을 수 있을 만큼 강력한 것이었을까? 이와 관련하여, 지나온 사회주의의 역사는 매우 부정적인 면을 보여준 바 있다. 중국과 소련의 국경 분쟁이나 중국과 베트남의 전쟁 등에서 보듯, 사회주의의 이념적 동질성 이전에 개별 국가나 민족의 이익이 우선적으로 고려되는 경우가 많았던 것이다. 특히 동아시아처럼 오랜 역사적 경험을 통해 민족주의적 성격이 유달리 강하게 형성된 지역에서는 그것을 뛰어넘는 사회주의 이념의 동질성이란 실상 매우 성립되기 어려운 처지에 놓여 있었다. 그렇기 때문에 겉으로 보기에는 사회주의의 이념적 동질성과 유대감을 드러내고 있다 하더라도, 이면적으로는 그렇지 못한 경우도 적지 않았다. 나카노 시게하루(中野重治) 역시 이에서 크게 벗어나지 못했다고 할 것이다.[38] 위에 인용한 그의 시를 둘러싸고, 그 동안 우리 학계에서는 다음과 같은 지적이 있어 왔다.

객 : 그렇다면 무엇이 문제였던가요?

주 : 나카노의 시 속에 포함된 다음 대목 때문입니다. "조선의 사나이요 계집아인 그대들 / 머리끝 뼈끝까지 꿋꿋한 동무 / 일본 프롤레타리아트의 앞잡이요 뒷군"

객 : 어째서 조선 노동자가 일본 무산계의 '압잖이고 뒷군'인가? 기껏해야 일본 무산자의 이용물에 지나지 않는단 말인가. 이것이야말로 민족 차별이 아니겠는가!

주 : 많은 사람들이 이 대목을 들어 비판했지요. 나카노 자신도 자기의 오류를 솔직히 시인한 바 있습니다. 저도 모르게 저질러진 무의식적인 민족차별 의식의 드러냄이었던 것이지요.

객 : 문학이야말로 무섭도록 정직하다는 사실이 하나의 역사적 사실로 드러난 셈입니다.

주 : 지난해 방한한 오에 겐자부로(大江健三郎, 1994년도 노벨상 수상자)씨의 발언도 인상적이었습니다. 자기 작품 속의 반한적(反韓的) 대목을 지적당해 당혹했다고 했었지요. 의도적일 리 만무하지만 자기는 일본인이라는 것. 일본인의

---

38) 임화와 나카노 시게하루(中野重治)의 시를 중심으로 한 문학적 한일 교류의 성과와 한계에 대해서는 김윤식, 「현해탄의 사상과 品川驛의 사상」, 『한국근대문학사상사』, 한길사, 1984 및 김윤식, 「中野重治와 비 내리는 品川驛」, 『임화 연구』, 앞의 책, 참조

무의식 속에 반한 감정이 있었을지 모른다는 것을 시인했습니다.39)

　　나카노 시게하루(中野重治)나 오에 겐자부로(大江健三郎)의 경우에서 보듯, 일본인들의 무의식에는 조선에 대한 차별 의식이 내재하고 있음을 알 수 있다. 이러한 차별 의식은 메이지 유신(明治維新) 바로 직전의 정한론(征韓論)에서도 표출된 바 있는 것으로, 일본 제국주의 어용 학자들이 조작해낸 식민 사관과 함께 일본인들의 근대적 의식 형성에 중요한 역할을 담당한다. 서구 문화가 '은폐된 자기'로서의 동양이라는 타자를 야만화하는 과정을 통해 그들보다 월등하게 낫다는 의식을 획득한 것처럼, 일본 역시 같은 동양의 일원인 조선을 열등한 민족으로 깎아 내리는 과정을 통해 자신을 우월한 주체로 형성해 나갈 수 있었기 때문이다. 그런데 문제는 일본이 또 다른 자기라고 할 수 있는 조선을 타자화함으로써 동양의 다른 민족과 구별되는 주체성을 확립하였지만, 결코 그것에 만족하지 않았다는 데 있다. 1930년대 이후 일본 제국주의는 조선과 같이 주체성을 갖추지 못한 아시아 민족을 자신만이 대표할 있다는 도착성마저 지니게 되었던 것이다.40) 두 말할 나위도 없이, 이런 방식으로 조선을 열등한 민족으로 폄하하는 일본식 오리엔탈리즘이 존재하는 한, 한일 경향문학의 국제적 연대는 한갓 환상의 범주에서 벗어날 수 없었다고 하겠다. 또한 이와 같은 경향문학의 한계에 대해서는 이미 식민지 시대부터 '선진국의 이론적 지도에 의지하는 기계적 추수주의'라는 비판이 제기된 바 있다.

　　한편 여기서 우리의 관심을 끄는 것은 경향문학의 국제성과 이식성이 어떤 방식으로 귀결되었는가 하는 점이다. 코민테른의 활동이 한창이던 1930년대 전반까지 한국의 경향문학은 일본 경향문학과의 국제적 연대를 강화하며 활발한 활동을 전개할 수 있었다. 하지만 만주사변이 발발한 이후 일본 제국주의의 사회주에 대한 탄압이 강화되면서 사정은 급변하게 된다. 특히 1933년 6월에 일본 공산당 지도자 사노(佐野)와 나베야마(鍋山)가 전향 성명서를 발표한 이후 일본의 경향문학 진영이 급격하게 붕괴되자, 한국의 경향문학 진영에서도 박영희, 신유인 등의 전향자가 등장하기에 이른다. 바야흐로 파시즘의 물결이 거세어지고 환

---

39) 김윤식, 『김윤식의 현대문학사 탐구』, 문학사상사, 1999, p.136.
40) 강상중, 이경덕·임성모 역, 『오리엔탈리즘을 넘어서』 이산, 1997, p.88.

상적인 유대감이나마 가졌던 일본 경향문학이 와해됨에 따라 한국의 경향문학
은 급격하게 현실 대응력을 잃게 되었던 것이다. 물론 처음부터 민족의 현실에
대한 인식을 바탕으로 하지 않은 채 맺은 국제적 연대란 마치 다른 사람의 장단
에 놀아나는 꼭두각시 놀음과 같은 것이었다. 그렇기 때문에 일본 경향문학자들
이 전향을 통해 천황제로 복귀했을 때, 그들에게 의존하던 한국의 경향문학자들
은 일종의 이념적 진공 상태에 놓일 수밖에 없었다고 하겠다. 이런 점에서 소위
전형기라고 부르는 주조(主潮) 모색기가 카프 해산을 계기로 시작되었다고 보는
관점은 다시 생각해 볼 필요가 있을 것이다. 이미 경향문학의 주조 상실은 만주
사변 직후부터 시작되었기 때문이다.

　그런데 이 시기에 이루어진 전향과 관련하여, 일본 경향문학 진영의 중심 분
자였던 하야시 후사오(林房雄)는 전향의 근본 동기가 '고쿠타이(國體)의 자각'에
있음을 밝히고 "조선의 공산주의 작가는 전향하면 돌아갈 길이 없다"[41]고 말한
바 있다. 물론 일본의 경향문학자들은 이처럼 왜곡된 형태로나마 민족주의의 외
피를 둘러쓴 천황제(국체)에 귀의할 수 있었기 때문에, 그 때까지 벌인 자신들의
활동을 '마르크스주의라는 수입된 사상이 일본 국토화되는 과정에서 생긴 알
력'[42]이라고 규정할 수 있었다. 이런 과정을 통하여 일본에서의 전향 문제는 외
래 사상의 토착화 내지 서구적 근대의 극복이라는 문제로 전환되었던 것이다.
이처럼 마르크스주의자들마저 포섭하게 된 일본의 민족주의는 태평양 전쟁 무
렵에 이르면 더욱 급진화하여, 마침내 젊고 활기찬 일본이 늙고 퇴폐적인 서구
제국주의 세력을 아시아에서 몰아내야 한다는 주장까지 표방하게 된다.[43] 즉,
파행적인 민족주의가 더욱 왜곡되어 대동아 공영권 사상으로 치닫게 되었던 것
이다.

　이에 비해 본래 민족 현실에 대하여 철저하게 인식하지도 못했을 뿐만 아니
라, 돌아갈 국체도 갖지 못했던 한국의 경향문학 진영은 전혀 다른 상황에 직면
하게 된다. 물론 그들은 주인의 권위를 믿고 날뛰는 머슴 모양으로 일본 경향문

---

41) 김윤식, 『임화 연구』, 앞의 책, p.257.

42) 혼다 슈고(本多秋五), 이경훈 역, 「전향 문학론」, 한국문학연구회 편, 『1930년대 문학 연구』, 평민사,
　　1993, p.209.

43) Lewis H. Gann, "Western and Japanese Colonialism", in Ramon H. Myers & Mark R. Peattie ed., *The Japanese
　　colonial Empire, 1895 ~1945*, p.517.

학자들을 따라 무작정 천황제로 귀의할 수도 없었고, 그렇다고 절망만 하고 있을 수도 없었다. 결국 그들이 선택할 수 있는 유일한 길은 그 동안 관심을 기울이지 않았던 조선의 현실에 다시 관심을 쏟는 일밖에 없었다. 비록 외부의 상황때문에 식민지 현실에 주목하게 된 측면이 강하기는 하지만, 이와 같은 방향 전환은 경향문학이 새로운 성과를 거두게 되는 긍정적 요인으로 작용한다. 바로 뒤에서 살펴보게 될 임화와 김남천 사이의 「물」 논쟁에서 시작하여 사회주의 리얼리즘론의 수용 논쟁을 거친 뒤, 주체 재건과 장편소설 개조론에 도달하게 되는 리얼리즘 이론의 발전 과정은 확실히 조선의 현실에 바탕을 두고 전개되었던 것이다. 또한 이기영, 한설야 등에 의해 창작된 경향문학의 대표적 성과물들도 대부분 이 시기 이후에 이루어진 것으로 볼 수 있다.[44] 이를 통해서 보면, 식민지 시대의 문학에 있어 조선의 현실에 대한 인식의 심화가 얼마나 중요한 역할을 담당하였는가를 분명하게 알 수 있다. 적어도 문학 창작의 측면에서 그것은 매우 풍요로운 결과를 가져오게 되는 결정적 계기가 되었기 때문이다.

4. 새로운 타자를 통한 정론성과 관념성의 극복

국제성과 이식성을 강화하면서 상대적으로 민족적 현실에 대한 인식을 소홀히 하였던 한국의 경향문학은 정론성(政論性)이라는 또 다른 특징을 지니고 있었다. 이 점에 대해서는 그 동안 많은 연구자들이 지적한 바 있거니와, 중요한 것은 이 정론성이 관념적 현실 인식을 부추기고 일상 세계의 중요성을 무시하는 쪽으로 귀결되었다는 사실이다. 앞에서 살펴본 것처럼, 경향문학의 초기 단계에서는 관념의 이식이 현실의 이식까지 초래하였기 때문에 조선의 구체적 현실 대신 관념적으로 인식된 현실이 이론 및 창작 활동의 대상이 되기도 하였다. 이러한 관념성은 사회주의 리얼리즘이 수입되고 전향자가 속출하는 시기에 이르러 경향문학 내에서도 비판받게 되는데, 그 기원은 신경향파 문학에까지 거슬러

---

44) 이 시기 이후에는 강경애, 엄흥섭, 채만식 등의 사실주의적 경향의 작가들은 물론이고, 김정한과 허준 등 일부 신세대 작가와 이태준 등의 모더니즘 작가들조차도 대체로 민족적 현실에 대한 인식을 강화하는 경향을 보이게 된다.

올라간다.

주지하는 바처럼 신경향파의 두 경향 가운데 자연주의적 속성이 강한 최서해적 경향의 가장 큰 문제점은 전망의 부재였다. 특히 최서해의 작품은 만주 이농민의 궁핍한 삶을 극도의 사실적 묘사를 통해 형상화한 것이 많았는데, 대부분 충동적인 살인이나 방화로 귀결됨으로써 미래에 대한 불투명한 비전을 보여준 바 있다. 이에 비해 박영희적 경향에 속하는 작품들은 계급 투쟁이라는 분명한 주제를 드러내기 위하여 주인공이 뚜렷한 이념을 지닌 '완결된 인물'로 설정된 점이 커다란 특징이었다. 그럼에도 불구하고 그가 발을 디디고 서있는 현실은 구체적으로 묘사되지 않은 채 추상적인 설명으로 대체되거나 대폭 생략되는 것이 일반적이었는데, 김기진과 박영희 사이의 '내용 형식 논쟁'에서 논쟁의 대상이 되었던 「철야」는 이러한 측면을 전형적으로 보여주는 작품이라고 할 수 있다.

> 깁흔 밤중에 명진이는 이러낫다. 그리고 그의 품 속에서 말흔 원고지를 쓰내엿다. 그 원고지는 「인생은………?」「인생이란………?」「인생은 무엇이냐………?」라고 쓴 것이엿다. 명진이는 그것을 보고는 스스로 웃섯다. 그것을 다 찌저버리엿다. 그리고는 새로히 이러케 편지를 썻다.
>
> 편집인 뎐
>
> 수일 뎐에 귀하로부터 부탁바든 「인생문뎨」는 오래 동안 생각하여 보앗스나 그리 자미잇는 해결을 보지 못한 것은 귀하와 한 가지 나도 매우 유감으로 생각하는 바이올시다. 그러나 한 마듸로써 「인생문뎨」에 대한 나의 책임을 다하기 위해서 짧게 한 마듸를 드리려 합니다.
>
> 「나는 현존한 사회에서 두 계급의 존재를 알고 잇슴니다. 나는 그 계급 중에서 가장 가난하며 자유가 업스며 착취를 당하는 무산계급을 알엇슴니다. 이 계급의 인생은 이 계급을 위하며 그 발뎐을 장해하려는 대립계급과 싸흠으로써 나의 인생문뎨를 해결하려 함니다. 우리가 우리 계급의 승리를 차지할 째에 우리의 인생문뎨는 해결되는 것임니다」
>
> 이러케 써서 그는 그의 주머니 속에 느헛다. 이것을 잡지사에 갓다가 주려고 하는 것이다.
>
> 붓을 막 씌고 나니 새벽의 첫 닭소리가 이 곳 저 곳에서 들리기 시작하엿다.[45]

---

45) 박영희, 「철야」, 『별건곤』, 1926. 11. 이동희·노상래 편, 『박영희 전집』 I, 영남대학교 출판부,

이처럼 현실의 형상화를 통하지 않고 직접적으로 계급투쟁 사상을 서술하는 경향이 나타나게 된 것은, 다시 말해 작가의 머리 속에 들어 있는 관념으로 현실을 대치하게 된 것은 애초에 식민지 현실에 기반하지 않고 모방과 이식을 통해 주체를 형성하였기 때문이라고 할 수 있다. 물론 이런 상황에서 개성적인 주인공이 등장하기를 기대한다는 것은 몹시 힘든 일이었다. 그리하여 국제성과 이식성이 더욱 강화된 제1차 방향전환 이후의 경향문학에서는 개성적 주인공 대신 집단적 주인공마저 등장하게 된다. 다시 말해 주인공이 처한 개별적이고 특수한 운명을 통해 작가의 사상이 전달되는 것이 아니라, 그 사상을 전달하기 위해 개성을 상실한 집단적 주인공이 활약을 펼치는 상황이 벌어졌던 것이다. 이와 같은 흐름 속에서 당시의 작가들이 제재와 주제면에서 상당한 제약을 받았음은 두 말할 필요도 없을 것이다.

(가) 우리들의 제작하는 작품의 내용은 무슨 이데올로기로 할까. 그것은 일본 동지들의 말을 빌리지 않더라도 국제 프롤레타리아트의 세계적 단일한 유기적 기구에 결부하여 광범한 농민을 자신의 동맹자로 하여 프롤레타리아트의 ××을 목표로 해서 나아가는 조선의 ××적 프롤레타리아트의 이데올로기를 내용으로 하여야 할 것이다.
다시 말하면 ××주의 이데올로기, 또 다시 단적으로 말하면 조선 ××의 사상을 내용으로 할 것이다.[46]

(나) 그러면 우리는 '예술운동의 ××××화'를 부르짖을 때에 우리의 작품에 취급할 제재의 선택은 어떻게 규정하며 정리해야 할까.
1. ××의 활동을 이해하게 하여 그것에 주목을 환기시키는 작품
2. 사회민주주의, 민족주의 ×치 운동의 본질을 ××하는 것
3. 대공장의 ×××× 제네랄 ×××
4. 소작 ××
5. 공장, 농촌 내 조합의 조직, 어용 조합의 ××, 쇄신동맹의 조직
6. 노동자와 농민의 관계를 이해케 하는 작품
7. ××××의 조선에 대한 ××××(예하면 민족적 ××, ×××× 확장, ×××× 조합

1997, pp.234~235.
46) 권환, 「조선 예술운동의 당면한 구체적 과정」, 『중외일보』, 1930. 9. 3.

등의 역할……) ××시키며 그것을 맑스주의적으로 비판하여 프롤레타리아트의 ××을 결부한 작품

8. 조선 토착 부르주아지와 급 그들의 주구가 ××××와 야합하여 부끄럼없이 자행하는 적대적 행동, 반동적 행동을 폭로하여 또 그것을 맑스주의적으로 비판하여 프롤레타리아트의 ××을 결부한 작품

9. 반××××××의 ××을 내용으로 하는 것

10. 조선 프롤레타리아트와 일본 프롤레타리아트의 연대적 관계를 명확하게 하는 작품, 프롤레타리아트의 국제적 연대심을 환기하는 작품

이상은 조선의 프롤레타리아트가 현재의 국제적 국내적 정세에 의해서 당면하고 있는 문제들이다. 우리 카프 예술가들은 그 가운데서 취재해 쓰지 않으면 안된다.47)

가히 교의(敎義)라고 부를 수 있을 만큼 매우 강경한 어조를 띠고 있는 이 글은 카프 소장파의 일원인 권환에 의해 씌어진 것이다. 이를 좀더 자세히 검토해 보면, 우선 (가)에서는 작품의 내용에 대하여 말한다고 하면서 실제로는 작품이 지녀야 할 주제 내지 사상에 대하여 구체적으로 명시하고 있다. 물론 이런 수준의 글이라면 카프 지도부가 개별 작가들에게 창작의 방향을 제시하는 차원에서 발표할 수도 있을 것이다. 하지만 (나)의 내용을 살펴보면, 그 정도가 훨씬 심각한 수준에 도달해 있다는 것을 알 수 있다. 작가가 작품을 쓸 때 취해야 할 제재까지 조목조목 제시하고 있기 때문이다. 이런 식으로 조직의 상부로부터 정론적인 창작 지침이 내려지는 상황에서 작가들이 자유롭게 창작 활동을 펼칠 수 없었음은 두 말할 필요도 없을 것인데, 그런 점에서 이 글은 한국 경향문학의 정론성과 관념성이 도달할 수 있는 극단적인 지점을 보여준 것으로 볼 수 있다. 결국 아무리 합법적 정치 운동이 불가능한 상황에서 그 몫까지 담당하였던 카프라 할지라도, 이처럼 교의에 가까운 글을 발표하여 정론성을 강조한 것은 결과적으로 작가들로 하여금 문학적 토대로서의 현실을 제대로 인식하지 못하게 만들었던 것이다.

한편 경향문학의 정론성과 관념성에 대해서는 박영희나 신유인 등의 전향자

---

47) 위의 글, 1930. 9. 4.

들이 비판하기도 했지만, 점차 경향문학 진영 내부에서도 비판의 목소리가 터져 나오게 된다. 이와 관련하여 카프 제1차 검거사건(1931) 당시 맹원 중 유일하게 옥살이를 하고 나온 김남천의 활동은 특히 주목할 필요가 있을 것이다. 알다시피 김남천은 공산주의자협의회 사건에 직접 관련되지는 않았지만, 자신의 연고지 평양에서 벌어진 고무 공장 파업 사건에 동조하였기 때문에 고보 동창 한재덕과 함께 실형을 선고받게 된다. 이후 2년 가까이 감옥 생활을 경험하고 출옥한 그는 자신의 경험을 토대로 두 편의 소설을 발표하게 되는데, 「남편 그의 동지」(『신여성』, 1933. 4)와 「물」(『대중』, 1933. 6)이 그것이다. 이 중에서 전자는 남편의 옥바라지에 여념이 없는 아내를 통하여 그의 동지들이 얼마나 타락했는가를 고발한 작품인데, 사실 카프 지도부의 입장에서 볼 때 조직의 맹원이자 소장파의 일원으로서 한때 열렬하게 사회주의 이념을 신봉했던 김남천이 그러한 작품을 창작한 것은 여간 당혹스러운 일이 아닐 수 없었다. 그런데 김남천의 비판은 후자에서 더욱 급진적인 방향으로 나아가게 된다.

　사실 나는 벌서 몇 시간 전부터 물을 그리워하고 잇섯다. 그러나 저녁을 먹을 때가 안이면 아모리 죽는다 하여도 물이 들어올 수 업다는 것을 나는 벌서 팔구 개월이나 경험한 것이엿다. 그래서 아모리 가슴이 답답하고 목쑤멍이 말러도 물 생각을 하여서는 안된다는 습관이 나에게는 꼭 백여 잇섯다. 나는 책을 듸여다 본다. 모든 정신을 책에다 집중하자! 더움과 안타까움 그리고 물을 그리워하는 마음—이 모든 것으로부터 나의 전신을 꼭 갈나서 책에다 정신을 너어 보자!
　사실 오래 동안의 경험은 나에게 어느 정도까지 이것을 가능케 하엿다. 나의 눈은 명백히 활자의 하나하나를 세엿다. 쏘박쏘박 활자를 줍듯이 나의 정신은 그것에 집중하엿다. 「미, 네, 루, 바, ㅡ, 의, 옷, 뱀, 이, 는, 닥, 처, 오, 는, 황, 혼, 을, 기, 대, 려, 서, 비, 로, 서, 비, 상, 하, 기 시, 작, 한, 다」
　그러나 십 분도 못 계속하여 나는 내가 글을 읽고 있는 것이 안이라 활자를 읽고 잇는 것을 깨닷는다. 나는 그 활자가 무엇을 말하고 있는지를 몰으고 읽고 잇는 것이다.
　정신은 다시 푸러지는 태엽갓치 팍 느러지고 만다. 눈가죽이 묵어워진다. 그리고 다시금 내 옷이 쌈에 저저 잇는 것을 늣긴다. 그리고 갑자기 머리털 밋이 짜금짜금 쏜다. 그리하여 내가 두 평 칠 합 방에 살고 잇다는 것, 긔온이 백 도라는 것, 물이 한 목음도 업다는 것 등등을 깨닷는다. 나는 바른 팔에 힘을 너어 부채를 내둘는다.48)

윗 글에는 미네르바의 부엉이가 상징하는 합리적 이념과 물을 갈구하는 생리적 욕구 사이에서 갈등하는 주인공의 모습이 압축적으로 묘사되어 있다. 바로 위에서 살펴본 권환의 주장대로라면, 주인공은 마땅히 이념을 선택하여 격렬한 옥중 투쟁을 전개해야 한다. 하지만 이 작품의 주인공은 생리적 욕구를 억누르지 못한 채 글 대신 활자를 읽는 수준으로 전락해 가다가, 마침내 책 읽기를 작파하고 물을 구하기 위해 간수와 협상을 하게 된다. 이것은 이념보다 생물학적 욕구가 더 중요하다는 인식을 표출한 것으로, 작가 김남천은 이를 통해서 경향문학의 이념 중심주의를 간접적으로 비판하려 했던 것으로 볼 수 있다. 다시 말해 김남천은 그 동안 작가의 의식 속에 절대적 존재로 자리잡은 채 자기 동일성만을 재생산하던 경향문학의 이념을 비판하고자 한 것인데, 이것은 그 문학 이념을 간섭하고 억누를 수 있는 또 다른 타자로서의 생리적 욕구를 발견함으로써 가능하였다.[49]

물론 당시 카프를 이끌고 있던 서기장 임화로서는 이런 상황을 수수방관할 수 없었기 때문에 즉각적인 비판을 하게 된다. 예술가의 실천을 사회 계급 운동의 실천 가운데서, 계급 투쟁의 실천 가운데서 이해하여야 한다는 임화의 시각에서 볼 때, 「물」은 경향문학 작품이 당연히 갖추어야 할 기본적 요건을 전혀 갖추지 못한 작품이었다. 즉 일본인 간수에 대한 옥중 정치범들의 투쟁 의식과 행동이 전혀 들어 있지 않고, 그 대신 물에 대한 생물학적 욕구로 가득 찬 작품이었을 따름이다. 그렇기 때문에 그는 단정적으로 이 작품이 프롤레타리아 문학과 아무런 관련이 없다는 결론을 내릴 수 있었다. 이러한 임화의 생각은 기본적으로 위에서 살펴본 소장파의 정론성을 계승한 것이며, 김남천이 비판하고자 했던 바로 그것이라고 할 수 있다.

이처럼 논쟁의 초기 단계에서는 김남천의 비판을 제대로 받아들이지 못한 임화였지만, 위의 작품과 이기영의 「서화」를 중심으로 논쟁을 계속하는 동안 전혀 새로운 이론적 수준에 도달하게 된다. 이 과정에서 임화는 이기영의 「서화」가 경험주의적 잔재를 다분히 지녔을 뿐만 아니라 역사적 성격과 관련하여 일정한 한계를 지녔음에도 불구하고, 당시의 경향문학 가운데 가장 우수한 작품 중의

---

48) 김남천, 「물」, 『대중』, 1933. 6, p.56.
49) 김외곤, 『한국 근대 리얼리즘 문학 비판』, 앞의 책, p.64.

하나라고 평가하였다. 무엇보다도 그는 이 작품이 이루어낸 현실 묘사의 수준에 주목하였거니와, 그것은 다음과 같은 이유 때문이라고 할 수 있다.

> 작가는 이 대상을 조선의 노동자 계급의 ××적 생활 가운데 위치하는 최중요 문제의 하나인 농민 가운데 그것을 두었다. 농민은 조선 ××에 있어 노동 계급의 최강 최대의 동맹군이면서도 이 문제를 해결함에는 여하한 곤란이 있는가를 '객관적'으로─이것은 형이상학적 객관주의가 아니라 Lenin의 이른바 계급 투쟁의 객관주의다!─개괄할려고 의도되어 있다.[50]

이 글에 나타난 바와 같이 임화는 「서화」가 식민지 농민 계급의 이중성을 탁월하게 형상화한 점에 주목하여 자신의 주장을 전개하게 되는데, 이러한 접근 방식은 경향문학의 발전 과정에서 매우 중요한 의의를 갖는다고 할 수 있다. 왜냐하면 내용과 형식 논쟁을 비롯하여 「낙동강」을 둘러싼 논쟁, 방향전환론, 대중화론, 유물변증법적 창작방법론 등 이전의 어떤 논의도 이처럼 철저하게 식민지의 현실을 대상으로 한 적이 없기 때문이다.[51] 물론 임화가 조선의 현실에 이론적 기반을 두게 된 것은 외부적으로 일본 경향문학이 몰락하고 그에 따라 한일 경향문학의 국제적 연대가 붕괴된 사실과 무관하지 않을 것이다. 그러나 그것은 어디까지나 외부적 조건이었을 뿐, 리얼리즘 이론의 현실 반영성과 당파성에 대한 높은 인식 수준에 도달한 것은 순전히 그 자신의 노력에 의해서라고 할 수 있다. 이러한 임화의 노력에 힘입어 이 논쟁 이후에 전개되는 사회주의 리얼리즘론, 주체 재건론, 장편소설 개조론 등은 기본적으로 조선의 현실에 기반을 두고 논의가 이루어지게 된다.

이로 보면 결국 새로운 타자의 도입을 통해 경향문학의 이념을 비판한 김남천과 식민지 현실에 근거하여 리얼리즘 이론의 새로운 경지를 개척한 임화 사이의 「물」 논쟁은 경향문학이 다시 민족적 현실에 대하여 관심을 집중하게 되는 분수령이 되었다고 할 것이다.[52] 실제로 이 논쟁 이후에 발표된 이기영의 『고향』, 한

---

50) 임화, 「6월 중의 창작」, 『조선일보』, 1933. 7. 19.
51) 「물」과 「서화」를 중심으로 전개된 '「물」 논쟁'의 의의에 대해서는 김외곤, 「'물논쟁'의 미학적 연구」, 『한국 근대 리얼리즘 문학 비판』, 앞의 책 참조
52) 본격적인 경향문학은 신경향파의 박영희적 경향과 최서해적 경향의 통일함으로써 이룩될 수 있는

설야의 『황혼』 등을 보면, 일본 제국주의의 식민지 근대화 정책에 따른 현실의 변화가 여실하게 형상화되어 있음을 볼 수 있다. 주지하는 바처럼, 1920년대 말부터 실시된 공업화와 농촌진흥운동 등으로 인해 식민지 조선에도 본격적인 공장 노동자가 등장하고 다수의 이농민이 발생하게 된다. 또한 경성에 전차와 백화점이 등장하는 등 근대적 도시가 성장하기 시작하였고, 교육 기회의 확대로 인해 학생이 증가하고 점차 전문직 종사자가 증가함으로써 광범한 중산층이 생겨나기도 한다.[53] 그리하여 식민지 조선에서도 대중 사회가 탄생하게 되었는데, 이 사회에서는 확장되는 도시와 산업 현장을 역사의 무대로 하여 대중들의 경험이 일상 생활을 통해 이루어지는 것이 두드러진 특징이었다.[54] 물론 이러한 변화는 식민지를 근대화시켜 보다 효율적으로 지배할 수 있게 만들고, 또한 전쟁 수행에 필요한 후방 기지로 활용하며, 나아가서는 세계 경제의 블록화에 맞서 장차 대동아 공영권을 형성하려 했던 일본 제국주의의 의도하에 이루어진 것이라고 할 수 있다. 이 시대의 경향문학은 바로 이와 같은 현실의 모순을 제대로 포착하였기 때문에 식민지 시대 최고의 작품으로 평가되는 『고향』처럼 우수한 작품을 남길 수 있었다. 이처럼 민족 현실에 대한 인식은 적어도 경향문학처럼 현실 변혁을 목적으로 하는 문학에서는 작품의 성패를 좌우하는 관건이 되었던 것이다.

것이었지만, 제1차 방향전환 이후 전자가 우위를 차지하고 후자의 전통이 약화됨으로써 그 가능성은 점차 희박해진다. 이러한 경향문학의 흐름이 새로운 전환기를 맞게 되는 때는 1933년도 여름이라고 할 수 있다. 이 시기에 벌어진 일본 공산당 지도부의 전향 선언과 「물」 논쟁을 계기로 하여, 그 동안 폄하되었던 최서해적 경향의 전통이 다시 비판적으로 계승됨으로써 경향문학은 새로운 단계로 나아갔던 것이다.

53) Ramon H. Myers, "Post World War Ⅱ Japanese historiography of Japan's formal colonial empire", in Ramon H. Myers & Mark R. Peattie ed., *The Japanese colonial Empire, 1895~1945*, p.473. 채만식의 단편 「레디메이드 인생」에도 이러한 과정이 생생하게 묘사되어 있다.

54) Harry D. Harootunian, *History's Disquiet*, New York : Columbia University Press, 2000, p.19.

5. 문학적 후진성의 내면화에 대한 비판

이상의 논의를 통해서 보면, 한국의 경향문학은 출발 단계에서 외국 경향문학에 대한 모방과 이식을 통해 주체를 형성한 이후 지속적으로 일본 및 소련의 경향문학에 대한 국제성과 이식성을 유지하면서 발전한 것이라 할 수 있다. 그 결과 경향문학은 민족 현실에 대한 철저한 인식보다 정론성에 근거한 관념적 현실 인식을 우선시 하게 되는데, 물론 그 중요한 원인은 식민지 조선이 처해 있던 저개발의 상태에 있었다. 즉, 일반적으로 주변부 국가에서의 근대란 선진 국가의 근대성에 대한 환상과 몽상을 기반으로 성립하는 경향이 있거니와, 한국의 경향문학 역시 그런 점에서 예외가 아니었던 것이다.

한편 경향문학을 포함하여 식민지 시대의 문학 전반에 걸쳐 드러난 문제점 중의 하나는 문학적 후진성에 대한 인식의 심화라고 할 수 있다. 임화의 신문학사에서 전형적으로 드러나는 것처럼, 당시의 문학자들은 우리의 근대 문학이 그 성장 배경으로서의 물질적 제 조건이 미비된 상태에서 출발하였기 때문에 서구에 뒤쳐질 수밖에 없는 것으로 생각하였던 것이다. 이러한 생각은 식민 사관의 일종인 봉건 사회 미성숙론과 결합하여 커다란 위력을 발휘하게 되는데, 그 이론적 근거는 아시아적 정체성론에서 찾아볼 수 있다. 임화에 따르면, 아시아적 정체성은 우연히 생겨난 것이 아니라 역사적 발전 단계에서 최초의 사회 구성체인 원시 사회가 비전형적으로 붕괴됨으로써 시작되었다. 이와 같은 비전형적 붕괴는 동양 고대 사회의 불충분한 발달과 비전형적 붕괴를 초래하였고, 이는 또 다시 봉건 사회 탄생의 비전형성과 불충분한 발달을 가져와 결국 봉건 사회도 비전형적으로 붕괴되는 결과가 벌어지게 된다. 바로 이 지점에서 후진적인 동양 사회가 근대 사회로 전환하기 위해서는 불가피하게 서구의 근대성을 이식하지 않을 수 없다는 인식이 생겨나게 되는데, 이것이 그 유명한 '이식 문학론'의 요체이다. 물론 이식 문학론으로 귀결된 임화의 인식이 경향문학 진영 전체의 인식을 대표한다고 말할 수는 없지만, 당시 서구의 마르크스주의자들도 수용했을 정도로 아시아적 정체성론은 광범위하게 유포되어 있었다.

이와 같은 지적 분위기 속에서 경향문학이 일본과 러시아의 현실로부터 관념적으로 현실을 이식함으로써 주체를 형성한 것은 불가피한 선택이었다고 할 것이다. 또한 『백조』파 등이 보였던 패배 의식과 허무주의를 극복하고 문학에 혁명성과 대중성을 도입한 것은 경향문학의 공적이라고 보아야 할 것이다. 그럼에도 불구하고 경향문학이 일본 제국주의 타도라는 목표를 달성하기 위해서는 환상에서 탈출하여 민족 현실을 제대로 인식하는 일이 요구되었는데, 제1차 방향 전환을 전후하여 더욱 강화된 국제성과 이식성이 이것을 불가능하게 하였다. 말하자면 경향문학은 시간이 흐를수록 현실에 대한 인식 대신 국제성과 이식성을 점차 강조하는 방향으로 전개되었던 것이다. 한편 이러한 흐름은 국제적 연대를 맺고 있던 일본의 경향문학 진영이 와해됨에 따라, 한국의 경향문학자들이 일종의 정신적 공백 상태에 처하게 되는 원인이 되기도 한다. 전향 선언 이후 일본의 경향문학자들은 천황제로 귀의함으로써 과거의 활동을 외래 사상의 토착화 과정에서 빚어진 충돌로 정리하고 서구 제국주의에 대한 일본의 전쟁을 정당화할 수 있었지만, 조선의 경향문학자들은 갑자기 나아갈 방향을 상실하게 되었던 것이다. 결국 절망에 빠지거나 친일 행위로 나아갈 수도 없었던 그들은 그제서야 비로소 민족적 현실을 다시금 인식하게 되었거니와, 이로 보면 일본 공산당의 와해와 그에 따른 경향문학의 퇴조는 한국의 경향문학이 식민지 현실에 다시 관심을 갖게 되는 외부적 계기가 되었다고 하겠다.

위에서 언급한 국제성 및 이식성과 더불어 한국의 경향문학을 특징지었던 정론성과 관념성은 작가들로 하여금 경험적 현실보다 계급 투쟁 사상을 직접적으로 토로하는 방향으로 작품을 창작하게 만든다. 그 결과 한동안 경향문학은 1920년대 후반부터 등장하기 시작한 광범위한 중산층의 존재와 근대적 도시에서의 일상 생활, 그리고 그 뒤에 숨겨진 일본 제국주의의 식민지 근대화 프로젝트의 정책적 의도를 제대로 형상화할 수 없었다. 이런 편향성이 극복되기 시작한 것은 「물」 논쟁부터라고 할 수 있는데, 왜냐하면 이 논쟁에서 김남천은 생물학적 욕구라는 타자를 발견함으로써 경향문학 이념의 절대성을 비판하였고 임화는 본격적으로 조선의 현실을 토대로 하여 리얼리즘 이론을 발전시켰기 때문이다. 말하자면 이 논쟁은 경향문학이 과거의 정론성과 관념성을 비판하고 식민지 상태에 놓인 조선의 현실을 주목하게 되는 전환점이 되었던 것이다. 물론 현실에 대한 깊은 통찰을 통해 식민지적 근대의 모순을 제대로 그려낸 경향문학의 대표작들은 대부분 이 논쟁 이후에 창작된 것이었다.

 한편 이처럼 비판적인 시각에서 경향문학의 전개 과정을 검토한 이 연구는 식민지 현실에 주목하는 내재적 관점과 그것을 넘어선 국제적 관점 사이의 관계 설정이 얼마나 어려운가를 여실하게 보여준다고 할 수 있다. 일본 제국주의가 동아시아의 많은 지역을 식민지로 지배하였던 사실을 무시하고 내재적 관점에 치중할 경우 자칫 민족주의적 시각을 절대화할 가능성이 있고, 반대로 국제성에 지나치게 집중할 경우 식민지 조선의 특수성이 무시될 수 있음은 두 말할 필요도 없을 것이다. 이로 보면 한국 경향문학은 한편으로 주체성을 확립하면서 다른 한편으로 비슷한 처지의 중국 경향문학에 대해서도 국제적 연대를 추구하였더라면 그 효과를 극대화할 수 있었을 터이다. 하지만 처음부터 일본 유학생 출신들이 주류를 형성했기에 일본 경향문학 및 그 배후에 자리잡은 이론적 진원지로서의 소련 경향문학과의 국제성과 의존성을 강화하는 방향으로 나아가고 말았다. 이런 점에서 한국 경향문학자들의 일본 경향문학에 대한 이식성과 의존성은 마땅히 비판받아야 한다. 오리엔탈리즘이 그 대상인 동양 사람들의 의식 내에 내면화되었을 때 더욱 위력을 발휘하게 된다는 사이드의 지적처럼, 조선의 경향문학자들은 아시아적 정체성론을 신봉한 나머지 스스로를 후진적이라고 생각한 채 일본 경향문학에 대한 국제성과 이식성에만 의존하였기 때문이다. 끝으로, 1920년대 이후의 한국 문학에서도 일상 생활의 경험이 중요한 요소가 되었음에 불구하고, 정론성과 관념성으로 인하여 경향문학이 이를 제대로 포착하지 못했다는 점을 지적하지 않을 수 없다. 물론 앞으로의 연구는 이와 같은 일상 생활이 우리 문학의 근대성과 어떤 관계를 맺고 있는가를 밝히는 방향으로 전개되어야 할 것이지만, 그 경우에도 식민지 근대화론자들처럼 식민지 본국과 피식민지간의 관계를 무시하는 일이 일어나지 않도록 경계해야 할 것이다.

남북한 현대 소설사의 비교

1. 머리말

　김정일이 정권을 계승한 이후 북한의 식량 파동과 핵무기 개발 의혹 등으로 인해 시간이 흘러갈수록 전 세계인의 북한에 대한 관심은 커져 가고 있다. 학계에서의 관심도 마찬가지여서 이제는 북한 연구가 어느 정도 수준에 오르지 않았나 생각된다. 문학만 하더라도 북한 문학에 대한 몇 권의 본격적인 연구서가 출간될 정도로 연구 업적이 축적되고 있다.[1] 하지만 지금까지 행해진 연구는 북한의 문학사 전반에 대한 것이 아니면 개별 시기의 문학적 동향 내지 개별 작품에 대한 분석이 대부분을 차지하고 있는 실정이다. 이제는 이러한 수준을 극복하고 개별 장르의 역사나 특성에 대한 연구가 활성화되어야 할 때가 아닌가 한다. 그런 점에서 오랫동안 북한 문학에 관심을 기울여 온 어느 연구자의 '망원경에서 현미경으로'[2]라는 주장은 다시 한번 음미되어야 할 것이다.

　이와 같은 문제의식을 바탕으로 하여, 이 글에서는 남북한에서 출판된 현대 소설사를 비교하면서 그 특징을 검토해 보고자 한다. 대상으로 삼은 현대 소설

---

1) 대표적인 연구 성과로 다음과 같은 것들을 꼽을 수 있다. 민족문학사연구소, 『북한의 우리 문학사 인식』, 창작과비평사, 1991 ; 김재용, 『북한 문학의 역사적 이해』, 문학과지성사, 1994 ; 김윤식, 『북한문학사론』, 새미, 1996 ; 김재용, 『분단 구조와 북한문학』, 소명출판, 2000.
2) 김재용, 『북한 문학의 역사적 이해』, 위의 책, p.251.

사 가운데 남한에서 나온 것은 이재선의 『한국 현대 소설사』(홍성사, 1979)와 『현대 한국 소설사』(민음사, 1991), 김윤식·정호웅 공저인 『한국 소설사』(예하, 1993)이며, 북한에서 펴낸 것은 은종섭 저, 『조선 근대 및 해방전 현대 소설사 연구』 1·2(김일성 종합대학 출판사, 1986)이다. 주지하다시피 남한과 북한의 소설사는 서로 다른 체제에서 생산된 것이기 때문에 여러 가지 점에서 차이가 난다.

그런데 문제는 같은 남한에서 출간된 소설사임에도 불구하고 이재선의 책과 김윤식·정호웅의 공저가 많은 차이점을 지니고 있다는 데 있다. 이러한 사정은 이 글이 목적하는 바, 남북한의 현대 소설사를 비교하는 데 커다란 장애가 된다. 이 장애를 넘어서기 위해 여기서는 남한에서 출간된 현대 소설사의 공통점을 최대한 추출한 뒤, 북한의 현대 소설사와 비교하는 방법을 취하였다. 남북한의 현대 소설사는 너무 이질적이기 때문에 여러 가지를 비교할 수 있겠지만 특히 서술 방법론의 차이, 소설사의 대상이 된 작품의 범위 등을 중점적으로 규명하고자 한다. 한편 이 작업은 기존의 연구가 축적되어 있지 않은 까닭에 한갓 시론적 성격에서 크게 벗어나지 못할 것임을 미리 밝혀 두어야겠다. 다만 북한 소설에 대한 연구의 활성화에 조금이나마 보탬이 되었으면 하고 바랄 따름이다.

2. 남북한 현대 소설사의 거리

현대 소설사도 문학사의 일종이므로 문학사가 지닌 일반적인 성격에서 크게 벗어날 수 없다. 다시 말해 문학사가 대상 시대의 모든 작품을 모두 다룰 수 없는 것과 마찬가지로 소설사 역시 대상 시대의 모든 소설을 다룰 수 없다는 것이다. 왜냐하면 소설사에서는 양보다는 질이, 공시적인 관점보다는 통시적인 관점이 우선시 되기 때문이다. 그래서 소설사를 쓰는 서술 주체는 수많은 작품 가운데 어떤 것을 대상으로 할 것인가를 먼저 결정해야만 한다. 이 때 문제가 되는 것이 바로 소설사를 서술하는 방법론이다. 똑같은 주제를 다룬 작품이라 할지라도 질에서 차이가 나게 마련인데, 그것을 판단하는 기준의 설정이 관건이 된다는 말이다.

이 점에서 본다면 오늘날의 연구자들은 과거와 비교할 때 상대적으로 어려운 처지에 놓여 있다고 할 것이다. 그 이유는 무엇보다도 현대의 문학적 경향이 소설사(내지 문학사)를 경시하는 쪽으로 기울어지고 있기 때문이다. 작품 해석의 다의성을 지향하는 최근의 문학 이론은 작품 자체를 비완결적이고 개방된 개념으로 받아들이고 있다. 그래서 작품에 내재된 시대성 내지 역사성을 규명하면서 작품을 올바른 위치에 자리 매김하려는 소설사는 점점 관심 영역 밖으로 밀려나고 있는 것이다. 말을 바꾸면 소설사를 위해서는 작품의 역사적 위치를 역사적 위치를 고정시키는 일이 불가피한데, 이런 작업은 해체주의 등의 현대적 문학 조류와는 거리가 먼 작업이라 할 수 있다.

이와 같이 소설사를 쓰기가 어려워진 시대적 상황에도 불구하고 남한에서는 1990년대에 들어서 앞서 말한 두 편의 소설사가 씌어졌다. 이 사실은 두 편의 소설사가 과거의 소설사에 비해 훨씬 수준 높은 방법론을 동원하였다는 것을 짐작하게 한다. 과거의 단순한 역사주의를 훨씬 넘어선 방법론이 아니고서는 소설사의 서술 자체가 불가능하다는 것쯤은 누구나 인정할 것이다. 그만큼 두 소설사는 현대적 문학 조류와 대항하면서 성립한, 고차원의 방법론에 기초한 것이라고 할 수 있다. 이에 비할 때 북한의 소설사는 북한 체제의 특수성으로 인하여 서구로부터 밀려온 현대적 문학 조류로부터 상대적으로 자유로울 수 있었다. 그래서 소설사의 방법론도 남한과는 판이하다. 즉, 북한의 경우는 다양한 현대적 문학 조류로부터 자유로운 대신 주체 사상이나 당의 지침에서 크게 벗어나지 못하고 있는 것처럼 보인다. 이 글에서는 이처럼 상당한 차이를 보이는 남북한 현대 소설사를 비교하되, 소설사의 여러 요소 가운데 가장 중요한 요소로서 소설사 전체의 성격을 결정짓는 서술 방법론의 차이를 중점적으로 밝혀 보고자 한다. 그리고 방법론의 차이에 따라 각각의 소설사가 다루는 대상 작품의 범위가 어떻게 달라졌는지도 함께 알아보게 될 것이다.

2.1. 서술 방법론

남북한에서 출간된 세 종류의 소설사 가운데 가장 나중에 발간된 김윤식·정호웅 공저 『한국 소설사』의 서술 방법론은 다음처럼 일목요연하게 정리할 수 있다. 먼저 이 책에서는 소설사를 작품들이 형성하는 관계의 총체로 보면서, 뛰어난 작품에 대한 '모방의 계열체'와 '극복의 계열체'가 상호 작용하면서 소설사의 진전을 가능케 하는 것으로 본다. 그렇기 때문에 저자들은 새로운 개성보다는 관계를 더 중시하는 구조주의적 방법도 채용하게 된다. 이러한 방법론에 따르면, 새로운 개성을 지닌 작품의 의미는 전후에 씌어진 작품과의 관계 속에서만 정확하게 파악되고 설명될 수 있으며, 그 관계의 동적 맥락을 통해서만 창조적 역동성이 느껴지고 기술될 수 있다.

그러나 지금까지 나온 다른 소설사들과 비교할 때 이 책에서 가장 두드러져 보이는 특징은 소설사를 '내적 형식의 역사'로 파악하고 있다는 점이다. 이러한 방법론은 예전의 소설사에서 전혀 찾아 볼 수 없었던 새로운 것인데, 그것이 지닌 의의를 저자들은 스스로 다음과 같이 적고 있다.

> 형식 중심의 기술을 기술을 지향한다는 원칙도 존중하였다. 이 때의 형식이란 내용과 구분되는 외적·기교적 차원의 것이 아니라, '현식화된 내용' 곧 '내적 형식'이다. 소설사적 의미가 큰 작품이란 새로운 내적 형식을 창출한 작품이며, 중심 작품과 그 아류작들을 하나로 엮을 수 있게 하는 것은 곧 내적 형식이다. 소설사는 내적 형식의 역사인 것이다. 우리 국문학계나 비평계의 일반적인 글쓰기 방식은 형식과 분리된 내용 편향이거나 내용과 분리된 형식 편향에 기울어져 있는 것으로 생각되는데, 내적 형식에 대한 관심은 이 점에서 큰 의미를 갖는다.[3]

이처럼 이 책은 기존의 일면적이고 편중된 글쓰기를 지향했다는 점에서 가히 소설사의 새로운 장을 연 것으로 평가할 만하다. 그런데 저자들이 내세우고 있는 바 내적 형식 중심의 관계를 중시하는 소설사는 루카치의 소설론에서 영향 받은 바가 크다. 일찍이 루카치는 자신의 저서 『소설의 이론』(1915)에서 내적 형식을 중심으로 소설의 발전 과정을 설명한 적이 있었던 것이다. 결국 김윤식·정호웅의 『한국 소설사』는 서구의 이론을 받아들여 나름대로 과거 소설사의 한계를 돌파하는 데 원용한 것으로 평가할 수 있다.[4] 한편 이 책의 서술 태도에서

---

3) 김윤식·정호웅, 『한국 소설사』, 예하, 1993, pp.40~41.
4) 홍창수는 이러한 특징에 주목하여 김윤식·정호웅의 책이 문학사의 새로운 장을 열었다는 평가를 내리고 있다. 홍창수, 「남한 문학사 서술 양상과 북한 문학 연구 동향」, 『남북한 현대 문학사』, 최동호

주목되는 것은 경향(프로) 소설을 우리 소설사의 중앙에 끌어들여 소설사의 주류 중 하나로서 그 정당한 위상을 정립시키려 한 점과 해방 이후의 북한 소설까지도 소설사에 포함한 점이다. 비교적 균형감 있는 시각을 취하려 노력한 점이 돋보인다고 하겠다.

다음으로, 두 권으로 나온 이재선의 소설사 중에서 1979년에 먼저 나온 『한국 현대 소설사』도 그 때까지의 문학사나 소설사가 범했던 오류들을 극복하려는 의도 하에 새로운 방법론을 채택하고 있다. 즉, 과거의 문학사나 소설사가 '작품의 내재적 현실성의 역사'가 아니라 작품 외현적인 요소에 속하는 발생의 배경이나 '문학의 사실성(史實性)에 대한 해명'과 '연대기적 질서'에 지나치게 편중되었던 것을 비판하고 다음과 같은 방법론에 의거하였던 것이다. 첫째로 작품의 내재성을 존중하며 재래의 역사적 객관주의가 지닌 도식성을 극복하고자 하였으며, 둘째로 소설사를 일반 역사에서 독립시킨 다음 양자의 상관 관계를 검토하고자 하였다. 이러한 태도에는 문학의 자율성에 주목하자는 의도가 포함되어 있는 것으로 볼 수 있다. 셋째로는 과거에 통용된 변화의 규범화, 생물학적 진화론, 잡지사적·자료사적 편법주의 등의 방법론을 지양하고 통시론과 공시론적인 관점의 교차를 전제로 하면서 문학적 변화의 전후 관계와 동 시대 작품의 이질적인 다양성에 주목하였다. 그리고 넷째로 비평과 역사의 연관을 꾀하면서 비평의 다원성을 원용하였으며, 마지막으로 실증주의적인 문헌 자료의 검토까지 아울러 시도하였다.

위에서 살펴본 이재선의 방법론은 당시 한국에 수용되었던 야우스(Jauss)의 수용 미학과 같은 서구의 새로운 문학 이론에 자극받아 작품의 내재성과 미학성을 부각시킴으로써 전통적인 역사주의의 한계를 돌파해 보고자 한 것으로 평가할 수 있다. 다시 말해 이재선의 방법론은 문학의 미학적 가치와 역사적 가치 양자를 동시에 포착하려 한 것이라고 할 것이다. 한편 그는 이러한 방법론을 천명하는 데 머문 것이 아니라 개별 작품의 내재적 분석으로부터 시대적 공통점과 변화를 파악하는 방향으로 나아감으로써 실제로 소설사의 서술 과정에 이

편, 나남, 1994, p.40. 한편 조남현은 이 책의 해방 이후 부분에서 내적 형식의 논리가 지켜지지 못한 것처럼 보인다고 지적하였다. 조남현, 「한국 문학의 주제사 문제」, 『한국 문학사의 현실과 이상』, 김열규 외, 새문사, 1996, p.201.

방법론을 철저히 적용하는 모범을 보이기도 하였다.[5]

『한국 현대 소설사』의 후속편으로 1991년에 씌어진『현대 한국 소설사』는 전편의 방법론을 거의 그대로 따르고 있다. 그리하여 이 책에서는 연대기적이나 작가 중심의 서술 대신 주제를 추출하고 시대적 상황과 소설의 대응 관계를 규명하려 하였으며, 공시적·통시적 관점을 공존시켜 횡적 연계와 종적 변모 양상을 추적하고자 하였다. 또한 소설의 시대성에 대한 인식 관점을 복합화하여 동시적인 병존 현상에 유의하면서 현대 소설의 사적 유형론까지 시도하였다. 이와 같이 미학적 관점과 역사적 관점, 공시적 관점과 통시적 관점을 복합적으로 관련짓는 이재선의 소설사 방법론은 이후 다른 연구자들에게 하나의 모범으로 받아들여지게 된다.

남한의 소설사에 적용된 서술 방법론에 비할 때 북한의 소설사는 여전히 과거의 경향에서 크게 벗어나지 못한 것으로 보인다. 이는 소설사만의 특징이 아니라 북한에서 씌어진 문학사 전반의 특징이라고 할 수 있다. 은종섭은『조선 근대 및 해방전 현대 소설사 연구』1권의 머리말에서 소설사의 방법론으로 노동 계급적 입장, 역사주의의 원칙, 주체적이고 자주적인 입장 등을 내세웠다. 이러한 것들은 북한 과학원 최초의 문학사인『조선문학통사』(1959)에서 천명한 다음의 방법론과 거의 다르지 않다.

> 우리는 이 책을 서술함에 있어서 력사주의 원칙에 입각하여 우리의 진보적 문학을 관류하고 있는 열렬한 애국주의, 풍부한 인민성, 높은 인도주의의 전통을 밝히며, 특히 해방 후에 조선로동당의 정확한 문예정책에 의하여 그의 특성을 명확히 천명하려는 지향으로 일관하였다.[6]

주체 사상과 관련된 자주적 입장만 빼고 나면 나머지 역사주의, 애국주의, 인민성, 인도주의 등의 입장은 이 문학사 이후에 계속해서 출간된 각종 문학사는

---

5) 조남현은 이재선의 소설사가 형식 분석에서 의식 추출로, 미시적 분석에서 거시적 안목으로 나아갔으며 주제사에 다리를 놓는 문제사의 형태를 취한 것으로 보았다. 또한 작품 하나 하나를 분석하여 주제를 찾아내고 그 결과를 모으고 다시 유별화하여 시대순으로 늘어놓는 방법론에 의거함으로써 문학의 독자적 가치를 더욱 잘 확보하였다고 평가하였다. 조남현, 위의 책, p.200.
6) 사회과학원 문학연구실, 『조선문학통사』(1955), 인동, 1988, 머리말.

물론이고 소설사에까지 공통적으로 적용되는 방법론인 것이다. 특히 역사주의
는 모든 문학사와 소설사 서술에서 실질적으로 중심적인 방법론이 되고 있다.
은종섭의 소설사도 예외가 아니어서 다음처럼 역사주의를 공공연하게 문학사의
주요 방법론으로 밝혀 놓았다.

> 이 책에서는 구체적인 소설 작품들을 다루면서 개별적 작품들의 사상 예술적 특
> 성을 전면적으로 분석하거나 혹은 매개 작품들의 주제나 인물 형상 등을 일률적으로
> 분석하지 않고 작품들을 기본적으로 소설사적 의의의 견지에서 분석 체계화하는 방
> 식을 취하였다. 여기에는 그것이 소설사 본연의 서술 방법이라는 인식과 함께 이미
> 출판된 문학사들에서 서술된 내용과 될수록 중복을 피하려는 의도가 깔려 있다.[7]

이처럼 북한의 소설사에서는 역사주의에 입각하여 작품의 소설사적 의의와
비중을 서술하는 것이 문학사의 주된 방법론인 것이다. 물론 북한의 소설사가
작품의 형태적 특성에 대한 이론적 분석을 전혀 도외시하는 것은 아니다. 하지
만 그것보다는 작품의 소설사적 위치와 의의의 규명이 더욱 커다란 비중을 차
지하고 있는 것이 사실이다. 이와 같은 사실은 역사주의의 한계에서 이미 오래
전에 벗어난 남한의 소설사와 비교할 때 뚜렷한 차이를 보여주는 것이라고 할
수 있다.

그러나 무엇보다도 북한의 소설사에 적용된 방법론의 가장 두드러진 특징은
주체 사상과 김일성·김정일의 교시에 의하여 크게 영향을 받는다는 사실이다.
주체 사상이 성립되기 이전의 문학사와 비교할 때 주체 사상이 성립된 이후에
씌어진 문학사들은 주체인 인민 대중의 자주성이라는 원칙의 관철을 역사주의
와 나란히 전면에 내세우고 있다. 그리고 김일성이나 김정일의 교시에 따라 문
학사의 대상은 물론이고 체계까지 바뀌기도 한다. 그만큼 주체 사상과 김일성과
김정일의 발언은 문학사 전반에 막대한 영향력을 끼치고 있는 것이다. 말할 것
도 없이 은종섭의 소설사는 1980년대 후반에 씌어졌기 때문에 주체 사상과 김
일성 부자의 교시에 의해 방법론이 결정되었다. 앞서 살펴본 바와 같이 이 책에
서 노동 계급성과 역사주의 다음으로 주체성과 자주성이 방법론으로 강조된 것

---

7) 은종섭, 『조선 근대 및 해방전 현대 소설사 연구』 1, 김일성 종합대학 출판사, 1986, p.7.

도 같은 이유에서이다. 그 결과 이 책에서는 근로 인민 대중에 대한 문제를 중심으로 작품을 반동적 소설과 진보적 소설로 분명하게 양분하고 있다.

2.2. 대상 작품의 범위

위에서 고찰한 바처럼 남북한의 현대 소설사는 방법론에서 차이가 나기 때문에 대상 작품에서도 어느 정도의 차이를 보여 준다. 우선 상당히 균형잡힌 시각을 갖추고 있는 김윤식·정호웅의 소설사는 어느 한쪽 경향의 작품에 치우치거나 어느 한쪽의 작품을 소홀하게 대하지 않았다는 점에서 돋보인다. 앞서 언급한 바 있듯이, 두 사람은 그 동안 소설사 기술에서 거의 배제되었던 경향(프로) 소설의 위상을 올바로 자리매김하면서 그 부류에 속하는 소설들을 상당수 서술의 대상으로 삼고 있다. 그리고 1980년에 이르기까지의 소설도 다룸으로써 소설사의 범위를 확장시켰다. 뿐만 아니라 해방 이후의 북한 소설 가운데 월북 작가들이 남긴 작품을 중점적으로 다룸으로써 통일 소설사를 위한 기초를 닦기도 하였다. 그러나 북한 소설에 대한 연구가 해방 공간과 1950년대에만 머물렀기 때문에 남한의 소설과 비교할 때 양적으로 불균형을 면하지 못하고 있는 점은 유감이 아닐 수 없다.

이재선이 쓴 두 권의 소설사 중에서 『한국 현대 소설사』는 개화기부터 해방까지의 소설을, 『현대 한국 소설사』는 해방 이후 1980년대까지의 소설을 취급하고 있다. 두 권의 책은 남한의 소설만을 대상으로 하였는데, 전자는 1920년대 중반 이후 한국 문학의 주도적 흐름의 하나였던 경향 문학을 지나치게 폄하하고 소홀하게 다룬 점이 눈에 띈다. 물론 후자는 다른 어떤 소설사보다도 풍부하게 1980년대까지의 소설을 다루고 있다. 그러나 이와 같은 장점에도 불구하고, 통일 소설사라는 것을 염두에 둔다면 남한의 작품만을 다루는 다소 편협한 태도는 하루 바삐 극복되어야 할 것으로 생각된다.

북한의 소설사는 김일성 부자의 교시에 따라 대상 작품이 대폭 증가하였다는 점이 특징적이다. 문학사의 경우 1959년도의 『조선문학통사』는 물론이고 1970년대 말에서 1980년대 초에 과학 백과사전 출판사에서 간행된 5권짜리 『조선문학사』에 이르기까지 소설 문학에서 이광수가 배제되었다. 그에 따라 문학사의 객관적인 발전 과정을 설명하는 데 여러 가지 문제가 발생하기도 하였다. 그러다가 은종섭의 소설사와 같은 해에 출간된『조선문학개관』부터 비로소 이광수 등도 다루게 되었다. 이렇게 된 이유를 은종섭은 다음처럼 밝히고 있다.

> 이 책에서 필자는 소설 발전의 매 시기마다 지난 기간 문학사들에서 이러저러한 리유로 도외시되였거나 관심이 돌려지지 않았던 작품들을 위대한 수령 김일성 동지의 교시와 친애하는 지도자 김정일 동지의 문예 사상에 의거하여 전면적으로 검토하고 의의있는 작품들을 선정하여 새롭게 소설사의 체계 속으로 분석 서술하는 데 적지 않은 주의를 돌렸다.8)

이를 통해서 보면, 북한의 현대 소설사에서 이인직, 이광수, 김동인, 염상섭, 이상, 허준, 정인택, 김말봉 등을 부르주아 작가로 규정하면서도 서술 대상으로 삼은 이유는 김일성 부자의 교시 때문임이 명백하게 드러난다.

한편 북한에서 간행된 여러 종류의 문학사와 비교할 때 현대 소설사의 가장 두드러진 특징은 김일성 가계의 사람들이 쓴 작품이 거의 없다는 점이다. 1980년과 1981년에 과학 백과사전 출판사에서 각각 간행된『조선문학사(19세기말~1925)』와『조선문학사(1926~1945)』에는 김형직, 강반석, 김일성 등의 문학적 활동이 상당한 비중을 차지하고 있다. 세 사람 가운데 김일성의 문학적 활동은 항일 혁명문학이라는 명칭 아래 해당 시기 문학사의 거의 대부분을 차지하고 있다. 이러한 사정은 1990년대에 나온 문학사에서도 마찬가지로 발견된다. 특히 1992년도에 사회과학 출판사에서 나온『조선문학사』8권은 책 전체가 김일성의 항일혁명문학으로 채워져 있다. 그럼에도 불구하고 북한의 현대 소설사에서는 김일성 가계의 문학적 업적이 거의 언급되지 않고 있다. 그 이유는 김일성 가계의 사람들이 소설을 쓰는 재능이 없어서 작품을 거의 남기지 않았기 때문이라고 할 수 있다. 김일성의 작품으로 알려진 불후의 고전적 명작만 하더라도 지금은 소설로도 나와 있기는 하지만, 원래 그것은 혁명 가극의 형태로 창작되었다가 1970년대에 다른 사람에 의해서 비로소 소설화되었던 것이다.

---

8) 위의 책, 같은 쪽.

어쨌든 김일성 가계의 사람이 쓴 작품이 없기 때문에 대상 작품의 범위에만 국한하여 볼 때 북한의 현대 소설사는 일반 문학사에 비해 상대적으로 객관성을 지니고 있으며, 폭도 훨씬 넓다고 할 수 있다. 물론 그렇다고 해서 진보적이고 혁명적인 문학과 퇴폐적인 부르주아 문학을 나누는 양분법적인 시각과 방법론이 폐기된 것은 아니다. 다만 대상 소재만을 놓고 본다면, 북한의 현대 소설사와 남한의 현대 소설사가 아주 멀리 떨어져 있는 것은 아니라는 말이다.

3. 통일 시대의 소설사를 위한 제언

지금까지 살펴본 남북한 현대 소설사는 서술 방법론과 대상 작품의 범위에서 상당한 차이를 보이고 있다. 먼저 서술 방법론의 측면에서 볼 때 남한의 소설사는 대체로 과거의 역사주의가 지닌 한계를 지양하기 위해 서구의 방법론을 원용하였고, 그럼으로써 개별 작품의 예술적 가치에 대한 주의를 기울이면서 역사적 가치까지도 함께 발견하는 방법론을 동원하였다. 이에 비할 때 북한의 소설사 방법론은 여전히 역사주의의 원칙에서 크게 벗어나지 않았으면서 주체 사상이나 김일성 부자의 교시를 수용하는 방법론을 채택하고 있어서 둘은 현격한 차이를 보인다고 할 수 있다.

그러나 서술 대상이 된 작품을 살펴보면 남한의 소설사가 북한의 작품까지 포함하는 추세를 보이고 있고, 북한의 소설사도 장르의 특수성으로 말미암아 김일성 가계의 사람들이 쓴 작품들이 없어서 남북한이 대상 작품의 범위면에서 비교적 비슷한 양상을 보이고 있다. 특히 김윤식·정호웅 공저에서 보듯 남한에서 씌어진 현대 소설사가 경향 문학의 위상을 제대로 자리매김하고 있고, 북한의 경우에도 김일성 중심의 항일 혁명 문학이 빠진 자리를 경향 문학이 대신하고 있는 점은 주목할 만하다. 남북한에서 공통적으로 경향 문학에 대한 연구가 많이 진척되어 있음을 말해주기 때문이다. 이러한 상황을 고려한다면, 앞으로 언젠가는 씌어지게 될 통일 소설사가 바탕으로 삼아야 할 대상이 무엇인지는 자명해졌다고 할 수 있다. 그 대상은 바로 남한과 북한이 공유한 문학적 자산이며, 또 공통적으로 많은 연구 성과가 축적되어 있는 경향 문학인 것이다.

다른 한편으로 서술 방법론이 달라서 그렇지, 소설사의 개화기부터 해방까지만 한정시켜 본다면 남북한의 현대 소설사가 다루고 있는 대상은 크게 다르지 않다. 그래서 빠른 시일 안에 통일 소설사를 서술하게 되더라도 이 시기는 크게 문제가 되지 않을 수도 있다. 그러나 분단 후의 소설에 이르면 사정은 전혀 판이하다. 남북한이 서로 상대방의 작품을 거의 다루지 않았기 때문에 분단 이후를 제대로 다룬 현대 소설사는 전무하다고 해도 과언이 아니다. 이와 같은 상황은 우리로 하여금 앞으로 해야 할 일이 무엇인지를 분명하게 말해 준다고 할 수 있는데, 그것은 다름아닌 분단 이후의 북한 소설에 대한 진지하고도 깊이있는 연구이다. 이것이 제대로 이루어진다면 통일 소설사는 결코 먼 미래의 일만은 아닐 것이다.

소설을 통해서 본
교육 현장의 역사적 변천

1. 교육 현장과 사회 상황의 밀접한 관련성

일반적으로 교육은 상당히 보수적인 면을 많이 가지고 있는 분야이다. 그래서 해방 이후 우리 나라의 교육 이념이 크게 변화한 적은 거의 없었고, 교과 과정 역시 이제까지 몇 차례에 걸쳐 조금씩 고쳐졌을 뿐이다. 물론 교육계에 종사하는 많은 사람들이 21세기 접어들어서는 급변하는 국제 사회를 적극적으로 선도해 나가는 창조적 인간을 양성하기 위해 획기적인 교육 개혁이 요구된다고 주장하고 있기도 하다. 하지만 교육 개혁이라는 것은 우선 교육계 자체적인 노력만으로는 난감하고 사회 전체의 변화가 전제되어야 효과적으로 이루어질 수 있기 때문에 하루 아침에 급격하게 이루어질 수 있을 것 같지는 않다. 그런 점에서 사회 전반의 개혁이라는 차원에서 교육 개혁을 바라보는 시각이 필요할 것이다.

세상의 모든 일이 다 그렇듯이, 짧은 기간만 두고 본다면 거의 변화를 느낄 수 없지만, 오랜 세월이 지난 뒤에 되돌아 본다면 변화의 양상이 뚜렷하게 보이는 경우가 많다. 우리의 근대 교육 역시 이런 점에서 크게 예외는 아니다. 구한말에 반포된 고종 황제의 「교육입국조서」에서 공식적으로 시작된 우리 나라의 근대 교육은 벌써 백 년이라는 짧지 않은 역사를 가지게 되었다. 그 동안 교육의 역사는 특정한 기간만 잘라서 고찰한다면 그 변화가 별로 눈에 띄지 않을 수도 있지만, 전체의 역사를 굽어보면 그야말로 우리 사회의 굴곡과 궤를 같이 하면서 많은 우여곡절을 겪어 왔다고 할 수 있다.

파행의 연속이었던 근대사의 전개 과정 속에서 교육 현장도 역시 파행을 거듭한 측면이 있음을 부인하기는 어려울 것이다. 개화기에는 개화라는 지상 과제를 이룩하기 위해 모든 사회적 역량이 거의 총동원되다시피 하였던 만큼, 교육에서도 개화를 이루기 위한 계몽적 교육이 주류를 형성하였다. 그러나 곧 나라가 망하게 되면서 우리 민족은 노예 상태로 전락하게 되었는데, 교육 역시 노예 양성 교육을 면할 수 없었다. 특히 황국신민화와 학병 제도가 강요되던 식민지 시대 말기에 그 현상이 가장 두드러졌다고 할 수 있다. 한편 해방이 되었어도 교육 현장이 곧바로 평화적 학습의 장으로 변화한 것은 아니다. 전 사회적으로 좌우익의 이데올로기 갈등이 심화되면서 그 파장이 학교에까지 파급되었기 때문이다. 그리고 뒤이어 발발한 한국 전쟁으로 이러한 현상이 가중되고 교육 시설의 파괴가 대규모로 진행되면서 학교 교육은 존폐 자체를 문제삼는 위기 상황에까지 도달하게 된다. 이후 산업화의 진전과 함께 우리 사회의 안정도가 높아지면서 교육도 제자리를 잡게 되지만, 한편으로 입시 과열이라는 새로운 문제가 대두되기에 이른다. 현재에는 여전히 진행중인 이 문제에 학교 폭력, 교실 파괴 등의 문제까지 덧붙여져 실로 교육 현실은 참담한 지경에 이르러 있는 것이 사실이다. 앞에서 말한 바처럼 현재 우리가 겪고 있는 학교 교육의 문제는 결코 교사와 학생만의 문제가 아니다. 교육 현장은 해당 사회의 상황으로부터 많은 영향을 받지 않을 수 없기 때문이다.

이 글의 이와 같이 갖가지 계기로 인하여 파행을 거듭하였던 사회 상황과 더불어 상당 기간 동안 정상적인 길을 걸어오지 못한 우리의 교육 현실을 소설 작품을 통해 되돌아보면서 바람직한 교육이란 어떤 것인가를 모색해 보는 데 목적이 있다. 위에서 간략하게 소개한 바와 같이 개화기부터 최근에 이르기까지 교육 현장이 어떤 변모를 겪어 왔는가를 시대적으로 개괄하는 글이므로, 전개 과정에서 우리의 교육 현장에 깊이 뿌리를 내리고 있는 여러 가지 병폐가 드러날지도 모르겠다. 만약 그렇다면, 그러한 면이 진정한 교육 개혁을 희망하는 많은 사람들에게 조그마한 도움이 될 수 있기를 바란다. 또 사정이 그렇지 않더라도 이 글은 소설에 대한 비평의 성격을 포함하고 있으므로 독자에게 읽을 거리로서 작은 재미 정도는 선사할 수 있을 것이다.

2. 지식량의 근소한 차이에 의한 단방향적 계몽주의 교육

개화기에 막강한 영향력을 발휘한 운동의 하나로 애국 계몽 운동을 쉽게 떠올릴 수 있다. 그 운동의 기본 목적은 우리 민족도 하루 빨리 개화를 단행하여 서구나 일본에 버금 가는 막강한 국가를 건설하는 데 있었는데, 이러한 목적을 계승하여 식민지 전 기간 동안 막강한 영향력을 발휘한 것이 바로 도산 안창호의 준비론 사상이다. 그리고 단재 신채호의 투쟁론과 더불어 한국 근대 사상사의 주류를 형성하였던 준비론 사상에서 빠뜨릴 수 없는 요소는 교육에 대한 강조이다. 민족의 힘을 기르는 가장 확실한 방법으로 다음 세대에 대한 교육이 채택되었던 것이다. 개화기는 말할 것도 없고 국권 상실 이후까지 계속된 수많은 공, 사립 학교의 설립과 각 신문에 매일같이 실리다시피 한 교육적 논설은 당시의 선각자들이 얼마나 교육을 중요시했는가를 잘 보여주고 있다.

(가) 우리들이 나라의 백성 되었다가 공부도 못하고 야만을 면치 못하면 살아서 쓸데 있느냐. 너는 일청전쟁을 너 혼자 당한 듯이 알고 있나 보다마는, 우리 나라 사람이 누가 당하지 아니한 일이냐. 제 곳에 아니 나고 제 눈에 못 보았다고 태평성세로 아는 사람들은 밥벌레라. 사람이 밥벌레가 되어 세상을 모르고 재내면 몇 해 후에는 우리 나라에서 일청전쟁 같은 난리를 또 당할 것이라. 하루 바삐 공부하여 우리 나라의 부인 교육은 네가 맡아 문명길을 열어 주어라.[1]

(나) "옳습니다. 우리가 해야지요. 우리가 공부하러 가는 뜻이 여기 있습니다. 우리가 지금 차를 타고 가는 돈이며 가서 공부할 학비를 누가 주나요? 조선이 주는 것

---

1) 이인직, 「혈의 누」, 『한국소설문학대계』 제1권, 동아출판사, 1995, p.49.

입니다. 왜? 가서 힘을 얻어 오라고, 지식을 얻어 오라고, 문명을 얻어 오라고······
이러한 뜻이 아닙니까" 하고 조끼 호주머니에서 돈 지갑을 내어 푸른 차표를 내어
들면서,

　"이 차표 속에는 저기서 들들 떠는 저 사람들······ 아까 그 젊은 사람의 땀도 몇
방울 들었어요! 부대 다시는 이러한 불쌍한 경우를 당하지 말게 하여 달라고요?" 하
고 형식은 새로 결심하는 듯이 한번 몸과 고개를 흔든다. 세 처녀도 그와 같이 몸을
흔들었다.2)

　위의 인용문 (가)와 (나)는 한국 근대 문학사에서 새로운 시기를 연 것으로 평
가받는 이인직의 『혈의 누』와 이광수의 『무정』에서 뽑은 것이다. 최초의 신소설
과 근대 소설로 자리 매김되는 이 작품들이 이처럼 한결같이 교육을 통한 문명
개화를 부르짖고 있는 것은 결코 우연이 아니다. 적어도 삼일운동 이전까지 민
족의 독립 운동을 선도하였던 민족 부르주아지들의 보편적인 사고는 실력 양성
을 통한 민족의 해방에 놓여져 있었기 때문이다. 그래서 두 작품에는 아직 교육
에 대한 회의나 절망은 나타나 있지 않고, 대신에 미래에 대한 낙관과 긍정만이
나타나 있을 뿐이다. 비록 우리의 원수이지만 한 발 앞서 개화에 성공한 일본을
통해 근대적인 사상을 배워 오기만 하면, 그것에 기초하여 '네 칼로 너를 치리
라'는 식으로 일본을 이겨낼 수 있다고 믿었던 것이다. 어떤 면에서 보면 상당
히 모순적인 이 믿음은 일본의 근대적인 측면이 얼마나 강고한 것인가를 깨달
은 이후 좌절과 친일이라는 최악의 결말을 맞게 된다. 바로 이러한 점이 우리
민족의 비극이었다.

　개화기와 식민지 시대 초기에 이루어진 교육은 대체로 거의 무지에 가까운
학생들을 약간의 신지식을 구비한 교사가 일방적으로 계몽시키는 방식으로 이
루어진다. 그렇기 때문에 학생들은 교사의 지식이 자기들보다 월등하면 할수록
등불에 모여드는 부나비처럼 교사의 주위에 모여들곤 하였다. 그리고는 그 교사
에 대한 무한한 존경과 신뢰를 보냈던 것이다. 이런 와중에 개화의 물결이 더디
게 찾아든 지역에서는 교사가 일종의 신과도 같이 받들어지는 경우까지 있었다.
그만큼 새로운 지식에 목말랐던 학생들은 그 갈증을 말끔하게 해소시켜 줄 교
사를 대망하였던 것으로 볼 수 있다.

---

2) 이광수, 「무정」, 『한국소설문학대계』 제2권, 동아출판사, 1995, pp.371~372.

본시 문교사는 강서 태생이라고 하는데, 인물이 깨끗하고 새 지식이 해박해서, 이 고장에 오자 곧 학도들의 마음을 사로잡고 말았다. 동명 학교 교사라야 한문 선생 같은 건 서당 훈장과 다를 게 없었고, 신식 학문을 배워 주는 이라야 어느 시골 학교를 한 해나 두 해, 대충대충 건너뛰며 배워 갖고 온 나 많은 분들뿐이었고, 그래도 정영근 교사 같은 이는 체육이나 조련을 가르치는 관계로 젊은이들의 마음을 끌었으나, 이 역시 너무 엄하고 세차서, 학도들이 가까이 하긴 힘든 사람이었다. 그러던 판에 대성 학교 물도 먹었고, 지난 봄에 일신 학교도 졸업했고, 그래서 신학문이나 개화 사상엔 발이 활짝 넓은데다가, 또 하나 얶쳐서 예수를 믿는 덕에 양인들과도 교제상이 넓어 이즈음은 양서를 이 책 저 책 뒤적여 보는 판이니 학도들이 홀딱 반해 버릴 건 정해 논 이치였다.3)

이 글에서 보듯, 여전히 봉건적인 유습이 남아 있는 지역일수록 학생들이 신식 교사를 선호했음이 드러난다. 그래서 당시의 교사는 단순히 지식을 전달하는 수준에서 나아가 때로는 인생 상담까지 해 주는 처지에 놓이기도 한다. 이 때 인생 상담이란 과거로부터 이어져 오는 여러 가지 인습, 예컨대 조혼 등의 부당함을 지적해 주고 자유 연애와 같은 개화 사상의 필요성을 역설하는 것이 대부분을 차지하였다. 사정이 이러하니 교사는 가르치는 것에 흥미를 붙일 수밖에 없었고, 학생들도 배우는 재미에 흠뻑 빠져들 수밖에 없었다. 그리하여 앞서 인용한 「무정」의 주인공 이형식처럼 자신의 시간과 경력을 학생 가르치는 일에 소비한 나머지 얼마간 건강을 해치는 경우도 생겨나게 된다.

그러나 언제까지 이러한 순진성이 지속될 수는 없는 노릇, 시간이 흐를수록 학생들의 지식이 축적되면서 교사와 학생간의 지식 차이는 점점 줄어드는 양상을 보인다. 이에 비례하여 교사들에 대한 학생들의 존경심도 당연히 감소하였다. 심지어 교사가 일생을 학교에 머무를 것 같이 보여서 한편으로 교사를 경멸하면서 다른 한편으로 불쌍히 여기는 학생들까지 등장하게 된다. 이와 같이 사제지간이 극도의 파국에까지 이르게 된 것은 봉건과 근대의 과도기로서의 개화기가 지닌 특수성에서 말미암은 것이라고 할 수 있다. 교사들 대부분이 체계적인 근대 교육을 받을 기회가 거의 없었던 상태에서 단지 단편적인 지식만 습득하여 학생들을 가르치다 보니, 처음에는 멋모르고 따라 배우기만 하던 학생들도

---

3) 김남천, 「대하」, 『한국소설문학대계』 제13권, 동아출판사, 1995, p.177.

점차 교사들의 한계를 인식하게 되었던 것이다. 하지만 이러한 상황마저도 다음에 이어지는 일본 제국주의의 교육 현장에 대한 탄압에 비하면 오히려 행복한 것이었는지도 모른다.

3. 교육 현장에 대한 일본 제국주의의 일방적 통제

삼일운동이 실패로 끝난 직후 단행된 일본 제국주의의 문화 통치는 총칼로 조선인을 억누르는 대신 얼마간의 문화적 자유를 조선인에게 부여함으로써 지하에 숨어 있던 독립 운동의 실체를 드러나게 하여 통치를 손쉽게 하려는 데 목적의 하나가 있었다. 또한 정치나 경제적 분야에 못지않게 문화적, 예술적 분야에 대한 통제를 강화하여 식민지 지배에 순응하는 인간을 양산하는 것도 그들이 겨냥한 목표 중의 하나였다. 이러한 방향에 따라 교육 현장에 대한 간섭도 점차 강화되기에 이르렀는데, 그 범위는 치안유지법에 의한 사상 교육의 탄압으로부터 학교 시설에 대한 사소한 간섭에 이르기까지 실로 광범위한 것이었다. 바야흐로 본격적인 교육 통제가 시작되었던 것이다.

한편 이 시기는 민족주의에 못지않게 사회주의 운동도 활발하게 전개되었던 시기이다. 그리하여 각급 학교에서 독서회 사건이 줄을 이어 발생하게 되고, 심지어 경성 제국대학의 교수가 사회주의 사상을 퍼뜨렸다는 이유로 구속되는 사태까지 벌어지게 된다. 만주사변 이후 대륙 침략을 준비하던 일본 제국주의로서는 우선 국내의 최대 반대 세력인 사회주의 진영의 힘을 꺾어 놓을 필요가 있었기 때문에 대대적인 탄압을 전개했던 것이다. 이러한 사정을 우리는 유진오의 「김강사와 T교수」를 통해 생생하게 목격할 수 있다. 동경 제국대학에 다닐 때 사회주의 운동에 가담한 적이 있는 주인공 김만필은 과거의 경력을 속이고 S 전문 학교의 강사로 취직하였으나, 동료 교사는 물론이고 심지어 자신이 가르치는 학생들로부터도 감시당하는 처지가 되어 결국 학교에서 쫓겨나는 운명에 처하게 된다. 그만큼 일본 제국주의는 교육을 통한 학생과 교사에 대하여 통제 및 감독을 엄격히 하였을 뿐만 아니라, 체제 부정적인 세력에 대하여는 한층 탄압을 강화하였던 것이다. 두 말할 필요도 없이 이러한 탄압은 이후 학교 교육에서 황국신민화 내지 내선일체를 강요하기 위한 사전 땅고르기 작업의 의미도 지니고 있었다. 결국 위와 같은 여러 가지 이유로 인하여 이 시기는 우리의 근대 교육사상 교사나 학생 모두에게 가장 불행한 시기였다고 할 것이다.

> 영신과 주재소 주임 사이에 주고 받은 대화나 그 밖의 이야기는 기록하지 않는다. 그러나 호출한 요령만 따서 말하면,
> '첫째는 예배당이 좁고 후락해서 위험하니 아동을 팔십 명 이외에는 한 사람도 더 받지 말라는 것과, 둘째는 기부금을 내라고 돌아다니며 너무 강제 비슷이 청하면 법률에 저촉이 된다'
> 는 것을 단단히 주의시키는 것이었다. 영신은 여러 가지로 변명도 하고 오는 아이들을 아니 받을 수는 없다고 사정 사정하였으나,
> "상부의 명령이니까 말을 듣지 아니하면 강습소를 폐쇄시키겠다"
> 고 얼러 메어서 영신은 하는 수 없이 입술을 깨물고 주재소 문 밖을 나왔다.4)

위의 장면은 1930년대의 브·나르도 운동을 형상화한 심훈의 『상록수』에 끼어 있는 것이다. 사실 여기에 나오는 강습소는 별다른 정치적 목적이 없이 다만 농촌의 아이들을 계몽시키기 위한 간이 학교에 불과하다. 그럼에도 일본 제국주의는 이와 같은 간이 학교에까지 탄압의 손길을 뻗치었던 바, 그 목적은 모든 학교 교육을 자신들의 통치 이념에 맞게 통제하자는 데 있었다. 계몽을 하더라도 단지 글을 깨우치는 계몽 대신 철저하게 식민지 통치에 순응하는 노예적 인간을 양성하기 위한 계몽을 그들은 노렸던 것이다. 만약 이렇게 통제하지 않고 그대로 방치했다가는 곧바로 교육을 통해 반성적 능력을 길러서 독립 투쟁으로 나아갈 것을 그들은 누구보다도 잘 알고 있었기 때문이다.5)

그렇다고 해서 조선인들이 일방적으로 일본 제국주의의 통제에 순응만 한 것은 결코 아니다. 학교 교육이 널리 보편화된 1930년대에 접어들면, 비록 강경애의 「월사금」6)처럼 학비 내는 것이 그토록 어려웠음에도 불구하고 취학 아동의

---

4) 심훈, 「상록수」, 『한국소설문학대계』 제21권, 동아출판사, 1995, p.125.
5) 식민지 지배 체제하의 반성적 능력은 현실 부정, 곧 체제의 부정으로 나아갈 수밖에 없다. 김진균, 「식민지 체제와 근대적 규율」, 김진균·정근식 편저, 『근대 주체와 식민지 규율 권력』, 문화과학사, 1997, p.25.
6) 강경애, 「월사금」, 『신동아』, 1933. 2.

수는 점점 늘어만 가는 양상이 빚어진다. 하지만 한편에서는 식민지 노예 교육에 저항하는 움직임도 동시에 전개된다. 가장 대표적인 예가 바로 채만식의 「레디메이드 인생」에 등장하는 아동의 취학 거부이다. 식민지 조선에 대한 통치의 원활함을 위해 조선을 근대화시키려는 프로젝트가 진행되던 당대에 풍자 문학의 대가 채만식은 그 프로젝트에 항거하는 것이 얼마나 힘든 것인가를 장편『탁류』를 통해 여실하게 보여 준 바 있다. 조선인들이 마치 도도한 물결에 휩쓸린 나뭇잎처럼 여지없이 대세에 쓸려 내려갈 수밖에 없다는 것을 그는 누구보다도 분명하게 알아차렸던 것이다. 그러나 그렇게 힘없이 끌려 다닐 수만은 없었기 때문에 나름대로의 저항 방식을 찾을 수 있었던 것인데, 그것은 학교 교육에 대한 적극적인 거부로 형상화된다. 「레디메이드 인생」의 주인공은 노예 교육을 받아 보았자 어차피 고등 실업자가 될 것이 뻔한 마당에 무모하게 자식을 학교에 보낼 수 없다고 판단한 나머지 인쇄소에 취직시킴으로써 학교 교육을 근본적으로 부정하는 입장을 취하게 된다. 하지만 이러한 저항은 개인적인 차원에 불과하며, 또 앞날에 대한 전망이 부재한 비관적인 성격의 것이라는 점에서 한계를 지닐 수밖에 없는 것이다.

이후 이러한 저항마저 거의 사라지고 일방적으로 황국신민화가 강요되던 식민지 시대 말기에 이르러 학교 교육은 파행에 파행을 거듭하게 된다. 한글 교육이 자취를 감추고 거의 모든 교육 과정, 심지어 무용과 같은 예술 분야마저도 군사 교육으로 변질되었던 것이다. 여기에 설상가상으로 학병 지원까지 강요되는 시점에 도달에서 학교 교육은 더 이상 지속이 불가능한 지경에 도달하게 된다. 아래의 글은 학병 지원이 학교 교육의 끝장이자 학교에 못지않은 또 하나의 가혹한 노예화의 길이었음을 분명하게 보여주고 있다.

간단한 신체 검사가 끝난 뒤 검은 학생복을 벗고 카키색 군복으로 갈아입었다. 군복으로 갈아입은 친구들의 모습에 반사된 스스로의 모습을 보고 비로소 운명의 채찍질을 두뇌에서 가슴에서 뼈에서 피부에서 실감했다. 일본군의 군복은 묘한 작용을 한다. 장교복은 아무리 못난 놈이라도 그것을 입기만 하면 잘나 뵈도록 하기 위해서 고안된 것임에 틀림이 없다. 이와는 반대로 병정이 입는 군복은 아무리 잘난 놈이라도 되도록이면 못나 뵈도록 하기 위해서 고안된 것이다.

인격은 학생복을 싼 옷 꾸러미와 더불어 고향으로 보내 버리고 병력의 한 단위로서 스스로의 육체와 정신을 규제해야 하는 노예의 나날이 그 때부터 시작되었다.
　'무엇을 위해, 누구를 위해, 그리고 어떻게 하자는 이 꼴인가!'
　차라리 감옥을 택했어야 할 일이었다.[7]

이제까지 학생으로서 쌓아 올린 학식과 인격을 모두 버리고 천황의 군대라는
커다란 기계의 부속품으로 소모되어 가는 학병의 처지를 보여 주는 이 글을 통
해 우리는 식민지 교육의 끝이 어디인가를 실감하게 된다. 그것은 한 마디로 인
간성이 없는 노예의 양산, 전쟁만 수행하는 기계적 인간의 양산과 다름 없었던
것이다. 이렇게 붕괴된 학교 교육이 다시 정상화되기 위해서는 또 몇 년의 세월
이 흘러 남의 힘에 의해서나마 독립이 쟁취되기를 기다려야만 했다. 교육 현장
에 있어 그 동안은 암흑 그 자체였다고 해도 과언이 아닐 것이다.

4. 거듭되는 혼란으로 인한 교육 정상화의 지체

해방이 되었다고 해서 곧바로 학교 교육이 정상화된 것은 물론 아니다. 3년간
의 미군정 시대를 거쳐 대한 민국 정부가 정식으로 출범한 이후 얼마 지나지 않
아 한국 전쟁이 발발하였기 때문에 학교 교육이 제자리를 잡는 데는 다시 적지
않은 시간이 필요하였던 것이다. 해방 직후의 교육 현실은 한 마디로 말해 좌우
익의 분열로 인한 혼탁 그 자체였다. 그렇기 때문에 정작 이루어졌어야 할 교육
현장에서의 친일파 청산은 뒷전으로 밀린 채 흐지부지 희석화되는 양상을 보인
다. 돌이켜 보면, 그 때만큼 식민지 교육의 제반 문제점을 극복할 수 있는 호기
는 없었던 것 같다. 아직도 우리 교육계 일각에 남아 있는 식민지 교육의 잔재
가 더욱 뼈저리게 느껴지는 것은 당시에 못다 이룬 친일파 청산에 대한 미련 때
문일 것이다.
해방 당시에 사회에서 이데올로기 대립이 얼마나 극심한 것이었는가는 이 글
의 주제가 아니지만, 교육 현장의 분열을 통해 일정하게 그 정도를 짐작해 볼
수는 있을 것이다. 교육계에서 좌우 분열이 일어난 이유는 그 때까지 교사와 학

---

7) 이병주, 「관부연락선」, 『한국소설문학대계』 제52권, 동아출판사, 1995, p.70.

생을 강하게 규율하던 식민지 권력이 하루 아침에 없어지고 새로운 교육 이념을 강제하는 국가는 아직 건설되지 않았기 때문이다. 그래서 한 동안 교육계에는 공백이 생겼고, 뒤이어 좌우익은 서로 교육의 헤게모니를 쟁탈하기 위해 격심한 투쟁을 전개하게 된다. 이를 통해서 보면, 식민지 지배 권력의 교육에 대한 통제가 남긴 후유증이 얼마나 컸던 것인가를 짐작할 수 있다. 교사나 학생 모두 자율적으로 자기를 바로 세우지 못하고 노예 상태에 오래 머물러 있었기에 쉽게 이념적 선동에 휩쓸렸던 것이다.

> 조회가 끝나자 미리 마련해 두었던 신호에 의했음인지 학생들은 강당으로 몰려 들어갔다. 학생 대회를 한다는 것이다. 어제 유태림에게서 들은 얘기도 있고 해서 나는 강당 쪽으로 몰려가는 학생들의 무리를 비교적 평온한 마음으로 바라보고 있었으나 직원실에 들어온 뒤에도 신경은 강당 쪽으로 가 있었다.
> 교감은 불안한 얼굴로 교장실에 드나들고 있었고, 좌익 계열의 교사들은 기대에 어린 눈으로 서성거리고 있었다. 유태림은 태연하게 책을 펴들고 있었다.
> 곧 회를 해야겠으니 선생들은 자리를 뜨지 말라고 교감이 교장의 명령을 전달한 바로 그 시간, 학생 대회가 시작한 지 30분쯤이나 지났을까, 강당 쪽에서 아우성 소리가 들려 왔다. 교사들은 무슨 일인가 하고 강당이 뵈는 유리창 쪽으로 내다봤다. 강당에서 학생들이 몰려나오고 있었고, 격한 고함 소리가 여기저기서 일고 있었다.
> 교사 하나가 흥분한 얼굴로 교원실에 뛰어들어오더니, "신성한 학원에 테러가 있을 수 있느냐?"고 가쁜 숨을 몰아쉬었다.[8]

위에서 보는 것처럼 연일 학생 대회가 열리고, 교사들이 뒤에서 학생을 사주하고, 또 학내에서 테러가 자행되는 것이 해방 당시의 일반적인 학교 풍경이었다. 대학이라고 해서 사정이 별로 나을 리도 없었다. 이근영의 「탁류 속을 가는 박교수」[9]에 나타나 있는 것처럼, 대학은 대학대로 교수가 좌우익으로 나뉘고, 중간파는 그 틈에 끼어 서로를 증오하는 살풍경이 벌어지게 되었던 것이다. 이런 틈을 타서 식민지 시대 말기에 적극적으로 친일을 했던 친일파 교육 인사들은 다시 사회 속에서 재생의 기회를 맞는다. 염상섭이 「두 파산」[10]에서 그려내

---

8) 이병주, 「관부연락선」, 위의 책, p.167.
9) 이근영, 「탁류 속을 가는 박교수」, 『신천지』, 1948. 6.
10) 염상섭, 「두 파산」, 『염상섭 전집』 제10권, 민음사, 1987.

고 있듯이, 학교에서 쫓겨난 친일파 교육자들은 사회의 혼란상에 편승하여 고리 대금업 등으로 다시 사회적 기반을 다지게 된다. 이처럼 해방 당시의 교육 현장에는 사회의 혼란상이 그대로 반영되어 학교 교육은 상당 기간 동안 방황의 시기를 거쳐야만 했는데, 이러한 상황을 더욱 부채질한 것은 해방된 지 채 2년도 되지 않아 발발한 한국 전쟁과 그것을 뒤이은 독재 정치이다.

한국 전쟁은 식민지 시대 말기에 이어 다시 한번 우리의 교육을 거의 궤멸 상태로 빠뜨린 결정적 요인이라고 말할 수 있다. 이 시기에는 수많은 학교가 전쟁으로 폐허가 되었고, 학생과 교사의 상당수가 전쟁터에서 목숨을 잃는 사태가 발생하였다. 몇몇 지역을 제외하고는 학교 교육이 정상화되는 것을 바라는 것은 거의 불가능한 상황이었다. 물론 피난지에서 천막을 치고서라도 학교 교육은 계속되었지만, 실제로 그것은 정상적인 교육에 비할 바가 못되는 아주 열악한 것이었다. 전쟁 중 또는 직후에 교사들이 어떠한 처지에 놓여 있었는가를 알기 위해서는 안수길의 「제3인간형」 같은 작품을 참고할 수 있을 것으로 생각된다. 다른 부류의 사람들도 마찬가지겠지만, 당시의 교사들 역시 삶의 의욕을 잃고 교사로서의 사명감 같은 것도 잃은 상태에 놓여 있었음은 쉽게 짐작할 수 있는 일이다.

한편 전쟁이 끝난 뒤 오래 지속되던 독재 체제가 4·19로 인해 타도되고 민주화의 열기가 잠깐 분출되었지만, 5·16으로 인해 이내 식어 버리고 1960년대 초반에는 본격적인 산업화가 시작된다. 그러나 이 시기까지도 교육의 정상화는 제대로 이루어지지 않는다. 대학생들은 민주화의 좌절로 인해 허무주의에 깊게 침윤되어 있었고, 일선 학교의 교사들도 근대화의 혜택을 전혀 받지 못한 채 오직 교사라는 직분에서 탈출할 궁리만 하고 있었던 것이다. 이러한 사정을 날카롭게 포착한 작가가 바로 김승옥인데, 그는 「환상 수첩」[11]이라는 작품을 통해 전자의 측면을 제대로 형상화하였다. 이 작품에는 실망의 연속에 빠진 문과 대학의 불문학도가 등장한다. 그는 교수를 인기 없는 배우로 생각하면서 환멸에 빠져 있을 뿐이다. 물론 그 이유는 책에서 배운 자유와 실존을 가져다주었던 4·19가 군인들에 의해 무참하게도 짓밟혔기 때문이다. 이러한 그의 모습에서 우리는 1960년대의 학생들이 어떤 분위기에 젖어 있었는가를 쉽게 짐작할 수

---

11) 김승옥, 「환상 수첩」, 『김승옥 소설 전집』 제2권, 문학동네, 1995.

있다.

그런가 하면 그의 대표작 「무진 기행」에는 교사로서의 순수한 사명감 따위는 아예 찾아볼 수도 없으면서 다만 근대화의 물결이 넘실대는 서울로만 가고자 하는 여자 교사가 한 명 등장한다. 그녀는 세속적으로 성공한 남자 주인공을 향해 "앞으로 오빠라고 부를 테니까 절 서울로 데려가 주시겠어요?"[12] 하고 애걸하기도 한다. 근대화의 과정에서 소외된 시골에서의 교사 생활을 더 이상 견딜 수 없었기 때문이다. 이처럼 교사들의 사명감을 송두리째 빼앗아간 이외에도 근대화는 많은 사람들에게 경제적 부에 바탕을 둔 교육의 기회를 확대해 줌으로써 점차 입시 과열이라는 문제점도 초래하게 된다. 그것은 새로운 시대의 학교 교육이 직면하게 된 전혀 낯설고 새로운 문제점이었다.

5. 입시 위주 교육의 폐해와 그 극복을 위한 노력

1970년대에 접어들면서 우리 사회에는 중산층이 급격하게 증가한다. 그 결과 너도 나도 자식들을 대학에 보내야겠다는 입시 열풍이 한 바탕 몰아치게 된다. 그리하여 학교 교육의 모든 것이 입시 성적에 의해 좌우되는 시기가 도래하게 되었던 것이다. 이 시기는 한 마디로 학생들이 자율성을 상실하고, 이에 비례하여 성적을 미끼로 한 교사들의 전횡이 증대된 것으로 그 특징을 요약할 수 있다. 학생들은 오로지 성적으로만 평가되는 기계가 되었고, 교사들도 얼마나 명문 대학에 많이 입학시키느냐에 따라 그 자질이 평가되었다. 그러다 보니 성적을 향상시키기 위한 갖가지 수법이 등장하기도 하였으며, 결국 학교 교육의 파행과 비인간화가 심화되기에 이르렀던 것이다.

명문 대학에 입학하기 위해 이루어지는 입시 위주 교육은 철저히 암기 교육으로 진행되었는데, 그 결과는 학생들을 스스로 생각할 줄 모르는 바보로 만드는 것이었다. 그래서 모두가 교사가 가르쳐 준 대로만 사고하고 행동하는 또 다른 의미의 노예가 양산되었다. 물론 교사들도 그러한 노예를 제대로 만들어내지

---

12) 김승옥, 「무진 기행」, 『김승옥 소설 전집』 제1권, 문학동네, 1995, p.141.

못하면, 즉 입시 성적이 나쁘면 지체없이 책임을 져야만 했다. 한 마디로 말해 모든 것이 비주체적이고 타율적으로 이루어지는 교육 현장이 어느새 표준적인 것으로 자리잡게 되었던 것이다.

> 제군, 그 동안 고생 많았다. 정말 모두 열심히들 공부해 주었다. 그런데 내가 담당한 수학 성적이 예년보다 떨어져 제군에게 미안하기 짝이 없다. 변명처럼 들릴지 모르지만, 예비고사에서의 수학 성적이 나빠진 책임이 수학 교사에게만 있는 것은 아니다. 이러한 제도를 만든 당국자, 그 제도를 받아들인 교육자와 학부모, 네 개의 답안 중에서 하나를 골라잡도록 사지 선다형의 문제를 만든 출제자, 문제지 인쇄업자, 불량 수성 사인펜 제조업자, 수험 감독관, 키펀처, 슈퍼바이저, 프로그래머, 컴퓨터가 있는 방의 습도 조절 책임자, 판정자 역을 맡은 컴퓨터, 물론 나의 수업을 받은 제군 자신, 그리고 제군 앞에 서서 가르쳐야 될 나에게 늘 엉뚱한 주문을 한 진학 지도 주임과 그 위의 교감, 교장, 또 가르침을 주고 받아야 할 제군과 나의 기분에 영향을 준 학교 밖 구성원들의 계획, 실천, 음모, 실패 등 책임 소재를 정확히 밝히자면 들어야 할 것이 수도 없이 많다. 그럼에도 불구하고 모든 책임을 나 혼자 지지 않으면 안되게 되었다.13)

인용문에서는 사지 선다형 또는 오지 선다형으로 된 시험 문제를 잘 찍도록 교육시키는 1970년대 이래의 교육 제도가 얼마나 많은 문제점을 지닌 것인가를 통렬하게 비판하고 있다. 그 교육 제도는 교사와 학생 간의 인간적인 유대를 단절시킬 뿐만 아니라, 인간이 기계 아래 지배당하도록 방치한다. 다시 말해 지극히 비인간적이고 물신화된 교육 제도이다. 이처럼 인간을 소외시키는 교육 제도가 오래갈 리는 없다. 머지않아 학생들도 교사들도 모두 이러한 제도 자체가 모순 투성이라는 것을 깨닫기 때문이다.

먼저 학생들은 교사들의 권위가 "일간지에도 난 적이 있지만 일 년 무결석반, 그 외 청송(靑松) 정신 구현 최우수반(이사장님 호에서 연유한), 교내 체육 대회 종합 일등반, 송충 구제 실력 일등반, 자학 자습 기풍 선양 최우수반, 사랑의 교실 실천 모범반 등등"14)가 같은 하찮은 명분에 기초해 있음을 눈치채기 시작한다. 그리고 전상국의 「우상의 눈물」에서 볼 수 있는 것처럼, 그 명분 뒤에는 교사 개

---

13) 조세희, 「난장이가 쏘아올린 작은 공」, 『한국소설문학대계』 제51권, 동아출판사, 1995, pp.259 ~260.
14) 전상국, 「돼지 새끼들의 울음」, 『우상의 눈물』, 민음사, 1996, p.45.

인의 욕망이 감추어져 있다는 것도 알아차리게 된다. 결국 비록 빛나는 성적이 교사의 권위를 한층 빛내 줄지라도 이제 학생들은 더 이상 권위에 대한 복종을 하지 않으려 한다. 교사의 온정에는 진짜 사랑이 결여되어 있기 때문이다. 이제 남은 것은 하나뿐이다. 교사의 권위에 억눌려 있던 학생들의 권리 주장이 그것이다. 그 반항은 때로는 교사를 슬리핑 백 속에 가두고 자신들의 심정을 토로한다거나 또는 무단 결석과 같은 극단적인 형태로 분출될 수도 있다.

그리하여 그들은 "그가 들어 있던 그 슬리핑 백 속에서 하나의 머저리를 찾아내었을 뿐이다. 그 얼굴에는 근엄스런 안경도 없었고, 머리카락은 마구 흐트러진 채였다. 온통 땀으로 목욕을 한 얼굴이 형편없이 왜소하고 짜부라진 사내였다. 그것은 마술이었던 것이다. 강당에서 흔히 보아온 궤짝 속에 넣은 사람이 순식간에 다른 사람으로 바꿔치기 된 그런 마술"15)을 경험했을 뿐이다. 이제 학생들은 교사가 때로 뒷돈 받아먹고 체육 특기생을 선발하는 것을 알고 있다. 또 많은 교사들이 월급 때문에 수업을 하고, 학생들도 효도하거나나 문제 학생이 안되도록 자율 학습을 하는 줄 알고 있다.

한편 교사들은 어떠한가? 교사들도 더 이상 입시 위주 교육의 볼모가 되지 않기 위해 적극적인 행동을 개시하게 된다. 전교조 활동 등이 그 대표적인 예이다. 그러나 모두가 아는 바와 같이, 그 활동이 뜻대로 잘된 것은 아니다. 지나간 정권 시절에 전교조 교사들은 마치 용공 분자나 되는 듯한 취급을 받았고, 최근에야 해직되었던 교사들이 제자리를 찾아갈 수 있었다. 여기서 그들의 주장이 옳고 그르다는 것을 당장 따져 보자는 것은 아니다. 다만 그들의 활동이 입시 위주의 교육에 대한 집단적인 항거임에는 틀림이 없다는 사실을 말하려는 것이다. 다음은 어느 학생의 눈에 비친 전교조 교사와 그를 둘러싼 교육 현장의 모습이다.

> 국어 선생님께서 오늘 또 시간에 들어오시지 않은 건 바로 그 '노동조합' 때문이었다. 교직원들이 모여서 만들었다는 그 단체 때문에 요새 날마다 신문과 방송에서 떠들어대는 걸 너도 알고 있겠지. 너희 반 국어도 왜냐 선생님 담당이니까, 아니 그러잖아도 그 문제 때문에 학교가 왈칵 뒤집혔으니까, 선생님께서 거기 가입하신 것

---

15) 전상국, 「돼지 새끼들의 울음」, 위의 책, pp.74~75.

도 알고 있을 거다.

　K, 너하고 이런 얘기를 나누고 싶지 않다. 이런 번잡스런 얘기는 너한테 어울리지 않는다. 하지만 어쩌겠니? 나는 지금 누군가에게 이 답답한 심정을 쏟아 놓지 않고는 배길 수 없다. 몰인정한 사람들. 동료가 집중 포화를 맞고 있는데, 다른 선생님들은 천연스레 수업을 진행하였다. 학생들도 그렇다. 학기가 끝나가는데 진도가 어떻다느니, 선생님의 수업 방식이 참고서나 대학 입시하고는 너무 거리가 있다느니 하는 엉뚱한 말들을 창피한 줄도 무르고 지껄여댔다. 당장 어떻게 해야 될지는 모르겠지만, 어쨌든 너무들 무관심했다.16)

　요즘 학생들은 권위에 굴종하는 대신 스스로의 입장에서 판단하고 자신의 주장을 내세울 줄 안다. 그리고 어떤 교사가 진정으로 자기들을 위하는지 교사들의 행동을 나름대로 평가할 줄도 안다. 이쯤 되었는데도 더 이상 교육 현장에서 쉬쉬하며 뭔가를 숨기거나 거짓된 권위를 세우는 일이 필요할 것인가?17) 이제 학생들은 더 이상 과거의 학생들이 아니다. 아무리 어른들의 시각으로 탈선이라고 부르더라도 그들은 자신들만의 축제를 하고 싶어하고 자신들만의 시간을 갖고 싶어한다. 그런데도 어른들은 계속 탈선이라고 단속하고 비난만 할 것인가? 물론 이에 대한 대답은 '아니오'이다. 어른들이 그들을 이해하지 못하면 못할수록 그들의 가출은 늘어갈 것이고 탈선도 늘어갈 것이다. 이제 더 이상 학생들을 개화기 모양으로 지식의 양이 적다고 무시할 수만은 없다. 바야흐로 학생들도 동등한 인격체로 대접해야만 하는 시대가 도래한 것이다.

6. 진정한 교육 유토피아를 위하여

　교육 현장의 문제를 풀어갈 주체는 역시 교사와 학생이다. 그들이 머리를 맞대고 고민한다면 풀지 못할 문제는 없을 것으로 생각된다. 분명히 과거에 비해 교사의 일방적인 권위가 많이 사라졌다는 점에서 교육 현장의 민주화는 진전되

---

16) 최시한, 「허생전을 배우는 시간」, 『모두 아름다운 아이들』, 문학과 지성사, 1996, p.62.
17) 교사와 학생간의 관계를 '지식과 권력'이라는 측면에서 고찰한 것으로는 졸고, 「현대 소설에 나타난 교사와 학생상」, 『인문과학연구』 제7호, 서원대학교 인문과학연구소 1998이 있다.

었다. 그러나 문제점이 전혀 없는 것은 아니다. 권위에 대한 복종은 없어졌지만, 그와 함께 스승에 대한 존경도 함께 사라졌기 때문이다. 학생들에게서 스승에 대한 존경을 찾아볼 수 없다는 것은 그만큼 사회에서 교사에 대한 응당의 보수나 예우를 해주지 않는다는 증거이다. 최근에는 학생들에 대한 대접만 높이 외쳐지는 측면이 없지 않다. 그것과 동일한 수준 또는 그 이상으로 교사들에 대한 대접도 생각해 봐야 하지 않을까 한다.

한편 국제통화기금의 원조를 받은 이후에는 우리의 경제 구조도 바뀌었고 사회 구조도 변화하였다. 그리고 그와 함께 교실의 파괴도 급속히 진전되었다. 여전히 학비를 못 내어서 학교에 다니지 못하는 학생들도 있고 또 점심을 먹지 못하는 결식 아동도 많다. 그런가 하면 학생들을 위한 여가 선용의 장소가 부족하여 많은 학생들이 성인용 유흥가에 출입하기도 한다. 그렇다고 학생들 모두를 예전처럼 자율 학습이라는 명목으로 밤늦게까지 잡아둘 수도 없는 노릇이다. 이런 몇 가지만 보더라도 분명 우리의 교육 현실은 새로운 현실에 처해 있음이 분명하다.

이제 교사들과 학생들은 이와 같은 새로운 현실에 대응되는 새로운 방식을 모색해야 할 것이다. 어느 누구도 그들에게 강요할 수는 없다. 그 모든 숙제는 오롯이 그들이 함께 풀어나가야 할 몫이기 때문이다. 다만 한 가지 분명한 것은 교육 현장의 밝은 미래를 위해서는 먼저 우리 사회가 밝아져야 한다는 점이다. 비록 직접적인 도움이 되지 않을지 모르지만, 밝은 사회의 건설이야말로 그들이 교육 현장을 이상적인 곳으로 만들어 나가는 데 있어서 우리 모두가 도울 수 있는 길이 아닐까 생각해 본다.

신문 연재 소설과 시대 상황
— 개화기에서 1990년대까지

1. 신문 연재 소설의 몇 가지 특징

　개화기의 『한성순보』를 효시로 하여 시작된 한국 신문의 역사는 우리 민족의 역사와 그 궤를 같이 해왔다고 해도 과언이 아닐 것이다. 국가가 위기에 처했을 때는 그 위기를 극복하기 위해 노력하기도 하였고, 그와 반대로 나라를 팔아먹으려는 집단의 이익을 옹호하기도 하였다. 이처럼 신문과 사회는 뗄 수 없는 관계를 유지해 온 것이 사실이지만, 이 글에서는 신문의 여러 내용 가운데서도 연재 소설에 논의의 범위를 국한시키고자 한다. 신문이 가진 속성상 연재 소설은 폭넓은 대중적 기반을 가진 문학 장르로 규정할 수 있을 것이다. 물론 신문 이외에 문학 잡지들이 따로 존재하긴 하지만, 전문성으로 인하여 그 대중적 확산이 신문에 비해 상대적으로 제한되어 있다. 그러므로 신문에 실린 작품만큼 대중의 사랑을 받는 작품은 없다고 과언이 아닐 것이다. 이런 이유 때문에 신문 연재 소설은 처음부터 강한 대중성을 가지고 출발하였다. 독자들로 하여금 작품을 계속 읽게 하기 위해서는 이런 측면이 불가피하게 요구되었던 것으로 보인다. 더구나 연재 소설은 작품 전체가 한꺼번에 제시되는 것이 아니라 매일 조금의 분량만 실리게 되므로 더욱 그러하였다. 연재의 계속을 위해서, 나아가 궁극적으로는 신문의 보다 많은 판매를 위해서도 대중성이라는 요소가 필요하게 된 셈이다.

그러나 우리는 여기서 대중성을 대중의 취미에 영합하는 통속성과는 구별할 필요가 있다. 통속성이란 대중의 인기만을 염두에 둔 채 연재 소설이 지닌 문학으로서의 속성, 즉 사회 비판의 기능이랄까 인간을 억압하는 사회의 여러 제도적 장치를 비판하는 기능에 유의하지 않는 것이기 때문이다. 신문 소설이 이런 속성을 지닌 통속성으로 흐르게 될 때 사회에 대한 문학의 비판적 기능은 마비될 수밖에 없다. 근대 이후 우리의 신문 연재 소설은 한편으로는 사회 비판의 기능을 담당하려고 부단히 노력해 왔으면서도, 다른 한편으로는 대중의 인기에 영합하려는 통속성을 짙게 드러내었다. 그러므로 우리나라 신문 연재 소설의 역사란 문학의 본래적 기능과 통속성 사이의 싸움의 역사로 볼 수도 있을 것이다.

2. 삼일운동 이전 — 계몽성의 시대

소설은 문학의 여러 장르 가운데서도 가장 현실과 밀접하면서 현실을 총체적으로 반영하는 장르로 규정된다. 이 때 소설이란 단일한 사건을 단일한 구조 속에서 다루는 짤막한 단편이나 그보다 길이가 조금 긴 중편을 의미하지 않는다. 복합적인 구성을 취하면서 사회의 역동적인 움직임을 포괄할 수 있는 장편(Roman)이 이 개념 규정에 부합되는 장르이다. 그러므로 신문 연재 소설 가운데서도 문제가 되는 것은 당대의 사회 현실 또는 역사적 사실을 폭넓게 다루고 있는 장편 소설이다. 이런 의미의 소설로 신문에 연재된 최초의 소설은 신소설의 효시인 이인직의 『혈의 누』를 꼽을 수 있다.

1906년 『만세보』에 연재된 이 작품은 청일전쟁 당시 헤어진 어느 가족의 이야기이다. 전쟁통에 모란봉에서 부모와 헤어진 옥련은 일본 장교의 도움을 받아 목숨을 건진 뒤, 그의 수양딸이 되어 문명 개화의 세례를 받게 된다. 이처럼 개화 지식인으로 성장하는 옥련을 주인공으로 하는 이 작품은 문명 개화와 근대 교육이라는 이념을 전면에 내세우고 있다. 그 핵심은 연방제 공화국과 남녀 평등이라는 정치적 사회 개혁이다. 이러한 정치적 안목은 동경정치학교를 유학하고 돌아온 작가 이인직의 개인적인 경력과 무관하지 않지만, 개화기 당시의 들뜬 사회 상황의 반영이라고도 볼 수 있을 것이다. 한편 이 작품은 한 인간의 전기 형식을 띠면서 모험과 풍속 묘사 등을 가미하여 독자의 흥미를 유발한다. 미국과 일본을 방황하는 주인공의 편력은 독자의 흥미를 불러일으키기에 모자람이 없었던 것이다. 이런 점에서 『혈의 누』는 개화 이념과 대중성을 적절히 조화시켜 당시의 시대적 분위기를 어느 정도 성공적으로 그려낸 작품이라고 하겠다. 그러나 『혈의 누』의 속편인 『모란봉』(1913년 『매일신보』 연재)에 이르면 개화 이념은 사라지고 흥미 위주로 흐르게 된다. 이해조나 최찬식의 경우도 마찬가지였다. 경술국치로 나라가 망하자 더 이상 정치적 내용을 담는 것이 불가능했기에 대중의 구미에 맞는 내용으로 경도되어 갔던 것이다.

1910년대의 시대상을 시대상을 잘 드러내는 작품은 최초의 근대 소설인 『무정』(1917년 『매일신보』 연재)이다. 이광수는 이 작품에서 삼일운동 직전의 민족 부르주아지가 가졌던 상승하는 의식 세계를 묘사하였다. 고아 출신의 주인공 이형식은 작가의 분신에 다름아니었으며, 그의 행동은 교사 의식으로 요약할 수 있다. 약혼녀인 선형과의 서먹한 관계마저도 순조롭게 해소해 주는 계기로서 이형식의 교사 의식은 당시 상승하는 계층으로서의 민족 부르주아지가 가졌던 의식이다. 자살하려는 박영채를 붙들어 결국 유학으로 이끄는 병욱의 존재도 이형식과 별로 다르지 않다. 강한 계몽 의식, 이것이야말로 1910년대의 지식인들의 의식을 지배하던 핵심 요소였던 것이다. 그러나 이 의식은 한가지 결정적인 결점을 자체 내에 포함하고 있었는데, 계몽의 도달점인 개화 내지 근대화가 근본적으로 식민지 체제를 벗어나지 못한 것임을 알아차리지 못한 것이 그것이다. 그들이 이상으로 삼았던 개화나 근대화의 모델은 바로 이 땅을 지배하고 있던 일본의 그것이었음을 몰랐기에, 삼일운동 이후 그들은 더 이상 상승하는 계층으로 남아 있을 수 없었다. 1920년대에 가서 이들이 대부분 변절하거나 사회의 주역에서 물러나게 되는 것은 이에서 말미암았던 것이다.

이상에서 살펴본 바와 같이 삼일운동 이전의 신문 연재 소설은 강한 계몽성을 드러내는 것이 두드러진 특징이었다. 그 계몽성은 이인직의 경우 신소설 일반에 공통된 문명 개화에 대한 예찬으로 드러났고, 이광수의 경우에는 교육을 통한 실력 양성론으로 나타났다. 그러나 당시의 신문 소설이 표방했던 계몽성은 모두가 일본이라는 테두리에서 벗어나지 못한 것이었다. 이인직이 시도한 정치 소설의 모델은 일본 명치·대정기의 그것이었고, 이광수의 교사 의식이 추구하는 모델은 이미 근대 국가 일본을 염두에 둔 것이었다. 그러므로 삼일운동 이전의 신문 연재 소설은 식민지화하는, 또는 이미 식민지가 된 조선 사회의 한계를 벗어날 수 없었기에 일정한 한계를 지닌 것으로 볼 수 있다.

이에 비한다면 같은 계몽성을 지녔지만, 단재 신채호가 지은 일련의 역사 소설들은 기울어져 가는 나라의 운명을 되살리고자 하는 강한 민족주의적 성격을 띠고 있어 주목된다. 『수군제일위인 이순신』(1908년 『대한매일신보』 연재), 『동국거걸 최도통』(1909~10년 『대한매일신보』 연재) 등은 우리의 역사에서 위기에 처한 나라를 구한 위인들의 전기를 보여줌으로써 민족의 경각심을 일깨우려 했던 작품들이다. 단재의 작품은 일본을 모델로 삼지 않고 오히려 일본을 적으로 상정하고 있다는 점에서 앞의 두 작품과는 대조적이다. 이러한 점은 신문 연재 소설이 지닌 순기능을 단적으로 보여주는 전형적인 예이다.

3. 1920~1930년대 ─ 식민지 체제의 극복을 위한 노력

삼일운동 이후 『조선일보』와 『동아일보』의 창간과 그에 뒤이은 『시대일보』 등의 조선인 신문의 창간은 신문 연재 소설의 괄목할 만한 성장을 가져오게 된다. 특히 1930년대는 백 편이 넘는 신문 연재 소설이 창작되기에 이른다. 이와 같이 풍부하게 창작된 해방 이전 식민지 시대의 신문 연재 소설은 크게 세 가지 유형으로 나눌 수 있다. 먼저 당시 사회의 모순을 직접적으로 드러내고 그것의 해결책을 묘사하는 리얼리즘 계열의 작품이 있다. 너무 많은 작품이 있어서 일일이 열거하기 힘들 정도지만, 대표적인 작품을 들면 다음과 같다. 염상섭의 『삼대』(1931년 『조선일보』 연재), 이기영의 『고향』(1933~34년 『조선일보』 연재), 강경애의 『인간 문제』(1934년 『동아일보』 연재), 한설야의 『황혼』(1936년 『조선일보』 연재), 채만식의 『탁류』(1937년 『조선일보』 연재), 심훈의 『상록수』(1935년 『동아일보』 연재) 등.

이 작품들 가운데 이기영, 한설야, 강경애의 작품은 1925년 이후 한국 문단의 주도권을 장악하고 운동으로서의 문학을 표방했던 카프(KAPF)의 영향력 아래 씌어진 것들이다. 식민지 시대 최고의 작품으로 평가되는 이기영의 『고향』은 천안 부근의 농촌인 원터를 배경으로 하면서, 거기서 일어나는 소작 쟁의를 다루고 있다. 이 작품에는 지주와 소작인 이외에 중간적인 존재로서 마름(舍音)이 설정되어 있어 한층 현실성이 강하게 느껴진다. 지식인인 주인공 김희준은 동경에서 유학하고 돌아오지만 현실 생활에서는 번번이 실패하고 만다. 이에 그는 철저한 자기 반성으로 마을 사람들과 공통된 의식을 공유하게 되고, 마침내 불완전하나마 소작 쟁의를 성공적으로 이끌게 된다. 한편 마름인 안승학은 근대적인 문물에 먼저 눈뜨고 있으면서 일본 세력과 밀접한 관련을 맺고 있다. 반성적 이성이 결여된 근대적 지성인 것이다. 『고향』은 이처럼 지주 소작 관계라는 식민지 모순 구조의 파악에 마름 안승학의 존재를 더함으로써 현실을 보다 총체적으로 형상화하는 데 성공한 작품이다.

한설야의 『황혼』은 다소 주관적인 결함을 지니고는 있지만, 식민지 현실에서 소시민 출신의 지식인이 겪게 되는 운명을 잘 묘사한 작품이다. 여주인공 여순이 결국 공장 노동자로 되어가는 과정과 김경재가 자본가측으로 접근해 가는 과정은 식민지의 지식인이 걸어가는 두 가지 운명의 표본으로 볼 수 있다. 특히 자본가측에 적극적으로 다가가는 것도 아니고 그렇다고 비판적인 지식인으로도 남지도 못하는 경재의 운명은 민족 해방에 신념을 갖지 못한 식민지 지식인의 황혼에 해당된다. 강경애의 『인간 문제』는 농민이 토지로부터 이탈되어 공장 노동자로 전화하는 과정을 묘사한 작품이다. 일제와 결탁한 지주의 횡포로 농토로부터 유리되어 결국 인천의 방직 공장 노동자가 되어 피를 토하며 죽어가는 주인공 선비의 일생은 일본 제국주의의 지배하에 놓인 조선 농민이 걸어갈 수밖에 없는 인생의 축도이다.

염상섭의 『삼대』는 앞의 작품들과 달리 중산층 보수주의를 짙게 깔고 있으면서, 사회주의자와 보수주의자의 모습을 세밀히 그려낸 작품이다. 할아버지로부터 물려받은 재산을 보전하는 것을 자신의 임무로 생각하는 조덕기는 『삼대』의 후편인 『무화과』(1931~32년 『매일신보』 연재)에서 결국 파멸당하고 만다. 이러한 사실은, 식민지 체제하에서는 부르주아마저도 일본 제국주의에 결탁하지 않고서는 자신의 재산을 지켜나갈 수 없었다는 점을 말해 준다. 이 밖에 심훈의 『상록수』는 브·나로드 운동에 의한 농촌 계몽 운동을 다루었고, 『탁류』는 한 여인의 삶을 통해 일본 제국주의에 의해 수탈당하는 식민지 조선의 현실을 그린 작품이다. 지금까지 살펴본 여러 작품들은 시각의 차이에도 불구하고 조선의 현실이 지니고 있는 모순을 그려내고 고발함으로써 그 모순의 극복을 지향하는 공통점을 지니고 있다. 이 점은 1930년대에 이르러 신문 연재 소설이 대중적 인기 대신에 보다 높고 큰 목표 아래 씌어졌음을 말해 주는 것이다. 우리는 여기서 신문 연재 소설의 바른 방향의 하나를 발견하게 된다.

두번째 경향은 역사 소설이다. 식민지 시대의 많은 역사 소설 가운데 특히 1928년에서 1939년에 이르는 오랜 기간 동안 네 번(1928~29, 32~34, 34~35, 37~39)에 걸쳐 『조선일보』에 연재된 벽초 홍명희의 『임꺽정전』은 그 대표적인 작품이라고 할 수 있다. 이광수, 김동인, 윤백남, 박종화 등에 의해 많은 역사 소설들이 씌어졌지만, 그것들은 다분히 역사적 사실을 사사화(私事化)한 것이거나 낭만화시킨 것이었다. 즉 역사를 작가의 주관적 의도에 의해 왜곡시킨 결과물에 지나지 않았다. 그러나 『임꺽정전』은 조선 후기에 성행했던 야담의 전통을 계승하면서 왕이나 양반 내지 귀족을 주인공으로 하지 않고 천민 출신의 의적인 임꺽정을 주인공으로 삼았다. 이 작품을 이끌어가는 가장 중심된 힘은 어떤 것에 얽매이거나 지배받는 것을 거부하는 불기(不羈)의 정신이다. 작가는 이 정신을 중심으로 삼아 임꺽정 당대의 신분제뿐만 아니라 작가 당대인 식민지 시대의 계급 구조가 가진 모순을 드러내자고 한다. 더 나아가, 이 정신은 사회의 모순을 깨뜨릴 수 있다는 힘으로 작가에 의해 제시되기도 한다. 임꺽정의 무리를 지배하는 이념이 결여되어 있어 당대에도 약간의 비판을 받기도 했지만, 『임꺽정전』은 이후에 씌어지는 『장길산』이나 『객주』 등의 원형이 된다. 한편 이 작품은 어휘의 측면에서도 우리의 고유어를 많이 사용함으로써 한글에 대한 새로운 인식에 기여하기도 하였다.

한편 마지막 유형은 통속 소설이다. 『밀림』(1937~38년 『동아일보』 연재), 『찔레꽃』(1938년 『조선일보』 연재)을 지은 김말봉을 비롯, 최독견(본명 최상덕), 이태준, 노춘성, 함대훈 등의 작가로 대표되는 통속 소설은 독자를 끌어들이는 강한 흡인력을 가지고 있었다. 통속 소설은 혹독한 식민지 지배를 잠시라도 잊게 해 주는 일말의 긍정적인 측면도 지니고 있었지만, 그보다는 현실을 외면하게 하는 마비적인 요소가 훨씬 강하였다.

지금까지 살펴본 바와 같이, 다양한 경향과 많은 수의 작품을 산출했던 이 시기의 신문 연재 소설은 그것이 가질 수 있는 긍정적인 측면과 부정적인 측면을 동시에 보여 주었다고 할 수 있다. 긍정적인 측면은 연재된 작품들이 민족 해방이라는 커다란 목표를 가지고 씌어짐으로써 신문이 가진 체제 비판적, 사회 계도적 측면을 수행하였다는 점이다. 그리고 부정적인 측면으로 들 수 있는 것은 통속 소설이 본격적으로 자리잡았다는 점이다. 이 시기 이전의 신문 연재 소설에는 통속성이 전면에 등장하지는 않았는데, 이 시기에 이르면 통속성만을 내세운 작품이 등장하게 되었던 것이다. 통속성의 역기능을 생각할 때 이 점이 해방 이후의 많은 신문 연재 소설에 끼친 악영향은 간과할 수 없을 것이다.

4. 해방 공간과 1950년대
— 해방의 기쁨, 전쟁 체험 그리고 서구 문화의 충격

우리의 힘으로 이룩하지 못한 민족 해방은 도둑처럼 다가온 것처럼 인식되기도 하였다. 그렇지만 새 나라 건설을 위한 여러 노력들은 중요한 것이었다. 해방 공간의 신문 연재 소설은 이 점을 놓치지 않았다. 해방 후에 씌어진 최초의 연재 소설인 김남천의 『1945년 8·15』(1945~46년 『자유신문』 연재)이 그러한 작품이다. 장편 소설은 역사적 사실을 어느 정도 객관적으로 바라볼 수 있는 시간적 거리가 있어야 창작이 가능함에도 불구하고, 이 소설은 객관화의 시간적 여유도 없이 당대의 현실을 소설 속에 묘사하고 있다. 지식인의 자기 반성으로 시작되는 이 작품은 해방에 처한 지식인의 여러 유형을 보여 주고 있다. 자본가의 편에 소속되어 있으면서도 영원한 비판자로 남으려 하는 김광호는 결국 한 치도 자본가의 논리에서 벗어나지 못하며, 그의 처 이경희 역시 자본가의 딸답게 급속하게 미군정에 접근한다. 그리고 그들과는 대조적으로 박문경과 김지원은 지식인으로서 자기 의식을 비판하고 노동자 계급의 의식을 갖기 위해 노동 현장으로 적극 뛰어들게 된다. 또 황성묵은 지식인 출신이지만 노동자 계급 의식으로 이미 무장하여 영등포 지역의 노동 운동을 이끈다. 비록 미군정을 혁명의 원조 세력 및 진보적 세력으로 인식하는 오류를 범하고 있지만, 이 작품은 해방을 맞이한 여러 젊은이들의 유형을 통해 자기의 세력을 유지하려는 자본가와 새로운 사회 건설의 희망에 부푼 노동자 사이의 투쟁으로 귀결되는 당시 사회의 모순 구조를 잘 보여 주는 작품이다. 이 작품의 이러한 성과는 일제 잔재의 척결, 봉건 잔재의 소탕, 국수주의의 배격을 내세웠던 조선문학가동맹의 서기장을 지냈던 작가 김남천의 역량을 드러낸 것이라고 할 수 있을 것이다. 한편 이 작품은 무엇보다도 작가가 역사의 현장에 적극 참여하고 있으면서 그 현장을 르포르타주와 같이 생생하게 전해 주고 있는 점에서 기억할 만한 작품이다. 비록 외국의 작품이기는 하지만, 이 작품 이외에 해방 공간에 연재된 작품 가운데 주목되는 것으로 러시아 작가 오스트로프스키의 『강철』(『해방일보』 연재)을 들 수 있다. 『강철은 어떻게 단련되었는가』라는 제목으로 1980년대 후반에 다시 우리에게 소개된 이 작품을 당시에 연재한 까닭은 그것이 혁명의 시기에 하나의 모범적 문학으로 간주되었기 때문일 것이다. 이 점은 발표지가 조선공산당의 기관지였다는 점만으로도 충분히 뒷받침된다.

주지하다시피 좌우의 대립이 결국 우익측의 단독 정부 수립으로 종결된 지 채 2년도 되기 전에 동족 상잔의 비극인 한국 전쟁이 발발한 바 있다. 이미 단독 정부 수립으로 어느 정도 기정 사실화된 분단이었지만, 한국 전쟁은 이러한 상황을 더욱 고착화시키는 계기가 된다. 같은 민족이면서도 이념의 대립으로 인하여 서로가 서로를 죽이지 않으면 안되는 상황에 처했을 때, 신문 연재 소설은 이를 어떻게 반영하였을까? 이에 대한 해답의 하나를 염상섭의 『취우(聚雨)』(1952~53년 『조선일보』 연재)에서 찾을 수 있다. 이 작품의 성격은 제목인 '취우'를 통해서 알 수 있는 바, 여기서 취우란 물론 문자 그대로 소낙비를 의미한다. 작가는 일상적 삶을 살아가는 사람들에게 있어 전쟁이란 한바탕의 소낙비로 인해 생긴 얼룩에 불과하다는 것을 작품을 통해 보여 주었다. 그 전에 중산층 보수주의를 내세운 바 있는 염상섭은 해방 공간에서는 좌익도 우익도 아닌 중간파임을 주장했었는데, 이런 그의 성향과 관련된 이 작품은 전쟁이 일상인들의 삶을 완전히 단절시키지 않았다는 점을 보여 주고 있다. 1950년대의 전후 세대들이 전쟁의 상흔에서 헤어나지 못하고 실존주의의 늪에 빠져 있었던 점과 비교한다면 염상섭의 지녔던 이러한 시각의 독특함은 보다 분명해진다고 하겠다. 전쟁에 대한 감정의 배제, 이것이 반공 의식으로 가득찬 전후 소설에 비해 이 작품이 쉽게 무너지지 않을 수 있었던 핵심적 요소였던 것이다. 이로써 전쟁 중의 신문 연재 소설은 좀더 객관성을 지닐 수 있었다.

전쟁이 휩쓸고 간 뒤 유엔군의 진주로 인해 우리 사회에는 소위 GI 문화라고 하는 미국식 문화가 이식된다. 물론 해방 공간에서도 이런 경향은 다소 존재하였지만, 전쟁 이후 그 파급의 효과는 훨씬 커져 갔다. 서구 문화의 유입과 이로 인한 가치관의 혼란 등을 세태 소설적 측면에서 그려낸 작품이 바로『자유 부인』(정비석 작, 1954년『서울신문』연재)이다. 교수 부인을 주인공으로 삼았기 때문에, 이 작품을 읽고 흥분한 서울대학교 교수와 작가간의 논쟁을 불러일으키기도 했던 이 작품은 당시로서는 충격 그 자체였다. 전통적인 윤리 의식이 채 사라지지도 않은 시점에서 이루어진, 사회 상층부에 속한 교수 부인의 탈선은 논란 거리가 되기에 충분하였던 것이다. 당시 지식인들은 이 작품을 두고 지나치게 노골적으로 세태를 묘사한 것이 아니냐고 비판하였다. 하지만 이 작품은 해방 및 한국 전쟁과 함께 이 땅에 유입된 서구 자유주의의 물결과 그로 인해 사회에 만연된 사치, 허영을 묘사한 작품으로 보아야 할 것이다. 그런 의미에서 이 작품에 그려진 시대 변천에 따른 전통적 윤리관의 붕괴와 세상 인심의 변화 등도 주목할 필요가 있다고 하겠다.

위에서 우리는 해방 공간에 씌어진 세 편의 신문 연재 소설을 살펴 보았다. 그 내용을 요약하면 다음과 같다. 우선 해방 공간에 씌어진 김남천의『1945년 8·15』는 현실 상황을 진실하게 묘사하는 르포르타주적 기능을 보여 주었다. 다음으로 한국 전쟁을 다룬 염상섭의『취우』는 일상인의 시각에서 전쟁을 바라봄으로써 적개심과 비극적인 감정에 휩싸이지 않는 중립적 시각을 우리에게 제공하였다. 끝으로『자유 부인』은 전쟁 직후의 한국 사회를 그린 풍속도로서 그 의의를 가진다.

5. 사월 혁명 이후 ─ 산업화 시대의 신문 연재 소설

민주주의의 기치를 높이 내세운 사월 혁명이 좌절된 후, 이 땅에는 파행적인 형태였지만 산업화가 급속도로 진행되었다. 산업화의 진행과는 상관없이 4·19의 좌절이 준 충격은 무시할 수 없는 것이어서 1960년대에는 주목할 만한 신문 연재 소설이 거의 씌어지지 못하였다. 대부분 통속 소설이거나 흥미 위주의 역사 소설이었을 뿐이었다. 이후 산업화가 어느 정도 진행되어 본격적 의미의 자본주의 사회에 접근할 즈음에 이르러서야 비로소 새로운 유형의 신문 연재 소설이 등장하게 된다. 이른바 '호스티스(Hostess) 문학'으로 불리는 통속 소설이 그것이다. 우리는 그러한 경향의 효시가 된 작품으로 최인호의 『별들의 고향』(1972~73년 『조선일보』 연재)을 꼽을 수 있다. 이 작품은 경아라는 한 여인의 가련한 삶과 죽음을 다루고 있는데, 물론 그녀는 호스티스가 아니었지만 그녀의 삶은 호스티스처럼 산업화가 가져온 사회 환경의 변화 속에서만 이해될 수 있는 것이었다. 이 작품을 시발로 산업화가 가져온 도시 문명과 그 속에서 살아가는 현대적 인간의 삶을 다룬 작품들이 폭발적으로 등장하게 된다. 본격적으로 호스티스가 등장하는 조해일의 『겨울 여자』(1975년 『중앙일보』 연재)를 비롯하여, 같은 작가에 의해 발표된 『갈 수 없는 나라』(1978~79년 『중앙일보』 연재), 박범신의 『풀잎처럼 눕다』(1979~80년 『중앙일보』 연재)와 『숲은 잠들지 않는다』(1984~85년 『중앙일보』 연재), 최인호의 『바보들의 행진』(1973년 『일간 스포츠』 연재), 『겨울 나그네』(1983년 『동아일보』 연재) 등이 모두 그러한 경향의 작품들이다.

이 작품들의 경향은 대체로 강한 통속성을 지니고 있다는 것으로 요약된다. 통속성이란 사회와 주인공간의 모순이 너무 쉽게 해결되어 버리거나, 또는 아예 모순이 설정되어 있지 않거나, 모순의 해결 노력이 아예 없는 것을 그 특징으로 한다. 이를 달리 표현한다면 현실에 대한 엄청난 긍정 의식이라고 정리할 수 있을 것이다. 현실 자체에 대한 일방적인 수용만이 존재하거나 현실에 대한 터무니없는 반항은 재미를 원하는 독자에 쉽게 받아들여질 수 있다. 하지만 그런 작품은 그것으로 끝나 버린다. 더 이상 비판적이거나 반성적인 의식은 작용하지 않기 때문이다. 바로 이 점에 통속 소설이 가진 함정이 놓여 있는 것이다. 그렇지만 이러한 통속적인 작품을 낳은 것이 산업화된 우리의 현실이라는 점은 부인할 수 없는 엄연한 사실이다. 그러므로 우리는 통속 소설에서 우리 사회가 가진 문제점도 발견할 수 있다. 이런 점에서 통속 소설은 양면성을 지니고 있는 셈이다.

한편, 신문 연재 소설의 오랜 전통의 하나인 역사 소설은 산업화 시대에도 계속되었다. 이미 1920~30년대의 『임꺽정전』에서 시작된 민중 중심의 역사 소설관은 1970년대에 이르러 다시 부활되기에 이른다. 1974년부터 10여년에 걸쳐

『한국일보』에 연재된 황석영의 『장길산』이 그 대표적인 예라고 할 수 있다. 이 작품은 임꺽정보다 후대에 등장한 조선 시대 숙종 연간의 의적 장길산을 모델로 하고 있다. 이 작품에서는 미륵 신앙으로 대표되는 민중 의식이 드러나고 있다는 점도 중요하지만, 조선 후기 사회의 변화를 보여주고 있다는 점이 더욱 주목된다. 지배층인 양반 중심의 사회가 모순을 드러내기 시작하였고, 이를 극복하기 위한 민중들의 노력이 그려졌기 때문이다. 이 작품을 계기로 민중 중심의 역사 의식을 담고 있는 작품들이 다수 연재되기에 이른다. 1980년대에 씌어진 김주영의 『객주』(『서울신문』 연재), 『활빈도』(『중앙일보』 연재), 현기영의 『바람 타는 섬』(『한겨레신문』 연재) 등은 『임꺽정전』, 『장길산』의 전통을 잇고 있는 작품으로 볼 수 있다. 특히 맨 끝의 작품은 식민지 시대에 일어난 제주도 잠녀(潛女) 투쟁을 새롭게 조명하고 있어 특징적이다. 이들 작품과는 달리 최근에 연재가 끝난 홍성원의 역사 소설 『먼 동』(『동아일보』)은 새로운 1990년대적 역사 소설의 유형을 보여주고 있는 작품이다. 한말과 경술국치 전후를 다룬 이 작품에서는 민중 중심의 역사가 오히려 역사를 객관적으로 형상화하는 데 방해가 될 수도 있다는 생각 아래 역사 소설들에서 손쉽게 매도만 당하는 친일파와 같은 존재들에 주목한다. 작가가 역사를 올바른 방향이 아닌 그릇된 방향으로 이끌고 간 무리들에 주목하는 까닭은 그들에게도 남 모르는 고민과 나름의 논리가 있다고 생각하기 때문이다. 이 작품에서 보이는 이런 문제 의식은 민중 의식에 철저한 나머지 자칫 객관성을 잃을 수도 있는 신문 연재 소설의 역사 소설적 전통에 대한 반성의 하나로 생각할 수 있다. 작가 홍성원의 이런 자각은 우리 사회의 성숙도와도 관련되어 있는 것은 아닐런지.

여전히 통속 소설이 많은 신문 연재 소설 가운데서 1980년대의 마지막 해에 씌어진 박영한의 『우리는 중산층』(『조선일보』 연재)은 그런 점과 다소 거리가 멀다는 점에서 인상적이다. 이런 작품이 주류를 이루어야 함에도 오히려 인상적으로 느껴지는 것은 그만큼 우리의 신문 연재 소설들이 1970년대 이래의 통속성에서 아직도 허우적대고 있는 증거로도 볼 수 있다. 주택 문제 등 사소한 문제로 볼 수도 있는 여러 이야기를 다루고 있는 이 작품은 현실의 생활 모습을 실감있게 그려내고 있다. 속물화된 중산층의 허위 의식은 그런 가운데서 작가에 의해 하나 하나 드러나기도 한다. 일상적 삶을 다루고 있으면서도 거기에 매몰

되지 않는다는 점이 이 작품이 지닌 강점의 하나이다. 이런 작품이 많이 등장하지 않는다는 사실은 신문 연재 소설이 많은 문제점을 안고 있다는 의미일 것이다. 독자들의 문제를 다루고 있어 많은 흥미를 유발하는 가운데서 현실의 모순점을 지적해 나가는 작가의 수법은 다소 침체기에 빠진 신문 연재 소설이 나아가야 할 방향의 하나가 아닐까 생각해 본다.

6. 신문 연재 소설의 나아갈 길

개화기의 『혈의 누』부터 최근의 작품에 이르기까지 살펴본 신문 연재 소설과 시대 상황은 너무나 밀접한 관련을 맺고 있음을 알 수 있었다. 더구나 사회의 변화에 다른 어떤 문학 장르보다도 민감하게 반응하는 것이 신문 연재 소설이다. 이러한 점은 독자 대중의 기호를 무시할 수 없기에 그것을 파악하여 작품에 반영해야 하는 신문 연재 소설의 장르적 속성 때문이다. 국권이 왜적에게 넘어갈 위기에 처했을 때는 신채호의 역사 소설처럼 민족의 계몽을 의도하고, 식민지 지배 체제하에서는 민족 해방을 도모해 온 것이 우리의 신문 연재 소설이었다. 때로는 르포르타주적인 성격도 지니면서 때로는 시대의 풍속을 집약한 축도로서 알게 모르게 독자들에게 영향력을 미쳐 왔다고 할 것이다. 역사 소설적 전통의 측면에서 보더라도 신문 연재 소설은 민중 중심의 역사 의식을 표방해 왔다. 그러나 이런 긍정적인 측면과는 반대로 『혈의 누』의 속편에서부터 싹트기 시작한 통속 소설적 측면도 1930년대에 이르러 본격적으로 완성되었다. 식민지 지배에 신음하는 독자들에게 그 엄청난 긍정 의식으로써 현실의 고통을 감수하거나 현실로부터 도피라는 분위기를 조장하기도 했다. 이런 측면은 산업화 시대에 이르러 더욱 증폭된 것이 사실이다. 독자들의 흥미에만 영합하는 신문 연재 소설은 더 이상 현실의 올바른 인식을 그만두게 되는데, 이런 점에서 신문 연재 소설의 악영향도 결코 무시할 수 없는 것이라고 하겠다.

우리는 지금까지 신문 연재 소설의 두 가지 기능, 올바른 현실 반영과 그것을 통하여 독자 대중의 정확한 현실 인식을 돕는 역할과 통속적 측면으로써 현실의 무조건 긍정이나 현실로부터의 도피를 조장하는 역할이 있음을 알 수 있었거니와, 그 가운데서 어느 것이 더 바람직한 것인지는 독자 스스로 판단할 수 있을 것이다. 신문 연재 소설이 나아갈 길이란 이로써 명백한 것이라고 할 수 있다. 끝으로 한 가지 더 짚고 넘어가야 할 것은 부정적 기능의 신문 연재 소설마저도 우리 사회의 소산이라는 점을 잊어서는 안될 것이다. 왜 이런 작품들이 등장하게 되었는지를 되짚어 봄으로써 거꾸로 우리 사회의 문제점을 파악할 수도 있을 것이기 때문이다.

현대 소설에 나타난 교사와 학생상

1. 제도적 장치로서의 학교 교육과 문학의 관련성

문학은 여타의 과학과 마찬가지로 현실, 즉 객관적 실재의 정확한 인식을 목적으로 하는 정신적 활동의 일종이다. 그런데 문학은 예술의 일종이기 때문에 그 방법에 있어서 합리적 개념을 중심으로 하는 과학과 일정한 차이를 보인다.[1] 감성적 인식이라든가 형상적 인식이라는 용어는 바로 그와 같은 문학적 방법의 특수성을 설명하기 위해 마련된 것이라고 할 수 있다. 이와 같이 지향하는 목적에 있어서는 과학과 일치하면서도 방법면에서 차이를 보이는 문학의 특성을 설명하기 위하여 지금까지 수많은 이론적 노력이 경주되어 왔다.

우리는 그 중의 하나로 반영 이론을 들 수 있는데, 문학의 현실 반영성을 특히 강조하고 있는 점이 가장 두드러진 특징이다. 이 이론에 따르면, 현실 자체는 그것을 파악하기 위하여 만들어진 어떠한 이론보다도 풍부하고 다양하다.[2] 그

---

1) M.S. 까간은 문학을 포함한 예술의 인식 대상과 학문의 인식 대상이 다르지 않으며, 다만 그 구조에서 차이가 난다고 보았다. 다시 말해 학문적 인식 대상의 구조가 단층적이고 오직 하나의 차원에 존재하면서 하나의 의미만을 지니는 데 비하여, 예술의 인식 대상은 이층적(二層的)이고 존재의 가치에 대한 인식을 지향한다는 것이다. M.S. 까간, 진중권 역, 『미학 강의』 I, 벼리, 1989, p.284.

2) 이와 관련하여 다음과 같은 레닌의 말은 새삼 음미할 만하다. "일반적으로 역사는, 특히 혁명의 역사는 가장 우수한 정당원이나 가장 전진적인 계급의 가장 계급의식적인 전위들이 상상하는 것보다도

럼에도 불구하고 문학은 전형의 형상화를 비롯한 여러 가지의 방법을 통하여 현실을 객관적으로 그려냄으로써 독자로 하여금 현실의 실체를 알게 하고 때로는 현실의 모순을 극복하려는 시도까지 하게 만든다.[3] 정리하면, 예술의 독자성을 주장하는 순수 문학의 이론과는 달리 반영 이론에서는 문학이 현실과 밀접한 관련을 맺고 있다는 것은 승인한 자리에서 그것이 지닌 현실 반영성과 현실 변혁의 가능성을 적극적으로 주장하고 있는 것이다.

위에서 설명한 반영 이론에 입각하여 교육 현실을 다룬 문학 작품들을 살펴보면, 그 작품들은 교육 현장에서 벌어지고 있는 상황을 상당한 수준에서 객관적으로 반영하고 있을 뿐만 아니라 그 상황을 바꿔보려는 의도까지 포함하고 있는 것으로 보인다. 이와 관련하여 한 가지 강조할 것은 문학 작품 속에 그려진 교육 현실이 고정된 현실이 아니라 끊임없이 변화를 거듭하는 현실이라는 사실이다. 주지하는 바와 같이 다른 여타의 생활 현실과 마찬가지로 교육 현실도 시대에 따라 변천해 왔고, 그에 따라 학교 교육의 두 주역이라 할 수 있는 교사와 학생의 모습도 마찬가지로 바뀌어 왔다. 이 글에서는 이처럼 시대에 따라 변모해 온 교육 현실의 두 주역으로서의 교사와 학생에 주목하고자 한다. 다시 말해, 근대 문학의 초기로부터 오늘날에 이르는 기간 동안의 소설 작품 중에서 교육 현실을 다루고 있는 작품을 대상으로 하여, 그 속에 그려진 교사와 학생의 모습이 어떻게 변천되어 왔는가를 집중적으로 고찰하고자 하는 것이다.[4]

한편 교사와 학생이 주축을 이루는 학교 교육은 근대 이후 그 중요성이 더욱 강조되어 왔다. 근대화를 달성하기 위해서는 근대적 인간을 길러내야 하는데, 이 때 가장 중요한 영역 중의 하나가 바로 학교 교육이었기 때문이다. 사실 오랜 기간 사회에서 필요로 하는 인간을 양성하는 학교만큼 사회 체제가 필요로

훨씬 내용이 풍부하고 다양하고 다면적이고 생생하며 또 '교활'하다." 소련 콤 아카데미 문학부 편, 신승엽 역, 『소설의 본질과 역사』, 예문, 1988, p.116에서 재인용.

3) 반영 이론의 특징과 한계에 대해서는 스테판 코올, 여균동 편역, 『리얼리즘의 역사와 이론』, 미래사, 1982 참조.

4) 이 글에서는 교사와 학생상이라는 주제에 초점을 맞추다 보니, 장르의 특성상 인물의 성격을 뚜렷이 드러내는 소설을 주된 논의 대상으로 삼을 수밖에 없었다. 그리고 백여 년의 현대 문학사에 등장한 수많은 작품 가운데 전적으로 교사와 학생만을 다룬 작품은 극소수여서 직접 그들을 다루지 않은 작품이라 할지라도 논의의 대상에 포함시키기도 하였다.

하는 인간을 효과적으로 만들어 낼 수 있는 제도적 장치도 그리 많지 않을 것이다. 이런 점에서 학교는 지식을 전달하는 장일 뿐만 아니라 본질적으로는 새로운 유형의 인간을 만들어 내는 '장(場)'이라고 할 수 있다.5) 그래서 한 사회를 지배하는 권력은 언제나 학교를 통해 사회 체제를 재생산하기 위해 노력하기 마련이다. 하지만 이 과정이 아무런 저항 없이 자연스럽게 이루어지는 것은 아니다. 교육을 받는 피교육자는 권력의 교육 정책에 대하여 수동적인 대응만 하는 것이 아니라 적극적인 요구도 동시에 제출하며, 이에 대하여 지배 권력 역시 적절한 대응을 하는 것이다. 특히 우리의 경우 곧바로 식민지 체험을 겪기 때문에 적극적인 저항까지도 나타나게 되었다. 이 글에서는 이처럼 학교 교육에서 나타나는 '순응 / 저항'의 양면성이 역사적으로 어떤 변화의 과정을 거쳐왔는가를 파헤쳐 보고자 한다.

2. 일방적 계몽 관계를 통한 근대적 인간의 양성

개화기로부터 3·1운동이 일어나던 무렵까지의 작품에 등장하는 교사와 학생상은 일방적 계몽 관계를 보여 주고 있다. 여기서 말하는 일방적 계몽 관계란 학생보다 월등한 지식을 갖춘 교사가 자기에 비해 지적 수준이 현저하게 낮은 학생에게 자신의 지식을 전달하고 그럼으로써 학생을 자신이 원하는 인간으로 훈육시키는 관계를 의미한다. 사정이 이렇게 된 것은 시대 자체가 지닌 특수성 때문이라고 할 수 있다. 그 시대는 국권 상실의 위기에 처해 있다가 결국 식민지로 전락하게 되는 시대였기에 실력을 양성하여 힘을 기르는 것이 급선무였고, 그에 따라 교육도 빠른 기간 내에 민족과 사회를 위해 일할 수 있는 인간을 길러내는 계몽 일변도로 나갈 수밖에 없었던 것이다.

이와 같은 사정을 잘 보여주는 작가로는 수 차례에 걸쳐 일본 유학을 다녀온 이광수를 꼽을 수 있다. 이광수는 도산 안창호의 준비론 사상을 신봉하여 나중에 흥사단의 국내 조직인 수양동우회를 지도하는 인물이다. 그는 누구보다도

---

5) 김진균·정근식·강이수, 「보통학교 체제와 학교 규율」, 김진균·정근식 편저, 『근대 주체와 식민지 규율 권력』, 문화과학사, 1997, p.101.

'아는 것이 힘'이라는 민족주의 노선의 논리를 충실하게 작품에 반영하였다. 그 래서 그의 작품에 등장하는 학교 교육은 일관되게 '근대인 만들기'라는 목표를 지향하고 있다. 대표작 「무정」(1917)도 이런 점에서 예외가 아니다. 거기에 등장 하는 학생들은 여전히 봉건적인 관습으로부터 완전히 벗어나지 못한 상태에 놓 여 있다. 그들은 근대적 지식으로 무장한 교사의 지시에 따라 근대적 인간으로 길러지는데, 이 과정에서 학생들의 순종을 이끌어 내는 교사의 중요한 수단은 지적 우월성과 인격적 우월성이다. 그리하여 학생들은 정신적 감화를 받게 되 고, 때로는 교사를 신과 같은 인물로 받아들여 그를 흉내내는 행동마저 하게 된 다. 다음은 그러한 면을 구체적으로 보여주는 좋은 예이다.

> 형식의 사랑은 사리에 밀려들어오는 밀물 모양으로 경성학교의 사백 명 어린 학 생을 덮었다. 그가 일찍 일기에,
> '너희는 나의 부모요, 형제요, 자매요, 아내요, 동무요, 아들이로다. 나의 사랑을 나의 전 정신을 점령한 것은 너희로다. 나는 너희를 위하여 이 피가 마르도록, 이 살 이 다 깎이도록, 이 뼈가 다 휘도록 일하고 사랑하마' 한 구절은 형식의 거짓없는 정 을 말한 것이다. 형식은 아침마다 학교 문을 들어서서 학생들이 노니는 양을 보면 기쁘고, 시간마다 강단에 서서 학생들이 자기를 보고 자기의 말을 듣는 양을 보면 기쁘고, 밤에 혼자 자리에 누워 학생들의 놀던 모양과 배우던 모양을 생각하면 기뻤 다. 그래서 어찌하면 하나라도 학생들을 더 가르쳐 줄까, 어찌하면 그네의 행실을 아름답게 만들고, 어찌하면 그네의 정신을 깨우쳐 줄까 하여 자기가 아는 바 모든 것을 말하고, 할 수 있는 바 모든 방법을 다하였다. 그래서 학생들이 토론회를 할 때 에 자기의 가르친 말을 끌어 쓴다든지 무슨 일을 할 때에 자기가 시켜 준 어느 방법 을 쓰는 것을 보면 형식은 더할 수 없이 기뻐하였다.6)

이 인용문을 보면서 우리는 '실제의 학교 교육에서도 이처럼 봉건적 유습을 깨뜨리고 근대 사상을 전파하고자 했던 민족주의 노선이 지배적이었던가?', '민 족주의 노선에 입각한 학교 교육에는 아무런 문제점이 없는가?' 따위의 문제를 제기할 수 있다. 우선 전자와 관련하여, 1895년에 고종의 「교육입국조서(敎育立國 詔書)」가 발표된 이후에도 국민 대다수가 소위 신식 교육을 하는 학교 교육을 불

---

6) 이광수, 「무정」, 『한국현대소설대계』 2, 동아출판사, 1995, p.210.

신했다는 사실에 주목해야 한다. 물론 그 이유는 "일제의 침략 의도에 대한 저항이라는 정치적 이유와 전통적 교육과 근대적 교육간의 갈등"7)에 있다고 할 것이다. 다시 말해, 당시 사람들은 대한 제국 정부에서 설립한 학교는 조선인을 위한 것이 아니라 일본의 침략 의도를 그대로 주입시키는 곳이기 때문에 차라리 서당에 보내는 편이 낫다고 생각하였던 것이다. 그러나 개항이래 계속된 개화 지식인들의 노력으로 근대적 지식의 습득을 위해서는 서당 대신 학교에 가야 한다는 인식이 널리 확산된다. 그 결과 정부가 세운 관공립 학교 대신 당시 우후죽순격으로 생겨난 사립 학교에 자녀를 보내는 일이 차츰 많아졌다.8) 「무정」의 주인공 이형식이 근무하는 경성학교도 그 때 생겨난 사립 학교 중의 하나라고 할 수 있다. 이러한 사립 학교는 대체로 민족의 역량을 배양하는 것이 목적이었으므로 교육 내용은 역시 관공립 학교와 마찬가지로 근대적일 수밖에 없었다. 요컨대, 여전히 학교에 보내는 것을 부정적으로 생각하고 또 상당수의 사립 학교가 일제에 의해 폐쇄되던 1910년대였지만, 사립 학교의 대부분은 민족주의 노선을 견지했던 것으로 볼 수 있다. 그러나 이 노선은 3·1운동이 실패로 돌아가고 일제의 학교 장악력이 확대되면서 곧 세력이 약해지는 운명에 처하게 된다.

위에서도 언급했듯이 민족주의 노선에 입각한 학교 교육은 일제의 관공립 학교와 경쟁을 하면서 힘겹게 자신의 지위를 지켜나갔지만, 두 세력은 공통적으로 '근대적 인간의 양성'을 목표로 하고 있었다. 물론 일제의 교육이 체제 순응적인 인간을 길러내는 것을 목적으로 한 반면, 민족주의 노선은 국권 회복을 위하여 실력을 갖춘 인간을 양성하는 것을 목적으로 삼고 있었다는 점에서 커다란 차이를 보였다. 하지만 두 가지 학교 교육이 모두 학생들에 대한 관리와 통제를 통하여 그들의 반성적 능력을 억제한 점은 지적하지 않을 수 없다.9) 아래의 예를 보자.

---

7) 홍일표, 「주체 형성의 장의 변화」, 김진균·정근식 편저, 앞의 책, p.293. 우리의 개화기 소설에서 이러한 갈등을 다룬 작품이 거의 없다는 점은 그 시대 작가들의 의식과 관련하여 면밀하게 검토해 볼 필요가 있을 것으로 생각된다.

8) 오천석, 『한국신교육사』, 현대교육총서출판사, 1964, p.187.

9) 일제의 경우 식민지 체제하에서 반성적 능력을 기르는 것은 곧 체제 자체의 부정으로 나아가기 때문에 마땅히 억제할 수밖에 없다. 김진균, 「식민지 체제와 근대적 규율」, 김진균·정근식 편저, 앞의 책, p.25.

자상한 형걸의 설명과 그 설명 속에 얼키고 설킨 형걸이와 형걸이 모친 윤씨의
고민을 낱낱이 듣고, 문교사는 신분의 차별이나, 적서의 구별 관념이나가, 모두 어
떤 시대의 찌꺼긴가를 소상하니 가르치고, 지금 문명하는 시대에는 그런 차별이 절
대로 있어서는 안 될 것을 말하였다. 이어서 그는 비복을 해방할 것과, 미신을 타파
할 것과, 조혼 사상을 물리칠 것과, 생활 습속을 개량할 것을 말하고, 이것을 위하여
몸을 바침이 청년 남아의 할 것이라 가르치었다. 형걸이는 문교사의 이야기를 알아
들을 대목도 있고, 터무니 무슨 곡절인지 영문인지를 모르고 넘기는 대목도 많았으
나, 문교사의 하는 말은 모두 옳은 말이라고 생각하면서 잠잠히 듣고 있을 뿐이었
다. 이런 일이 있은 다음부터는 형걸이와 문교사와의 사이는 유별난 교의로써 맺어
져서, 사제의 엄격한 관계는 잊지 않으면서도 어딘가 그것을 넘는 정의를, 피차간
느끼고 있었다.10)

여기에서 교사는 학생의 자발적인 주체 형성을 도모하는 것이 아니라 일방적
인 지도를 통해 근대적 의식의 주입을 꾀하고 있다. 그런데 문제는 학생이 자발
적으로 교사의 말이라면 모두 옳다고 믿고 있다는 점이다. 인용문에서 학생과
교사는 근대적 지식의 전수라는 공통의 목표를 암묵적으로 인정하고 있으며, 서
로 이 사실을 잘 알고 있다. 그렇기 때문에 학생은 교사와 자기 사이의 지식 차
이를 받아들이고 교사의 권위를 인정한다. 또한 공통의 목적이 허용하는 범위
내에서만 자기의 행위 가능성을 찾는다. 이러한 경우를 가리켜, 교사가 학생에
대하여 권력을 행사하고 있다고 말할 수 있을 것이다. 우리는 이 지점에서 권력
은 '아래로부터 나온다'11)는 미셸 푸코의 말을 떠올릴 수 있다. 즉, 권력 관계는
지배자와 피지배자라는 이분법적 대립의 형태를 띤 채 위에서 아래로 내려가는
권력이 아니라 학교라는 제도 속에서 형성되고 작동하는 역학 관계인 것이다.
그런데 이와 같이 교사와 학생 사이에 내재한 권력은 학생으로 하여금 교사
가 제시한 근대적 모델 — 실상 그 모델은 기존의 전통적 습속과 사고 방식을 비
과학적인 것으로 매도한 위에 성립된 것이다 — 에 따라 주체를 구성하도록 한
다. 그런 점에서 이 권력은 본질적으로 식민지 지배 체제에 알맞은 근대적 주체
의 모델을 제시한 뒤에 다양한 양상의 규율과 강제를 통해 조선인을 그 모델에

---

10) 김남천, 『대하』, 인문사, 1939, p.249.
11) 미셸 푸코, 이규현 역, 『성의 역사 1 · 앎의 의지』, 나남, 1990, p.108.

맞는 인간으로 만들고자 했던 일제의 미시적 권력과 크게 다르지 않다고 할 수 있다. 특히 인용문의 학생은 교사가 제시한 모델에 대하여 동일시하는 메커니즘을 통해 주체를 구성하려 하는 바, 그 모델은 미신이나 봉건성 대신 합리성을 특징으로 한다는 점에서 근대적 인간형의 전형이라 할 만하다.[12] 이상의 논의를 정리해 보면, 개화기 이래 1910년대까지의 학교 교육은 근대적인 통제와 지배에 순종하는 인간의 양성을 목적으로 하였다. 즉, 근대인을 생산하는 가장 기본적인 장으로서의 역할을 충실히 수행했던 것이다.

3. 학교 교육에 나타난 저항과 통제의 양상

3·1운동 이후 문화 정책이 실시됨으로써 겉으로는 사회 전반의 자유가 확대된 듯이 보였으나, 실제로 조선인에 대한 통제는 헌병 통치 시대보다 훨씬 더 심해졌다. 특히 일제는 제도적 측면에서 헌병 통치 대신 식민지 지배에 필요한 인간을·길러내는 데 적극적으로 나서게 된다. 한편 1920년대 중반부터 활성화된 사회주의 운동을 근절하려는 목적하에 치안유지법이 발표되고, 이후 대륙 침략의 일환으로 만주사변과 중일전쟁 등의 전쟁이 계속되면서 사상 탄압이 더욱 심해진다. 그리하여 사회 전반의 분위기도 점점 경색되며, 1930년대 중반 이후에 는 군사 지배 체제가 일상 생활의 영역에까지 침범하게 된다.

이 시대의 학교 교육 역시 이러한 사회적 상황으로부터 결코 자유로울 수 없었다. 관공립 학교에 대한 회피 현상이 없어지고 학교 교육이 일반 민중에게도 보편화되면서[13] 일제는 본격적으로 학교를 통한 식민지적 인간 양성에 박차를 가하게 된다. 특히 1930년대에 이르면 학교뿐만 아니라 학교 바깥의 일상 생활까지도 규정하는 훈육의 방법이 적용되며, 그리하여 궁극적으로는 산업 현장에

---

12) 베버는 합리성의 관점에서 근대를 설명하였는데, 그의 의하면 합리화란 탈주술성이자 계산 가능성이다. 보다 자세한 것은 막스 베버, 박성수 역, 『프로테스탄티즘의 윤리와 자본주의 정신』, 문예출판사, 1988 참조

13) 교육이 보편화되면서 어떠한 부담을 감수하더라도 자녀를 교육시키겠다는 교육열이 고조된다. 이렇게 하여 발생한 문제가 바로 '입학난(入學難)'이다. 이러한 현상은 오늘날의 과외 열기의 근원이라고 할 수 있다. 홍일표, 앞의 글, p.300.

투입할 수 있는 인간과 총동원 체제에 동원될 수 있는 인간의 육성이 획책되기에 이른다. 그러나 이 시기는 일본의 정책이 강화된 만큼이나 조선인의 저항이 드셌던 시기였다. 그 결과 교육 체제에 대한 저항과 그것을 억누르려는 통제가 서로 맞서게 된다. 채만식은 이러한 사정을 날카롭게 비판한 작가 중의 한 사람이다.

'배워라. 배워야 한다. 상놈도 배우면 양반이 된다.'
'가르쳐라. 논밭을 팔고 집을 팔아서라도 가르쳐라. 그나마도 못하면 고학이라도 해야 한다.'
'공자왈 맹자왈은 이미 시대가 늦었다. 상투를 깎고 신학문을 배워라.'
'야학을 실시하여라.'
재등(齋藤) 총독이 문화 정치의 간판을 내어걸고 골골이 학교를 증설하였다. 보통 학교의 교장이 감발을 하고 촌으로 돌아다니며 입학을 권유하였다. 생도에게는 월사금을 받기는커녕 교과서와 학용품을 대어주었다.
민간의 유지는 돈을 걷어 학교를 세웠다. 민립대학도 생기려다가 말았었다. 청년회에서 야학을 설치하였다. 갈돕회가 생겨 갈돕 만주 외우는 소리가 서울에 신풍경을 이루었고 일반은 고학생을 존경하였다.
여학생이라는 새 숙어가 생기고 신여성이라는 새 여인이 생겨났다.
이와 같이 조선의 관민이 일치되어 민중의 지식 정도를 높이는 데 진력을 하였다. 즉 그들 관민이 일치하여 계획한 조선의 문화 정도는 급도로 높아 갔다.
그리하여 민중의 지식 보급에 애쓴 보람은 나타났다.
면서기를 공급하고 순사를 공급하고 군청 고원을 공급하고 간이농업학교 출신의 농사 개량 기수를 보급하였다.
은행원이 생기고 회사 사원이 생겼다. 학교 교원이 생기고 교회의 목사가 생겼다.
신문 기자가 생기고 잡지 기자가 생겼다. 민중의 지식 정도가 높았으니 신문 잡지의 독자가 부쩍 늘고 의사와 변호사의 벌이가 윤택하여졌다. (중략)
인텔리…… 인텔리 중에도 아무런 손끝의 기술도 없이 대학이나 전문 학교의 졸업 증서 한 장을, 또는 그 조그마한 보통 상식을 가진 직업 없는 인텔리…… 해마다 천여 명씩 늘어가는 인텔리…… 뱀을 본 것은 이들 인텔리다.
부르주아지의 모든 기관이 포화 상태가 되어 더 수요가 아니 되니 그들은 결국 꼬임을 받아 나무에 올라갔다가 흔들리는 셈이다. 개밥의 도토리다.[14]

---

14) 채만식, 「레디메이드 인생」, 『한국소설문학대계』 15, 동아출판사, 1995, pp.227~228.

이 인용문을 보면 일제가 어떤 방법으로 조선인을 학교로 끌어들였는지 분명하게 알 수 있다. 서구의 많은 국가들이 그러했듯이, 그들은 문화 정치 시대의 초기에 무상 교육을 내세우며 학생들을 학교에 입학시켰던 것이다. 하지만 일제의 정책은 비의무 교육이었고 곧바로 유상 교육으로 대체되었다는 점에서 서구의 정책과 질적으로 달랐다. 그리고 채만식이 지적한 것처럼 그들의 교육 목적은 면서기, 순사, 군청 고원, 농사 개량 기수15) 따위의 도구적 관료를 공급하고 은행원, 회사원, 교원, 목사, 기자, 변호사 따위의 근대적 인간을 배출하는 데 있었다. 물론 이러한 목적은 거의 이루어졌다고 할 수 있지만, 그 반대 급부로 몇 가지 문제점이 발생하게 된다.

대표적인 문제점으로는 고등 실업자의 양산을 들 수 있다. 애초에는 기능적 인간으로 형성되기 위해 대학이나 전문 학교를 다녔던 그들이지만 고등 교육을 받은 데다가 실업자로서 생존조차 위협받았기 때문에 쉽게 반성적 의식을 가지게 된다. 그리고 나아가서는 지배 체제에 대한 반대 세력으로 등장하기도 한다. 그들의 저항은 대체로 두 가지의 방향에서 이루어졌는데, 하나는 학교 교육에 대한 거부이고 다른 하나는 근대적 인간을 양상하는 식민지 지배 체제에 대한 도전이다. 전자는 "내가 학교 공부를 해본 나머지 그게 못 쓰겠으니까 자식은 딴 공부를 시키겠다는 것이지요"16)라는 말로 요약할 수 있다. 그것은 아무런 의식성도 가지지 못한, 문자 그대로의 '레디메이드(readymade)' 인간만 양산하는 학교 교육 자체를 원천적으로 부정하는 입장이다. 한편 후자는 사회주의 이념을 통해 체제의 전복을 꿈꾸는 일이다.

그러나 후자의 입장을 견지하려는 사람들에게 가장 커다란 문제가 된 것은 일제의 탄압이었다. 당시의 신문이나 잡지에 발표된 자료를 보면, 1930년 이후에는 매년 많은 학생들이 독서회 사건으로 구속되는 일이 발생하였다. 그리고 때때로 독서회를 지도한다는 명목하에 사회주의 이념을 유포했다는 혐의로 교사(교수)가 체포되기도 하였다. 이러한 시기에 교사가 겪었던 고민을 잘 보여주는 작품이 바로 유진오의 「김강사와 T교수」(1935)이다.

주인공 김만필은 동경제국대학 독일문학과를 다닐 때에 사회주의 이념에 입

---

15) 농촌 개량 기수는 일제가 1930년대에 실시한 농촌 진흥 정책의 실질적 추진 세력이 된다.
16) 채만식, 앞의 글, p.251.

각하여 사상 운동을 한 경험이 있다. 명문 대학을 졸업했음에도 불구하고 몹시 취직하기가 힘들자 주인공은 과거의 사상 운동 경력을 속이고 S전문 학교의 강사가 되었다. 그러던 어느 날 그는 평소에 자기에게 친절하게 굴던 T교수로부터 교장에게 과자 상자를 들고 가보라는 충고를 받고 깊은 고민에 빠진다. 그러나 그 일은 도저히 양심이 허락하지 않는 일이어서 끝내 교장에게 과자 상자를 갖다 받치지 못하였다. 얼마 후 김만필은 자신을 학교에 소개해 주었던 H과장의 호출을 받게 되어 그의 집을 방문하게 되는데, 거기서 다음과 같이 과거의 경력이 들통나는 바람에 결국 학교로부터 쫓겨나게 된다.

> H과장은 노한 소리를 한층 높여,
> "자네는 또 그런 경우가 어디 있나. 나는 자네만 믿었지. 남을 그렇게 감쪽같이 속여 남의 얼굴에 똥칠을 해주는 그런 법이 어디 있나."
> "제가 과장님을 속이다니요?"
> "속이다니요? 자네는 나한테 와서 취직 청을 할 때 무어라고 그랬어. 사상 방면에는 절대로 관계 없다고 그랬지. 그래 그렇게 남을 감쪽같이 속이는 데가 어디 있나."
> 올 것이 온 것이다, 라고 김만필은 생각하였다. 그러나 이렇게 되고 보면 어디까지 한 번 버티어 보는 수밖에 없었다.
> "무슨 말씀인지 저는 잘 모르겠습니다. 저는 사상이니 무어니 그런 것은 아무것도 모르고, 더군다나 과장님을 속이다니요. 그건 천만의 말씀입니다."
> "무엇! 그래도 자네는 나를 속이려나?"
> H과장은 소리를 버럭 지르며 찻종을 덜그럭 하고 놓고 의자를 뒤로 떼밀며 몸을 벌떡 젖혔다. 그때 이웃 방으로 통하는 문이 열리며 언제나 일반으로 봄물결이 늠실늠실하듯, 온 얼굴에 벙글벙글 미소를 띤 T교수가 응접실로 들어왔다.17)

근대 교육은 학생들에 관한 관리와 통제를 강화하는 것을 중요한 특징으로 하는데, 인용문에서는 학생뿐만 아니라 교육자까지도 관리와 통제의 대상이 되고 있음이 드러난다. 더군다나 이 작품에서는 그 감시가 규율을 통해서가 아니라 동료를 통해서, 나아가 학생을 통해서 이루어지고 있는 점이 주목된다.18) 이

---

17) 유진오, 「김강사와 T교수」, 『한국소설문학대계』 16, 동아출판사, 1995, p.153.
18) 물론 교수들도 학생들이 엠마쵸라 부르는 학교 수첩을 통해 그들의 일거수 일투족을 철저하게 통제하고 감시한다. 유진오, 위의 글, p.138.

를 통해서 보면, 시간이 흐를수록 교육을 통한 권력의 통제와 감독이 더욱 강화되었음이 밝혀진다. 두 말할 나위도 없이 그 목적은 조선인의 저항을 억압하고 자신들이 원하는 인간을 길러내는 데 있었다. 그리고 이 문제는 일본인 교수(T교수)와 한국인 강사(김만필) 사이의 민족 문제, 고등 지식인의 실업 문제까지 중첩되어 보다 복잡한 양상을 띠고 있음이 특징적이다. 이러한 여러 가지 상황을 종합해 볼 때, 식민지 시대 말기는 학교 교육에서 매우 강제적이고 억압적인 방식으로 권력이 행사되던 시기라고 할 것이다.

4. 새로운 권력의 모색을 위한 혼돈과 방황

해방 공간은 모든 영역에서 권력을 행사하던 일제가 물러나고 새로운 지배 권력이 아직 등장하지 않은 때이다. 그렇기 때문에 사회의 모든 영역에서 새로운 권력 관계를 형성하기 위한 모색이 이루어지게 된다. 학교 교육의 영역도 예외가 아니었는데, 이 시기의 가장 두드러진 특징으로는 권력의 부재로 인한 교사의 방황을 들 수 있다. 특히 혼란의 과정에서 서로 헤게모니 쟁탈을 벌였던 좌우익의 투쟁은 학교 내에도 그대로 반영되는 양상을 보인다. 이와 관련하여 특기할 만한 작품은 이근영의 「탁류 속을 가는 박교수」[19]이다.

이 작품의 주인공인 영문과의 박교수는 소설가이기도 한데, 그는 평소에 이념적 색채를 강하게 띠고 있던 경제학과의 김교수로부터 자신의 작품이 정치성이 없는 무가치한 것이라고 비판받게 된다. 그리고 미국 유학을 다녀온 윤교수 집에 갔다가 미국인과 무역 거래를 논의하는 것을 듣고 영 탐탁치 않게 생각한다. 이처럼 두 교수 사이에서 잠시 주저하던 박교수는 윤교수가 사주한 김교수의 사퇴, 학생들의 반대 동맹 휴학, 두 번에 걸친 우익의 테러 사건을 겪으면서 결국 위선적인 행동을 일삼는 윤교수와 결별하고 적극적인 정치 운동을 하겠다는 김교수 쪽으로 기울어지게 된다. 이상과 같은 내용을 보면 해방 공간에서는 정치와 무관한 채 학문 연구에만 치중해야 할 상아탑 속의 교수들마저도 좌익

---

19) 『신천지』, 1948. 6.

―중간파―우익으로 나뉘어 서로 반목과 질시를 하고 있었다는 것을 알 수 있다. 물론 그 원인은 아직까지 국가 기구가 확립되지 않았고, 그래서 좌우익이 서로 헤게모니를 장악하려는 투쟁을 전개했기 때문이다.

한편 염상섭의 「두 파산」에는 과거에 학교 교육의 일선에서 식민지적 인간형을 만들어내는 데 적극적으로 나섰던 한 교장의 말로가 그려져 있다. 그는 일제가 물러남으로써 자신의 본래 역할을 박탈당하고 이제는 고리대금업자로 지내는 처지인데, 문방구를 하며 겨우 생계를 유지하는 '정례'네 가게를 호시탐탐 노리고 있다가 급기야는 자기 딸 내외에게 넘기게 된다. 그러나 권력 관계에서 이탈한 그는 아무런 권위도 가지지 못한 인물로 전락하고 만다.

> "어머니, 교장 또 오는군요."
> 학교가 파한 뒤라 갑자기 조용해진 상점 앞길을, 열어 놓은 유리창 밖으로 내다보고 등상(籐床)에 앉았던 정례가 눈살을 찌푸리며 돌아다본다. 그렇지 않아도 돈 걱정에 팔려서 테이블 앞에 앉았던 정례 모친도 저절로 양미간이 짜붓하여졌다. 점방 안에는 학교를 파해 가는 길에 공짜 만화를 보느라고 아이들이 저편 구석 진열대에 옹기종기 몰려섰다가, 교장이라는 말에 귀가 번쩍 하였는지 조그만 얼굴들을 쳐든다. 그러나, 모시 두루마기 자락을 펄럭이며 우둥퉁한 중늙은이가 단장을 짚고 쑥 들어오는 것을 보고, 학생 아이들은 저희끼리 눈짓을 하고 킥킥 웃어버린다. 저희 학교 교장이 나온다는 줄 알았던 모양이다.[20]

이 글에 나타난 학생들의 태도를 보면, 그들이 얼마나 철저하게 학교 교육에서 요구하는 대로 훈육되었는지 알 수 있다. 학교 안도 아니고 학교 밖의 일상 생활에서조차 교사의 시선을 스스로 의식하고 있기 때문이다. 즉, 권력은 반복된 습속을 통하여 그들에게 일종의 무의식을 각인시켜 놓은 것이다. 그러나 그들도 교장이 학교 교육을 통해 행사되는 권력 관계에 더 이상 포섭되어 있지 않다는 것을 안 순간부터 다시 통제로부터 벗어난다. 교장 역시 고리대금업자가 됨으로써 권위의 기초인 인격적 우월성을 상실했기 때문에 더 이상 권력을 형성하지 못하고 만다.

이처럼 해방 공간은 국가 기구의 부재 내지 와해와 그로 인한 제도적 장치의

---

20) 염상섭, 「두 파산」, 편집부 편, 『한국 현대 단편소설의 분석과 감상』, 송정문화사, 1992, p.395.

혼란은 권력의 정상적인 작동을 가로막기 때문에 근대적 주체의 생산도 여의치 못한 상태였다. 따지고 보면, 교사는 학생들을 훈육시키는 입장이지만 스스로도 그 훈육을 통해 근대적 주체로 거듭나는 측면이 있는 바, 이 시기에는 그러한 측면도 붕괴되고 말았던 것으로 보인다. 곧 이어 발발한 한국 전쟁은 이와 같은 사정을 결정적으로 악화시키는 계기로 작용한다. 이제 막 수립된 단독 정부가 제 자리를 잡기도 전에 전쟁이 일어났기 때문에 교육 제도 역시 뒤죽박죽이 되고 만 것이다.

전쟁의 혼란으로 인하여 권력의 붕괴되면서 방황을 계속하는 교사의 모습은 안수길의 「제3인간형」에 매우 탁월하게 형상화되어 있다. 이 작품의 주인공 석은 피난지 부산에서 생계를 유지하기 위해 교사로 취직, 평범하고 일상적인 삶을 살아가는 인물이다. 그는 어느 날 우연히 학교로 자기를 찾아온 친구 조운을 만나게 된다. 조운은 순수 문학도였다가 전쟁 후에 운수 사업을 시작한 인물인데, 그는 진지한 성격으로 변한 미이를 보고 자신의 세속적인 삶을 후회하게 된다. 한편 조운을 따라다니던 미이는 전쟁이 일어나기 전에는 명랑하고 다소 경박한 면도 있었지만, 전쟁을 겪으면서 삶의 의미를 생각할 정도로 변모하여 마침내 자신의 사명을 찾아 떠나는 인물이다.

이 세 인물은 각각 이러지도 저러지도 못하는 인간형, 전쟁 후에 좌절하는 인간형, 자기 삶의 의미를 실현하기 위해 노력하는 인간형을 대표하는데, 작가는 첫번째 인간 유형에다 교사를 설정하였다. 그리고 나서 평범한 삶을 살아가던 교사가 "사명을 포기치도 않고 그것에 충실치도 못하고 말라가는 나는? 나도 사변이 빚어낸 한 타입이라고 할까?"라는 물음을 던질 정도로 삶의 자세에 대하여 깊이 고민하는 인간으로 되기까지의 과정을 효과적으로 그려내고 있다. 이로 미루어 당시의 교사는 전쟁의 혼란 속에서 권력을 행사하기는 커녕, 오히려 느슨해진 권력 관계로부터 풀려나 고민만 거듭하던 존재였음이 드러난다.

5. 근대화의 추진과 주체 생산 양식의 완성

전쟁이 끝나고 1960년대에 접어들어 박정희 정권은 조국의 근대화를 추진하였다. 그 결과 모든 것이 근대화의 명목 아래 종속되어 버리는 경향이 형성된다. 말할 것도 없이 학교 교육도 예외가 아니었을 뿐만 아니라 근대화의 주역을 맡을 주체를 형성해 내는 첨병의 역할을 담당하였다. 이 시기에는 높은 학력을 획득하기 위해서는 오랜 동안의 학교 교육을 받을 수밖에 없고, 그럴수록 학생은 근대적인 성격을 더욱 강하게 가지기 때문에 고등 교육이 적극 장려되었다. 그리하여 70년대 이후에는 일제 때와 유사한 입학난 현상이 나타나게 된다. 소위 '입시 지옥'이라는 말이 생겨나고 과열 과외가 생긴 것도 이 때이다. 그런데 1960년대의 경우, 근대화가 급속하게 진전되면서 학교 교육의 담당자인 교사들의 교직 이탈이라는 새로운 양상이 전개된다. 특히 지방에서 이러한 현상은 극심하였다. 그 원인으로는 서울 중심의 발전 전략과 근대화가 가져다 준 사회적 부(富)를 분배받지 못한 소외감을 지적할 수 있을 것이다.

새로운 감수성으로 1960년대를 대표했던 작가 김승옥은 「무진 기행」(1964)이라는 작품을 통하여 근대화 과정에서 소외된 여교사 한 명을 훌륭하게 창조해 내었는데, 그 이름은 하인숙이다. 젊은 시절의 고뇌가 깃들인 고향으로 잠시 돌아온 주인공은 서울에서 제약회사 사장의 딸과 결혼하는 바람에 세속적인 성공을 이룩한 처지이다. 그는 고향에서 세무서장을 하는 친구 집에 초대받아 갔다가, 거기서 중학교 음악 교사인 하인숙을 만나게 된다. 성악을 전공했던 하인숙은 문학을 좋아하는 순박한 박선생을 뿌리치고 대신 세속적인 세무서장 앞에서 속된 유행가인 '목포의 눈물'을 부르기로 결심한다. 그만큼 그녀는 순수라든지 교사의 임무 따위에는 별다른 관심이 없었던 것이다. 그러다가 그녀는 서울에서 귀향한 주인공을 만나게 되자 다음과 같이 조르게 된다.

> 여자는 아까보다 좀더 명랑한 목소리로 말했다. "앞으로 오빠라고 부를 테니까 절 서울로 데려가 주시겠어요?" "미칠 것 같아요. 금방 미칠 것 같아요. 서울엔 제 대학 동창도 많고…… 아이, 서울로 가고 싶어 죽겠어요." 여자는 잠깐 내 팔을 잡았다가 얼른 놓았다.21)

주인공이 자신의 경험으로는 서울에서의 생활이 반드시 좋지도 않고 책임만

---

21) 김승옥, 「무진 기행」, 『김승옥 소설 전집』 1, 문학동네, 1995, p.141.

있을 뿐이라고 해도 하인숙은 막무가내다. 그녀가 이렇게 떼를 쓰는 이유는 근대화라는 이데올로기에 전염된 나머지, 아무런 활력도 없고 재미도 없는 시골에서 살고 있노라면 소외감만 커져간다는 것을 알아차렸기 때문이다. 우리는 이처럼 서울만 지향하는 시골 학교 여교사 하인숙을 통해서 근대화가 빚어낸 어두운 측면의 하나를 목격하게 된다.

교사가 이 정도라면 학생들이 어떠했을지는 더 말하지 않아도 쉽게 알 수 있다. 권력의 시선 아래 그들이 교사의 요구대로 입시 기계가 됨으로써 자연스럽게 근대화의 주역으로 커나갔던 것이다. 이러한 양상을 명료하게 보여주고 있는 작품이 바로 조세희의 『난장이가 쏘아올린 작은 공』에 실린 「뫼비우스의 띠」(1976)이다. 이 작품의 서두에는 막 입시를 끝낸 학생들과 그들을 가르친 수학 선생이 등장하는데, 그들은 다음과 같은 말을 주고 받는다.

제군, 지난 1년 동안 고생 많았다. 정말 모두 열심히들 공부해 주었다. 그래서 이 마지막 시간만은 입학시험과 상관이 없는 이야기를 하고 싶었다. 나는 몇 권의 책을 뒤적여 보다가 제군과 함께 이야기해 보고 싶은 것을 발견했다. 일단 내가 묻는 형식을 취하겠다. 두 아이가 굴뚝 청소를 했다. 두 아이가 굴뚝 청소를 했다. 한 아이는 얼굴이 새까맣게 되어 내려왔고, 또 한 아이는 그을음을 전혀 묻히지 않은 깨끗한 얼굴로 내려왔다. 제군은 어느 쪽의 아이가 얼굴을 씻을 것이라고 생각하는가?

학생들은 교단 위에 서 있는 교사를 바라보았다. 아무도 얼른 대답을 하지 못했다.

잠시 후에 한 학생이 일어섰다.

얼굴이 더러운 아이가 얼굴을 씻을 것입니다.

그런데, 그렇지가 않다.

교사가 말했다.

왜 그렇습니까?

다른 학생이 물었다.

한 아이는 깨끗한 얼굴, 한 아이는 더러운 얼굴을 하고 굴뚝에서 내려왔다. 얼굴이 더러운 아이는 깨끗한 얼굴의 아이를 보고 자기도 깨끗하다고 생각한다. 이와 반대로 깨끗한 얼굴을 한 아이는 상대방의 더러운 얼굴을 보고 자기도 더럽다고 생각할 것이다.

학생들이 놀람의 소리를 냈다. 그들은 교단 위에 서 있는 교사에게서 눈을 떼지 않았다.

한 번만 더 묻겠다.

교사가 말했다.

두 아이가 굴뚝 청소를 했다. 한 아이는 얼굴이 새까맣게 되어 내려왔고 또 한 아이는 전혀 묻히지 않은 깨끗한 얼굴로 내려왔다. 제군은 어느 쪽의 아이가 얼굴을 씻을 것이라고 생각하는가?

똑같은 질문이었다. 이번에는 한 학생이 얼른 일어나 대답했다.

저희들은 답을 알고 있습니다. 얼굴이 깨끗한 아이가 얼굴을 씻을 것입니다.

학생들은 교사의 말을 기다렸다.

그 답은 틀렸다.

왜 그렇습니까?

더 이상의 질문을 받지 않을 테니까 잘 들어 주기 바란다. 두 아이가 함께 똑같은 굴뚝을 청소했다. 따라서 한 아이의 얼굴이 깨끗한데 다른 한 아이의 얼굴은 더럽다는 일은 있을 수가 없다.

교사는 분필을 들고 돌아섰다. 그는 칠판 위에다 '뫼비우스의 띠'라고 썼다.22)

1970년대 이후의 교육 현실에서 교사들은 좋은 대학에 많이 진학시키기 위하여 학생들에게 일방적으로 규율과 지식을 주입시켰고, 그 방식대로 사고하고 행동하기를 학생들에게 강요하였다. 그래서 학생들은 교사들이 요구하는 규율을 아무런 회의 없이 그대로 받아들여 자신의 것으로 만드는 데에만 급급하였다. 이러한 동일시가 계속됨으로써 우리 사회는 획일적인 근대적 주체의 양산이라는 심각한 문제에 부딪치게 되었다.

위의 인용문을 중심으로 학생들의 문제점을 살펴보면, 무엇보다도 그들은 철저하게 학교 교육을 통해 행사되는 권력의 허용 범위에서만 사고를 전개하고 있다. 지문에서 교사는 똑같이 굴뚝 청소를 하고서도 한 아이는 깨끗한 얼굴로 내려왔고 다른 아이는 더러운 얼굴로 내려왔다고 하고서, 두 아이 가운데 누가 얼굴을 씻겠느냐고 물었다. 그러자 한 학생이 일어나 당연히 얼굴이 더러운 쪽이 씻을 것이라는 너무나 상식적이고 평범한 대답을 하였다. 물론 상식적이고 평범한 것이 나쁘다는 것은 아니다. 문제는 전후 맥락을 살피지 않은 채 자신들이 배운 상식적인 범위에서만 사고를 전개한다는 점이다. 즉, 학생들의 생각은

---

22) 조세희, 「뫼비우스의 띠」, 『한국소설문학대계』 51, 동아출판사, 1995, pp.12~13.

더러운 사람이 씻어야 한다는 사고의 테두리에 속박되어 있는 것이다. 그래서 그들은 상대방의 더러운 얼굴을 보고 자기도 더럽다고 생각하는 '깨끗한 아이'가 얼굴을 씻는다는 대답에 놀람의 소리를 내게 된다.

한편 이와 같이 학생들을 훈육하는 권력의 시선이 강하다는 것은 그들이 매우 일면적이고 무비판적이기 때문에 교사의 질문에 끝까지 정확한 대답을 못하는 데서도 증명된다. 그들은 교사가 던진 질문의 다양한 측면을 보지 못하였을 뿐만 아니라, 교사의 질문에 담긴 전제 조건을 한번도 의심하지 않았다. 그 결과 그들은 똑같이 굴뚝을 청소한 두 아이 중에서 어느 한 아이의 얼굴만 깨끗하고 다른 아이의 얼굴은 더럽다는 일이 있을 수가 없다는 사실을 알아차리지 못했던 것이다.

다음으로 학생들은 지나칠 정도로 이상적인 자아로서의 교사에 대한 동일시를 통해 주체를 형성하고 있다. 그렇기 때문에 깨끗한 아이가 씻게 된다고 말한 다음에 교사가 다시 한번 누가 얼굴을 씻을 것인가를 물었을 때, 학생들은 교사의 말을 의심없이 받아들이게 되며, 이구동성으로 얼굴이 깨끗한 아이가 씻을 것이라는 말을 그대로 반복하게 된다. 요컨대, 조세희의 「뫼비우스의 띠」는 입시 위주의 학교 교육이 얼마나 철저하게 학생들을 근대적 주체로 양성하고 있는지를 보여주는 현장 보고서인 것이다.

6. 권력으로부터의 탈주를 위한 노력

1980년대 이후 최근까지 창작된 문학 작품에서는 학교 교육에 내재한 권력으로부터 벗어나려는 교사와 학생의 모습이 새로운 양상으로 나타나고 있다. 그 양상 가운데 첫번째로 지적할 것은 지금까지와는 달리 학생들이 권력의 감시로부터 이탈함으로써 의식적인 주체로 거듭나고 있다는 점과 그들의 시선을 통해 교사의 위선이 고발되고 있다는 점이다. 개화기 이래 우리의 문학 작품에 등장하는 보편적인 교육 체제는, 해방 공간과 전쟁 시기를 제외하면, 교사에 대한 일방적인 존경과 복종으로 유지되어 왔다. 그러나 이러한 관계는 포스트모더니즘이 논의되는 1980년대 이후 다음처럼 여지없이 깨어지게 된다.

그 중에 흰 쥐 같은 아이가 있었네. 나는 흰 쥐를 본 적이 없지만 흰 쥐 같은 아이를 보았기에 흰 쥐가 어떻게 생겼는지 말할 수 있네. 그 아이는 늘 플라타너스 뒤에 앉아 야구 구경을 하곤 했다네. 언제나 깨끗한 흰 옷을 입고 야구 모자를 쓰고 입을 조금 벌린 채 앉아 있었네. 이상한 건 코치가 그 아이에게 꺼져버리라고 말하지 않는 것이었네. 야구를 가르치는 것이 엄청난 은혜를 베푸는 것이라고 생각하는 코치가, 그 아까운 은혜를 한 사람이라도 더 공짜로 나눠주기 싫어서 일부러 수업 시간에 연습을 시키는 코치가, 욕 잘하는 코치가 다른 아이에게 하듯이 '쌔꺄, 빨리 꺼져. 더러운 축구부에나 가봐'하고 쫓아내지 않는게 이상했네. 이상은 무슨 이상. 나는 알고 있었네. 그 아이가 학교에서 모르는 사람이 없는 부잣집 아이였기 때문이지. 나만은 알고 있었네. 그 아이를 야구부에 끼워 넣으면 부모가 돈을 줄지도 모른다고 생각했기 때문이네. 그 아이가 한심하고 무식한 축구부 코치에게 가버리면 그 돈이 축구부 코치에게 갈 거라고 염려했기에 그 아이를 쫓아내지 않았던 것이네. 그 비밀을 나는 알고 있었네. 나는 가난한 아이들의 주장이기에 아무리 희미하다고 해도 부자의 냄새는 누구보다 빨리 맡았네.[23]

불행하게도 1980년대 이후에는 학생들이 이전처럼 선생님을 맹목적으로 존경하는 일이 벌어지지 않았다. 한창 논란을 불러일으켰던 인기 그룹 패닉의 가사에서 보듯, 이제 '선생님의 그림자도 안 밟는다'는 말은 문자 그대로 옛말이 되고 말았다. 그것은 권력의 머릿돌인 교사들의 인격적 우월성이 더 이상 가능하지 않았기 때문이다. 이 시대의 학생들은 과거와 달리 교사들의 부도덕도 소상히 알고 있는 존재로 형상화된다. 그들은 촌지를 밝히는 교사가 누구인지, 교사들이 왜 '전교조'를 결성하는지 따위를 자세하게 파악하고 있으며, 자신들을 대상으로 하는 교육이 얼마나 어떤 목적 하에 이루어지는 것인지도 어렴풋이 알고 있는 것이다. 그래서 근대적 주체를 길러내기 위한 훈육은 본래의 목적을 달성하지 못하게 된다.

이런 점과 관련하여, 특히 규율 권력으로부터 벗어나고자 하는 학생들의 고민과 사랑을 다룬 사람은 『모두 아름다운 아이들』(1996)의 작가 최시한이다. 그는 아이들을 훈육하는 권력의 시각이 철저하게 근대적인 성격으로 점철되어 있음을 해부하고, 그 속에서 교육을 받는 학생들의 모습이 얼마나 비참한가를 보

---

23) 성석제, 「황금의 나날」, 『새가 되었네』, 강, 1996, p.149.

여주며, 또 그들이 어떻게 그 권력에서 벗어나 비판적인 시각을 정립하는가를
여실하게 묘사하였다.

> 전부가 시들하고 지겨웠다. 선생님은 월급 때문에 수업을 하고 학생들은 효자가
> 되거나 불량 학생이 되지 않기 위해 자율학습을 하는 것 같았다. '자율학습'이라니,
> 얼마나 웃기는 말이냐. 수업이 끝났는데도 학생들이 몇 시간씩이나 '자율적으로' 책
> 상에 고개를 처박고 있다? 단 한 명의 예외도 없이, 자율대학의 졸업장을 따야만 자
> 율적인 사람이 된다? 다들 말장난에 놀아나는 꼴이다. 이건 꼭두각시놀음을 하는 극
> 장이지 학교가 아니다.24)

위의 글은 문학을 몹시 좋아하는 어느 '불량 학생'의 일기 중에서 인용한 것
이다. 여기에서는 학교 교육에서 행사되는 권력이 얼마나 철저하게 학생들을 사
로잡고 있는지 알 수 있다. 그 권력은 자신이 원하는 주체를 구성하기 위해 강
제와 처벌 등의 수단을 동원한다.25) 권력 관계에서 이탈하는 학생은 문제 학생
이라는 죄목 아래 비정상적인 사람으로 낙인된다. 최시한은 일련의 여러 작품을
통해 바로 이와 같은 규율 권력의 횡포를 고발하고 궁극적으로는 그 권력의 해
체를 알게 모르게 주장하고 있는 것으로 보인다. 물론 그에게서 권력을 해체한
이후의 대안을 찾아볼 수 있는 것은 아니지만, 피억압 집단으로서의 학생들이
벌이는 '자신을 위한 투쟁'을 여실하게 그려내고 있는 점은 높이 평가해야 할
것으로 생각된다.

7. 남겨진 과제들

이제까지는 개화기 이래의 현대 소설을 대상으로 하여 그 속에 그려진 학교
교육, 교사, 학생의 형상을 고찰해 봄으로써 우리의 학교 교육이 잠시 동안의 혼
란기만 제외하고는 거의 전 기간 동안 줄기차게 근대적인 주체를 양성하는 데

---

24) 최시한, 「허생전을 배우는 시간」, 『모두 아름다운 아이들』, 문학과 지성사, 1996, p.46.
25) 푸코는 규율적 권력이 그 목표를 달성하기 위해 동원하는 세 가지 주요 도구로 관찰·규범적 판
　　단·검사를 들었다. 윤평중, 『푸코와 하버마스를 넘어서』, 교보문고, 1990, p.159.

그 목적을 두었음을 알 수 있었다. 지금도 계속되고 있는 근대화 프로젝트를 포기하지 않는 한 앞으로의 교육 체제도 크게 달라지지는 않을 것으로 전망된다. 그러나 최시한의 작품에서 명확하게 드러나는 바와 같이, 미약하나마 규율 권력에 대한 저항이 시작되고 있다는 것은 독단주의를 벗어나려는 움직임으로 평가해야 할 것이다. 그렇다고 무한정 자유주의적인 다원주의를 지향할 것인가? 이 물음에 대하여 우리는 명확한 대답을 준비하고 있지는 못한 형편이다. 물론 죽은 후에도 그토록 막강한 영향력을 행사하고 있는 푸코 역시 이 물음에 대하여 명쾌한 해결을 보지 못하였다. 이것은 앞으로 시급하게 해결해야 할 과제가 아닐 수 없다.

한편 한국의 현대 소설사 전반을 대상으로 하였지만, 이 논문에서 다루지 못한 작품들도 상당 수 있다. 서당, 서원, 향교 등의 전통적 교육 체제와 근대적 교육 체제 사이의 갈등을 다룬 개화기의 소설들을 전혀 다루지 못하였으며, 1930년대 중반 이후의 병사형 인간 육성을 위한 학교 교육을 제재로 삼은 작품들도 언급하지 못하였다. 뿐만 아니라 1980년대에 씌어진 전상국의 「우상의 눈물」과 이문열의 「우리들의 일그러진 영웅」은 권력의 문제를 집중적으로 문제삼고 있는 작품임에도 불구하고 그 동안 많이 논의되었다는 이유로 연구 대상에서 제외하였다. 앞의 두 작품군은 근대성 논의와 관련지어 반드시 논의되어야 할 대상으로 생각되기 때문에 이후에 글을 달리하여 깊이있게 다루어 보고자 한다. 그리고 뒤의 두 작품도 인접 학문의 분야에서 이루어진 성과를 토대로 새롭게 조명될 수 있을 것으로 전망된다.

김윤식·정호웅 공저 『한국소설사』 서평

문학사 기술(記述)의 성패를 가늠하는 준거로는 어떤 것들이 있을까? 무엇보다도 가장 먼저 떠오르는 것으로 문학사의 방법론이 있다. 문학사에서 방법론이 차지하는 비중은 집을 짓는 데 있어 설계도와 같다고 할 수 있다. 그러므로 엄밀히 말하면 그것 없이는 온전한 문학사가 이루어질 수조차 없다고 하겠다. 다시 말해 특정한 역사상의 시기에 쏟아져 나온 수많은 작품들을 어떤 기준에 의해 체계적으로 정리하고 그 사적 맥락을 밝히는 작업이 문학사 서술이라고 할 때, 그 기준이 없거나 모호하다는 것은 작품들을 단순히 나열하는 것 이상의 결과를 기대하기 어렵다는 말이다.

이처럼 문학사 기술에 있어서 방법론이 지니는 중요성을 일찍부터 인식했던 문학사가의 한 사람으로 우리는 식민지 시대에 조선 신문학사의 정리를 시도했던 임화를 떠올리게 된다. 그의 방법론은 이식 문학사라는 이름으로 알려졌는데, 그는 「신문학사의 방법」이란 글에서 조선의 근대 문학을 정리하는 방법론으로 대상, 토대, 환경, 전통, 양식, 정신 등 여섯 가지 항목을 내세운 바 있다. 그러나 그는 이 항목들을 조화롭게 문학사 기술에 적용하지 못하여 결국 조선 신문학사의 체계적 정리를 중도에서 그만두었다. 그럼에도 불구하고 문학사 서술의 방법론에 대한 자각이라는 점에서 그의 선구적인 노력은 후대의 문학사가들에게 많은 영향을 끼쳤던 것이다.

일찍이 김현과 함께 『한국 문학사』를 출간한 바 있는 김윤식은 그 책의 처음 부분에서 바로 위에서 말한 임화의 이식 문학사를 극복하는 것을 과제의 하나로 내세웠다. 이후 계속해서 김윤식은 『임화 연구』 등의 저서를 통해 임화의 문학사를 깊이있게 연구한 바 있다. 또한 그는 한국 근대 문학의 사적 정리를 위해서도 많은 노력을 기울여 『한국근대문학사상사』, 『한국근대소설사연구』 등의 저서를 펴내기도 했다. 이러한 지속적인 연구 결과의 하나가 여기서 소개하려는 정호웅과의 공저 『한국 소설사』이다. 물론 이 책은 문학의 여러 장르를 두루 다룬 총체로서의 문학사는 아니다. 다만 소설만을 문제삼는 분류사일 따름이다. 그러나 이 책의 저자들은 문학사에서 방법론이 차지하는 중요성을 누구보다도 절감하고 있었던 만큼 뚜렷한 방법론을 내세우고 있다. 이를 저자들의 말을 참고하여 좀더 자세히 말하면 다음과 같다.

먼저, 소설사를 서술하는 데 있어서 작가보다는 작품을 중심에 놓았다는 점. 여기에는 소설사란 작품들이 형성하는 관계의 총체라는 인식이 깔려 있다. 즉, 이전의 작품과는 다른 내용과 형식을 가진 새로운 작품이 나타나면 그것은 모방과 극복의 대상이 된다. 이 때 모방의 대상이 된 중심 작품과 그 아류들로 구성된 '모방의 계열체'와 그것을 극복하려는 새로운 작품들인 '극복의 계열체'가 두 축이 되어 소설사는 전개된다는 것이다. 이러한 방법론은 소설사를 평면적이고 정적으로 바라보는 대신 변화와 발전의 역사로 본다는 점에서 상당히 진보적인 성격의 것이라고 할 수 있다.

다음으로는 소설사를 '내적 형식(inner form)'의 역사로 본다는 점. 이 점이야말로 지금까지 씌어진 어떤 문학사와도 구별되는 이 책만의 특징이라고 할 것인데, 이 때의 내적 형식은 루카치적 의미에서의 내적 형식으로 볼 수 있다. 모두가 아는 바와 같이 루카치는 소설을 '부르주아 시대의 서사시'라고 규정한 헤겔의 견해를 수용하였는데, 이는 그가 소설을 자아와 세계가 더이상 조화롭게 일치하지 않고 분열되어 버린 시대의 문학 장르로 보았음을 의미한다. 그리하여 그는 자아(영혼)와 세계의 대결 양상에 따라 소설의 내적 형식을 네 가지로 나누었다. 추상적 이상주의, 환멸의 낭만주의, 종합적 시도로서의 교양 소설, 새로운 전망으로서 도스토예프스키의 소설 등이 그것이다. 당연히 소설 장르가 이것으로 완결되는 것은 아니다. 이와 같은 내적 형식에 따른 루카치의 소설 유형 분석은 소설 작품을 내용과 분리된 형식이라든가 형식과 분리된 내용이 아니라 형식과 내용이 통일된 유기체로 본다는 점이 특징적이다.

이 책은 위와 같은 루카치의 방법론을 원용하여 한국 소설사를 정리하고 있다. 이처럼 내적 형식을 밝히고 그것을 중심으로 작품들을 묶어 나가는 방법론은 앞서 밝힌 대로 형식과 내용을 분리하지 않는다. 그럼으로써 이 책은 기존의 문학사가 지녔던 내용과 형식의 분리라는 이원적 사고로부터 멀찍이 떨어져 나온 것이다. 이 방법론은 특히 경향소설, 모더니즘 소설, 해방 공간의 리얼리즘 소설 등의 전후 관계와 맥락을 명확하게 밝히는 데 유용하게 작용한 것으로 보인다.

지금까지 살펴본 방법론적 특징 이외에 이 책은 또 몇 가지 주목할 만한 특징을 보인다. 첫째, 북한 소설을 소설사에 편입시켜 다루었다는 점. 북한소설을 단지 소개하는 차원에 머무르는 것이 아니라 식민지 시대, 해방 공간과 연결시켜 문학사적 연속성을 밝히고자 한 시도는 미래의 통일 문학사를 위해서 상당히 고무적인 현상으로 생각된다. 둘째, 다소 방대하다 싶을 정도의 연구 논저와 소설 목록 등의 자세한 소개를 덧붙여 놓았다. 이는 한국 소설사에 관심을 가지고 있는 연구자들이 지침으로 이용할 수 있을 것이다. 셋째, 지금까지의 연구가 대부분 1950년대 전후 문학까지를 다루고 있었던 데 비해 1960년대 문학은 물론 1970년대 문학까지 다룸으로써 연구의 영역을 넓혔다는 점. 그리하여 1960년대 4·19 체험의 소설적 변용과 산업화 시대 민중주의의 성장, 대하 역사 소설까지가 다루어졌다.

이상에서 보듯, 이 글에서 필자는『한국 소설사』의 전반적인 내용과 특징을 저자들의 의견을 참고로 하여 개괄적으로 소개하는 데 치중하였다. 이를 요약하면, 이 책의 특징은 먼저 방법론 면에서 소설사를 작가보다 작품을 중심으로 변화와 발전의 관점으로 본다는 점, 내적 형식의 역사로 본다는 점에 있었다. 내용상 특징은 북한 소설의 편입과 자세한 참고 문헌란의 구비, 연구 영역의 확대로 요약된다. 이와 같은 여러 특징들로 인해『한국 소설사』는 1990년대 국문학 연구의 새로운 수준을 보여주는 표지의 하나로 자리 매김될 수 있을 것이다. 한편 앞에서 내용의 소개에만 치중했다는 말을 했거니와, 이는 바꾸어 말하면 이 책에 대한 비판적 검토를 빠뜨렸다는 의미이기도 하다. 그 이유는 무엇보다도 여전히 학문적 깊이가 일천하여 이 책을 비판적으로 소화할 능력을 갖지 못해서이다.

【ㅋ】

【ㅌ】

【ㅍ】

【ㅎ】